굿바이,
콜럼버스

Goodbye,
Columbus

굿바이,
콜럼버스

Goodbye,
Columbus

필립 로스 소설 — 정영목 옮김

문학동네

나의 어머니와 아버지에게

마음은 예언자에 버금간다.
유대인 격언

.

차례

굿바이, 콜럼버스 …11

유대인의 개종 …223

신앙의 수호자 …257

엡스타인 323

노래로 그 사람을
판단할 수는 없다 369

광신자 엘리 393

옮긴이의 말 475

굿바이, 콜럼버스

하나

처음 보았을 때 브렌다는 나한테 안경을 좀 들고 있으라고 했다. 그러더니 다이빙대 끝으로 걸어가 흐릿한 눈으로 수영장을 내려다보았다. 수영장은 물을 빼놓았을 수도 있었다. 그렇다 해도 근시인 브렌다는 그것을 절대 알 수 없었을 것이다. 그녀는 아름답게 다이빙을 했고, 잠시 후 수영장 가로 헤엄쳐 왔다. 마치 긴 줄기 위에 달린 장미꽃처럼, 몸과 일직선이 되는 자리에 적갈색 머리카락을 짧게 자른 머리를 꼿꼿이 세우고 헤엄을 쳤다. 그녀는 가장자리로 미끄러지듯 다가오더니 이내 내 옆에 섰다. "고마워." 그녀의 눈은 물기로 촉촉했지만, 물 때문은 아니었다. 그녀는 안경을 달라고 손을 뻗었지만, 몸을 돌려 자리를 뜬 다음에야 안경을 썼다. 나는 그녀가 멀어지는 것을 지켜보았다. 갑자기 그녀의 뒤쪽으로 그녀의 두 손이 나타났다. 그녀는 엄지와 검지로 수영복 밑단을 들어올렸다가 탁 놓아 드러났던 살을 다시 가렸다. 내 몸에서 피가 갑자기 빠르게 흐르기 시작했다.

그날 밤 저녁식사 전에 나는 그녀에게 전화를 했다.

"누구한테 거는 거냐?" 글래디스 숙모가 서툰 영어로 물었다.

"오늘 만난 여자애요."

"도리스가 너를 소개했어?"

"도리스는 수영장 물 빼는 사람한테도 나를 소개하지 않을걸요, 글래디스 숙모."

"늘 그렇게 흠만 잡으려고 들지 마. 사촌은 사촌이야. 그래, 그애는 어떻게 만난 거냐?"

"사실 만난 건 아니에요. 그냥 봤어요."

"누군데?"

"성이 파팀킨이에요."

"파팀킨은 모르겠는데." 글래디스 숙모는 그런 레인 컨트리클럽 소속이라면 누구든 다 안다는 투로 말했다. "알지도 못한다면서 전화를 한다는 거야?"

"네." 나는 설명했다. "제가 직접 저를 소개해보려고요."

"이런 카사노바 같은 녀석." 숙모는 그렇게 말하고 다시 숙부의 저녁을 준비했다. 우리는 아무도 함께 식탁에 앉지 않았다.

글래디스 숙모는 다섯시에 먹었고, 사촌 수전은 다섯시 반에, 나는 여섯시에, 숙부는 여섯시 반에 먹었다. 숙모가 제정신이 아니라는 것 말고는 이런 상황을 달리 설명할 방법이 없다.

"교외 전화번호부는 어디 있죠?" 나는 전화 테이블 밑에 처박힌 전화번호부를 모두 꺼내본 뒤에 물었다.

"뭐?"

"교외 전화번호부요. 쇼트힐스에 전화를 해야 하거든요."

"그 얄팍한 전화번호부? 뭐냐, 내가 그딴 걸로 집안이나 어지럽혀야 한다는 거냐, 사용하지도 않는데?"

"어디 있냐니까요."

"다리가 부러진 화장대 밑에."

"어이쿠야."

"안내에 전화하는 게 나을 거야. 거기 가서 그걸 잡아당겼다간 내 화장대가 엉망이 될 테니까. 나 좀 귀찮게 하지 마. 곧 네 숙부가 올 거 아니냐. 아직 너도 못 먹었는데."

"글래디스 숙모, 오늘밤엔 우리 모두 함께 먹는 게 어때요. 날도 덥잖아요. 그게 숙모도 편할 거예요."

"편하긴, 네 가지를 동시에 내놔야 하는데 뭐가 편해. 너는 고기 찜을 먹고, 수전은 코티지치즈*가 있어야 하고, 맥스는 스테이크를 차려줘야 해. 금요일은 맥스가 스테이크를 먹는 날이거든. 그걸 안 해줄 수는 없지. 그리고 난 식힌 닭이나 조금 먹으려고 해. 그러니 스무 번은 벌떡 일어났다 앉았다 해야 할 거 아니야? 내가 뭔데? 일하는 말이냐?"

"우리 다 스테이크, 아니면 식힌 닭을 먹으면 되잖……"

"이십 년 동안 내가 이 집 살림을 하고 있어. 너는 가서 네 여자친구한테 전화나 걸어."

그러나 전화를 했을 때 브렌다 파팀킨은 집에 없었다. 클럽에서 저녁을 먹고 있는데. 여자 목소리가 그렇게 말했다. 저녁 먹고 집에 오나요?(내 목소리는 소년 합창단원보다 두 옥타브 높았다) 모르겠는데. 골프 치러 갈지도 모르지. 그런데 누구죠? 나는 몇 마디 웅얼거렸다―말씀드려도 모르실 겁니다 전할 말은 없습니다 고맙습니다 폐를 끼쳐 죄송합니다……그렇게 주절거리다 전화를 끊었다. 그때 숙모가 나를 불렀고 나는 마음의 준비를 단단히 하고 저녁을 먹으러 갔다.

숙모가 윙 하고 돌아가는 검은 선풍기의 속도를 '최고'로 올리자, 선풍기는 부엌 등에 매달린 줄을 간신히 흔들어댔다.

"소다는 뭐로 할래? 진저에일, 무향 탄산수, 블랙 라즈베리 향 탄산수가 있어. 병에 든 크림소다를 따줄 수도 있고."

---

* 지방 함량이 거의 없어 다이어트용으로 애용되는 치즈.

16

"고맙지만 됐어요."

"그럼 물 마실래?"

"저는 식사할 때 뭐 안 마셔요. 글래디스 숙모, 이미 일 년 동안 매일 말씀드렸잖……"

"맥스는 다진 간 요리만 먹어도 한 통을 다 마시는데. 하루종일 열심히 일하거든. 너도 열심히 일하면 더 마시게 될 거야."

숙모는 레인지에서 고기 찜, 육즙, 삶은 감자, 거기에 콩과 당근까지 꺼내 접시에 가득 담았다. 숙모가 접시를 내 앞에 놓자, 음식의 열기가 얼굴까지 느껴졌다. 숙모는 이번에는 호밀빵을 두 조각 잘라 식탁의 내 자리에 놓았다.

나는 포크로 감자를 반으로 잘라 먹었고, 건너편에 앉은 글래디스 숙모는 나를 지켜보았다. "빵은 먹고 싶지 않구나? 자르지 말 걸 그랬다, 딱딱하게 굳을 텐데."

"먹고 싶어요."

"씨가 든 건 좋아하지 않지, 그렇지?"

나는 빵 한 조각을 반으로 찢어 먹었다.

"고기는 어떠냐?" 숙모가 물었다.

"괜찮아요. 좋은데요."

"감자하고 빵만 잔뜩 먹고 고기는 남기면 내다버려야 돼."

갑자기 숙모가 벌떡 일어섰다. "소금!" 식탁으로 돌아온 숙모는 소금 그릇을 내 앞에 탁 내려놓았다—숙모 집에서는 후추는 내놓지 않았다. 갤런 드레이크의 방송에서 후추가 몸에 흡수되지 않는다는 이야기를 들었기 때문이다. 그게 무엇이든 자신이 식탁에 내놓은 것이 단지 인체 여행의 즐거움만을 위해 식도, 위, 장을 통과해 간다는 생각이 글래디스 숙모에게는 충격적이었던 것이다.

"이제 콩을 골라내면 끝이지? 얘기를 해. 그럼 앞으로는 당근하고 그걸 사지 않을게."

"당근은 아주 좋아해요." 내가 말했다. "정말 좋아해요." 그리고 그것을 증명하기 위해 당근 조각들 가운데 반은 목구멍 안으로 던져넣고 나머지 반은 바지 위에 내던졌다.

"이런 돼지." 숙모가 말했다.

나는 디저트, 특히 과일을 무척 좋아했지만, 아무것도 먹지 않기로 했다. 이런 더운 밤에는 통조림 과일 대신 생과일을 택하는 것, 또는 생과일 대신 통조림 과일을 택하는 것을 둘러싸고 벌어지는 대화를 피하고 싶었기 때문이다. 내가 어느 쪽을 선호하든 글래디스 숙모는 늘 마치 훔친 다이아몬드처럼 다른 쪽을 냉장고에 잔뜩 재어두고 있었다. "저애는 통조림 복숭아를 먹고 싶다네. 냉장고에 어서 치워버려야 할 포도가 잔뜩 있는데……" 가엾은 글래디스 숙모에게 인생이란 버리는 것이었다. 숙모의 가장 큰 기쁨은 쓰레기를 내가고, 식료품 저장실을 비우고, 숙모가 여전히 '팔레스타인의 불쌍한 유대인들'이라고 부르는 사람들을 위해 낡아서 다 해진 옷을 모으는 것이었다. 나는 그저 숙모가 냉장고가 텅 빈 상태에서 죽기만 바랄 뿐이다. 그렇지 않으면 숙모는 벨비타 치즈가 녹색으로 변한다거나 네이블오렌지 밑에 솜털로 덮은 것 같은 곰팡이가 생긴다는 이유로 다른 모든 사람의 영생을 망쳐놓을 테니까.

맥스 숙부가 돌아왔고, 나는 브렌다에게 다시 전화를 걸면서 부엌에서 뻥뻥 소다 병뚜껑을 따는 소리를 들을 수 있었다. 이번에 전화를 받은 목소리는 높고, 퉁명스럽고, 지친 느낌이었다. "여보세요."

나는 준비한 연설을 시작했다. "여보세요-브렌다-브렌다-너는-나를-모를-거야-그러니까-내-이름을-모른다는-거야-난-오늘-오후에-클럽에서-네-안경을-들어준-사람이야……네가-들어달라고-했어-나는-회원이-아냐-내-사촌-도리스가-회원이야-도리스-클러그먼-도리스한테-네가-누구인지-물어봤어……" 나는 거기서 숨을 쉬고 브렌다에게 말할 기회를 준 다음, 계속 이어지는 상대편의 침묵에 응답했다. "도리스? 늘 『전쟁과 평화』를 읽는 애 말이야. 나는 그걸 보고 여름이 온 줄 알아. 도리스가 『전쟁과 평화』를 읽는 걸 보고." 브렌다는 웃지 않았다. 처음부터 그녀는 자신이 실용적인 정신의 소유자임을 보여주었다.

"이름이 뭐야?" 그녀가 물었다.

"닐 클러그먼. 다이빙대에서 네 안경을 들고 있었잖아, 기억나?"

브렌다는 내 질문에 질문으로 답을 했다. 못생긴 사람이건 잘생긴 사람이건 틀림없이 당황할 만한 질문이었다. "어떻게 생겼는데?"

"난…… 시커메."

"검둥이야?"

"아니."

"그럼 도대체 어떻게 생겼는데?"

"내가 오늘밤에 널 만나서 보여주면 안 될까?"

"그거 좋지." 브렌다는 웃음을 터뜨렸다. "난 오늘밤에 테니스 칠 건데."

"골프 치는 줄 알았는데."

"이미 쳤어."

"테니스 치고 난 다음은 어때?"

"그러면 땀범벅일 텐데." 브렌다가 말했다.

그것은 빨래집게로 코를 집고 반대 방향으로 달아나라는 경고가 아니었다. 그냥 사실이었다. 브렌다 자신은 그 사실을 아무렇지 않게 여기는 것 같았지만, 어쨌든 알려주고 싶었던 것이다.

"상관없어." 나는 그렇게 말하면서, 그 말이 나를 결벽과 구질구질함의 사이 어딘가에 자리잡게 해주는 어조로 전달되었기를 바랐다. "내가 차로 데리러 갈까?"

브렌다는 잠시 대답이 없었다. 그녀가 중얼거리는 소리가 들렸다. "도리스 클러그먼, 도리스 클러그먼……" 이윽고 그녀가 말했다. "그래, 브라이어패스힐스로 와. 여덟시 십오분에."

"내 차는……" 연식을 말하기가 망설여졌다. "황갈색 플리머스야. 그 차를 몰고 간 사람이 나라고 생각하면 돼. 그런데 나는 너를 어떻게 알아보지?" 나는 웃음을 터뜨렸다. 음흉하고 징그럽게 들릴 것 같았다.

"땀을 흘리고 있을 거야." 그녀는 그렇게 말하고 전화를 끊었다.

차를 몰고 어빙턴을 지나, 철도 건널목, 전철수轉轍手 대기소, 목재 보관소, 데어리 퀸*, 중고차 판매장이 빽빽하게 들어차 뒤얽혀 있는 곳을 지나 뉴어크를 벗어나자 밤공기가 한결 선선해졌다. 실제로 교외의 고도가 뉴어크보다 180피트 높았기 때문에

---

* 미국 아이스크림 프랜차이즈.

하늘에 더 가까이 다가간 느낌이었다. 해도 더 커지고, 낮아지고, 둥글어졌다. 이제 내 차는 긴 잔디밭을 지나고 있었다. 잔디밭은 물을 빙빙 돌려 자기 몸에 끼얹고 있는 것처럼 보였다. 그리고 집들을 지났는데, 현관 입구 계단에 아무도 앉아 있지 않았고, 불은 밝혔지만 창문은 모두 닫혀 있었다. 그 안에 있는 사람들은 다이얼을 돌려 피부에 닿는 습기의 양을 조절하며 살았고, 밖에 있는 우리 같은 사람들에게는 자신들의 삶의 결을 드러내려 하지 않았다. 이제 겨우 여덟시였다. 나는 일찍 도착하고 싶지 않았기 때문에 동부 대학의 이름이 붙은 거리를 오르내렸다. 이 동네는 오래전 이런저런 곳의 이름을 지을 때 이곳에 살 주민의 아들들의 운명을 그런 식으로 계획해놓은 것 같았다. 나는 골목의 타다 남은 재 같은 어둠 속에서 싸구려 접의자에 앉아 마운즈 초콜릿을 나누어 먹고 있을 글래디스 숙모와 맥스 숙부를 생각했다. 시원한 바람만 한 번 불어주면 그들은 죽음 후의 삶을 약속받은 기분일 것이다. 잠시 후 나는 브렌다가 테니스를 치는 작은 공원 안의 자갈이 깔린 도로로 들어섰다. 차의 글러브 박스에 들어 있는 『뉴어크 도로 지도』가 귀뚜라미로 변신해버린 것 같았다. 1마일 길이로 쭉쭉 뻗은, 타르를 덮은 거리들은 이제 눈앞에서 사라지고, 밤의 소리들이 관자놀이에서 고동치는 피만큼이나 시끄러웠기 때문이다.

나는 떡갈나무 세 그루가 우거지면서 생겨난 거무스름한 녹색 지붕 밑에 주차를 하고, 테니스공 소리를 향해 걸어갔다. 약오른 목소리가 들렸다. "듀스 어게인." 브렌다였다. 땀을 뻘뻘 흘리고 있는 듯한 목소리였다. 잘그락잘그락 소리를 내며 천천히 자갈을 밟고 걸어가는데 다시 브렌다의 목소리가 들렸다. "마이 어드밴티지." 길모퉁이를 돌아가다 소매가 나뭇가지에 걸리며 가시가 잔뜩 달라붙었을 때 "게임!" 하는 소리가 들렸다. 그녀의 라켓이 빙글빙글 돌며 공중으로 올라갔다. 그녀가 나의 시야로 들어오는 순간, 그녀는 떨어지는 라켓을 멋지게 받아내고 있었다.

"어이." 내가 소리쳤다.

"안녕, 닐. 한 게임 남았어." 브렌다가 소리쳤다. 브렌다의 말이 상대의 화를 돋운 것 같았다. 갈색 머리의 예쁜 여자애였다. 그녀는 자기 옆으로 날아간 공을 찾다 말고 브렌다와 나를 노려보았다. 곧 그 이유를 알게 되었다. 브렌다는 5 대 4로 앞서고 있었다. 그런데 이제 한 게임이면 끝난다고 자신만만하게 구니, 상대는 우리 둘이 나누어 가져도 충분할 만큼 분노를 쏟아냈던 것이다.

결국 브렌다가 이기기는 했다. 그녀가 예상했던 것보다 많은 게임을 치르기는 했지만. 이름이 심프 비슷하게 들리는 여자애는 6 대 6까지 가자 행복해 보였다. 그러나 브렌다는 계속 이동하고, 달리고, 뒤꿈치를 들어올렸다. 멈추려 하지 않았다. 마침내 어둠이 깔리며 그녀의 안경, 안경의 반짝거림, 허리띠의 죔쇠, 양말, 스니커즈, 그리고 가끔 공이 움직이는 것만 보였다. 어두워질수록 브렌다는 더욱 사납게 네트로 돌진했다. 이상해 보이는 일이었다. 조금 전 밝을 때는 앞으로 나가려 하지 않았기 때문이다. 천천히 높게 오는 공을 강하게 받아친 다음 네트로 돌진해야 했을 때도 상대의 라켓에 가까이 다가가는 것이 그렇게 즐거워 보이지 않았다. 점수를 따고자 하는 열정보다 자신의 아름다움을 그대로 유지하고 싶은 열정이 훨씬 강한 것 같았다. 뺨에 테니스공의 붉은 자국이 남는 것을 세상의 모든 점수를 잃는 것보다 큰 고통으로 여기는 것 같았다. 그러나 어둠이 그녀를 네트 쪽으로 몰아넣었다. 그녀의 스트로크는 강해졌고, 마침내 심프는 흐느적대며 걸어다니는 것처럼 보였다. 시합이 다 끝났을 때 심프는 집까지 태워주겠다는 내 제안을 거절했다. 그녀는 오래된 캐서린 헵번 영화에서 빌려온 듯한 말투로 혼자 알아서 할 수 있다는 뜻을 내비쳤다. 그녀의 저택은 가장 가까운 찔레 덤불보다 멀지 않은 듯했다. 그녀는 나를 좋아하지 않았고 나도 그녀를 좋아하지 않았다. 물론 그녀는 그런 것에 나처럼 마음을 쓰지 않았던 것이 분명하지만.

"저애는 누구야?"

"로라 심프슨 스톨로위치."

"왜 스톨로라고 부르지 않고?" 내가 물었다.

"심프*가 베닝턴에서 부르는 이름이야. 멍청이."

"너도 그 학교 다녀?" 내가 물었다.

브렌다는 땀을 말리려고 셔츠를 살짝 들어 그대로 붙들고 있었다. "아니. 나는 보스턴에서 다녀."

나는 그 대답 때문에 그녀가 싫어졌다. 누가 나한테 어느 학교를 다녔느냐고 물으면 나는 언제나 솔직하게 털어놓았다. 러트거스 대학의 뉴어크 칼리지. 물론 너무 큰 소리로, 너무 빠르게, 너무 흥분해서 대답을 하는지는 모르지만, 어쨌든 대답은 한다. 순간적으로 나는 브렌다를 보면서 몬트클레어 출신의 조그만 들창코 새끼들이 떠올랐다. 그들은 방학 동안 도서관에 들렀는데, 내가 그들의 책에 스탬프를 찍는 동안 서서 커다란 스카프를 잡아당겨 발목까지 늘어뜨리며, 내내 '보스턴'과 '뉴헤이븐'**을 넌지시 들먹였다.

"보스턴 대학?" 내가 시선을 나무들 쪽으로 돌리며 물었다.

"래드클리프."***

---

* Simp에는 '바보'라는 뜻도 있다.

** 각각 하버드와 예일 대학의 소재지로, 이곳에 다니는 좋은 집안의 학생들은 자신의 대학 이름을 직접 부르지 않고 지역 이름으로 암시하는 버릇이 있었다.

우리는 여전히 코트에 서 있었다. 사방에서 흰 선이 우리를 둘러싸고 있었다. 코트 뒤쪽 수풀에서는 반딧불이들이 가시나무 냄새가 나는 공기에 8자를 그리고 있었다. 밤이 갑자기 쑥 들이닥치자, 나뭇잎들이 막 비를 맞은 것처럼 한순간 반짝거렸다. 브렌다는 코트를 떠났고, 나는 한 걸음 떨어져서 뒤를 따랐다. 눈이 어둠에 익숙해져, 그녀가 단지 목소리가 아니라 다시 하나의 형체로 나타나게 되자, 그녀의 '보스턴' 발언으로 인한 분노는 둥둥 떠서 사라져버리고 나는 다시 그녀를 감상하게 되었다. 그녀가 두 손으로 엉덩이 근처를 잡아당기지는 않았지만, 가려져 있건 그렇지 않건, 카키색 버뮤다팬츠를 꽉 채운 그 형태는 드러나 있었다. 아주 작은 칼라가 달린 하얀 폴로셔츠 등에는 축축한 삼각형이 두 개 있었다. 그녀에게 날개가 있다면, 그 날개가 돋아났을 곳이었다. 격자무늬 허리띠, 하얀 양말, 하얀 테니스용 스니커즈가 그녀라는 그림을 완성하고 있었다.

그녀는 걸어가면서 라켓 커버의 지퍼를 채웠다.

"빨리 집에 가고 싶어?" 내가 물었다.

"아니."

"그럼 여기 좀 앉자. 상쾌한데."

*** 하버드 대학이 남학교였을 당시 협력관계에 있던 여자대학.

"좋아."

우리는 풀이 덮인 비탈에 앉았다. 경사가 졌기 때문에 몸을 기울이지 않아도 뒤로 기댄 자세가 되었다. 그런 각도로 앉아 있으니 마치 새로운 별의 명명식이나 반쯤 부푼 달이 완전한 크기로 부풀어오르는 현상 같은 천체의 사건을 구경할 준비라도 하는 듯했다. 브렌다는 이야기를 하면서 라켓 커버의 지퍼를 채웠다 열었다 했다. 처음으로 신경이 예민해지는 듯했다. 그녀가 안절부절못하자 거기에 물든 듯 나 또한 다시 안절부절못했다. 그러면서 우리는 그때까지 신기하게도 용케 면제를 받았다고 여기던 것이 다가오고 있음을 알게 되었다. 공식적인 첫 만남의 형식적인 절차를 밟아나가야 했던 것이다.

"네 사촌 도리스는 어떻게 생겼어?" 그녀가 물었다.

"시커메······"

"그러니까 도리스가······"

"아냐." 내가 말했다. "주근깨가 있고 머리가 거무스름하고 키가 아주 커."

"어느 학교에 다녀?"

"노샘프턴."*

---

* 브렌다의 방식을 흉내내어 칼리지 이름을 말하지 않고 그 지역 이름을 댄 것.

브렌다는 대꾸하지 않았다. 내 말의 의미를 그녀가 얼마나 이해했는지는 나도 모른다.

"나는 모르는 애 같은데." 잠시 후 그녀가 말했다. "클럽의 새 회원이야?"

"그럴 거야. 리빙스턴으로 이사한 지 겨우 이 년 됐거든."

"아."

새로운 별은 나타나지 않았다. 적어도 다음 오 분 동안은.

"내가 네 안경 들어준 거 기억나?" 내가 말했다.

"이제 기억나." 그녀가 말했다. "너도 리빙스턴에 살아?"

"아니. 뉴어크에."

"내가 아기 때 우리도 뉴어크에 살았는데." 그녀가 묻지도 않은 이야기를 했다.

"집에 가고 싶어?" 나는 갑자기 화가 났다.

"아니. 하지만 좀 걷자."

브렌다가 돌을 하나 걷어차며 내 앞으로 한 걸음 나섰다.

"왜 어두워진 뒤에야 네트에 돌진한 거야?" 내가 말했다.

그녀는 나를 돌아보며 웃음을 지었다. "눈치챘어? 바보 심프는 모르던데."

"왜 그런 거야?"

"심프가 리턴을 못할 게 확실치 않으면 너무 가까이 가고 싶지 않았거든."

"왜?"

"내 코 땜에."

"뭐?"

"코가 걱정이 된다고. 코를 했거든."

"뭐?"

"코를 고쳤다고."

"뭐가 문제였는데?"

"울퉁불퉁했어."

"많이?"

"아니." 그녀가 말했다. "난 전에도 예뻤어. 하지만 지금은 더
예뻐졌어. 오빠는 가을에 고칠 거야."

"네 오빠도 더 예뻐지고 싶어서?"

브렌다는 대답을 하지 않고 다시 앞서 걸어갔다.

"농담하는 거 아니야. 내 말은 네 오빠가 그걸 왜 하냐고?"

"오빠가 하고 싶어하니까…… 체육 선생이 된다면 얘기가 다르
지만…… 하지만 안 될 거니까." 그녀가 말했다. "우리 모두 아
버지를 닮았어."

"아버지도 고치신대?"

"너 왜 그렇게 못됐니?"

"그렇지 않아. 미안해." 나의 다음 질문은 진지한 관심을 보이고, 그럼으로써 정중한 태도를 되찾고 싶은 욕망에서 촉발되었다. 그러나 입에서는 내가 예상한 대로 나오지 않았다—너무 크게 말했다. "돈이 얼마나 들어?"

브렌다는 잠시 잠자코 있었지만 결국 대답했다. "1000달러. 돌팔이한테 가지 않는다면."

"어디 돈값을 했나 좀 보자."

그녀는 다시 고개를 돌렸다. 그녀는 벤치 옆에 서서 거기에 라켓을 내려놓았다. "키스하게 해주면 못되게 굴지 않을 거야?"

서로 다가가는 동작이 어색해지는 것을 막으려면 두 걸음이나 떼어야 했지만, 우리는 충동을 좇아 키스를 했다. 나는 목덜미에서 그녀의 손을 느끼고 그녀를 내 쪽으로 잡아당겼다. 너무 난폭하게 잡아당겼던 것 같기도 하다. 두 손은 그녀의 옆구리를 가로질러 등으로 갔다. 어깨뼈의 축축한 곳에 손이 닿았다. 장담하건대, 그 밑으로 희미한 파닥거림이 느껴졌다. 마치 그녀의 젖가슴 안의 아주 깊은 곳, 뒤로 멀리 있는 곳이 파르르 떨려 셔츠를 통해서도 그 느낌이 전달되는 것 같았다. 날개가 파닥거리는 것 같았다. 그녀의 젖가슴만한 아주 작은 날개. 날개가 작은 것은 상관없었다—쇼트힐스의 여름밤을 뉴어크보다 훨씬 시원하게 만들어주는 그 빌어먹을 180피트 위로 나를 실어나르는 데 독수리의 날개까지는 필요 없으니까.

둘

　다음날 나는 다시 한번 브렌다의 안경을 들어주었다. 이번에는 임시 하인으로서가 아니라 오후 손님으로서였다. 아니, 어쩌면 둘 다였는지 모르지만, 그래도 전날보다는 나아진 셈이었다. 그녀는 검은색 원피스 수영복을 입고 맨발로 돌아다녔다. 다른 여자들은 큐반 힐*을 신고 패드를 넣어 가슴을 받치고, 손가락 마디만한 반지를 끼고, 밀짚모자를 쓰고 다녔다. 밀짚모자는 고리버들로 엮은 거대한 피자 접시와 비슷했는데, 어떤 짙게 그을린 여자가 귀에 거슬리는 목소리로 말하는 것을 우연히 들은 바에 따르면, "바베이도스에 정박했을 때 아주 귀여운 슈바처**에게서" 산 것이었다. 그들 사이에서 브렌다는 소박하면서도 우아해 보였다. 뱃사람이 꿈에 그리는 폴리네시아 처녀 같았다. 물론 도수가 있는 선글라스를 쓰고 있었고 성이 파팀킨이기는 했지만. 그

---

* 중간 높이의 힐.
** '검둥이'라는 뜻의 이디시어.

녀는 물을 약간 철버덕거리며 크롤 영법으로 다시 수영장 가장자리로 돌아와, 두 손을 쑥 올려 내 발목을 꽉 잡았다. 축축했다.

"들어와." 그녀는 눈을 가늘게 뜨고 나를 올려다보며 말했다. "놀자."

"네 안경은?" 내가 말했다.

"아, 그 염병할 건 부숴버려. 안경 정말 싫어."

"눈을 고치지그래."

"또 이런다."

"미안해." 내가 말했다. "안경은 도리스한테 맡길게."

여름이 기습적으로 들이닥쳤을 때, 도리스는 안드레이 공이 그의 부인을 떠난 대목을 넘어갔으며, 지금은 우울한 표정으로 앉아 있었다. 그러나 가련한 리자 공작 부인*의 쓸쓸한 운명 때문이 아니라, 자신의 어깨 피부가 벗어지는 것을 최근에 발견했기 때문이었음이 드러났다.

"브렌다 안경 좀 봐줄래?" 내가 말했다.

"응." 그녀는 투명한 살을 덮은 작은 껍질을 벗겨내 공중에 날렸다. "젠장."

나는 도리스에게 안경을 건넸다.

---

*안드레이 공과 리자 공작 부인은 『전쟁과 평화』의 등장인물.

"뭐야, 말도 안 돼." 그녀가 말했다. "나더러 그걸 들고 있으라고? 거기 그냥 내려놔. 나는 저애의 노예가 아니야."

"넌 정말 골치 아픈 애야, 그거 알고 있어, 도리스?" 그렇게 앉아 있으니 도리스는 로라 심프슨 스톨로위치와 약간 비슷해 보였다. 마침 심프가 수영장 맞은편에서 어딘가로 걸어가고 있었다. 그녀는 브렌다와 나를 피하고 있었는데, 그것은 어젯밤 브렌다가 안겨준 패배 때문이었다(나는 그렇게 생각하고 싶었다). 아니면 (이렇게 생각하고 싶지는 않았지만) 내가 있는 게 어색했기 때문인지도 몰랐다. 어쨌거나 내가 도리스를 공격하는 것에는 그녀만이 아니라 심프를 못마땅하게 여기는 마음도 겹쳐 있었다.

"참 고마운 말씀이네." 도리스가 말했다. "너를 일일 손님으로 초대해준 사람한테 말이야."

"그건 어제 일이지."

"작년은 어떻고?"

"맞아, 네 어머니가 작년에도 나를 초대하라고 시켰지. 그애가 자기 부모한테 편지를 쓸 때 우리가 제대로 돌봐주지 않는다고 불평하지 않도록 에스터네 아이를 좀 초대해라, 그랬겠지. 그래서 매년 여름 내가 일일 초대 손님이 되는 거고."

"너는 네 부모님과 함께 갔어야 해. 그건 우리 잘못이 아니야.

우리가 널 책임져야 하는 게 아니란 말이야." 도리스가 그렇게 이야기하는 것을 들으며, 나는 그것이 도리스가 집에서 들은 이야기라는 것을 알 수 있었다. 아니면 스토나 다트머스에 있다가 노샘프턴으로 돌아간 뒤, 또는 주말에 로웰 하우스*에 사는 남자친구와 함께 샤워를 하며 놀다가 노샘프턴으로 돌아간 뒤 월요일에 받아본 편지에 적혀 있던 이야기거나.

"네 아버지한테 걱정 마시라고 해. 에런 백부는, 훌륭한 분이지. 어쨌든 나는 알아서 할 수 있어." 나는 다시 수영장으로 달려가, 그대로 물에 풍덩 뛰어들었다. 그리고 잠시 후 돌고래처럼 브렌다 옆으로 솟아오르며, 내 다리로 그녀의 다리를 쓸었다.

"도리스는 어때?"

"껍질을 벗기고 있어." 내가 말했다. "도리스는 피부를 고칠 거야."

"아, 좀." 브렌다는 그렇게 말하더니 잠수를 했다. 이윽고 그녀가 두 손으로 내 발바닥을 꽉 잡는 게 느껴졌다. 나는 몸을 뒤로 빼고 그녀와 함께 잠수했다. 그러다 시합을 할 때 수영장 레인을 나누는 밑바닥의 검은 선들이 어른거리는 곳 6인치 위에서 서로의 입술 안에 키스로 거품을 집어넣었다. 그녀는 그곳에서, 그런

---

* 하버드 대학의 기숙사 중 하나.

레인 컨트리클럽의 수영장 바닥에서, 나를 향해 미소를 짓고 있었다. 우리 머리 위에서 다리들이 흔들렸고, 오리발 한 쌍이 녹색을 뿌리며 미끄러져갔다. 나하고야 상관없는 일이지만 사촌 도리스는 껍질에 껍질을 벗기다 몸 전체가 사라질 수도 있었고, 글래디스 숙모는 매일 밤 상을 스무 번 차릴 수도 있었고, 우리 아버지와 어머니는 저 남쪽 애리조나의 용광로에서 천식을 깨끗이 태워버릴 수도 있었다. 그 무일푼의 도망자들. 하지만 나는 브렌다 외에는 아무런 관심이 없었다. 그녀가 퍼덕거리며 올라가는 것을 보며 나는 그녀를 내 쪽으로 끌어당기러 갔다. 내 손이 그녀의 수영복 목 부분에 걸리는 바람에 수영복이 그녀의 상체에서 벗겨져나갔다. 마치 코가 분홍빛인 물고기 두 마리처럼 그녀의 젖가슴이 나를 향해 헤엄쳐 왔다. 그녀는 내가 그 물고기를 쥐게 해주었다. 잠시 후 해가 우리 두 사람에게 키스했다. 우리는 물 밖으로 나왔다. 서로에게 정말 만족해 웃음조차 나오지 않았다. 브렌다는 머리를 흔들어 내 얼굴에 물기를 뿌렸다. 나에게 물방울이 닿는 순간, 나는 그녀가 이 여름, 그리고 바라건대, 그 이후에 관한 약속을 했다고 느꼈다.

"선글라스 필요해?"

"너는 가까이 있어서 잘 보여." 그녀가 말했다. 우리는 파란 파라솔 밑의 긴 의자 두 개에 나란히 앉아 있었다. 의자의 플라스틱이 우리 수영복과 살에 닿아 지글거렸다. 나는 고개를 돌려 브렌다를 보다가 내 어깨 피부가 타는 희미한 냄새를 맡았다. 기분좋은 냄새였다. 나는 고개를 돌려 해를 보았다. 그녀도 보았다. 이야기를 하는 동안 해는 점점 뜨거워지고 밝아졌으며, 눈을 감으면 눈꺼풀 밑에서 색깔들이 쪼개졌다.

"이거 진행이 아주 빠른데." 브렌다가 말했다.

"아직 아무 일도 일어나지 않았는데." 내가 작은 소리로 말했다.

"맞아. 그런 것 같아. 그런데도 뭔가 일어난 느낌이야."

"열여덟 시간 만에?"

"응…… 쫓기는 느낌이야." 그녀가 뜸을 들이다 뒷말을 덧붙였다.

"나를 초대한 건 너야, 브렌다."

"왜 너는 늘 나한테 약간 못되게 구는 것 같지?"

"내가 못되게 구는 것 같아? 그럴 마음이 아니었는데. 정말로."

"그렇게 느껴진다니까! 나를 초대한 건 너야, 브렌다. 그래서 뭘 어쩌라고?" 그녀가 말했다. "물론 그렇게 내가 되묻겠단 건 아니지만."

"미안해."

"사과 좀 그만해. 너는 반사적으로 사과를 해. 진심도 아니면서."

"이제 네가 나한테 못되게 굴고 있네." 내가 말했다.

"아냐. 그냥 사실을 말하고 있는 거야. 우리 말싸움하지 말자. 나는 너 좋아하거든." 그녀는 고개를 돌렸다. 그녀 또한 잠시 다른 것을 잊고 자신의 살에서 여름 냄새를 맡는 듯한 표정이었다. "너 생긴 게 마음에 들어." 그녀 특유의 사실을 진술하는 듯한 말투 덕분에 나는 당황하지 않을 수 있었다.

"왜?" 내가 물었다.

"어떻게 어깨가 그렇게 멋있어? 운동이라도 한 거야?"

"아니." 내가 말했다. "그냥 자라다보니 이렇게 되던데."

"네 몸이 마음에 들어. 훌륭해."

"기분좋은데." 내가 말했다.

"너도 내 몸이 마음에 들지, 그치?"

"아니." 내가 말했다.

"그럼 너한테는 줄 수 없어." 그녀가 말했다.

나는 손등으로 그녀의 머리카락을 귀에 납작하게 붙도록 쓸어내렸다. 우리는 잠시 말이 없었다.

"브렌다." 내가 말했다. "너는 나에 관한 건 전혀 물어보지 않더라."

"기분이 어때? 네 기분이 어떠냐고 물어봐주기를 바라?"

"응." 나는 그렇게 대답하며, 더 밀어붙이지 않고 그녀가 열어준 뒷문으로 나갔다. 아마도 그녀가 나에게 그 문을 열어준 것과 같은 이유는 아니었을 테지만.

"그래, 기분이 어때?"

"수영하고 싶어."

"좋아." 그녀가 말했다.

우리는 오후 나머지 시간을 물에서 보냈다. 수영장 바닥에는 세로로 긴 줄을 여덟 개 그어놓았는데, 그날 하루가 끝날 때까지 빠짐없이 각 레인마다 한참 동안 머물렀던 것 같다. 우리는 팔을 뻗으면 닿을 만큼 거무스름한 금 가까이까지 내려가 있었다. 그러다 이따금씩 의자로 돌아가 머뭇머뭇 우리가 서로에게 느끼기 시작한 감정을 재치 있으면서도 불안하면서도 다정한 찬가로 노래했다. 사실 입으로 말하기 전에는 우리가 가지고 있다고 말하는 감정이 존재하지 않았다—적어도 나는 그랬다. 그러나 그렇게 말하는 순간 그런 감정을 만들어내고 소유하게 되었다. 우리는 낯설고 새로운 느낌을 휘저어 사랑을 닮은 거품 속에 집어넣었지만, 감히 그것을 너무 오래 가지고 놀지도 못했고, 그 이야기를 너무 많이 하지도 못했다. 자칫 납작해지거나 픽 하고 꺼져버릴 것 같았기 때문이다. 그래서 우리는 의자에서 물로, 이야기에서 침묵으로 왔다갔다했다. 그래도 내가 브렌다와 함께 있을 때면 어김없이 안절부절못한다는 점, 또 진짜 브렌다와 브렌다가 아는 브렌다 사이에는 에고라는 높은 벽, 버팀벽이 솟아 있다는 점을 고려하면, 우리는 상당히 잘해나간 셈이었다.

네시쯤, 수영장 바닥에 있던 브렌다가 갑자기 나에게서 몸을 빼더니 수면으로 솟구쳤다. 나도 그녀를 따라 위로 올라갔다.

"왜 그래?" 내가 말했다.

우선 그녀는 머리카락을 이마에서 걷어냈다. 그러더니 손으로 수영장 바닥을 가리켰다. "오빠야." 그러면서 기침을 하여 물을 조금 토해냈다.

갑자기, 론 파팀킨이 바다에서 솟아오르는 상고머리 프로테우스*처럼 우리가 조금 전에 차지하고 있던 얕은 물에서 튀어나왔다. 그의 거대한 몸집이 우리 앞에 있었다.

"어이, 브렌." 론이 그녀를 부르면서 손바닥으로 물을 세게 치는 바람에 브렌다와 나에게 작은 허리케인이 밀려왔다.

"뭐가 그렇게 즐거워?" 브렌다가 물었다.

"양키스가 두 게임을 이겼거든."

"그럼 미키 맨틀**이 저녁 먹으러 오는 거야?" 그녀가 대꾸하더니 나를 돌아보며 말을 이었다. "양키스가 이길 때는," 서서 헤엄을 치는 그녀의 모습이 너무 편해 보여, 발밑 물에 푼 염소鹽素

---

* 그리스신화에 나오는 바다의 신.

** 뉴욕 양키스에서 활약한 야구 선수.

가 대리석으로 바뀌기라도 한 것 같았다. "미키 맨틀을 위해 자리를 하나 더 만들거든."

"시합할래?" 론이 물었다.

"아니, 로널드. 혼자 해."

둘 다 나에 관해서는 한마디도 하지 않았다. 나는 최대한 나서지 않으려고 애쓰며 헤엄을 치고 있었다. 소개받지 않은 제삼자는 인사할 기회를 기다리며 뒤로 물러나 아무 말도 하지 않는 것이 예의인 듯이. 하지만 나는 오후의 운동으로 피곤했기 때문에, 정말이지 이 오누이가 서로 놀리며 수다를 떠는 일을 그쯤에서 멈추어주기를 바라고 있었다. 다행히도 브렌다가 나를 소개했다. "로널드, 여기는 닐 클러그먼이야. 여기는 우리 오빠 로널드 파팀킨."

그 15피트의 물에서 일어날 수 있는 모든 일 가운데 하필이면 론이 악수를 하자고 손을 뻗는 일이 벌어졌다. 나는 그 손을 잡았다. 그는 거창한 악수를 기대한 것 같았지만 나는 그 기대에 부응하지 못했다. 턱이 물속으로 1인치 정도 미끄러져들어가면서 갑자기 몸에서 진이 다 빠졌기 때문이다.

"시합할래?" 론이 선량한 얼굴로 나에게 물었다.

"해, 닐. 론하고 시합해봐. 나는 집에 전화해서 네가 저녁 먹으러 간다고 할게."

"내가 저녁 먹으러 가는 거야? 그럼 나도 숙모한테 전화해야 하는데. 너 미리 얘기 안 했잖아. 내 옷이……"

"우리는 있는 그대로* 먹어."

"뭐라고?" 로널드가 못 알아듣고 물었다.

"수영이나 해, 베이비." 브렌다가 그에게 말했다. 그녀가 로널 드의 얼굴에 입을 맞추는 것을 보며 나는 가슴이 약간 쓰렸다.

나도 전화를 해야 한다며 간청하다시피 이야기를 해 시합을 하지 않을 수 있었다. 수영장의 타일을 간 파란 가장자리에 올라 서서 뒤돌아보니 론은 매끄러우면서도 엄청난 스트로크로 수영 장을 세로로 헤엄치고 있었다. 그렇게 수영장을 세로로 여섯 번 헤엄치고 나면 수영장의 내용물을 마실 권리를 얻게 될 것 같다 는 느낌이 들었다. 나는 그가 맥스 숙부와 마찬가지로 엄청난 갈 증과 거대한 방광의 소유자라고 상상하고 있었다.

글래디스 숙모는 그날 밤 상을 세 번만 차리면 된다는 이야기 를 듣고도 안도하는 기색이 아니었다. "꼴값하네." 그것이 숙모 가 전화로 나에게 한 이야기의 전부였다.

우리는 부엌에서 저녁을 먹지 않았다. 우리 여섯―브렌다,

---

* au naturel. 원래는 음식을 날것 그대로 먹는다는 뜻의 프랑스어지만 여기서는 입고 있던 옷을 그대로 입고 먹는다는 뜻으로 비틀어 사용했다.

나, 론, 파팀킨 부부, 브렌다의 여동생 줄리―은 식당의 식탁에 둘러앉았고, 귀에 작은 구멍이 여러 개 있지만 귀걸이는 하지 않은, 얼굴이 나바호족 인디언을 닮은 검둥이 하녀 칼로타가 음식을 차려주었다. 나는 브렌다 옆에 앉았고, 브렌다는 그녀에게는 '있는 그대로'인 옷을 입고 있었다. 버뮤다팬츠―꼭 끼는 것으로―에 하얀 폴로셔츠, 테니스용 스니커즈, 하얀 양말. 내 맞은편에는 동그란 얼굴에 언제나 명랑한 열 살짜리 줄리가 앉아 있었다. 거리의 다른 여자애들이 잭스 놀이를 하거나 남자애들이나 다른 여자애들과 노는 동안, 줄리는 저녁 먹기 전 뒤쪽 잔디밭에서 아버지와 함께 골프 퍼팅을 했다. 파팀킨 씨를 보자 나는 아버지가 생각났다. 다만 말을 할 때 씩씩거리는 소리로 매 음절을 둘러싸지 않는다는 점이 다를 뿐이었다. 그는 키가 크고, 힘이 세고, 문법에 맞지 않는 말을 쓰고, 사납게 먹어댔다. 병에 든 프렌치드레싱으로 흠뻑 적신 샐러드를 공략할 때는 팔뚝의 두꺼운 피부 밑의 핏줄이 불거졌다. 그는 샐러드를 세 그릇 먹었고, 론은 네 그릇, 브렌다와 줄리는 두 그릇을 먹었다. 파팀킨 부인과 나만 한 그릇씩 먹었다. 파팀킨 부인은 확실히 식탁에 앉은 우리 모두 가운데 인물이 가장 좋았지만, 그래도 나는 부인이 마음에 들지 않았다. 부인은 불길한 느낌이 들 정도로 나에게 깍듯이 예의를 차렸다. 자주색 눈, 거무스름한 머리카락, 크고 자극적인 몸 때문에 과거에는 야성의 공주였지만 지금은 포로가 되어버린 미녀, 유순하게 길들여져서 왕의 딸—브렌다였다—의 하녀 노릇을 하게 된 미녀 같다는 느낌을 주었다.

널찍한 전망창 너머로 한 쌍의 떡갈나무가 있는 뒤쪽 잔디밭이 보였다. 나는 떡갈나무라고 말하지만, 기발한 사람들은 그것을 스포츠용품 나무라고 부를지도 모르겠다. 나뭇가지 밑에 나무에서 떨어진 과일처럼 골프 아이언 두 개, 골프공 하나, 테니스공을 담는 캔 하나, 야구 배트, 농구공, 일루수 글러브, 그리고 말채찍으로 보이는 게 하나 있었기 때문이다. 더 뒤쪽, 파팀킨 소유지를 둘러싸고 있는 관목 근처 작은 농구 코트 앞에는, 중앙에 하얀 O자를 수놓은 빨간 사각형 담요가 깔려 있어, 꼭 녹색 잔디에 불이 붙은 것처럼 보였다. 농구 골대의 그물이 움직이는 것을 보니 밖에는 바람이 부는 모양이었다. 안에 있는 우리는 웨스팅하우스*가 만들어낸 변화 없는 시원한 공기 속에서 저녁을 먹고 있었다. 즐거운 일이었다. 다만 이 거인국에 속한 사람들 사이에서 저녁을 먹자니 한동안 내 어깨의 10센티미터가 잘려나가고, 키는 7.5센티미터가 잘려나간 느낌이었다. 게다가 누가 내 갈빗대를 들어내는 바람에 가슴이 찍소리도 못하고 등에 가서

---

* 미국의 가전제품회사.

달라붙어버린 것 같았다.

식탁에서 대화는 별로 없었다. 무게 있게, 꼼꼼하게, 진지하게 식사를 했다. 음식을 건네는 동안 사라져버린 문장들, 입안에 든 음식과 함께 꿀꺽꿀꺽 넘어간 단어들, 쌓고, 흘리고, 게걸스레 먹는 와중에 잘리고 잊힌 구문들까지 일일이 다 드러내기보다는, 입 밖으로 나온 말들을 그냥 한꺼번에 통으로 기록하는 것이 차라리 나을 듯하다.

론에게: 해리엇은 언제 전화해?

론: 다섯시.

줄리: 다섯시 지났어.

론: 그쪽 시간으로.

줄리: 밀워키는 도대체 왜 여기보다 빠른 거야? 하루종일 비행기를 타고 왔다갔다한다고 생각해봐. 절대 나이를 먹지 않을 거야.

브렌다: 맞아, 스위트하트.

P. 부인: 왜 애한테 잘못된 정보를 주는 거니? 그거 고치려고 저애가 학교에 가는 거야?

브렌다: 나는 쟤가 왜 학교에 가는지 몰라요.

P. 씨 (다정하게): 어이, 여대생.

론: 칼로타는 어디 갔어? 칼로타!

P. 부인: 칼로타, 로널드에게 좀더 갖다줘.

칼로타 (소리친다): 뭘 더요?

론: 다.

P. 씨: 나도.

P. 부인: 저러다 골프장에 가면 걷지를 못해 사람들이 굴려줘야 할 거야.

P. 씨 (셔츠를 위로 들어올리고 둥그스름한 검은 배를 찰싹 때리며): 무슨 소리를 하는 거야? 이걸 보라고!

론 (티셔츠를 확 젖혀 올리며): 이걸 보라고요.

브렌다 (나에게): 너도 배를 보여주고 싶어?

나 (다시 합창단 소년 목소리로): 아니.

P. 부인: 됐어요, 닐.

나: 네. 감사합니다.

칼로타 (부르지도 않았는데 나타난 귀신처럼 내 어깨 너머에서): 댁도 더 드시려우?

나: 아니요.

P. 씨: 저 친구는 새처럼 먹는군.

줄리: 어떤 새들은 많이 먹어요.

브렌다: 어떤 새?

P. 부인: 저녁 식탁에서 동물 이야기는 하지 말자. 브렌다, 왜

자꾸 그애를 부추겨?

론: 칼로타는 어디 있는 거야? 나 오늘밤에 시합해야 하는데.

P. 씨: 손목에 테이프 감아라. 잊지 마.

P. 부인: 어디 살죠, 빌?

브렌다: 닐이야.

P. 부인: 내가 닐이라고 하지 않았어?

줄리: 엄마는 "어디 살죠, 빌?"이라 그랬어.

P. 부인: 내가 다른 생각을 하고 있었나보네.

론: 테이프는 싫어요. 테이프를 감고 어떻게 시합을 해요, 젠장.

줄리: 욕하지 마.

P. 부인: 맞아.

P. 씨: 맨틀이 지금은 얼마나 치지?

줄리: 3할 2푼 8리.

론: 3할 2푼 5리.

줄리: 8리야!

론: 5리야, 멍청아! 두번째 게임에서 4타수 3안타를 쳤단 말이야.

줄리: 4타수 4안타야.

론: 그건 에러였어. 미노소가 잡았어야 하는 거야.

줄리: 나는 그렇게 생각하지 않아.

브렌다 (나에게): 봤어?

P. 부인: 뭘 봐?

브렌다: 빌한테 이야기하고 있었어.

줄리: 널이야.

P. 씨: 입다물고 먹기나 해.

P. 부인: 이야기를 조금만 줄입시다, 아가씨.

줄리: 나는 아무 말도 안 했는데.

브렌다: 저기는 나한테 얘기한 거야, 스위티.

P. 씨: 저기라니. 너는 네 어머니를 그렇게 부르니? 후식은 뭐야?

전화벨이 울린다. 아직 후식이 나오지 않았지만, 론이 자기 방으로 후다닥 달려가고, 줄리가 "해리엇이다!" 하고 소리치고, 파팀킨 씨가 트림을 참는 데 완전히 성공하지 못하는—사실 노력한 것보다 그렇게 실패한 것 때문에 나는 그가 마음에 들었지만—걸 보니 식사는 공식적으로 끝이 난 듯하다. 파팀킨 부인은 칼로타에게 우유를 담는 은그릇과 고기를 담는 은그릇을 또 섞으면 안 된다고 말하고, 칼로타는 복숭아를 먹으며 그 말을 듣는다. 식탁 밑으로 브렌다의 손가락들이 내 종아리를 간질이는 것이 느껴진다. 배가 부르다.

우리는 가장 큰 떡갈나무 아래 앉아 있었다. 파팀킨 씨는 농구 코트에 나가 줄리와 파이브 앤드 투*를 했다. 진입로에서 론은 폴크스바겐의 모터를 힘차게 움직이고 있었다. "누구 내 뒤에 있는 크라이슬러 좀 빼줄래?" 그가 성난 목소리로 소리쳤다. "이미 늦었단 말이야."

"실례." 브렌다가 일어서며 말했다.

"크라이슬러 뒤에는 내 차가 있는 것 같은데." 내가 말했다.

"그럼 같이 가." 그녀가 말했다.

우리는 론이 서둘러 시합에 갈 수 있도록 두 차를 빼주었다. 그리고 다시 주차를 한 다음 파팀킨 씨와 줄리의 시합을 구경하러 돌아갔다.

"네 여동생 마음에 들어." 내가 말했다.

"나도 그래." 그녀가 말했다. "저애가 나중에 뭐가 될지 궁금해."

"너처럼 되겠지." 내가 말했다.

"모르겠어." 그녀가 말했다. "아마 더 나아지겠지." 이어 그녀는 덧붙였다. "아니면 더 나빠질 수도 있고. 누가 알겠어? 아버지는 저애한테 잘해주지만, 어머니가 잘해주는 건 앞으로 삼 년 정도라고 봐…… 빌." 그녀가 생각에 잠긴 표정으로 말했다.

---

* 둘이서 하는 농구 시합의 일종.

"뭐라고 불러도 상관없어." 내가 말했다. "아주 아름답잖아, 네 어머니 말이야."

"나는 저기를 내 어머니라고 생각할 수도 없어. 저기는 나를 싫어해. 다른 여자애들은, 구월에 짐을 쌀 때, 어머니가 적어도 도와주기라도 해. 나는 안 그래. 내가 트렁크를 들고 위층에서 돌아다니는 동안 저기는 줄리의 필통에 담아줄 연필을 깎느라 바빠. 이유는 뻔해. 사례연구에 나와 있는 거나 마찬가지거든."

"이유가 뭐야?"

"질투하는 거지. 너무 촌스러워서 말하기도 창피해. 너 우리 어머니 백핸드가 뉴저지에서 최고였다는 거 알아? 사실 주 최고의 테니스 선수였어. 남자 여자 가릴 것 없이. 우리 어머니 처녀 때 사진을 봤어야 하는데. 아주 건강해 보여. 그렇다고 통통하거나 그런 건 전혀 아니야. 영혼이 느껴져, 정말로. 나는 그 사진들 속의 어머니를 사랑해. 가끔 어머니한테 그 사진들이 얼마나 아름답냐고 말해. 학교에서 가지고 있게 한 장을 확대해달라고까지 했어. 그랬더니 이러는 거야. '우리 돈은 낡은 사진에 쓰는 것 말고도 달리 쓸 데가 많답니다, 아가씨.' 돈! 아버지는 돈을 쌓아놓고 있어. 하지만 내가 코트를 살 때마다 어머니는 뭐라는 줄 알아? '본윗*까지 갈 필요 없어요, 아가씨. 오바크**의 천이 가장 질기답니다.' 누가 질긴 천을 원한대! 그래도 결국은 내가 원하는 걸 얻지만, 그사이에 어머니는 나를 괴롭힐 기회를 얻지. 어머니한테는 돈이 낭비야. 그걸 어떻게 누려야 하는지 모르거든. 아직도 우리가 뉴어크에 사는 줄 안다니까."

"하지만 너는 네가 원하는 걸 얻잖아." 내가 말했다.

"그래. 저 사람." 브렌다는 파팀킨 씨를 가리켰다. 그는 막 선 자세에서 두 손으로 공을 휙 던져 벌써 세번째 연달아 골대에 꽂아넣었다. 줄리는 불만인 것 같았다. 발을 하도 세게 굴러서 완벽하게 뻗은 어린 다리 주위에 작은 먼지 폭풍이 일었다.

"저 사람은 별로 똑똑하지는 않지만 그래도 착하기는 해. 어머니가 나한테 하듯이 오빠를 대하지는 않거든. 다행이지, 그건. 아, 이 사람들 이야기하면 짜증나. 1학년 때부터 내가 나눈 모든 대화는 결국 우리 부모 얘기, 그 사람들이 얼마나 끔찍한가 하는 얘기로 끝났던 것 같아. 이건 보편적인 상황이야. 유일한 문제는 부모 자신들이 그걸 모른다는 거지."

그러나 코트에서 줄리와 파팀킨 씨가 웃음을 터뜨리고 있는 걸 보면, 그것만큼 보편적이지 않은 상황도 없을 것 같았다. 물론 그래도 브렌다에게는 보편적이었다. 아니, 그 이상이었다. 전

---

* 뉴욕에 있던 고급 백화점.
** 주로 중저가 의류를 취급하던 백화점.

우주적이었다―이 때문에 캐시미어 스웨터를 한 벌 살 때마다 어머니와 전투가 벌어졌다. 따라서, 피부에 아주 부드럽게 느껴지는 직물을 사재기하는 것이 큰 부분을 차지하고 있을 것이 분명한 브렌다의 삶은 어머니와 벌이는 백년전쟁이 될 수밖에 없었다……

사실 그런 불충한 생각을 할 의도는 없었다. 브렌다 옆에 앉아 감히 파팀킨 부인과 한편에 서려는 것이 아니었다. 하지만 코끼리의 뇌처럼 어떤 것도 잊지 않는 내 뇌는, 아직도-우리가-뉴어크에-사는-줄-안다니까, 라는 말을 떨쳐버릴 수가 없었다. 그러나 말은 하지 않았다. 내 어조가 저녁식사 후 우리에게 찾아온 편안함과 친밀함을 박살낼까 두려웠기 때문이다. 물이 우리의 모든 털구멍을 두들기고 장악한 상태에서, 또 그뒤에 해가 우리의 감각을 달구고 취하게 한 상태에서 서로 친밀해지는 것은 쉬운 일이었다. 그러나 이제, 그녀의 집에 들어와 탁 트인 공간에서 그늘에 자리를 잡고 옷을 입은 채 시원함을 느끼고 있는 상황에서는, 내가 그녀에게 늘 느끼는 무시무시한 감정을 덮고 있는 뚜껑을 열어젖히는 말을 하고 싶지 않았다. 그것은 사랑의 밑바닥에 있는 말이기도 한데, 늘 밑바닥에만 머물지는 않는다―하지만 너무 앞서나가지는 말자.

갑자기 꼬마 줄리가 우리에게 다가왔다. "시합할래?" 줄리가 나한테 말했다. "아빠가 피곤하대."

"자, 어서." 파팀킨 씨가 소리쳤다. "나 대신 마무리 좀 해주게."

나는 망설였다―고등학교를 졸업한 후로 농구공은 잡아본 적이 없었다. 그러나 줄리가 내 손을 잡아끌고 있었고, 브렌다도 "해봐" 하고 말했다.

그러다 내가 다른 쪽을 보고 있을 때 파팀킨 씨가 공을 내 쪽으로 던지는 바람에 공이 가슴에 맞고 튀어올라 셔츠에 달의 그림자 같은 둥근 먼지 자국을 남겼다. 나는 웃음을 터뜨렸다. 미친듯이.

"공도 못 잡아?" 줄리가 말했다.

줄리도 자기 언니와 마찬가지로 약을 올리는 효과적인 질문을 던지는 재주가 있는 것 같았다.

"잡을 수 있어."

"그쪽 차례야." 줄리가 말했다. "아빠가 47 대 39로 지고 있었어. 200점 먼저 내면 이기는 거야."

오랜 세월에 걸쳐 파울라인에 새겨진 작은 홈에 발가락을 들이미는 순간, 나는 가끔 나를 괴롭히는 순간적인 백일몽에 빠져들었다. 친구들 말에 따르면 그 순간 내 눈에는 죽음 같은 막이 덮인다고 한다. 해는 졌다. 귀뚜라미들은 왔다가 사라졌다. 잎들은 검은색으로 변했다. 그런데도 줄리와 나는 단둘이 잔디밭에

서서 골대를 향해 공을 던지고 있다. "500점 먼저 내면 이기는 거야." 줄리가 소리쳤다. 이윽고 500점을 먼저 내 나를 이기자 줄리는 다시 소리쳤다. "이제 그쪽이 500점까지 따라와야 돼." 그래서 나는 500점을 채웠다. 밤은 길어졌고, 줄리는 또 소리쳤다. "800점을 먼저 내면 이기는 거야." 우리는 계속 시합을 했고, 이제 1100점을 먼저 내야 했고, 우리는 계속 시합을 했고, 아침은 영영 찾아오지 않았다.

"슛하게." 파팀킨 씨가 말했다. "자네가 나야."

그 말에 나는 혼란을 느꼈지만, 슛을 했고 공은 당연히 들어가지 않았다. 신의 축복으로 부드러운 바람이 불었을 때, 나는 레이업슛을 성공시켰다.

"41점. 이제 내 차례야." 줄리가 말했다.

파팀킨 씨는 코트 맞은편 풀밭에 앉아 있었다. 그가 셔츠를 벗었다. 속옷과 하루종일 자란 턱수염 때문에 트럭 운전사처럼 보였다. 브렌다의 고치기 전 코가 그에게는 잘 어울렸다. 물론 울퉁불퉁한 부분이 있었다. 콧마루 쪽 피부 밑에 자그마한 8면짜리 다이아몬드를 밀어넣은 것처럼 보였다. 파팀킨 씨는 자기 얼굴에서 구태여 그 보석을 잘라내려 하지 않았겠지만, 그럼에도 브렌다의 다이아몬드를 제거하여 피프스 애비뉴 병원의 어느 변기에 버리는 데 필요한 돈은 기쁜 마음으로 자랑스럽게 내주었을 것이 틀림없었다.

줄리는 서서 두 손으로 공을 던졌으나 들어가지 않았고, 나는 그 순간 심장이 기분좋게 약간 펄떡이는 것을 느꼈다고 인정하지 않을 수 없다.

"공을 약간 회전시켜야지." 파팀킨 씨가 줄리에게 말했다.

"다시 해도 돼?" 줄리가 나에게 물었다.

"그래." 사이드라인에선 그애의 아버지가 지시를 하고 코트에 있는 나 자신도 내키지는 않았지만 자비심 넘치는 태도를 보이고 있었으니, 내가 줄리의 점수를 따라잡을 가능성은 많지 않은 듯했다. 그런데 갑자기 그러고 싶어졌다. 이기고 싶어졌다. 귀여운 줄리가 지쳐서 땅바닥에 쓰러지게 하고 싶었다. 브렌다는 나무 밑에서 턱을 괴고 누운 자세로 나뭇잎을 씹으며 지켜보고 있었다. 그때 집, 부엌 창의 커튼이 젖혀져 있는 것이 보였다—이제는 해가 아주 낮게 내려앉아 전기장치의 빛을 이겨낼 수가 없었다. 파팀킨 부인이 시합을 물끄러미 내다보고 있었던 것이다. 이윽고 칼로타가 뒷계단에 나타났다. 한 손에는 쓰레기가 담긴 들통을 들고 다른 손으로는 복숭아를 먹고 있었다. 그녀 또한 걸음을 멈추고 지켜보았다.

이제 다시 내 차례였다. 두 손으로 공을 던졌으나 들어가지 않았다. 나는 웃음을 터뜨리며 줄리를 보고 말했다. "다시 해도 돼?"

"안 돼!"

그렇게 나는 게임을 하는 방식을 배웠다. 파팀킨 씨는 오랜 세월에 걸쳐 딸들에게 프리스로는 원하기만 하면 마음대로 던질 수 있다고 가르쳐왔다. 그는 그럴 여유가 있었다. 그러나 나는 쇼트힐스의 낯선 눈들이 나를 지켜보고 있었기 때문에, 여주인, 하인, 가족의 부양자가 나를 지켜보고 있었기 때문에, 어떻게 된 일인지 그런 여유를 부릴 수 없다고 느꼈다. 그러나 여유를 부려야 했고 여유를 부렸다.

"정말 고마워, 닐." 줄리는 게임이 끝나자—100점에서 끝났다—그렇게 말했다. 귀뚜라미들이 돌아와 있었다.

"천만에."

나무 밑에서 브렌다가 웃음을 지었다. "저준 거야?"

"그런 것 같아." 나는 그렇게 대꾸했다. "잘 모르겠어."

내 목소리에서 뭔가 느꼈던지 브렌다가 위로하는 목소리로 말했다. "론도 져주는데 뭐."

"다 줄리한테 좋은 일이지." 내가 말했다.

셋

다음날 아침 나는 도서관 바로 건너편 워싱턴 스트리트에서 주차할 자리를 발견했다. 출근 시간까지는 이십 분이나 남아 있었기 때문에 일터로 건너가는 대신 공원에서 산책을 하기로 했다. 동료들이 모인 곳에 별로 끼고 싶지 않았다. 그들은 틀림없이 제본실에 모여 주말에 애즈버리파크에서 마신 오렌지 크러시 냄새를 지금까지 풍기며 이른 아침 커피를 홀짝이고 있을 터였다. 나는 벤치에 앉아 브로드 스트리트를 오가는 아침 차량들을 구경했다. 북쪽으로 몇 블록 떨어진 곳에서 라커워너 통근 열차가 덜커덩거리며 달려갔다. 귀에 그 소리가 들리는 듯했다―햇빛을 받으며 내내 창을 열어놓고 다니는, 낡았지만 깨끗한 녹색 열차. 출근 전에 여유가 있는 아침이면 나는 철로까지 걸어가 열린 창들이 밀려오는 것을 구경했다. 창턱에는 여름 양복의 팔꿈치와 서류가방의 가장자리가 놓여 있었다. 메이플우드, 오렌지스*, 그리고 그 너머 교외에서 시내로 들어오는 비즈니스맨들이었다.

서쪽으로 워싱턴 스트리트, 동쪽으로 브로드 스트리트와 맞

---

* 뉴저지 주 에식스 카운티에 있는, 이름에 '오렌지'가 들어간 네 도시를 묶어서 이르는 말.

닿은 공원은 텅 비어 있고 그늘이 많았으며, 나무, 밤夜, 개의 배설물 냄새가 났다. 습한 냄새도 희미하게 풍겼다. 거대한 코뿔소 같은 물 청소차가 이미 물을 흠뻑 뿌리며 시내 거리들을 휘젓고 지나갔다는 뜻이었다. 내 뒤쪽 워싱턴 스트리트를 따라 내려가면 뉴어크 박물관이 나왔다―굳이 보지 않아도 그 광경이 눈에 선했다. 앞쪽에는 인도 왕의 타구唾具처럼 생긴 동양 꽃병이 두 개 있고, 그 옆으로는 초등학교 시절 특별 버스를 타고 찾아갔던 작은 별관이 있었다. 별관은 덩굴로 덮인 낡은 벽돌 건물로, 그 건물만 보면 나는 뉴저지가 이 나라의 출발점과, 또 조지 워싱턴과 관계가 있다는 사실이 떠올랐다. 워싱턴은 지금 내가 있는 바로 이 공원에서 그의 오합지졸을 훈련했다―작은 동판이 우리 아이들에게 알려준 바에 따르면. 박물관 너머 공원 맞은편 끝에는 은행 건물이 있었는데, 그곳이 내가 다닌 대학이었다. 몇 년 전에 그곳을 러트거스 대학 별관으로 개조한 것이다. 실제로 나는 한때 은행장실 부속 대기실이었던 곳에서 '현대 도덕의 쟁점'이라는 강의를 들었다. 지금은 여름이고, 대학을 졸업한 지는 삼 년이 되었지만, 다른 학생들, 내 친구들을 어렵지 않게 기억할 수 있었다. 그 친구들은 저녁에 뱀버거 백화점이나 크레스기 백화점에서 일했고, 철 지난 여성용 구두를 열심히 팔아 받은 수수료로 실험실습비를 냈다. 나는 다시 브로드 스트리트를 보왔다. 창문이 더러운 책방과 싸구려 간이식당 사이에 아주 작은 예술 극장의 차양이 있었다—〈환희〉에서 헤디 라마*가 벌거벗고 헤엄치는 것을 보려고 저 차양 밑에 서서 내 출생 연도를 거짓으로 말한 게 언제 적 일인가. 그렇게 표를 사고 표 받는 사람한테 또 추가로 25센트를 내고 들어갔는데, 슬라브 여자의 빈약한 매력에 얼마나 실망했던지…… 그렇게 공원에 앉아 나는 내가 뉴어크를 깊이 안다고 느꼈다. 이것은 아주 깊이 뿌리내린 애착이어서 애정으로 가지를 뻗어나갈 수밖에 없는 것이었다.

어느새 아홉시였고, 모두 서둘기 시작했다. 위태로운 굽이 달린 구두를 신은 젊은 여자들이 길 건너편 전화회사 건물의 회전문을 통과하고, 차량들이 필사적으로 경적을 울려대고, 경찰관들이 짖어대고, 호루라기를 불어대고, 운전자들에게 이쪽저쪽으로 손짓을 해댔다. 저 건너 세인트빈센트 성당의 거무스름하고 거대한 문 두 짝이 뒤로 젖혀지자, 미사에 참석하려고 아침 일찍 일어나는 바람에 눈이 게슴츠레한 사람들이 밝은 빛에 눈을 깜빡였다. 미사를 마친 사람들은 이내 성당 층계를 내려와 책상과 캐비닛과 비서와 상급자를 향해, 그리고—하느님이 삶의 가혹함을 약간이라도 덜어주는 게 좋겠다고 판단한 소수는—창문에

---

* 1940~50년대에 주로 활동한 미국 여자 배우.

서 뿜어져나오는 에어컨의 위안을 향해 거리를 달려갔다. 나는 일어서서 길을 건너 도서관으로 가며 생각했다. 브렌다는 일어났을까?

도서관 층계에서는 창백한 시멘트 사자 두 마리가 평소와 다름없이 상피병과 동맥경화증으로 고생하며 믿음직스럽지 못하게 경비를 서고 있었다. 그중 한 마리 앞에 작은 유색인 소년이 서 있지만 않았다면, 지난 여덟 달과 다름없이 나는 사자들에게 관심을 갖지 않았을 것이다. 그 사자는 지난여름 비행 청소년 무리에게 발가락을 모두 잃었는데, 이제 또 괴롭히는 아이를 맞이하고 있었던 것이다. 소년은 무릎을 약간 굽힌 채 으르렁거리고 있었다. 낮고 길게 으르렁거리다 뒤로 물러나 기다리고, 그러다가는 다시 으르렁거렸다. 이윽고 소년은 허리를 곧게 펴더니 고개를 설레설레 저으며 사자에게 말했다. "이야, 이거 겁쟁이네……" 그러고 나서 소년은 다시 으르렁거렸다.

그날은 다른 여느 날과 다름없이 시작되었다. 나는 일층 책상 뒤에서, 젖가슴을 끌어모은 화끈한 십대 소녀들이 주열람실로 통하는 널찍한 대리석 층계를 씰룩거리며 올라가는 것을 지켜보았다. 층계는 베르사유 어딘가에 있는 것을 모방했지만, 투우사 바지와 스웨터를 입은 이 이탈리아인 가죽공, 폴란드인 양조장 노동자, 유대인 모피공의 딸들은 공작부인과는 거리가 멀었다.

그들은 브렌다도 아니었다. 따라서 따분한 하루 동안 내 안에서 반짝 일어나는 욕망이 있다 한들 그것은 학구적인 것이고 시간을 때우는 데나 보탬이 되는 것일 뿐이었다. 나는 이따금씩 손목시계를 보고, 브렌다를 생각하고, 점심시간을 기다리다, 점심을 먹은 뒤를 기다릴 터였다. 점심을 먹은 뒤에는 위층 안내 데스크를 맡으러 가고, 대신 존 매키, 스물한 살밖에 안 됐는데 소매에 고무줄을 끼고 다니는 존 매키가 몸에 풀을 먹인 듯 빳빳하게 층계를 내려와 출납 도서에 열심히 스탬프를 찍을 터였다. 존 맥러버밴즈*는 뉴어크 주립 사범대학 졸업반이었는데, 그곳에서 평생 할 일에 대비해 듀이식 십진분류법을 공부하고 있었다. 그러나 도서관은 내 평생 일터는 아니었다. 나는 그것을 알고 있었다. 그러나 내가 여름휴가를 마치고 돌아오면 참고문헌실을 맡게 될 것이라는 이야기―용하게도 남자 목소리를 흉내내는 법을 배운 늙은 내시 스카펠로 씨 입에서 나온 것이다―가 있었다. 어느 날 아침 마사 위니가 백과사전실의 높은 스툴에서 떨어져, 그녀 나이의 절반쯤 되는 여자의 경우엔 모두 합해 골반이라고 부르는 약한 뼈들이 전부 박살난 뒤로 비어 있던 자리였다.

　도서관에는 이상한 사람들이 많았기 때문에, 내가 어쩌다 거

---

　* 매키의 이름에 고무줄이라는 뜻의 러버밴즈를 합친 별명.

기에 가게 되었는지, 내가 왜 거기에 그대로 있는지 정말이지 알
수 없을 때가 많았다. 그럼에도 나는 그대로 있었고, 시간이 지나
자 그날이 오기를, 일층 남자 화장실로 담배를 피우러 들어가 거
울에 연기를 내뿜으며 내 모습을 살피다가, 아침나절 어느 때부
터인가 얼굴이 창백해지더니 매키나 스카펠로나 위니 여사처럼
내 피부 밑에도 피를 살과 분리하는 얇은 공기층이 생겼다는 사
실을 발견하게 될 날이 오기를 참을성 있게 기다리게 되었다. 내
가 스탬프를 찍는 동안 누가 거기에 펌프질로 공기를 넣은 것인
데, 그러면 그때부터 인생은 글래디스 숙모처럼 내다버리는 것
도 아니고, 브렌다처럼 모아들이는 것도 아닌, 통통 튀기며 나아
가는 것이 될 터였다. 마비 상태로 살아가게 될 터였다. 나는 그
런 상황을 두려워하기 시작했지만, 그럼에도 어영부영 일에 시
간을 쏟는 동안 점점, 소리 없이, 위니 여사가 『브리태니커』를 향
해 조금씩 나아갔던 것처럼 그런 상태를 향해 조금씩 나아가고
있는 것 같았다. 이제 그녀의 빈 스툴이 나를 기다리고 있었다.

점심시간 직전, 사자를 길들이던 아이가 눈을 크게 뜨고 도서
관으로 들어왔다. 아이는 잠시 가만히 서 있었다. 손가락만 움직
였다. 앞에 놓인 대리석 계단의 수를 세기라도 하는 것 같았다.
이윽고 아이는 대리석 바닥을 느릿느릿 돌아다니며, 자신이 걸
을 때 나는 딱딱 소리가 둥근 천장으로 올라가며 점점 부풀어오

르는 것이 재미있는지 낄낄거렸다. 문에 서 있던 경비원 오토가 신발로 그렇게 소리를 내지 말라고 말했지만, 어린 소년은 괘념치 않는 것 같았다. 이번에는 뒤꿈치를 높이 들고 슬며시 소리를 내며, 오토가 그런 자세를 연습해볼 기회를 준 것을 기뻐했다. 소년은 그런 자세로 나에게 다가왔다.

"저기요." 소년이 말했다. "심장heart 섹션이 어디죠?"

"뭐?" 내가 말했다.

"심장 섹션. 여기 심장 섹션 없어요?"

아이는 남부 검둥이 사투리가 아주 심해서 내 귀에 똑똑히 들리는 것이라곤 심장이라는 단어로 들리는 소리뿐이었다.

"철자가 어떻게 되는데?" 내가 말했다.

"심장. 참 나. 그림. 그림책. 그거 어딨어요?"

"미술art 책 얘기로구나? 화집."

아이는 내가 사용한 어려운 단어가 자기가 말한 것과 같다고 받아들였다. "그래. 바로 그거."

"두 군데 있지." 나는 아이에게 말해주었다. "어떤 화가한테 관심이 있는데?"

아이의 눈이 가늘어지면서 얼굴 전체가 검어졌다. 아이는 사자 앞에 있을 때처럼 뒤로 물러서기 시작했다. "전부……" 아이가 웅얼거렸다.

"알았다." 내가 말했다. "가서 뭐든 원하는 대로 봐. 여기 말고 층계를 하나 더 올라가. 거기서 제3서고라고 쓴 화살표를 따라가. 기억했어? 제3서고. 위층에서 물어봐."

아이는 움직이지 않았다. 아이의 취향에 대한 나의 호기심을 인두세 조사처럼 여기는 모양이었다. "어서 가봐." 나는 얼굴을 찢어 웃음을 지으며 말했다. "바로 저 위야……"

그러자 아이는 발을 질질 끌고 딱딱 소리를 내며 심장 섹션을 향해 총알처럼 올라갔다.

점심을 먹고 출납 데스크로 돌아왔더니 존 매키가 보였다. 나를 기다리고 있었다. 옅은 파란색 슬랙스, 검은 구두, 이발소 가운 같은 셔츠에 고무줄, 윈저 매듭으로 묶은 멋진 녹색 니트 타이 차림이었다. 엄청나게 큰 매듭은, 그가 말을 할 때마다 제자리에서 펄쩍펄쩍 뛰었다. 그의 입에서는 머릿기름 냄새가 났고, 머리에서는 입냄새가 났다. 말을 하면 침이 입 가장자리에 거미줄을 쳤다. 나는 그를 좋아하지 않았고, 가끔 그의 고무줄을 뒤로 잡아당겼다가 탁 놓아 그를 오토와 사자 너머 바깥 거리까지 날려버리고 싶은 충동을 느꼈다.

"검둥이 애가 여기 데스크를 통과했나요? 사투리가 심한 애. 아침 내내 미술책 속에 숨어 있던데. 그런 애들이 거기서 무슨 짓을 하는지 아시잖아요."

"들어오는 걸 봤어요, 존."

"나도 봤어요. 그런데 나갔나요?"

"못 봤는데요. 나갔겠죠."

"그건 아주 비싼 책들이에요."

"너무 예민하게 굴지 마요, 존. 그 책은 사람들이 만지라고 있는 거예요."

"그래서 사람들이 만지죠." 존이 간결하게 말했다. "또 만지고요. 누가 그애를 확인해봐야 돼요. 나는 여기 이 데스크를 떠날 수가 없었어요. 그 사람들이 우리가 준 공영주택 단지를 어떻게 해놨는지 아시잖아요."

"존이 그걸 줬나요?"

"시市가 줬죠. 그 사람들이 세스 보이든에서 무슨 짓을 했는지 봤어요? 잔디밭에 맥주병, 그 큰 병들을 던졌어요. 그 사람들이 시를 차지했어요."

"니그로 구역만 차지했죠."

"웃음이 나오겠죠. 닐은 그 사람들 근처에 살지 않으니까. 스카펠로 씨 방에 전화를 해서 미술 섹션을 확인하라고 해야겠어요. 도대체 그애가 미술은 어디서 알게 됐을까?"

"스카펠로 씨가 에그 앤드 페퍼 샌드위치를 먹은 지 얼마 되지도 않았는데, 그랬다간 그 양반 궤양에 걸릴 거예요. 내가 확인해볼게요. 어차피 위층으로 가야 하니까."

"그 사람들이 거기서 무슨 짓을 하는지 알잖아요." 존이 나에게 경고했다.

"걱정 마요, 조니, 사마귀가 생겨도 그 사람들의 그 작고 더러운 손에 생기는 거니까."

"하 하. 그 책들 가격이……"

이렇게 해서 스카펠로 씨가 그 백묵 같은 손으로 아이를 급습하는 일이 생기지 않도록 나는 층계 세 개를 올라가 제3서고로 가게 되었다. 그곳으로 가려면 우리의 쉰한 살 소년, 눈에서 점액이 흐르는 지미 보일런이 카트에서 책을 내리는 반납실을 지나고, 멀베리 스트리트의 부랑자들이 〈파퓰러 메카닉스〉 위에 엎드려 자고 있는 열람실을 지나고, 이마가 축축한 법대의 여름 학기 학생들이 더러는 담배를 피우고 더러는 불법 제본 책에서 묻은 염료를 손톱에서 닦아내며 쉬고 있는 흡연 복도를 지나고, 마지막으로 어퍼몬트클레어에서 자동차로 실려 온 노부인 몇 명이 의자에 웅크리고 앉아 아주아주 오래된 뉴어크 〈뉴스〉의 누렇게 바래고 닳아서 너덜너덜한 사회면을 코안경 너머로 살피는 정기간행물실을 지나야 했다. 제3서고에서 나는 아이를 발견했다. 유리블록을 깔아놓은 바닥에 앉아 허벅지에 책을 펼쳐놓고 있었다. 사실 아이의 허벅지로 감당하기에는 책이 너무 컸기 때문에 무릎까지 동원해 떠받치고 있었다. 아이의 뒤에 있는 창에서 들어오는 빛이 아주 작고 검은 타래송곳을 빽빽이 심어놓은 듯한 머리카락 속의 수많은 빈 공간을 드러냈다. 아이는 아주 검게 반짝거렸다. 입술은 다른 색이라기보다는 아직 마감이 끝나지 않아 한번 더 색을 칠해주기를 기다리고 있는 것 같았다. 입술은 벌어져 있었고, 눈은 크게 뜨고 있었으며, 심지어 귀조차 높은 감수성을 유지하고 있는 것 같았다. 아이는 황홀경에 빠진 표정이었다―그러니까 나를 보기 전까지는. 아마 아이에게는 내가 존 매키였을 것이다.

"괜찮아." 나는 아이가 움직이기 전에 얼른 말했다. "그냥 지나가는 길이야. 계속 읽어."

"읽을 건 없어요. 다 그림이에요."

"그래." 나는 가장 낮은 선반을 뒤적거리며 잠시 일을 하는 척했다.

"저기요, 아저씨." 잠시 후 아이가 말했다. "이게 어디예요?"

"뭐가 어디야?"

"이 그림들이 어디냐고요? 이 사람들, 이야, 정말 멋져 보여요. 여기서는 고함도 안 지르고 악도 쓰지 않아. 이걸 보면 알 수 있잖아요."

아이는 내가 볼 수 있도록 책을 들어올렸다. 값비싼 대형 고갱

화집이었다. 아이가 보던 페이지에는 장밋빛 개울에 무릎까지 담근 채 서 있는 원주민 여자 셋이 천연색 8.5×11 크기로 인쇄되어 있었다. 진짜로 적막한 그림이었다. 아이 말이 맞았다.

"거긴 타히티야. 태평양에 있는 섬이지."

"여긴 갈 수 없는 곳이죠, 그죠? 휴양지처럼?"

"갈 수 있을 것 같은데. 아주 멀긴 하지. 하지만 거기에도 사람들이 살아……"

"저기요, 봐요, 여기 이걸 좀 봐요." 아이는 책장을 뒤로 넘겨 갈색 피부의 젊은 처녀가 무릎을 꿇고 머리를 말리려는 듯 몸을 앞으로 기울이고 있는 그림을 보여주었다. "이야." 아이가 말했다. "이게 씨발 인생이야." 존이나 스카펠로 씨—아니면, 하느님 맙소사, 입원한 위니 여사—가 이곳을 살피러 왔다면 아이는 행복감을 표현하는 용어의 선택 때문에 뉴어크 공립 도서관과 그 지부들에서 영원히 추방당했을 것이다.

"이걸 누가 찍은 거예요?" 아이가 나에게 물었다.

"고갱. 찍은 게 아니라 그린 거야. 폴 고갱. 프랑스 사람이야."

"백인이에요, 유색인이에요?"

"백인이야."

"이야." 아이는 웃음을 지었다. 깔깔 소리가 터져나올 것 같았다. "그럴 줄 알았어. 유색인처럼 찍지를 않았거든. 그림 잘 찍네…… 봐요, 봐요, 여기 이걸 봐요. 이게 씨발 인생 아닌가요?"

나는 그렇다고 맞장구를 치고 자리를 떴다.

나중에 나는 지미 보일런을 아래층으로 내려보내 매키에게 다 괜찮다는 소식을 전했다. 나머지 시간은 무사히 지나갔다. 나는 안내 데스크에 앉아 브렌다를 생각하며, 그날 저녁 쇼트힐스로 출발하기 전에 기름부터 넣어야 한다는 사실을 머릿속에 박아넣었다. 이제 마음의 눈에는 어스름이 깔려 고갱의 냇물처럼 장밋빛으로 변한 쇼트힐스가 떠오르고 있었다.

그날 밤 파팀킨 집에 차를 세웠을 때 줄리를 제외한 모두가 앞쪽 현관에서 나를 기다리고 있었다. 파팀킨 부부, 론, 그리고 드레스를 입은 브렌다. 나는 전에 그녀가 드레스를 입은 모습을 본적이 없었기 때문에 잠시 그녀가 다른 사람처럼 보였다. 놀랄 일은 그게 다가 아니었다. 링컨처럼 마르고 길쭉한 여대생들 가운데 다수는 알고 보면 팔다리가 반바지에만 어울린다. 그러나 브렌다는 아니었다. 드레스를 입은 그녀는 평생 그런 옷만 입고 살아온 사람처럼 보였다. 평생 반바지나 수영복이나 파자마는 입어본 적이 없는 것 같았다. 오로지 이 옅은 색 리넨 드레스만 입고 살아온 것 같았다. 나는 뛰다시피 잔디밭을 걸어올라갔다. 거대한 수양버들을 지나 나를 기다리는 파팀킨 가족에게로 가면서 내내 세차 좀 하고 올걸, 하고 후회했다. 그들에게 이르기도 전에 론이 앞으로 나와 마치 디아스포라* 이후로 나를 처음 만난 것처럼 힘차게 악수를 했다. 파팀킨 부인은 미소를 지었고, 파팀킨 씨는 뭐라고 중얼거리고 나서는 계속 두 손목을 앞에서 까딱하다 상상의 골프 클럽을 들어올려 상상의 골프공을 위로 멀리 오렌지 산맥을 향해 쳐냈다. 그 산맥 이름이 오렌지인 것은 그 다채로운 교외의 빛 속에서 그 산맥이 보여주지 않는 유일한 색이 오렌지빛이기 때문이라고 나는 확신한다.

"금방 돌아올 거야." 브렌다가 나에게 말했다. "네가 줄리를 좀 봐줘야겠어. 칼로타가 쉬는 날이거든."

"알았어." 내가 말했다.

"론을 공항에 데려다주려는 거야."

"알았어."

"줄리는 가고 싶지 않대. 오늘 오후에 론이 수영장에서 자기를 밀었다는 거야. 우리는 너를 기다리고 있었어. 론이 비행기를 놓치면 안 되니까. 알았지?"

"알았다니까."

파팀킨 부부와 론은 떠났다. 나는 브렌다에게 슬쩍 노려보는

---

* 기원전 6세기 유대 민족이 바빌론에 포로로 잡혀가면서 흩어진 사건.

시선을 내비쳤다. 그녀는 손을 내밀어 잠깐 내 손을 잡았다.

"나 어때?" 그녀가 물었다.

"너무 훌륭해서 대신 애를 봐주고 싶어지는데. 내 마음대로 우유하고 케이크 먹어도 돼?"

"화내지 마, 응? 금방 돌아올게." 그러더니 그녀는 잠시 기다렸다. 그래도 내가 삐죽 나온 입을 도로 들이지 못하자, 이번에는 그녀가 나에게 노려보는 눈길을 던졌다. 그러나 슬쩍 내비치는 정도가 아니었다. "내 말은 드레스를 입으니 어때 보이냐는 거야!" 그러더니 그녀는 크라이슬러를 향해 달려갔다. 하이힐을 신고도 망아지처럼 달려갔다.

나는 집안으로 들어가며 방충망이 달린 문을 쾅 닫았다.

"다른 문도 닫아." 작은 목소리가 소리쳤다. "에어컨을 틀었거든."

나는 순순히 다른 문도 닫았다.

"닐?" 줄리가 소리쳤다.

"응."

"안녕. 파이브 앤드 투 할래?"

"아니."

"왜?"

나는 대답하지 않았다.

"나 텔레비전 방에 있어." 줄리가 소리쳤다.

"잘했네."

"닐이 나하고 함께 있어야 하는 거야?"

"응."

줄리가 예기치 않게 식당을 통해 나타났다. "내가 쓴 독후감 읽고 싶어?"

"지금은 아닌데."

"뭐 하고 싶어?" 줄리가 물었다.

"아무것도, 허니. 텔레비전이나 보지그래?"

"알았어." 그애가 혐오스럽다는 표정으로 대꾸하더니, 쿵쾅거리며 텔레비전 방으로 돌아갔다.

나는 잠시 현관에 그대로 있었다. 조용히 집을 빠져나가, 차에 올라타 뉴어크로 돌아가고 싶다는 충동에 시달리고 있었다. 그곳에 가면 골목에 앉아 혼자 사탕을 깨물지도 몰랐다. 그러나 나는 여기에서 칼로타가 된 느낌이었다. 아니, 그녀만큼 편하지도 않았다. 마침내 나는 현관을 벗어나 일층의 방들을 천천히 들락거리기 시작했다. 거실 옆에는 서재가 있었다. 대각선으로 마주보는 가죽 의자들과 『정보 연감』 전질이 빽빽하게 들어찬, 마디가 많은 소나무 목재를 사용해 꾸민 작은 방이었다. 벽에는 3색 포토페인팅 작품이 걸려 있었다. 이것은 제재와 관계없이, 그러니까 제재가 생기 넘치든 병약하든, 늙었든 젊든, 꽃봉오리 같은 뺨, 촉촉한 입술, 진주 같은 치아, 빛나는 금속 같은 머리카락이 특징인 그림이다. 이 제재란 각각 열네 살, 열세 살, 두 살의 론, 브렌다, 줄리였다. 브렌다는 긴 적갈색 머리에, 코에는 다이아몬드가 박혀 있고, 안경은 쓰지 않았다. 그런 것들이 다 합쳐져서 그녀는 막 눈빛이 몽롱해지기 시작하는 당당한 열세 살짜리로 보였다. 론은 지금보다 동글동글하고 헤어라인도 더 아래로 내려와 있었지만, 그 소년 같은 눈에는 이미 공과 선이 그어진 코트에 대한 사랑이 반짝거리고 있었다. 가엾은 아기 줄리는 포토페인팅 작가의 유년에 대한 플라톤적 관념 속에 사라지고 말았다. 그 아이의 아주 작은 인간성이 분홍색과 흰색 덩어리들 뒤쪽 어딘가에 묻혀버리고 만 것이다.

주위에는 다른 사진들, 더 작은 사진들도 있었다. 포토페인팅이 유행하기 전에 브라우니 리플렉스카메라로 찍은 것이었다. 말을 탄 브렌다를 찍은 아주 작은 사진, 바르미츠바* 양복에 야물커**, 탈리스*** 차림의 론을 찍은 사진도 있었다. 사진 두 장을 한 액자에 넣어놓은 것도 있었다―하나는 아름답지만 흐릿해 보이

---

* 유대 남자아이가 열세 살이 되면 치르는 성년 의식.
** 유대인 남자들이 머리 정수리 부분에 쓰는, 작고 동글납작한 모자.
*** 사각형의 기도용 숄.

는 여자였는데, 눈을 보니 파팀킨 부인의 어머니가 틀림없었고, 또 하나는 파팀킨 부인이었다. 부인의 머리카락은 후광에 싸인 것 같았고, 눈에는 즐거움이 넘쳤다. 영리하고 어여쁜 딸을 둔, 서서히 늙어가는 어머니의 눈이 아니었다.

나는 아치형 입구를 지나 식당으로 들어가다 잠시 발을 멈추고 바깥의 스포츠용품 나무를 바라보았다. 식당과 연결된 텔레비전 방에서 줄리가 〈This Is Your Life〉를 듣고 있다는 것을 알 수 있었다. 반대편으로 이어지는 부엌은 비어 있었다. 칼로타가 쉬는 날이기 때문에 파팀킨 가족은 클럽에서 저녁을 먹은 것 같았다. 파팀킨 부부의 침실은 복도를 따라 내려가, 집 한가운데에 자리잡고 있었다. 줄리의 방 옆이었다. 잠시 그 거인들이 얼마나 큰 침대에서 자는지 보고 싶었다. 나는 그들의 침대가 수영장만큼 넓고 깊을 것이라고 상상했다. 하지만 줄리가 집에 있는 동안은 조사를 삼가기로 하고, 대신 부엌으로 가 지하실로 내려가는 문을 열었다.

지하실의 서늘함은 위층과는 종류가 달랐다. 냄새도 났는데, 위층에서는 전혀 나지 않는 냄새였다. 그곳은 동굴 같은 느낌이었지만, 그 느낌이 편안했다. 비 오는 날 아이들이 복도의 옷장에, 담요 밑에, 식탁 다리 사이에 만들어놓은 동굴 같았다. 층계 밑의 전등 스위치를 켰다. 소나무 벽판, 대나무 가구, 탁구대, 거울이 달린 바를 보고도 나는 놀라지 않았다. 바에는 다양한 크기의 온갖 종류의 잔, 얼음 버킷, 디캔터, 믹서, 스위즐 스틱, 숏 글라스, 프레첼 그릇이 갖추어져 있었다. 진탕 마셔대는 데 필요한 이런 용품이 풍부하게, 질서정연하게, 손도 안 댄 채 놓여 있었다. 이런 것들은 절대 술 마시는 사람들을 접대하지 않고, 자신도 술을 마시지 않는, 실제로 몇 달에 한 번 식사 전에 슈냅스를 한 잔 마셔도 부인한테서 의심의 눈초리를 받는 부자의 바에서만 볼 수 있는 것이었다. 바 뒤로 갔더니 론의 바르미츠바 파티 이후로 더러운 잔은 들어간 적이 없고, 아마도 파팀킨 자녀들 가운데 한 사람이 결혼하거나 약혼하기 전에는 다른 잔이 들어갈 일도 없을 것 같은 알루미늄 싱크대가 있었다. 내가 한 잔 따라 마실 수도 있었겠지만—강제로 하인 노릇을 하게 된 것에 대한 임금을 받는다는 심술궂은 마음으로—위스키 병의 뚜껑을 둘러싼 라벨을 뜯어야 한다는 것이 불편했다. 한 잔 마시려면 그 라벨을 뜯을 수밖에 없었기 때문이다. 바 뒤편의 선반에는 잭 다니엘스 병이 두 다스 정도—정확히는 스물세 병—있었지만, 병목에는 고객에게 그 술을 마시는 것이 얼마나 귀족적인 일인지 알려주는 작은 소책자가 목걸이처럼 그대로 달려 있었다. 잭 다니엘스 위로 사진들이 또 있었다. 론이 한 손으로 건포도를 쥐듯 농구공을 쥔 신문 사진을 확대한 사진이 보였다. 그 밑에는 "센터, 로널드 파팀킨, 밀번 고등학교, 193센티미터, 98킬로그램"이라고 적혀 있었다. 말을 탄 브렌다의 사진이 또 있었고, 그 옆에는 리본과 메달을 전시해놓은 벨벳 받침대가 있었다. 에식스 카운티 마술馬術 대회 1949, 유니언 카운티 마술 대회 1950, 가든 스테이트 페어 1952, 모리스타운 마술 대회 1953 등─모두 브렌다의 사진이었다. 펄쩍 뛰거나 달리거나 질주하는 등 어린 소녀가 리본을 받을 수 있는 행동은 모두 보여주고 있었다. 그러나 온 집안에 파팀킨 씨 사진은 한 장도 눈에 띄지 않았다.

지하실 나머지 부분, 소나무 판벽을 댄 넓은 방의 뒤쪽은 회색 시멘트벽을 그대로 놓아두고 바닥에 리놀륨을 깔았는데, 에스키모 가족이 들어가 살아도 될 만큼 큰 냉동고를 포함해 헤아릴 수 없이 많은 전기 설비가 들어가 있었다. 냉동고 옆에는 어울리지 않게 키가 크고 낡은 냉장고가 있었다. 그 낡은 물건을 보며 나는 파팀킨이 뉴어크에 뿌리를 두고 있다는 생각을 했다. 이 냉장고는 한때 네 가구가 살던 집의 한 부엌에 있었다. 아마 그 동네는 내가 평생 살아온 곳, 처음에는 부모와, 부모가 천식으로 씨근거리며 애리조나로 떠난 뒤에는 숙부 부부와 살고 있는 곳과 같은 곳이었을 것이다. 진주만 공격 뒤에 냉장고는 쇼트힐스로 올라왔다. 파팀킨 씨의 사업체인 '파팀킨 주방 욕실 싱크'는 전쟁터로 갔다. 막사 변소에 한 분대의 파팀킨 세면대가 줄지어 늘어서야만 새로운 막사를 짓는 일이 끝났다.

나는 낡은 냉장고 문을 열었다. 비어 있지 않았다. 물론 이제는 버터, 달걀, 크림소스를 친 청어, 진저에일, 참치 샐러드, 가끔씩 넣어두는 코르사주는 들어 있지 않았다―대신 거기에는 과일이 쌓여 있었다. 온갖 색깔, 온갖 질감을 드러내고, 온갖 종류의 씨를 감춘 과일로 선반이 터져나갈 것 같았다. 그린게이지 자두, 검은 자두, 붉은 자두, 살구, 승도복숭아, 복숭아, 긴 뿔 같은 포도, 검고 노랗고 빨간 포도, 그리고 체리가 있었다. 체리는 상자에서 흘러넘쳐 모든 것을 선홍색으로 물들이고 있었다. 멜론도 있었다. 캔털루프 종과 허니듀 종이었다. 맨 위의 선반에는 커다란 수박 반 통이 있고, 붉게 드러난 속살에는 얇은 파라핀 종이가 축축한 입술처럼 붙어 있었다. 오 파팅킨! 그들의 냉장고에서는 과일이 자라고 그들의 나무에서는 스포츠용품이 떨어지는구나!

나는 체리 한 줌과 승도복숭아를 하나 집어들고, 씨가 이에 닿을 만큼 꽉 깨물었다.

"그거 씻어 먹지 않으면 설사할걸."

줄리가 내 뒤 소나무 판벽을 댄 방에 서 있었다. 줄리는 자신의 버뮤다팬츠와 자신의 하얀 폴로셔츠를 입고 있었는데, 셔츠는 주인이 어떤 음식을 먹었는지 보여주는 작은 역사가 기록되어 있다는 점에서만 브렌다의 것과 달랐다.

"뭐?" 내가 말했다.

"그거 아직 씻지 않은 거야." 줄리의 말투 때문에 냉장고 자체가 손이 닿을 수 없는 곳으로 멀어진 느낌이었다. 적어도 나에게는.

"괜찮아." 나는 승도복숭아를 마저 먹고 씨를 호주머니에 넣은 다음 냉장고 방에서 나왔다. 이 모두가 순식간에 이루어진 일이었다. 체리는 아직 어떻게 해야 좋을지 몰랐다. "그냥 둘러보는 거야." 내가 말했다.

줄리는 아무 대꾸도 하지 않았다.

"론은 어디에 가는 거지?" 나는 체리를 호주머니에, 열쇠와 잔돈이 있는 곳에 넣으며 물었다.

"밀워키에."

"오랫동안?"

"해리엇을 만나러 가는 거야. 둘은 사랑하거든."

우리는 내가 견딜 수 없을 정도로 오래 서로 마주보았다. "해리엇?" 내가 물었다.

"응."

줄리의 눈빛은 내가 아니라 나를 뚫고 내 뒤를 보려는 듯했다. 그 순간 나는 내가 두 손이 안 보이는 자세로 서 있다는 것을 깨달았다. 나는 두 손을 앞으로 돌렸다. 그러자, 맹세하는데, 줄리는 내 두 손이 비어 있는지 슬쩍 살폈다.

우리는 다시 서로 마주보았다. 아이의 얼굴이 위협적으로 바뀐 느낌이었다.

이윽고 줄리가 말했다. "탁구 칠래?"

"어이쿠, 그래." 나는 그렇게 대꾸하며 다리를 길게 뻗어 두 걸음에 탁구대로 뛰어갔다. "먼저 서브해."

줄리가 웃음을 지었고 우리는 탁구를 치기 시작했다.

그다음에 벌어진 일에 대해서는 변명을 할 생각이 없다. 나는 이기기 시작했고, 그게 좋았다.

"방금 거 다시 해도 돼?" 줄리가 말했다. "어제 손가락을 다쳐서 서브할 때 아팠단 말이야."

"안 돼."

나는 계속 이겼다.

"이건 공정하지 않아, 닐. 내 신발끈이 풀렸어. 방금 거 다시……"

"안 돼."

우리는 계속 쳤다. 나는 사납게 쳤다.

"닐, 방금 탁구대에 기댔잖아. 그건 규칙 위반……"

"나는 기대지 않았고, 따라서 규칙 위반이 아니야."

5센트짜리와 1센트짜리 동전들 사이에서 체리가 뛰는 것이 느껴졌다.

"닐, 점수를 속였잖아. 닐은 19점이고 나는 11점이야……"

"20 대 10이야." 내가 말했다. "어서 서브해!"

줄리는 서브를 했고 나는 강하게 받아쳐 공이 줄리를 지나갔다—공은 탁구대를 떠나 냉장고 방 안으로 날아갔다.

"속임수를 쓰고 있어!" 줄리는 나에게 소리를 질렀다. "속이고 있어!" 줄리는 어여쁜 머리에 무거운 짐을 인 것처럼 턱을 떨고 있었다. "미워!" 줄리는 라켓을 집어던졌고, 라켓은 바에 부딪히며 큰 소리를 냈다. 그 순간 밖에서 크라이슬러가 진입로의 자갈을 짓밟는 소리가 들렸다.

"아직 게임 안 끝났어." 내가 줄리에게 말했다.

"속이고 있어! 게다가 과일도 훔쳐먹었어!" 줄리는 그렇게 말하더니 내가 이길 기회를 갖기 전에 밖으로 달려나갔다.

그날 밤 늦게, 브렌다와 나는 사랑을 나누었다. 처음이었다. 우리는 텔레비전 방 소파에 앉아 있었고, 한 십 분 정도 서로 말이 없었다. 줄리는 오래전에 울다 잠이 들었고, 줄리가 우는 것을 두고 아무도 나한테 뭐라고 하지 않았지만, 내가 체리를 한 줌집어온 것을 아이가 말했는지는 알 수 없었다. 어쨌든 그것은 얼마 전에 변기에 버리고 물을 내렸다.

텔레비전은 켜놓았지만 소리는 죽였다. 집은 조용했다. 방 맞
은편에서 회색 사진들이 계속 꿈틀거리는 느낌이었다. 브렌다
는 조용했고, 드레스는 그녀의 두 다리를 휘감고 있었다. 비스듬
하게 무릎을 꿇은 자세였다. 우리는 한동안 거기에 앉아 아무 말
도 하지 않았다. 이윽고 그녀는 부엌으로 가더니, 돌아와서 모두
잠이 든 것 같다고 말했다. 우리는 소파에 앉아 텔레비전 화면의
소리 없는 몸들이 어떤 소리 없는 레스토랑에서 소리 없이 저녁
을 먹는 것을 잠시 더 지켜보았다. 내가 드레스 단추를 풀자 그
녀는 저항했지만, 그것은 그녀가 자신이 그 드레스를 입었을 때
얼마나 어여쁜지 알기 때문이었다고 생각하고 싶다. 그러나 그
녀는, 나의 브렌다는 그 드레스를 입든 벗든 어여뻤다. 우리는
드레스를 조심스럽게 개어놓고 서로 꼭 끌어안았다. 곧 우리는
움직이기 시작했다. 브렌다는 아래로 내려갔다. 천천히, 그러나
웃음을 지으며 내려갔다. 나는 위로 올라갔다.

브렌다를 사랑한 것을 어떻게 말로 묘사할 수 있을까? 아주 달
콤했다. 마침내 21점을 기록한 기분이었다.

집에 가서 브렌다의 전화번호를 돌렸는데, 그전에 숙모가 소
리를 듣고 침대에서 일어났다.

"이 시간에 누구한테 전화를 거는 거냐? 의사냐?"

"아뇨."

"무슨 전화를 하는 거야? 밤 한시에?"

"쉬이잇!"

"저 녀석이 나더러 쉬이잇이래. 밤 한시에 전화를 하면서. 안 그래도 돈 들어갈 데가 많아 죽겠는데." 그러더니 숙모는 발을 끌며 침대로 돌아갔고, 그곳에서 순교자의 마음과 황량한 눈으로 내가 문에 열쇠를 돌리는 소리가 들릴 때까지 몸을 아래로 잡아끄는 잠에 저항했다.

브렌다가 전화를 받았다.

"닐?" 그녀가 말했다.

"응." 내가 소곤거렸다. "침대에서 나온 거 아니지, 그렇지?"

"아냐." 그녀가 말했다. "전화기가 침대 옆에 있어."

"좋아. 침대에 들어간 기분은 어때?"

"좋아. 너도 침대야?"

"응." 나는 거짓말을 했다. 그러면서 전화기 줄을 잡고 가능한 한 내 침실 쪽으로 끌어당김으로써 거짓말을 정말로 바꾸려 했다.

"나는 너와 함께 침대에 있는 거야." 그녀가 말했다.

"맞아." 내가 말했다. "나도 너하고 함께 있어."

"커튼을 쳐서 어두워. 네가 안 보여."

"나도 네가 안 보여."

"아주 좋았어, 닐."

"그래. 어서 자, 스위트. 내가 여기 있으니까." 우리는 작별 인사 없이 전화를 끊었다. 아침에 계획대로 다시 전화를 했지만, 브렌다의 목소리가 잘 들리지 않았다. 사실 내 목소리도 잘 들리지 않았다. 글래디스 숙모와 맥스 숙부가 오후에 노동자 모임 야유회를 갈 예정이었는데, 냉장고에 넣어두었던 단지에서 밤새 포도주스가 똑똑 떨어져 바닥으로 흘러나오는 사태가 벌어졌기 때문이다. 브렌다는 아직 침대에 있었기 때문에 꽤나 그럴듯하게 우리의 게임을 할 수 있었지만, 나는 내가 그녀 옆에 있다고 상상하기 위해 감각의 커튼을 다 쳐야만 했다. 나는 우리가 실제로 함께 지낼 수 있는 밤과 아침이 오기만을 기도할 수밖에 없었는데, 머지않아 실제로 그렇게 되었다.

넷

그다음 일주일 반 동안 내 인생에는 오직 두 사람만 있는 것 같았다. 브렌다와 고갱을 좋아하는 조그만 유색인 아이. 소년은 매일 아침 도서관이 문을 열기 전부터 기다리고 있었다. 어느 때는 사자 등에 올라타 있기도 하고, 어느 때는 사자 배 밑에 들어가 있기도 하고, 또 어느 때는 사자 갈기에 돌멩이를 던지며 어슬렁거리기도 했다. 그러다가 안으로 들어가 신발로 딱딱 소리를 내며 일층을 돌아다니다, 오토가 노려보면 뒤꿈치를 들었고, 마침내 타히티로 통하는 긴 대리석 층계를 올라갔다. 아이는 늘 점심시간까지 머물지는 않았지만, 어느 아주 더운 날에는 내가 아침에 출근할 때 이미 와 있더니 밤에 퇴근할 때 내 뒤에서 문을 나갔다. 아이가 나타나지 않은 것은 그다음날 아침이었다. 그리고 아이를 대신하듯, 아주 늙은 남자가 나타났다. 허옇고, 라이프 세이버스* 냄새가 나고, 코와 턱 밑으로 터진 핏줄이 보이는 노인이었다. "미술 섹션은 어디 가면 찾을 수 있소?"

"제3서고입니다." 내가 말했다.

노인은 몇 분 뒤 갈색 표지가 덮인 커다란 책을 손에 들고 돌아왔다. 그는 책을 내 책상에 올려놓더니 돈이 들어 있지 않은 긴 지갑에서 카드를 꺼내 대출 스탬프를 찍어주기를 기다렸다.

"이 책을 대출하시려고요?" 내가 물었다.

노인은 웃음을 지었다.

나는 그의 카드를 받아들고 금속 가장자리를 기계에 끼워넣었다. 하지만 스탬프를 찍지는 않았다. "잠깐만요." 나는 책상 밑

---

* 박하사탕 상표명.

에서 서류판을 꺼내 몇 장 넘겼다. 거기에는 내가 그 주 내내 혼자 했던 배틀십 게임과 틱택토 게임이 그려져 있었다. "이 책은 누가 맡아놓은 건데요."

"뭐요?"

"맡아놨다고요. 누가 전화를 해서 우리한테 책을 맡아놔달라고 요청했습니다. 이름과 주소를 알려주시면 대출이 가능할 때 연락을……"

그렇게 해서 나는 한두 번 얼굴을 붉히기는 했지만 책을 서고에 도로 갖다놓을 수 있었다. 유색인 아이가 그날 늦게 나타났을 때, 책은 전날 오후에 아이가 꽂아두었던 바로 그 자리에 있었다.

브렌다 이야기를 하자면, 나는 매일 저녁 그녀를 만났고, 야간 경기 중계 때문에 파팀킨 씨가 텔레비전 방에서 깨어 있거나, 하다사* 카드 모임 때문에 파팀킨 부인이 외출하여 언제 돌아올지 모르는 경우가 아니면, 우리는 소리를 죽인 텔레비전 화면 앞에서 사랑을 나누었다. 하늘이 낮게 내려앉은 어느 후텁지근한 날, 브렌다는 나를 데리고 클럽으로 수영을 하러 갔다. 수영장에는 우리뿐이어서, 모든 의자, 탈의실, 조명, 다이빙대, 그리고 물마저도 오직 우리만 기쁘게 해주려고 존재하는 것 같았다. 브렌다

---

* 유대 여성 자선단체.

는 파란색 수영복을 입었지만, 수영복은 빛을 받으면 자주색으로 보였고, 물속에 들어가 있으면 가끔은 녹색, 가끔은 검은색으로 번쩍였다. 저녁 늦게 골프 코스 쪽에서 산들바람이 불어와 우리는 몸에 커다란 타월 한 장을 두르고, 긴 의자 두 개를 한데 붙인 다음, 수영장이 내려다보이는 바의 창문 옆에서 바텐더가 자꾸 왔다갔다 어슬렁거림에도, 의자에 나란히 누웠다. 마침내 바의 불이 꺼지고, 이어 한순간에 수영장 주변의 조명이 다 꺼졌다. 갑자기 나는 불안해졌다. 브렌다도 그것을 눈치챈 걸 보면, 아마 내 심장박동이 빨라졌던 것 같다. 실제로 나는, 이제 가야 하잖아, 하고 생각하고 있었다.

그녀가 말했다. "괜찮아."

아주 깜깜했다. 별 없는 하늘은 낮게 내려앉아 있었다. 밤보다 아주 약간 밝은 다이빙대가 다시 눈에 보이고, 수영장 맞은편을 둘러싼 의자와 물을 구별하는 데는 시간이 좀 걸렸다.

나는 그녀의 수영복 끈을 밀어 내렸으나 그녀는 싫다며 옆으로 슬쩍 몸을 돌렸다. 그러더니 내가 그녀를 안 지 두 주 만에 처음으로 나에 관해 물었다.

"부모님은 어디 계셔?"

"투손에." 내가 말했다. "왜?"

"우리 어머니가 물어보셨어."

이제 수상구조원의 의자도 보였다. 흰색이 거의 드러났다.

"왜 계속 여기 있는 거야? 왜 부모님하고 함께 살지 않는 거야?" 그녀가 물었다.

"난 이제 애가 아니야, 브렌다." 말이 내가 생각했던 것보다 날카롭게 나갔다. "부모님이 가는 곳마다 따라다닐 수는 없잖아."

"그러면서 왜 숙부네 집에 살아?"

"그분들은 부모가 아니잖아."

"그럼 나은가?"

"아니. 더 나쁘지. 나도 내가 왜 거기서 사는지 모르겠어."

"왜?" 그녀가 말했다.

"내가 왜 모르냐고?"

"왜 거기 사냐고. 알고 있잖아, 안 그래?"

"내 직장 때문이겠지. 거기서 다니면 편하니까. 싸고. 부모님도 좋아하시고. 사실 숙모는 괜찮아…… 그런데 내가 정말로 네 어머니한테 내가 왜 지금 사는 곳에 사는지 설명해야만 하는 거야?"

"우리 어머니한테 설명하는 게 아니야. 내가 알고 싶어. 네가 왜 부모님과 함께 살지 않는지 궁금했어. 그뿐이야."

"추워?" 내가 물었다.

"아니."

"집에 가고 싶어?"

"아니. 네가 가고 싶지 않으면. 몸이 안 좋아, 닐?"

"괜찮아." 그러면서 내가 여전히 나라는 것을 그녀에게 알리려고 그녀를 끌어안았다. 하지만 그때는 나도 욕망이 사라진 뒤였다.

"닐?"

"응?"

"도서관은 어때?"

"그건 누가 알고 싶대?"

"우리 아버지가." 그녀는 웃음을 터뜨렸다.

"너는?"

그녀는 잠시 대답을 하지 않았다. "그리고 나도." 그녀가 마침내 대답했다.

"어, 도서관의 뭐가 어떠냐는 거야? 내가 거길 좋아하냐고? 괜찮아. 한때 구두도 팔아봤는데, 도서관이 더 마음에 들어. 제대한 뒤에 에런 백부—도리스 아버지야—의 부동산회사에도 두어 달 다녀봤지. 그런데 거기보다는 도서관이 마음에 들어……"

"거기 일자리는 어떻게 구했어?"

"대학 때 거기서 잠시 일한 적이 있어. 그래서 에런 백부네 회사를 그만두었을 때, 아, 나도 모르겠어……"

"대학에서는 뭘 공부했어?"

"나는 러트거스 대학 뉴어크 칼리지에서 철학을 전공했어요. 나는 스물세 살이에요. 나는……"

"왜 또 못되게 구는 거야?"

"내가?"

"그래."

나는 미안하다고 말하지 않았다.

"도서관 일을 평생 할 계획이야?"

"브렌, 나는 아무 계획이 없어. 삼 년 동안 단 한 가지 계획도 세우지 않았어. 적어도 군대에서 제대한 해에는. 군대에서는 주말에 빠져나갈 계획이라도 세웠지만. 나는…… 나는 계획을 세우는 사람이 아니야." 갑자기 그녀에게 그 모든 진실을 말해주고 난 뒤에, 마지막 거짓말을 덧붙임으로써 나 스스로 그것을 망치지는 말았어야 했다. 나는 이렇게 덧붙였다. "나는 그냥 사는 사람*이야."

"나는 췌장이야." 그녀가 말했다.

"나는……"

그러자 그녀는 키스로 그 터무니없는 게임을 날려버렸다. 그

---

* liver. 간이라는 뜻도 있다.

녀는 진지해지기를 바랐다.

"나를 사랑해, 닐?"

나는 대답하지 않았다.

"네가 사랑하든 안 하든 나는 너하고 잘 거야. 그러니까 진실을 말해줘."

"그건 아주 유치했어."

"깐깐하게 굴지 마." 그녀가 말했다.

"아니, 내 얘기를 한 게 유치했다는 거야."

"무슨 말인지 모르겠어." 그녀가 말했다. 그녀는 정말로 몰랐고, 그녀가 모른다는 것이 나는 괴로웠다. 그러나 나는 나 자신을 약간 속여 브렌다의 둔함을 용서하는 척했다. "사랑해?" 그녀가 말했다.

"아니."

"사랑해주면 좋겠어."

"도서관은 어쩌고?"

"도서관이 뭐?" 그녀가 말했다.

또 둔한 건가? 나는 아니라고 생각했다─실제로 아니었다. 브렌다가 이렇게 말했기 때문이다. "네가 나를 사랑하기만 하면 아무 걱정 할 게 없을 거야."

"그렇다면 당연히 너를 사랑해야지." 나는 웃음을 지었다.

"네가 그럴 거라는 걸 알아." 그녀가 말했다. "물에 한번 들어가는 게 어때. 눈을 감고 너를 기다리고 있을게. 돌아와서 차가운 물기로 나를 놀라게 하는 거야. 어서."

"너는 게임을 참 좋아해, 안 그래?"

"어서. 눈감고 있을게."

나는 수영장 가로 걸어가 물에 뛰어들었다. 물은 아까보다 차갑게 느껴졌다. 앞이 보이지 않는 상태에서 물을 헤치고 아래로 내려가자 가벼운 공포가 느껴졌다. 다시 물위로 나와 레인을 따라 헤엄치기 시작했다. 끝에 가서 턴을 해 다시 돌아오다 갑자기 내가 물에서 나갔을 때 브렌다는 이미 사라졌을 거라는 생각이 들었다. 틀림없었다. 이 염병할 곳에 나 혼자만 있게 될 터였다. 나는 직각으로 방향을 틀어 수영장 옆면을 향해 헤엄쳐 물 밖으로 나가 의자가 있는 곳으로 달려갔다. 브렌다는 그곳에 있었고, 나는 그녀에게 키스했다.

"앗." 그녀는 몸을 부르르 떨었다. "오래 있지 않았네."

"그래."

"내 차례야." 그녀는 일어섰다. 잠시 후 물이 약간 갈라지는 소리가 들리더니 곧 조용해졌다. 한참 동안 아무 소리도 없었다.

"브렌." 나는 작은 소리로 외쳤다. "괜찮은 거야?" 그러나 아무런 대답이 없었다.

그녀의 안경이 옆 의자에 놓여 있었다. 나는 안경을 집어들었다. "브렌다?"

여전히 대답이 없었다.

"브렌다?"

"부르는 건 반칙이야." 그녀는 그렇게 말하며 물에 젖은 몸을 나에게 던졌다. "네 차례야." 그녀가 말했다.

이번에는 오랫동안 물속에 있었다. 다시 수면으로 올라왔을 때는 허파가 터질 것 같았다. 공기를 마시려고 고개를 뒤로 젖히자 위로 하늘이 보였다. 하늘은 내리누르는 손처럼 낮았다. 그 압력으로부터 벗어나려는 듯 나는 헤엄을 치기 시작했다. 브렌다에게 돌아가고 싶었다. 다시 걱정이 되었기 때문이다―하지만 아무런 근거가 없었다, 아닌가?―내가 너무 오래 떠나 있으면 돌아갔을 때 그녀가 거기 없을 거라는 생각의 근거. 그녀의 안경을 가져오지 않은 것이 후회됐다. 그러면 그녀는 내가 집까지 데려다주기를 기다리는 수밖에 없을 텐데. 나는 말도 안 되는 생각을 하고 있었다. 나도 알았다. 그럼에도 어둡고 낯선 그 장소에서는 그런 생각이 꼭 엉뚱하다고만은 할 수 없을 것 같았다. 아, 수영장에서 큰 소리로 그녀를 얼마나 부르고 싶던지. 하지만 그녀가 대답하지 않을 것임을 알았기 때문에 억지로 레인을 따라 세 번 헤엄을 쳤고, 네번째까지 헤엄쳤지만, 다섯번째 중간에는 다시 괴상한 공포에 사로잡혀 순간적으로 나 자신의 소멸을 생각했다. 그러다가 다시 돌아왔을 때 나는 우리 둘이 예상했던 것보다 힘차게 그녀를 끌어안았다.

"놔줘, 놔줘." 그녀는 웃음을 터뜨렸다. "이제 내 차례야……"

"하지만 브렌다……"

하지만 브렌다는 사라졌고, 이번에는 그녀가 정말로 돌아오지 않을 것만 같았다. 나는 등을 뒤로 젖히고 9번 홀 위로 동이 트기를 기다렸다. 빛의 위안이라도 받고 싶으니 어서 동이 트게 해달라고 기도했다. 마침내 브렌다가 내게 돌아왔을 때 나는 그녀를 놓아주려 하지 않았다. 그녀의 차갑고 축축한 기운이 내 속으로 파고드는 바람에 나는 몸을 떨었다. "그만, 브렌다. 제발, 이제 게임은 그만." 그녀를 하도 세게 끌어안는 바람에 내 몸이 그녀의 몸안으로 파고들 것 같은 느낌이 드는 순간 나는 다시 입을 열었다. "사랑해." 나는 말했다. "정말로."

그렇게 여름은 계속되었다. 나는 매일 저녁 브렌다를 만났다. 우리는 수영을 하러 갔고, 산책을 하러 갔고, 드라이브를 하러 갔다. 산맥 속 깊은 곳까지 멀리 오랫동안 올라가는 바람에 돌아올 때면 나무들 사이에서 스며나온 안개가 도로까지 밀고 나왔다. 나는 핸들을 쥔 손에 힘을 주었고, 브렌다는 안경을 꺼내 쓰고 나를 위해 흰 차선을 살펴주었다. 또 우리는 먹었다—내가 과일 냉장고를 발견하고 나서 며칠 뒤 브렌다는 밤에 직접 나를 그곳으로 데려갔다. 우리는 커다란 수프 그릇에 체리를 채우고, 구운 쇠고기를 담는 접시에 수박 조각을 쌓았다. 그런 다음 위로 올라가 지하실 뒷문을 통해 뒤쪽 잔디밭으로 나가, 스포츠용품 나무 아래 앉았다. 그곳에서는 텔레비전에서 나오는 빛에만 의지해야 했다. 한동안 우리 둘이 씨를 뱉는 소리밖에 들리지 않았다. "저게 하룻밤 새에 뿌리를 내렸으면 좋겠어. 그래서 아침에는 수박하고 체리가 열리도록."

"저게 이 마당에 뿌리를 내리면, 스위티, 자라서 냉장고를 비롯한 웨스팅하우스 프리퍼드 제품들이 될 거야. 못되게 구는 거야냐." 나는 얼른 그렇게 덧붙였다. 그러면 브렌다는 웃음을 터뜨리며, 그린게이지 자두가 먹고 싶다고 말하곤 했다. 그러면 나는 지하실로 사라졌고, 이제 체리 그릇은 그린게이지 자두 그릇이 되었다. 그것이 또 승도복숭아 그릇이 되고, 복숭아 그릇이 되었다. 그러다 마침내, 솔직히 말하는데, 내 약한 장에 탈이 나, 다음날 밤에는 안타깝게도 아무것도 먹지 못했다. 그런 다음에는 또 함께 나가 콘드비프 샌드위치, 피자, 맥주와 새우, 아이스크림소다, 햄버거를 먹으러 갔다. 어느 날 밤에는 라이온스클럽

바자회에 갔다가 브렌다가 농구공을 던져 잇따라 세 번 골을 넣은 덕분에 라이온스클럽 재떨이를 탔다. 론이 밀워키에서 돌아왔을 때는 가끔 그가 세미프로 여름 리그에서 농구하는 것을 보러 갔다. 그런 저녁이면 브렌다가 낯설게 느껴지곤 했다. 그녀가 선수들의 이름을 다 알았기 때문이다. 선수들은 대부분 팔다리를 흐느적거렸고 움직임이 둔했지만, 루서 페라리라는 선수는 완전히 달랐다. 브렌다는 고등학교 때 그 선수와 꼬박 일 년을 사귀었다. 그는 론의 가장 가까운 친구였는데, 나는 그의 이름을 뉴어크 〈뉴스〉에서 봐서 알고 있었다. 그는 위대한 페라리 형제들 중 하나로, 그들 모두가 적어도 두 가지 종목에서 주 대표였다. 페라리는 또 브렌다를 벅*이라고 불렀다. 아마도 브렌다가 리본을 타던 시절까지 거슬러올라가는 별명인 듯했다. 론과 마찬가지로 페라리 또한 지나치게 정중했다. 마치 키가 190센티미터를 넘는 사람들은 그런 병에 걸리기라도 하는 것처럼. 그는 나에게는 신사처럼 정중했고 브렌다에게는 신사처럼 다정했다. 시간이 좀 지나면서 나는 론이 경기하는 것을 보러 가자는 제안이 나올 때면 주저하게 되었다. 그러던 어느 밤, 열한시가 되면 힐톱 극장의 출납원이 집에 가고 지배인도 자기 사무실로 사라진다는

---

* Buck. '멋쟁이 사나이'라는 뜻이 있다.

것을 알게 되었다. 그래서 그해 여름, 우리는 적어도 열다섯 편은 되는 영화의 마지막 십오 분을 보았다. 영화를 본 뒤 차를 타고 집에 가면서—그러니까 브렌다를 집까지 태워다주면서—우리는 영화의 시작 부분을 재구성해보곤 했다. 마지막 십오 분을 우리가 가장 좋아한 영화는 〈케틀네 엄마 아빠 도시에 가다〉, 우리가 가장 좋아하는 과일은 그린게이지 자두, 우리가 가장 좋아하는, 아니, 유일하게 좋아하는 사람은 서로였다. 물론 우리는 이따금씩 다른 사람들을 우연히 만났다. 주로 브렌다의 친구들이었고, 가끔 내 친구를 한두 명 만나기도 했다. 팔월의 어느 밤에는 심지어 로라 심프슨 스톨로위치, 그녀의 약혼자와 함께 루트 6에 있는 바에 가기도 했다. 하지만 따분한 저녁이었다. 브렌다와 나는 다른 사람들과 이야기하는 훈련을 받지 못한 사람들 같았다. 그래서 춤을 한참 추었는데, 그제야 이것이 우리가 전에 해본 적이 없는 일임을 깨달았다. 로라의 남자친구는 스팅어*를 엄청나게 마셨고 심프—브렌다는 내가 그녀를 스톨로라고 불러주기를 바랐지만 나는 그러지 않았다—심프는 진저에일과 소다를 섞은 듯한 미적지근한 혼합음료를 마셨다. 우리가 테이블로 돌아갈 때마다 심프는 '춤' 이야기를 하고 있었고 그녀의 약혼자

---

* 페퍼민트 향의 칵테일.

는 '영화' 이야기를 하고 있었기 때문에 마침내 브렌다가 그에게 "어느 영화?" 하고 물어봐주었고, 그런 다음 우리는 문을 닫을 때까지 춤을 추었다. 그리고 브렌다의 집으로 돌아가 그릇에 체리를 가득 채워 텔레비전 방에서 한참 동안 지저분하게 먹었다. 나중에 우리는 소파에서 사랑을 나누었다. 어두워진 방에서 욕실로 걸어갈 때는 맨발바닥에 체리 씨가 밟혔다. 집에 가 그날 밤 두번째로 옷을 벗었을 때 발바닥에 붉은 자국들이 보였다.

그녀의 부모는 이 모든 일을 어떻게 받아들였을까? 파팀킨 부인은 계속 나에게 미소를 지었고, 파팀킨 씨는 계속 내가 새처럼 적게 먹는다고 생각했다. 그래서 저녁식사에 초대를 받으면 그를 생각해서 내가 먹고 싶은 양의 두 배를 먹었지만, 진실을 말하자면, 그는 처음 내 식욕을 그렇게 규정한 뒤로는 구태여 두번 다시 내 쪽을 보려 하지 않는 것 같았다. 설사 내가 정상적인 양의 열 배를 먹어 마침내 배가 터져 죽는다 해도, 그는 여전히 내가 인간이라기보다는 참새라고 생각할 것이었다. 아무도 내가 있는 것 때문에 곤란해하는 것 같지는 않았다—물론 줄리는 상당히 냉정해졌지만. 그래서 브렌다가 아버지에게 팔월 말에 내가 일주일 휴가를 그녀의 집에서 보내면 어떻겠느냐고 제안했을 때, 그는 잠시 생각하더니, 5번 아이언을 골라 어프로치샷을 한 다음 좋다고 대답했다. 그래서 그녀가 파팀킨 싱크의 결정을 어머니에게 전달했을 때 파팀킨 부인은 할 수 있는 일이 별로 없었다. 이렇게 브렌다의 교묘한 솜씨 덕분에 나는 그 집에 초대를 받았다.

직장에 나가는 마지막날인 금요일 아침 글래디스 숙모는 내가 가방을 싸는 것을 보고 어디에 가느냐고 물었다. 나는 사실대로 말했다. 숙모는 대꾸하지 않았다. 나는 숙모의 히스테리에 사로잡힌, 눈자위가 불그레한 눈에서 경외감을 본 것 같았다—숙모가 전화로 "꼴값하네"라고 말했던 날 이후로 꽤나 큰 진전이 있었던 셈이다.

"얼마나 오래 가 있는 거야? 어떻게 장을 볼지 알아야지. 너무 많이 사지 않게. 잘못하면 너 때문에 냉장고에 우유가 가득찰 수도 있어. 그게 상하면 냉장고에서 악취가 나고……"

"일주일요." 내가 말했다.

"일주일?" 숙모가 말했다. "일주일 동안 빈방이 있대?"

"글래디스 숙모, 그 사람들은 가게 윗집에 살지 않아요."

"나는 가게 윗집에 살았어. 부끄럽지 않았어. 늘 지붕이 있었던 게 다행이지. 우리는 한 번도 길거리에서 구걸하지 않았어." 숙모의 말을 들으며 나는 막 새로 산 버뮤다팬츠를 챙겼다. "그리고 네 사촌 수전, 우리는 그애를 대학에 보낼 거야. 그래도 맥스 숙부는 잘살 거고 건강할 거야. 물론 우리는 팔월에 그애를 캠프에 보내지 않았어. 원하는 신발이 있어도 사 신지 못해. 스웨터도 서랍 가득 들어 있지는……"

"저는 아무 말도 안 했어요, 글래디스 숙모."

"여기서 충분히 먹지를 못하니? 너는 남기잖아. 가끔 네 접시를 네 숙부 맥스한테 보여줘. 창피한 일이야. 유럽에 사는 아이라면 네가 남긴 걸로 네 코스짜리 식사를 할 수 있을 거야."

"글래디스 숙모." 나는 숙모에게 다가갔다. "저는 여기서 원하는 모든 걸 얻고 있어요. 저는 그냥 휴가를 가는 거예요. 제가 휴가를 갈 자격이 없나요?"

숙모는 나에게 매달렸다. 숙모가 떠는 것이 느껴졌다. "나는 네 어머니한테 내가 널을 돌볼 거라고 했어. 걱정할 필요 없다고. 그런데 이제 너는 달아나……"

나는 숙모를 끌어안고 정수리에 입을 맞추었다. "왜 이러세요." 내가 말했다. "바보같이 구시네. 달아나는 게 아니에요. 그냥 일주일 동안 나갔다 오는 거예요. 휴가로."

"그 집 전화번호 적어두고 가. 제발 아프지 말아야 돼."

"알았어요."

"밀번에 살지?"

"쇼트힐스에요. 전화번호 적어둘게요."

"유대인이 언제부터 쇼트힐스에 산 거야? 진짜 유대인일 리가 없어. 정말이야."

"진짜 유대인이에요." 내가 말했다.

"내 눈으로 볼 거야. 그래야 믿어." 숙모는 앞치마 끝으로 눈을 닦았다. 나는 옷가방 옆구리의 지퍼를 올리고 있었다. "아직 가방 잠그지 마. 과일을 조금 싸줄 테니까. 가져가."

"알았어요, 글래디스 숙모." 그래서 그날 아침 출근을 하면서 나는 숙모가 가방에 넣어준 오렌지와 복숭아 두 개를 다 먹었다.

몇 시간 뒤 스카펠로 씨는 내가 휴가를 보내고 노동절* 뒤에 돌아오면 위층에 올라가 마사 위니의 스툴에 앉게 될 거라고 알려주었다. 그 자신이 약 십 년 전에 똑같이 이동했으니, 내가 중심을 잘 잡고 있으면 언젠가 나도 스카펠로 씨가 될지 모른다는 이야기였다. 게다가 봉급도 8달러 인상될 것인데, 이것은 스카펠로 씨가 오래전에 올려 받은 것보다 5달러나 많았다. 그는 나와 악수를 하고 다시 긴 대리석 층계를 올라가기 시작했다. 그의 양복 상의가 둥근 테에 부딪히듯 그의 엉덩이에 부딪히며 출렁거렸다. 그가 내 곁을 떠나자마자 스피어민트 냄새가 났다. 고개를 들어보니 코와 턱에 핏줄이 불거진 노인이 있었다.

---

* Labor Day. 미국과 캐나다의 노동절. 구월 첫째 월요일.

"안녕하시오, 젊은이." 그가 유쾌하게 말했다. "책은 반납되었소?"

"무슨 책이요?"

"고갱. 쇼핑을 하러 나왔다가 한번 들러 물어보자는 생각이 들더군. 아직 연락은 받지 못했지만. 벌써 두 주나 됐으니까."

"아니요." 그 말을 하는 순간 스카펠로 씨가 층계 중간에서 걸음을 멈추고, 할말이 있었는데 깜빡 잊었다는 듯 고개를 돌리는 것이 보였다. "저기요." 나는 노인에게 말했다. "곧 반납될 겁니다." 나는 더이상 말을 할 필요가 없다는 것처럼 이야기했다. 무례에 가까운 태도였다. 나 자신도 놀랐다. 이제 곧 무슨 일이 일어날지 눈에 보였기 때문이다. 노인이 소동을 부린다. 스카펠로 씨가 서둘러 층계를 내려온다. 스카펠로 씨가 서고로 달려간다. 스카펠로가 분개한다. 스카펠로가 한참을 떠들어댄다. 스카펠로가 존 매키를 위니 여사의 스툴에 앉히기로 결정한다. 나는 노인을 돌아보았다. "전화번호를 남겨두시면 오늘 오후에 책을 맡아놓도록 해보겠습니다……" 하지만 관심과 예의를 보여주려는 나의 시도는 너무 늦었다. 노인은 공무원, 시장에게 투서, 건방진 젊은 것들에 관해 몇 마디를 으르렁거리고 다행히도 도서관을 나갔다. 그가 떠나고 나서 바로 뒤에 스카펠로 씨가 내 책상으로 다시 와 전 직원이 위니 여사에게 줄 선물을 위해 각출을 해야 하니 괜찮으면 오늘 내로 그의 책상에 50센트를 두고 가라고 이야기했다.

점심식사 후에 유색인 아이가 들어왔다. 나는 책상을 지나 층계로 가는 아이에게 소리쳤다. "이리 와봐." 내가 말했다. "어디 가니?"

"심장 섹션이요."

"무슨 책을 읽고 있니?"

"그 고-어게인 씨 책이요. 보세요, 네, 나 잘못한 거 없어요. 어디에 뭘 쓰지도 않았다고요. 내 몸을 뒤져봐도……"

"안 그랬다는 거 알아. 잘 들어. 그 책이 그렇게 마음에 들면 그걸 집에 가져가는 게 어때? 도서관 대출증 있어?"

"없어요, 선생님. 나는 아무것도 가져가지 않았다고요."

"아니, 도서관 대출증은 네가 책을 집에 가져갈 수 있도록 우리가 너한테 주는 거야. 그러면 여기 매일 올 필요가 없거든. 너 학교 다니니?"

"네, 선생님. 밀러 스트리트 학교에요. 하지만 지금 여긴 여름 방학이에요. 난 학교에 없어도 괜찮아요. 지금 학교에 있어야 하는 게 아니라고요."

"알아. 학교에 다니기만 하면 너도 도서관 대출증을 가질 수 있거든. 그 책을 집에 가져갈 수 있단 말이야."

"왜 자꾸 그 책을 집에 가져가라고 하는 거예요? 집에 가면 누가 그걸 찢어발길 거예요."

"어디에 감추면 되잖아. 책상 같은 데······"

"이야." 아이는 눈을 가늘게 뜨고 나를 보았다. "왜 내가 여기 오지 않기를 바라는 거죠?"

"오지 말라고 한 적 없어."

"난 여기 오는 게 좋아요. 저 층계가 좋아요."

"나도 그게 좋아." 내가 말했다. "하지만 문제는 언젠가 누군가 그 책을 가지고 나갈 거라는 거야."

아이는 웃음을 지었다. "걱정 마세요." 아이가 나에게 말했다. "아직 아무도 안 그랬으니까." 그러더니 아이는 딱딱 소리를 내며 층계를 올라가 제3서고로 향했다.

그날 나는 땀깨나 흘렸다! 그해 여름 들어 가장 시원한 날이었지만, 저녁에 퇴근을 할 때 셔츠가 등에 달라붙어 있었다. 차에서 나는 가방을 열었다. 러시아워 차량들이 워싱턴 스트리트로 쏟아져내려가는 동안 나는 뒷좌석에서 웅크리고 깨끗한 셔츠로 갈아입었다. 쇼트힐스에 도착했을 때 교외에서 막간극을 누릴 자격이 있는 사람처럼 보이고 싶었기 때문이다. 그러나 센트럴 애비뉴를 따라 차를 몰면서 나는 휴가에 마음을 쏟을 수가 없었다. 사실 운전에도 마음을 쏟을 수가 없었다. 보행자와 다른 운전자에게는 불안한 일이었겠지만, 나는 기어에서 긁는 소리를 내고, 교차로에서 서지 않고 지나가고, 파란불이나 빨간불 가리지 않고 머뭇거렸다. 내가 휴가를 간 동안 그 이중턱 새끼가 도서관으로 돌아오고, 유색인 꼬마의 책이 사라지고, 내 새 일자리가 날아가고, 거기서 끝나는 게 아니라 지금까지의 일자리까지 날아가버릴 거라는 생각이 머릿속을 떠나지 않았다—하지만 왜 내가 그 모든 것을 걱정해야 한단 말인가. 도서관이 내 평생직장이 될 것도 아닌데.

다섯

"론이 결혼한대!" 내가 문으로 들어가자 줄리가 나를 보고 소리쳤다. "론이 결혼한대!"

"지금?" 내가 물었다.

"노동절에! 해리엇하고 결혼한대, 해리엇하고 결혼한대." 줄리는 줄넘기할 때 부르는 노래처럼 콧소리로 박자를 넣어 노래를 하기 시작했다. "나는 시누이가 되는 거야!"

"안녕." 브렌다가 말했다. "나 시누이가 돼."

"들었어. 언제 얘기가 된 거야?"

"오늘 오후에 론이 말했어. 어젯밤에 장거리전화로 사십 분 동안 얘기했대. 해리엇은 다음주에 비행기를 타고 여기로 와. 성대한 결혼식이 열릴 거야. 우리 부모님은 여기저기 정신없이 돌아다니고 있어. 하루이틀 사이에 모든 걸 준비해야 하거든. 아버지는 론에게 사업을 가르칠 생각이야―하지만 처음에는 주급 이백에서 시작을 하고, 거기에서부터 노력해서 올라가야 할 거야. 시월까지는 고생해야 할걸."

"나는 론이 체육 선생이 될 거라고 생각했는데."

"그럴 생각이었지. 하지만 이제 책임질 것이 생겼으니까⋯⋯"

저녁 식탁에서 론은 책임과 미래를 주제로 길게 이야기를 했다.

"우리는 아들을 낳을 거야." 그가 그렇게 말하자 그의 어머니는 기뻐했다. "아들이 육 개월이 되면 나는 아이를 앉혀놓고 그 앞에 농구공을 갖다놓을 거야. 럭비공도. 야구공도. 그때 아이가 어느 공으로 손을 뻗든, 우리는 그 운동에 집중할 거야."

"어느 공으로도 손을 뻗지 않으면." 브렌다가 말했다.

"말도 안 되는 소리 하지 마세요, 아가씨." 파팀킨 부인이 말했다.

"나는 고모가 될 거야." 줄리가 노래를 하며, 브렌다를 향해 혀를 쏙 내밀었다.

"해리엇은 언제 오는 거지?" 파팀킨 씨가 입안 가득한 감자 사이로 말을 토해냈다.

"어제부터 따져서 일주일 뒤에요."

"해리엇이 내 방에서 자도 돼?" 줄리가 소리쳤다. "자도 돼?"

"안 돼. 손님방에서……" 파팀킨 부인은 입을 열다가 문득 나를 기억해냈다. 부인은 자주색 눈으로 눌러 뭉갤 듯 곁눈질을 하더니 말했다. "되고말고."

음, 나는 실제로 새처럼 먹었다. 저녁식사 후에 내 가방은 손님방으로 옮겨졌다―내 손으로 옮겼다. 손님방은 론의 방 건너편이었고, 브렌다의 방 바로 옆이었다. 브렌다가 안내를 하러 따라왔다.

"네 침대를 보여줘, 브렌."

"나중에."

"우리 할 수 있을까? 여기 위층에서?"

"그럴 것 같아." 그녀가 말했다. "론은 잠들면 통나무거든."

"밤새 그 방에 있을 수 있을까?"

"모르겠어."

"일찍 일어나서 이 방으로 돌아올 수 있어. 자명종을 맞춰놓으면 돼."

"그럼 다 깰걸."

"잊지 않고 반드시 일어날게. 할 수 있어."

"여기 위층에서 너하고 너무 오래 있지 않는 게 좋을 것 같아." 그녀가 말했다. "어머니가 히스테리를 부릴 거야. 네가 여기 있어서 어머니가 예민해진 것 같아."

"나도 예민해졌어. 다들 잘 알지도 못하는 사람들이잖아. 내가 정말로 일주일 동안 쭉 있어야 한다고 생각해?"

"일주일? 해리엇이 오면 완전히 혼란의 도가니에 빠질 테니까 두 달을 있어도 문제없을 거야."

"그렇게 생각해?"

"응."

"내가 그렇게 오래 있기를 바라?"

"응." 그녀는 그렇게 말하고 나서 어머니의 마음을 편하게 해주려고 아래층으로 내려갔다.

나는 가방을 풀고 옷을 서랍에 넣었다. 서랍은 땀받이 한 뭉치와 고등학교 졸업 앨범 외에는 텅 비어 있었다. 짐을 풀고 있는데 론이 쿵쾅거리며 층계를 올라왔다.

"어이." 론이 내 방에 대고 소리쳤다.

"축하해." 나도 마주 소리쳤다. 하지만 축하의 말을 꺼내면 론이 당연히 악수를 하려고 할 것임을 알았어야 했다. 그는 뭔지는 몰라도 자기 방에서 하려던 일을 중단하고, 내 방으로 들어왔다.

"고마워." 그는 펌프질을 하듯 내 손을 잡고 흔들었다. "고마워."

그러더니 침대에 앉아 내가 짐을 마저 푸는 것을 지켜보았다. 나는 브룩스 브러더스* 라벨이 붙은 셔츠가 한 벌 있어 그것을 침대 위에 놓고 잠시 미적거렸다. 애로에서 산 옷들은 얼른 서랍 속에 쌓았다. 론은 침대에 앉아 팔뚝을 문지르며 싱글거렸다. 조금 지나자 나는 론이 입을 다물고 있는 것 때문에 불안에 사로잡혔다.

"이야." 내가 말했다. "대단한 일이야."

그는 맞장구를 쳤지만, 뭐에 맞장구를 쳤는지는 모르겠다.

"느낌이 어때?" 다시 더 오랜 침묵이 흐른 뒤 내가 물었다.

"나아졌어. 골대 밑에서 페라리한테 세게 맞았어."

"아, 잘됐네." 내가 말했다. "결혼하는 느낌은 어때?"

"아, 괜찮은 것 같아."

나는 서랍장에 몸을 기대고 카펫의 바늘땀을 셌다.

론이 마침내 언어의 여행을 감행했다. "음악 좀 알아?" 그가 물었다.

"뭐, 좀."

"원하면 내 축음기 들어도 돼."

"고마워, 론. 네가 음악에 관심이 있는 줄은 몰랐어."

---

* 미국의 고급 남성복 브랜드.

"있고말고. 지금까지 나온 안드레 코스텔라네츠 레코드는 다 갖고 있어. 만토바니 좋아해? 만토바니도 다 있는데. 난 세미클래식을 아주 좋아해. 듣고 싶으면 내 콜럼버스 레코드도 들어도 돼……" 그의 말꼬리가 점점 흐려졌다. 마침내 론은 악수를 하고 방을 나갔다.

아래층에서 줄리가 노래하는 소리가 들렸다. "나는 고-고-고모가 될 거야." 그러자 파팀킨 부인이 그애에게 말했다. "아냐, 허니, 너는 시누이가 되는 거야. 그렇게 노래를 해, 스위트하트." 하지만 줄리는 계속 같은 노래를 불렀다. "나는 고-고-고모가 될 거야." 이윽고 브렌다의 목소리가 끼어들었다. "우리는 고-고-고모가 될 거야." 그러자 줄리도 똑같이 따라 했다. 마침내 파팀킨 부인이 파팀킨 씨한테 소리쳤다. "저애한테 저애 좀 부추기지 말라고 해줄래요……" 이중창은 곧 끝이 났다.

이윽고 파팀킨 부인의 목소리가 다시 들렸다. 무슨 말인지 알아들을 수 없었지만 브렌다가 대답을 했다. 두 사람의 목소리가 점점 커졌다. 마침내 나도 완전하게 알아들을 수 있었다. "내가 이렇게 집안에 사람들이 득시글한 채로 살아야만 하는 거니?" 파팀킨 부인의 말이었다. "물어보고 한 일이잖아요, 어머니." "네 아버지한테 물어봤잖아. 나한테 먼저 물어봤어야지. 아버지는 이게 나한테 얼마나 더 큰 부담을 추가로 주는지 몰라……"

"맙소사, 어머니, 꼭 우리한테 칼로타하고 제니가 없는 것처럼 말씀하시네요." "칼로타하고 제니가 모든 걸 다 할 수는 없어. 여기는 구세군이 아니야!" "젠장 그게 무슨 뜻이에요?" "말조심해요, 아가씨. 네 대학 친구들한테는 그런 말 써도 아주 좋을지 모르겠다만." "아, 그만 좀 해요, 어머니!" "나한테 목소리 높이지 마. 네가 언제 여기에서 일을 도와주려고 손가락 하나 까닥한 적 있니?" "나는 노예가 아니에요…… 나는 딸이라고요." "너도 집안에서 늘상 해야 하는 일이란 게 뭔지 알아야 돼." "왜요?" 브렌다가 말했다. "왜요?" "너는 게으르니까." 파팀킨 부인이 대답했다. "그리고 너는 세상이 너를 먹여 살려야 할 의무가 있다고 생각하니까." "도대체 누가 그런 소리를 했어요?" "너도 직접 돈을 벌어서 옷을 사야 돼." "왜요? 세상에, 어머니, 아빠는 주식만으로도 먹고살 수 있다고요. 참 나. 뭐가 불만인 거예요?" "네가 설거지 한 번을 해봤어!" "아이고, 예수님!" 브렌다는 확 타올랐다. "설거지는 칼로타가 하잖아요!" "내 앞에서 예수님 소리 하지 마!" "아, 어머니!" 이제 브렌다는 울고 있었다. "젠장 왜 이러는 거예요?" "그만." 파팀킨 부인이 말했다. "네 손님 앞에 가서 울어……" "내 손님……" 브렌다는 울었다. "가서 그 친구한테도 소리를 지르지그래요…… 왜 다들 나한테 이렇게 못되게 구는 거야……"

복도 건너에서 안드레 코스텔라네츠의 〈Night and Day〉가 바이올린 수천 대가 노래하는 듯한 소리를 냈다. 론의 방문이 열려 있어, 나는 침대에 길게 누운 그의 거대한 몸을 볼 수 있었다. 그는 레코드에서 나오는 노래를 따라 부르고 있었다. 가사는 〈Night and Day〉가 맞았지만, 음정은 엉망이었다. 곧 그는 전화기를 들더니 교환원에게 밀워키 번호를 댔다. 교환원이 연결을 하는 동안 그는 몸을 굴려 레코드플레이어의 소리를 키웠다. 그 소리가 서쪽으로 900마일 떨어진 곳까지 전달되게 하려는 것이었다.

줄리가 아래층에서 말하는 소리가 들렸다. "하 하, 브렌다가 울고 있네, 하 하, 브렌다가 울고 있어."

그러자 브렌다는 층계를 달려올라왔다. "너도 당할 날이 올 거야, 이 조그만 년아!" 그녀가 소리쳤다.

"브렌다!" 파팀킨 부인이 소리쳤다.

"엄마!" 줄리가 울부짖었다. "브렌다가 나한테 욕했어!"

"도대체 무슨 일이야?" 파팀킨 씨가 소리를 질렀다.

"저를 부르신 건가요, P 부인?" 칼로타가 소리쳤다.

다른 방에서 론이 말했다. "여보세요, 헤어*, 가족한테 말했

---

* 해리엇의 애칭.

어……"

나는 브룩스 브러더스 셔츠 위에 앉아 내 이름을 큰 소리로 발음해보았다.

"빌어먹을 여자!" 브렌다가 내 방에서 왔다갔다하며 나에게 말했다.

"브렌, 내가 여기서 나가야 하는 거……"

"쉬잇……" 그녀는 내 방문으로 가더니 귀를 기울였다. "다들 어디 가고 있어, 다행이야."

"브렌다……"

"쉬잇…… 다 갔어."

"줄리도?"

"응." 그녀가 말했다. "론은 자기 방에 있어? 문이 닫혀 있는데."

"나갔어."

"이 집에서는 누가 돌아다니는 소리를 들을 수가 없어. 모두 스니커즈*를 신고 살금살금 다니거든. 오, 닐."

---

* 고무바닥 운동화인데, 소리가 나지 않아 몰래 움직인다는 의미가 담긴 sneaker 라는 이름이 붙었다.

"브렌, 대답을 해봐. 어쩌면 그냥 내일까지만 있다가 가는 게 좋을지도 몰라."

"오, 저 여자가 화가 난 건 너 때문이 아니야."

"어쨌거나 나도 도움은 안 되지 뭐."

"사실 론 때문이야. 론이 결혼한다는 것 때문에 저 여자가 발끈한 거야. 그건 나도 마찬가지야. 하지만 그 착하디착한 해리엇이 있으면 저 여자는 내가 여기 있다는 것조차 잊어버릴 거야."

"그럼 너는 좋은 거 아니야?"

그녀는 창으로 가더니 밖을 보았다. 밖은 어둡고 서늘했다. 나무는 말리려고 널어놓은 시트처럼 바스락거리고 퍼덕거렸다. 바깥의 모든 것이 다가오는 구월을 넌지시 알리고 있었다. 처음으로 나는 브렌다가 학교로 떠날 날이 아주 가까워졌음을 깨달았다.

"안 좋아, 브렌?" 하지만 그녀는 내 말을 듣고 있지 않았다.

그녀는 방을 가로질러 맞은편에 있는 문으로 갔다. 그 문을 열었다.

"그건 옷장인 줄 알았는데." 내가 말했다.

"이리 와봐."

브렌다는 문을 연 채로 붙들고 있었다. 우리는 어둠 속으로 몸을 기댔다. 이상한 바람이 집 처마를 쉭쉭거리며 스치는 소리가

112

들렸다.

"여기 뭐가 있어?" 내가 물었다.

"돈."

브렌다는 방안으로 들어갔다. 자그마한 60와트짜리 전구를 비틀어 켜자, 그곳에 낡은 가구가 가득하다는 것을 알게 되었다ㅡ등받이에 머릿기름 자국이 줄지어 난 윙체어 두 개, 중간이 불룩 튀어나온 소파, 브리지 테이블, 안에 넣은 속이 드러난 브리지 의자 두 개, 유리 뒤의 막이 군데군데 벗겨져나간 거울, 갓 없는 램프, 램프 없는 갓, 위에 깐 유리에 금이 간 커피 테이블, 둘둘 말아 쌓아놓은 커튼 더미.

"이게 뭐야?" 내가 말했다.

"창고야. 우리 낡은 가구지."

"얼마나 오래된 거야?"

"뉴어크 때부터." 그녀가 말했다. "이리 와봐." 그녀는 소파 앞에 무릎을 꿇더니 불룩 튀어나온 부분을 들어올리고 그 아래를 보았다.

"브렌다, 대체 우리가 여기서 뭐 하는 거야? 너 시커메지잖아."

"여기가 아니구나."

"뭐가?"

"돈. 말했잖아."

내가 휠체어에 앉자 먼지가 피어올랐다. 밖에는 비가 내리기 시작했다. 창고의 맞은편 벽에 있는, 윤곽이 보이는 환기구를 통해 들어오는 축축한 가을 냄새를 맡을 수 있었다. 브렌다는 바닥에서 일어나 소파에 앉았다. 무릎과 버뮤다팬츠가 시커멨다. 머리를 뒤로 넘기자 이마도 시커메졌다. 그 방의 혼란과 더러움 속에서 나는 혼란과 더러움 속에 있는 우리를, 우리 두 사람을 먼 곳에서 바라보는 듯한 묘한 경험을 했다. 우리는 막 새 아파트로 이사 온 젊은 부부처럼 보였다. 우리는 갑자기 우리의 가구, 재정 상태, 미래를 평가해보고, 우리가 누릴 수 있는 어떤 즐거움이 있다면 그것은 바깥의 깨끗한 냄새뿐임을 알았다. 그 덕분에 우리가 살아 있다는 것을 깨달을 수는 있었지만, 그렇다 해도 그 것이 위기 때 우리를 먹여 살릴 수는 없었다.

"무슨 돈?" 내가 다시 물었다.

"100달러짜리 지폐들. 내가 어렸을 때부터 있던 거야……" 그러더니 그녀는 깊이 숨을 들이쉬었다. "어렸을 때 뉴어크에서 막 이사 왔는데, 어느 날 아버지가 나를 데리고 여기에 올라왔어. 아버지는 나를 이 방으로 데리고 들어오더니 자기한테 혹시 무슨 일이 생길 경우를 대비해, 내가 쓸 수 있는 돈이 좀 있는 곳을 알려주고 싶다고 했어. 다른 누구도 아니고 오직 나만을 위한 거라면서. 아무한테도 말하지 말라고 했어. 론한테도. 어머니한테도."

"얼마나 됐는데?"

"100달러짜리 지폐 세 장. 처음 보는 거였어. 나는 아홉 살이었어. 지금 줄리의 나이지. 여기 산 지 한 달도 안 됐던 것 같아. 일주일에 한 번쯤, 칼로타 말고는 집에 아무도 없을 때 여기 올라와서, 소파 밑으로 기어들어가 돈이 그대로 있는지 확인하던 기억이 나. 늘 그대로 있었어. 아버지는 두 번 다시 그 이야기를 하지 않았어. 두 번 다시."

"그런데 어디 간 거야? 누가 훔쳐갔을지도 모르겠네."

"모르겠어, 닐. 아버지가 도로 가져간 것 같아."

"없어졌을 때, 맙소사, 아버지한테 말하지 않은 거야? 어쩌면 칼로타가……"

"없어진 걸 알지도 못했어. 방금 안 거야. 가끔 보러 오던 버릇이 사라졌던 것 같아…… 그러다 잊어버리고. 아니면 그냥 생각을 안 하게 된 거겠지. 돈은 늘 충분했으니까 이게 필요 없어진 거란 얘기야. 아마 언젠가 아버지가 그건 이제 필요 없겠다고 생각한 것 같아."

브렌다는 먼지가 덮인 좁은 창으로 다가가더니 거기에 자기 이름 머리글자를 썼다.

"그런데 왜 지금 그게 필요해?" 내가 물었다.

"모르겠어……" 그녀는 전구로 다가가 비틀어 껐다.

나는 의자에서 움직이지 않았다. 꼭 끼는 반바지와 셔츠 차림의 브렌다가 몇 걸음 떨어진 곳에 벌거벗고 서 있는 듯한 느낌이 들었다. 잠시 후 그녀의 어깨가 흔들리는 게 보였다. "그 돈을 찾아서 갈가리 찢어 그 빌어먹을 조각들을 그 여자의 지갑에 넣어주고 싶었어! 돈이 여기 있기만 했다면, 맹세하는데, 그렇게 했을 거야."

"내가 그렇게 놔두지 않았을 거야, 브렌."

"그렇게 놔두지 않았을 거라고?"

"응."

"나를 사랑해줘, 닐. 지금."

"어디서?"

"해줘! 여기 이 빌어먹을 빌어먹을 빌어먹을 소파에서."

나는 그녀의 말을 따랐다.

다음날 아침 브렌다는 우리 둘을 위해 아침을 준비했다. 론은 첫 출근을 하러 나가고 없었다—그전에 내 방으로 돌아오고 나서 불과 한 시간 뒤에 론이 샤워를 하며 노래를 부르는 소리를 들었다. 사실 나는 크라이슬러가 차고에서 빠져나와 사장과 아들을 태우고 뉴어크의 파팀킨 작업장으로 갈 때도 깨어 있었다.

파팀킨 부인도 집에 없었다. 그녀는 크라니츠 랍비에게 결혼 이야기를 하러 자기 차를 타고 성전에 갔다. 줄리는 뒤쪽 잔디밭에서 칼로타가 옷을 너는 것을 돕는 시늉을 하며 놀고 있었다.

"오늘 아침에 내가 뭘 하고 싶은지 알아?" 브렌다가 말했다. 우리는 자몽을 먹고 있었다. 브렌다가 껍질 벗기는 칼을 찾지 못했기 때문에 좀 추저분하게 나누어 먹고 있었다. 오렌지처럼 손으로 껍질을 벗긴 다음 한 쪽씩 떼어 먹기로 했기 때문이다.

"뭘 하고 싶어?" 내가 말했다.

"뛰고 싶어." 그녀가 말했다. "뛰어본 적 있어?"

"트랙에서 말이야? 아 그럼. 고등학교 때 매달 1마일씩 뛰어야 했거든. 그래야 마마보이가 안 된다면서. 아마 허파가 커질수록 어머니를 더 싫어하게 되는 건가봐."

"뛰고 싶어." 그녀가 말했다. "그리고 너도 뛰면 좋겠어. 괜찮아?"

"오, 브렌다……"

그러나 한 시간 뒤, 또다른 자몽—아마 달리기를 하는 사람은 모두 아침에 이것을 먹어야 하나보다—으로 아침식사를 한 뒤에 우리는 폴크스바겐을 몰고 고등학교로 갔다. 그 뒤쪽에 4분의 1마일 트랙이 있었다. 아이들 몇 명이 트랙 안의 풀이 덮인 곳에서 개와 놀고 있었고, 맞은편 숲 근처에서는 옆을 튼 하얀 반바지만 입고 웃통은 드러낸 사람이 한 바퀴 빙글 돌고, 또 빙글 돌다가 있는 힘껏 포환을 던졌다. 포환이 손을 떠나자 그는 잠깐 탭댄스를 추며 날카로운 눈으로, 포환이 아치를 그리며 방향을 틀다 먼 곳에 떨어지는 것을 지켜보았다.

"있잖아." 브렌다가 말했다. "너는 나하고 비슷하게 생겼어. 다만 더 클 뿐이야."

우리는 비슷한 차림이었다. 스니커즈, 두꺼운 면양말, 카키색 버뮤다팬츠, 운동용 상의 차림이었다. 그러나 브렌다가 우리 옷차림의 우연의 일치에 대해 이야기하는 것 같지는 않다는 느낌이 들었다—그게 우연이었다 해도. 그녀의 말은 어찌된 일인지는 몰라도 내 생김새가 자신이 바라는 모습을 갖추기 시작했다는 뜻이었다. 그녀와 같은 모습을.

"누가 더 빠른지 보자." 그녀가 말했다. 우리는 트랙을 따라 출발했다. 첫 8분의 1마일 동안은 사내아이 셋과 개도 우리를 따라왔다. 투포환 선수가 있는 코너를 지나자 그가 손을 흔들어주었다. 브렌다가 "안녕!" 하고 소리쳤고 나는 웃음을 지었다. 아는지 모르겠으나, 진지하게 달리기에 몰두하던 사람이 그렇게 웃으면 아주 멍청해 보인다. 4분의 1마일에 이르자 아이들은 중단하고 풀밭으로 물러났다. 개는 방향을 돌려 반대 방향으로 뛰기 시작했다. 나는 누가 아주 작은 칼로 옆구리를 쑤시는 기분이었다. 그럼에도 브렌다와 나란히 뛰고 있었다. 그녀는 두 바퀴째를 돌 때도 다시 운좋은 투포환 선수에게 "안녕!" 하고 소리쳤다. 그는 이제 풀밭에 누워 우리를 지켜보며, 포환을 수정구슬처럼 어루만지고 있었다. 아, 저게 운동하는 사람이로구나, 그런 생각이 들었다.

"우리 포환 던져볼까?" 내가 숨을 헐떡이며 말했다.

"나중에." 그녀가 말했다. 나는 그녀의 귀 뒤에서 삐져나온 머리카락 몇 가닥에까지 땀방울이 맺혀 있는 것을 보았다. 반 마일에 도달할 때쯤 브렌다가 갑자기 트랙에서 벗어나 풀밭으로 가 널브러졌다. 나는 그녀가 떠난 것에 놀랐지만 계속 달리고 있었다.

"어이, 밥 머사이어스*." 그녀가 소리쳤다. "누워서 해나 쬐자……"

하지만 나는 그녀의 말을 못 들은 척했다. 심장이 목에서 쾅쾅 뛰고 가뭄이 난 것처럼 입이 말랐지만, 계속 다리를 움직였다. 한 바퀴 더 돌기 전에는 멈추지 않겠다고 맹세했다. 투포환 선수를 세번째로 지날 때는 내가 "안녕!" 하고 소리쳤다.

마침내 내가 그녀 옆에서 멈추자 그녀는 흥분했다. "잘 뛰는데." 그녀가 말했다. 나는 두 손을 골반에 얹고 땅을 보며 공기를

---

* 올림픽 십종경기에서 금메달을 딴 미국의 운동선수.

빨아들이고 있었다—아니, 공기가 나를 빨아들이고 있었다. 그녀의 말에는 대꾸할 말이 별로 없었다.

"으응." 나는 가쁜 숨을 내쉬며 대꾸했다.

"매일 아침 이걸 하자." 그녀가 말했다. "일어나서 자몽 두 개를 먹고, 그런 다음 여기 나와 뛰는 거야. 내가 네 기록을 잴게. 이 주 뒤면 사 분 벽을 깨겠지, 안 그래, 스위티? 론의 스톱워치를 가져와야지." 그녀는 무척 흥분했다—그녀는 잔디 위를 미끄러지듯 다가오더니 내 젖은 발목과 종아리 위로 양말을 끌어올렸다. 그러고는 내 무릎뼈를 물었다.

"알았어." 내가 말했다.

"그런 다음 돌아가서 진짜 아침을 먹는 거야."

"알았어."

"돌아갈 때는 네가 운전해." 그녀는 갑자기 일어서더니 나보다 앞서 달려나갔다. 이윽고 우리는 차로 돌아갔다.

다음날 아침 우리는 트랙에 서 있었다. 입은 자몽 조각 때문에 아직도 얼얼했다. 우리는 론의 스톱워치와 내가 쓸 타월을 가져왔다. 다 뛰고 나서 쓰려는 것이었다.

"다리가 좀 쑤시는데."

"좀 풀어줘." 브렌다가 말했다. "나도 같이 할게." 그녀는 타월을 풀밭에 놓았고, 우리는 함께 앉았다 일어서기와 윗몸일으키기, 팔굽혀펴기, 그리고 제자리에서 무릎 들어올리기를 조금 했다. 나는 행복감에 압도당할 지경이었다.

"오늘은 그냥 반 마일만 뛸 거야, 브렌. 어떻게 되나 보자고……" 브렌다가 시계를 누르는 소리가 들렸다. 내가 트랙 맞은편에 이르렀을 때는 머리 위의 구름이 나에게 달린 하얀 양털 같은 꼬리인 양 따라왔다. 브렌다가 바닥에 앉아 두 무릎을 끌어안고 있는 것이 보였다. 시계와 나를 번갈아보고 있었다. 그곳에는 우리뿐이었다. 그 모든 것이 경주마 영화의 한 장면을 떠올리게 했다. 월터 브레넌* 같은 늙은 조련사와 잘생긴 청년이, 이른 아침 켄터키에서 아름다운 소녀의 말이 정말 지상의 두 살짜리 말 가운데 가장 빠른지 보려고 시간을 재는 영화. 물론 차이가 있었다—그런 차이 가운데 하나는 4분의 1마일에 이르렀을 때 브렌다가 나에게 소리를 질렀다는 것이다. "일 분 십사 초." 하지만 유쾌하고 흥미진진하고 순수했다. 내가 달리기를 마쳤을 때 브렌다는 일어서서 나를 기다리고 있었다. 결승점 테이프 대신 브렌다의 달콤한 살이 내 앞에 있었다. 나는 그 살을 만났고, 그때 처음으로 브렌다는 나를 사랑한다고 말했다.

매일 아침 우리는 달렸다—나는 달렸다. 주말이 되자 나는 1마

---

* 미국의 영화배우.

일을 칠 분 이 초에 주파했고, 늘 그 끝에는 시계가 작게 딸각하는 소리와 함께 브렌다의 품이 있었다.

밤이면 나는 파자마 차림으로 책을 읽었고, 브렌다는 자기 방에서 책을 읽었다. 우리는 론이 잠들기를 기다렸다. 어떤 밤에는 다른 밤보다 오래 기다려야 했고, 그럴 때면 밖에서 잎들이 바스락거리는 소리가 들리곤 했다. 팔월 말이라 날씨가 서늘해져 밤이면 에어컨을 끄고 모두들 창을 열 수 있었기 때문이다. 마침내 론은 잘 준비를 했다. 방에서 쿵쾅거리며 돌아다니다 반바지와 티셔츠 차림으로 문을 나와 욕실로 들어가 시끄럽게 오줌을 눈 다음 이를 닦았다. 론이 이를 닦은 다음에 나도 이를 닦으러 갔다. 우리는 복도에서 마주쳤고, 나는 그에게 따뜻하고 진실하게 "잘 자" 하고 인사를 했다. 욕실에 들어가면 잠시 거울로 햇볕에 탄 내 피부를 감상했다. 내 뒤쪽으로 론이 말리려고 샤워기의 온수 냉수 손잡이에 걸어둔 국부보호대가 보였다. 그것이 장식물로 그렇게 품위 있는 것인지 누구도 의문을 제기하지 않았다. 며칠 밤이 지나자 나는 그것이 있다는 것을 의식조차 하지 못했다.

론이 이를 닦는 동안 방안에서 차례를 기다리다보면 그의 방에 틀어놓은 레코드 소리가 들렸다. 그는 농구를 하고 돌아오면 보통 해리엇에게 전화를 걸었다―이제 그녀는 며칠 뒤면 이곳으로 올 터였다. 그런 뒤 론은 방에 틀어박혀 〈스포츠 일러스트레이티드〉를 보며 만토바니를 들었다. 그러나 그가 저녁 세면을 위해 방에서 나올 때 내 귀에 들리는 것은 만토바니 레코드가 아닌 다른 레코드인 경우가 많았는데, 아마도 그가 전에 콜럼버스 레코드라고 불렀던 것인 듯했다. 어쨌든 나는 내 귀에 들리는 것이 그것이라고 생각했다. 마지막 몇 분만 듣고는 잘 알 수가 없었기 때문이다. 내 귀에 들리는 것이라고는 고저 없이 신음을 토하는 종소리와 그 뒤로 부드럽게 깔리는 애국적인 음악이었다. 그리고 에드워드 R. 머로*의 우울한 저음이 그 모든 소리를 덮었다. "그러니 굿바이, 콜럼버스**." 그 목소리는 읊조렸다. "……굿바이, 콜럼버스…… 굿바이……" 이어 정적이 흐르고, 론이 방으로 돌아왔다. 불이 꺼지고 불과 몇 분 지나지 않아 론이 시끄러운 소리를 내며 그 환희에 차고, 회복력이 강하고, 비타민으로 꽉 찬 잠으로 떠내려가는 소리가 들렸다. 나는 운동선수들은 다 저런 잠을 누리는구나 하고 생각했다.

어느 날 아침 몰래 빠져나올 시간이 가까웠을 때 꿈을 꾸었다. 꿈에서 깨어났을 때는 동이 터서 딱 브렌다의 머리카락 색깔을 볼 수 있을 만큼의 빛이 방안에 스며들고 있었다. 나는 잠든 그

---

* 미국의 전설적인 저널리스트.
** 오하이오 주립대학이 있는 도시.

녀를 어루만졌다. 꿈 때문에 마음이 불안해졌기 때문이었다. 배
위였다. 해적선 영화에서 보는 낡은 돛단배였다. 도서관에서 본
그 어린 유색인 아이가 나와 함께 배를 타고 있었다―나는 선
장이었고 아이가 항해사였다. 승무원은 우리뿐이었다. 한동안
은 유쾌한 꿈이었다. 우리는 태평양의 어떤 섬 항구에 닻을 내리
고 있었고 날씨는 아주 화창했다. 해변에는 맨살을 드러낸 아름
다운 검둥이 여자들이 있었다. 그들 누구도 움직이지 않았다. 그
런데 갑자기 우리가 움직이기 시작했다. 우리 배가 항구를 벗어
나고 있었다. 검둥이 여자들은 천천히 물가로 내려와 우리에게
화환을 던지며 말했다. "굿바이, 콜럼버스…… 굿바이, 콜럼버
스…… 굿바이……" 우리는, 어린 소년과 나는 떠나고 싶지 않
았지만, 배는 움직이고 있었다. 우리는 속수무책이었다. 아이는
그것이 내 탓이라고 소리쳤고, 나는 아이가 도서관 대출증이 없
기 때문이라고 소리를 질렀다. 그러나 우리 모두 숨만 낭비하고
있을 뿐이었다. 우리는 점점 섬에서 멀어지고 있었기 때문이다.
곧 원주민들은 완전히 사라졌다. 꿈에서는 공간이 매우 과장되
어 있었다. 사물은 내가 본 적이 없는 방식으로 크기가 달라지고
각이 졌다. 아마 바로 그 점이 나를 의식 쪽으로 이끌었던 것 같
다. 그날 아침 나는 브렌다 곁을 떠나고 싶지 않다. 한동안 그
녀의 목덜미의 작은 점을 만지작거렸다. 머리카락이 잘려나간

곳이었다. 나는 나왔어야 할 시간보다 늦게 나왔고, 내 방으로 돌아가다 하마터면 '파팀킨 주방 욕실 싱크'로 출근할 준비를 하던 론과 마주칠 뻔했다.

여섯

그날 아침은 내가 파팀킨 집에 머무는 마지막 아침이 되었어야 했다. 그러나 그날 늦게 짐을 가방에 싸기 시작했을 때 브렌다가 짐을 풀어도 된다고 말했다—어떻게 했는지 몰라도 그녀가 부모를 구슬려 일주일을 더 얻어낸 덕분에 나는 론이 결혼을 하는 노동절까지 쭉 머물 수 있게 되었다. 그리고 그다음날 브렌다는 학교로 가고 나는 일터로 돌아가면 되는 것이었다. 그렇게 우리는 여름의 마지막 순간까지 함께 있게 될 터였다.

그 소식에 미칠 듯이 기뻐야 마땅했지만, 브렌다가 가족과 함께 공항에 가려고—해리엇을 마중하러 가는 것이었다—종종걸음으로 다시 층계를 내려가는 동안 나는 기쁘기보다는 불안했다. 브렌다가 래드클리프로 돌아가면 나는 끝이라는 생각에 점점 사로잡혔기 때문이다. 나는 위니 여사의 스툴조차 보스턴까지 분명하게 내다볼 수 있을 만큼 높지는 않다고 확신하고 있었다. 그럼에도 나는 다시 서랍에 옷가지를 던져넣으면서, 브렌다 쪽에서 우리 관계를 끝낼 기미는 보이지 않는다, 나의 의심, 불안은 나 자신의 불확실한 마음에서 태어난 것에 불과하다, 하고 스스로를 간신히 다독일 수 있었다. 그러고 나서 나는 론의 방으로 가서 숙모에게 전화를 했다.

"여보세요?" 숙모의 목소리가 들렸다.

"글래디스 숙모." 내가 말했다. "어떻게 지내세요?"

"너 아프구나."

"아니에요, 잘 지내고 있어요. 전화를 드리고 싶었어요. 일주일 더 있을 거라서요."

"왜?"

"말씀드렸잖아요. 즐겁게 지내고 있다고. 파팀킨 부인이 노동절까지 있어달라고 했어요."

"깨끗한 속옷은 있니?"

"밤에 빨고 있어요. 전 괜찮아요, 글래디스 숙모."

"손으로 빨아서는 깨끗해지지 않는데."

"이만하면 깨끗해요. 저기요, 글래디스 숙모, 저 아주 잘 지내고 있어요."

"슈무츠* 속에서 살고 있으면서 나더러 걱정을 말라니."

"맥스 숙부는 어떠세요?" 내가 물었다.

"그 양반이 어때야 하는데? 맥스 숙부는 맥스 숙부지. 너, 말하는 목소리가 마음에 안 들어."

"왜요? 내가 더러운 속옷을 입은 것처럼 들리나요?"

"영리한 녀석. 언젠가는 너도 알게 될 거다."

"뭘요?"

"뭘요가 뭐야? 너도 알게 될 거라니까. 거기 너무 오래 있으면 너는 너무 높은 인간이 되어 우리집에는 안 어울리게 돼."

"절대 그렇지 않아요, 스위트하트." 내가 말했다.

"두고 봐, 그렇게 될 거야."

"뉴어크는 시원해요, 글래디스 숙모?"

"눈이 온다." 숙모가 말했다.

"한 주일 내내 시원하지 않았나요?"

"하루종일 앉아 있기만 하면야 시원하지. 하지만 나한테는 이 월이 아니야, 정말로."

"알았어요, 글래디스 숙모. 모두에게 안부 전해주세요."

"네 어머니한테서 편지 왔더라."

"잘됐네요. 집에 가서 읽어볼게요."

"차를 타고 여기 와서 읽을 순 없어?"

---

* '오물'이라는 뜻의 이디시어.

"급하지 않아요. 제가 답장할게요. 자, 그럼 착한 아이처럼 얌전하게 지내셔야 해요." 내가 말했다.

"네 양말은 어떡할 거야?"

"맨발로 다녀요. 안녕, 허니." 나는 전화를 끊었다.

아래층 부엌에서는 칼로타가 저녁을 준비하고 있었다. 칼로타는 일 때문에 인생을 방해받지 않는 것처럼 보여 늘 놀라웠다. 그녀를 보고 있으면 집안일이 그녀가 입에서 나오는 대로 부르는 노래에 맞춘 율동처럼 보였다. 지금 같은 경우는 그 노래가 심지어 〈I Get a Kick out of You〉*였음에도. 그녀는 오븐에서 자동 식기세척기로 움직였다—단추를 누르고, 다이얼을 돌리고, 오븐의 유리문 안을 살피고, 이따금씩 싱크대에 놓인 포도송이에서 커다란 검은 포도 한 알을 땄다. 그녀는 포도알을 씹고 또 씹으면서 내내 콧노래를 불렀다. 이윽고 침착하고 태평한 태도로 쓰레기 처리 장치를 향해 입에 든 껍질과 씨앗을 바로 쐈다. 나는 뒷문으로 나가면서 그녀에게 인사를 했다. 그녀는 인사를 받지 않았지만, 나는 나와 마찬가지로 어느 정도는 파팀킨의 과일에 끌리는 사람에게서 친족과 같은 느낌을 받았다.

나는 잔디밭에서 잠시 골대에 농구공을 던졌다. 그런 다음 아

---

* '나는 너를 보면 짜릿해'라는 의미.

이언을 들고 어색한 동작으로 햇빛을 향해 면으로 만든 골프공을 쳤다. 그뒤에는 떡갈나무를 향해 축구공을 찼다. 그런 다음에는 다시 자유투를 던져보았다. 그러나 어떤 짓을 해도 생각을 다른 데로 돌릴 수가 없었다—나는 뱃속이 열린 느낌이었다. 몇 달을 굶은 것 같았다. 안으로 다시 들어가 포도를 한 줌 들고 나왔지만, 그 느낌은 계속되었다. 나는 그것이 칼로리 섭취와는 아무 상관이 없다는 것을 알았다. 브렌다가 떠났을 때 찾아올 공허함을 미리 알려주는 조짐일 뿐이었다. 물론 그녀가 떠난다는 사실은 전부터 내 마음에 자리잡고 있었지만, 하룻밤 새에 더 어두운 색조를 띠게 된 것이다. 묘하게도 그 어둠은 론의 약혼녀 해리엇과 어떤 관계가 있는 것 같았다. 처음에는 그냥 해리엇이 온다는 사실 때문에 시간의 경과가 극적으로 느껴지는 것일 뿐이라고 생각했다. 우리는 두 사람의 결혼 이야기를 해왔고, 이제 갑자기 그것이 여기에 나타난 것이다—마찬가지로 브렌다가 떠나는 것도 우리가 의식하지 못하는 사이에 찾아올 것이다.

그러나 그게 다가 아니었다. 해리엇과 론의 결합은 이별이 영원한 상태일 필요는 없다는 것을 알려주었다. 사람들은 서로 결혼할 수 있었다. 설사 어리더라도! 그러나 브렌다와 나는 결혼 이야기를 한 적이 없었다. 수영장에서 보낸 밤에 그녀가 이렇게 말한 것이 딱 한 번의 예외일 것이다. "네가 나를 사랑하기만 하면 다 괜찮을 거야." 그래, 나는 그녀를 사랑했고, 그녀도 나를 사랑했다. 그러나 다 괜찮을 것 같지는 않았다. 아니면 내가 또 스스로 문제를 만들어내고 있는 건가? 사실 나는 운이 상당히 좋은 쪽으로 풀리고 있다고 생각해야 마땅했을 것이다. 그러나 거기 그 잔디밭에서, 팔월의 하늘은 너무 아름답고 너무 덧없어 보여 견딜 수가 없었다. 나는 브렌다가 나와 결혼하기를 바랐다. 하지만 십오 분쯤 뒤, 그녀가 차를 몰고 혼자 진입로로 들어왔을 때 내가 그녀에게 제안한 것은 결혼이 아니었다. 그런 제안을 하려면 용기가 필요했지만, 나에게 그런 용기가 있다고는 생각하지 않았다. 나는 내가 청혼을 했을 경우 "할렐루야!" 외에는 어떤 답에도 대비가 되어 있지 않은 느낌이었다. 긍정적이라 해도 다른 종류의 답에는 만족하지 못했을 것이다. 그 어떤 부정적인 답은 물론이고. 부정적인 답이 "좀 기다려보자, 스위트하트"라는 말 뒤에 감추어진다 해도 나는 그것으로 끝나버렸을 것이다. 그래서 나는 청혼 대신이라고 할 만한 것을 제안했는데, 결국 이것은 당시 내가 그럴 거라고 생각했던 것보다 훨씬 과감한 제안이었음이 드러나고 만다.

"해리엇이 탄 비행기가 연착이야. 그래서 나는 그냥 집으로 왔어." 브렌다가 소리쳤다.

"다들 어디 있어?"

"해리엇이 올 때까지 기다렸다가 공항에서 저녁을 먹을 거야. 칼로타한테 얘기를 해줘야 돼." 그녀는 안으로 들어갔다.

몇 분 뒤 그녀가 포치에 나타났다. 그녀는 밑이 넓은 U자 형태로 어깨와 목을 훤히 드러낸 노란 드레스를 입고 있었다. 그녀의 젖가슴 위쪽 볕에 그을린 살이 시작되는 곳이 드러나 있었다. 잔디밭에 이르자 그녀는 힐을 벗고 맨발로 내가 앉아 있는 떡갈나무까지 왔다.

"늘 하이힐을 신는 여자는 난소가 기울어진대." 그녀가 말했다.

"누가 그래?"

"기억 안 나. 나는 그 안에 있는 건 모두 질서정연한 상태라고 생각하고 싶어."

"브렌다, 뭐 좀 물어볼 게 있는데……"

그녀는 커다란 O자가 수놓인 담요를 우리 쪽으로 확 끌어당겨 그 위에 앉았다.

"뭔데?" 그녀가 말했다.

"느닷없다는 건 알아. 사실 그렇다고 할 수는 없지만…… 네가 페서리*를 샀으면 좋겠어. 의사한테 가서 하나 구해."

그녀는 웃음을 지었다. "걱정 마, 스위티. 우리는 조심하고 있

---

* 여성용 피임 기구.

잖아. 다 괜찮아."

"하지만 그게 가장 안전하잖아."

"우리는 이미 안전해. 그건 낭비야."

"왜 모험을 해?"

"우리는 모험하는 게 아니야. 도대체 몇 가지가 있어야 되는 거야?"

"허니, 내가 관심 있는 건 양이 아니야. 심지어 안전도 아니야." 나는 뒷말을 덧붙였다.

"그냥 내가 하나 가지고 있기를 바란다는 거지, 그런 거지? 지 팡이처럼. 아니면 차양 모자처럼……"

"브렌다, 네가 그걸 하나 가지고 있기를 바라는 건…… 그건 쾌감을 위해서야."

"쾌감? 누구의? 의사의?"

"나의." 내가 말했다.

그녀는 아무런 대꾸를 하지 않고 손가락으로 쇄골의 튀어나온 부분을 훑었다. 거기에 갑자기 맺힌 작은 땀방울들을 닦아내려 는 것이었다.

"아냐, 닐, 그건 바보 같은 짓이야."

"왜?"

"왜? 그냥 그래."

"왜 바보 같은지 잘 알고 있잖아, 브렌다…… 내가 너한테 그래달라고 했기 때문이지?"

"그렇게 말하는 건 더 바보 같아."

"만일 네가 나한테 페서리를 사달라고 했다면 우리는 바로 전화번호부를 뒤져 토요일 오후에 문을 연 산부인과를 찾았을 거야."

"나는 절대 너한테 그런 부탁 하지 않을 거야, 베이비."

"그게 사실이지." 나는 웃음을 짓고 있었지만 입으로는 그렇게 말했다. "그게 사실이야."

"그런 게 아냐." 그녀는 일어서서 농구 코트로 걸어가, 전날 파팀킨 씨가 그린 하얀 금을 밟고 걸었다.

"이리 돌아와." 내가 말했다.

"닐, 그건 바보 같은 짓이고 나는 그 이야기는 하고 싶지 않아."

"왜 그렇게 이기적으로 구는 거야?"

"이기적? 이기적인 건 너야. 네 쾌감을 위해서잖아……"

"맞아. 내 쾌감을 위해서야. 그게 뭐!"

"목소리 높이지 마. 칼로타가 들어."

"젠장 그럼 이리로 와." 내가 말했다.

그녀는 풀밭에 하얀 발자국을 남기며 나에게 걸어왔다. "네가 그런 육肉의 피조물인 줄은 몰랐는걸." 그녀가 말했다.

"몰랐어?" 내가 말했다. "네가 반드시 알아야 하는 걸 말해주지. 내가 말하는 건 심지어 육의 쾌감도 아니야."

"그렇다면 솔직히 말해서, 나는 네가 무슨 소리를 하는지 모르겠어. 왜 굳이 네가 이러는 건지도. 우리가 사용하는 걸로 충분하지 않아?"

"내가 굳이 이러는 건 그저 네가 의사한테 가서 페서리를 구해오기를 바라기 때문이야. 그뿐이야. 설명은 필요 없어. 그냥 그렇게 해. 내가 해달라는 거니까 그렇게 해."

"너는 지금 합리적이지 않아……"

"젠장, 브렌다!"

"너나 젠장이야!" 그녀는 그렇게 말하고는 다시 집안으로 들어갔다.

나는 눈을 감고 뒤로 등을 기댔다. 십오 분 뒤에, 아니 그보다 짧았을까, 누가 면 골프공을 치는 소리가 들렸다. 그녀는 반바지와 블라우스로 갈아입었지만, 여전히 맨발이었다.

우리는 서로 말을 하지 않았지만, 나는 그녀가 골프 클럽을 귀뒤까지 들어올렸다가 한껏 휘두르는 것을 지켜보았다. 그녀의 턱은 면 골프공이 일반 골프공이었다면 날아가며 그렸을 궤적을 따라 위로 올라갔다.

"500야드짜리네." 내가 말했다.

그녀는 대답하지 않았지만, 다른 면 공으로 걸어가 다시 스윙을 할 준비를 했다.

"브렌다. 이리 좀 와."

그녀는 골프 클럽을 풀 위로 질질 끌며 걸어왔다.

"왜?"

"너하고 싸우고 싶지 않아."

"나도 너하고 싸우고 싶지 않아." 그녀가 말했다. "이번이 처음이었어."

"내가 해달라는 게 그렇게 끔찍한 거였어?"

그녀는 고개를 끄덕였다.

"브렌, 나도 이게 갑작스러운 얘기였다는 건 알아. 나를 위한 거였어. 하지만 우리는 애들이 아니잖아."

"닐, 나는 그냥 그러고 싶지 않아. 네가 나한테 해달라고 했기 때문도 아니야. 네가 왜 그렇게 생각하는지 모르겠어. 그런 게 아니야."

"그럼 왜 이러는 거야?"

"아, 이런저런 게 다 좀 그래. 그냥 내가 그런저런 장치를 할 만큼 컸다고 느끼지 않을 뿐이야."

"그게 나이하고 무슨 상관이야?"

"나이를 말하는 게 아니야. 내 말은 그냥…… 어, 내 얘기를

하는 거야. 내 말은, 그렇게 하는 건 굉장히 의식적인 행동이라
는 거야."

"물론 의식적인 거지. 바로 그거야. 모르겠어? 그러면 우린 달
라질 거야."

"내가 달라지겠지."

"우리지. 함께."

"널, 의사 앞에 누웠을 때 내 기분이 어떨 거라고 생각해?"

"마거릿 생어*에 가면 되잖아. 뉴욕에 있는. 거기서는 아무것
도 안 물어봐."

"전에도 해봤어?"

"아니." 내가 말했다. "그냥 아는 거야. 메리 매카시**를 읽었
어."

"바로 그거야. 바로 그런 기분이 들 거야. 그 여자가 만들어낸
누군가가 된 느낌."

"호들갑스럽게 굴지 마." 내가 말했다.

"호들갑스럽게 구는 건 너야. 그렇게 하면 뭔가 바람둥이 짓을
한 것 같은 느낌이 들 거라고 생각하잖아. 지난여름에 어떤 창녀

---

* 산아제한 운동을 벌인 마거릿 생어가 세운 진료소를 가리킨다.
** 미국의 작가이자 좌파 정치 활동가.

같은 앨 사귀었는데, 내가 그애한테 뭘 사 오라고 했냐 하면……"

"아, 브렌다, 너는 이기적이고 자기중심적인 년이야! 지금 '지난여름'이라고 말했잖아. 우리의 끝을 생각하고 있잖아. 사실 그게 핵심이야, 안 그래……"

"맞아, 나는 나쁜 년이야. 나는 이게 끝나기를 바라. 그래서 너한테 일주일 더 있어달라고 한 거고, 네가 우리집에서 나하고 자게 한 거야. 너 도대체 왜 이래! 왜 너하고 어머니가 번갈아가며 이러는 거야…… 하루는 어머니가 나를 괴롭히고, 다음날은 네가……"

"그만!"

"꺼져버려, 모두 다!" 브렌다는 이제 울고 있었다. 나는 그녀가 나를 피해 멀리 달려가는 것을 보고 그녀를 보지 못하게 될 것임을 알았다. 실제로 나는 그녀를 보지 못했다. 그날 오후 동안은.

나는 해리엇 에어리치가 다른 사람들이나 자기 자신의 진의眞意를 의식하지 않는 독특한 아가씨라는 인상을 받았다. 그녀에게는 오로지 겉뿐이었다. 그런 그녀가 론에게, 또 파팀킨 가족에게도 완벽한 짝인 것처럼 보였다. 실제로 파팀킨 부인은 브렌다가 예언한 대로 행동했다. 해리엇이 나타나자 브렌다의 어머니는 한쪽 날개를 들어 해리엇을 자신의 따뜻한 배로 끌어당긴 것이다. 브렌다가 깃들이고 싶어하는 바로 그곳이었다. 해리엇은 가슴이 좀 크기는 했지만 브렌다와 몸집이 비슷했고, 누가 말을 할 때마다 고집스럽게 고개를 끄덕였다. 흔히 있는 일은 아니었지만, 가끔 상대의 말 마지막 몇 마디를 함께 말하기도 했다. 보통은 그냥 두 손을 포개고 고개만 끄덕였다. 저녁 내내 파팀킨 가족은 신혼부부가 어디에 살고, 무슨 가구를 사고, 얼마나 빨리 아기를 가질 것인지 계획을 세웠다. 그동안 나는 줄곧 해리엇이 하얀 장갑을 끼고 있다고 생각했다. 그러나 사실은 그렇지 않았다.

브렌다와 나는 말이나 눈길을 교환하지 않았다. 우리는 앉아서 귀를 기울이고만 있었다. 브렌다는 나보다 약간 더 불안한 것 같았다. 이야기가 끝날 무렵 해리엇은 파팀킨 부인을 어머니라고 부르기 시작했고, 한번은 "파팀킨 어머니"라고 부르기도 했다. 그 말이 나오자 브렌다는 자러 갔다. 나는 자잘한 것들을 해부하고, 분석하고, 재고하고, 결국 수용하는 과정에 홀려 그대로 남아 있었다. 마침내 파팀킨 부부는 서둘러 자러 갔고, 의자에 앉은 채 잠이 든 줄리는 론이 안아서 줄리의 방으로 데려갔다. 그러자 파팀킨 소속이 아닌 나와 해리엇만 남았다.

"론이 그러는데 아주 재미있는 일을 한다면서."

"도서관에서 일해."

"나도 늘 책 읽는 걸 좋아했는데."

"멋질 거야, 론하고 결혼하면."

"론은 음악을 좋아해."

"그래." 내가 말했다. 방금 내가 뭐라고 말했던 거지?

"베스트셀러를 맨 먼저 보겠네." 그녀가 말했다.

"가끔은." 내가 말했다.

"음," 그녀가 무릎 위에서 두 손을 퍼덕이며 말했다. "틀림없이 우리 모두 함께 즐거운 시간을 보내게 될 거야. 론하고 나는 너하고 브렌다가 곧 우리와 함께 어울리게 되기를 바라고 있어."

"오늘밤에는 안 될 것 같네." 나는 웃음을 지었다. "하지만 곧. 나 좀 먼저 실례해도 될까?"

"잘 자. 브렌다가 무척 마음에 들어."

"고마워." 나는 층계를 올라가며 대꾸했다.

나는 브렌다의 방문을 가볍게 두드렸다.

"자고 있어."

"들어가도 돼?" 내가 물었다.

문이 조금 열리더니 그녀가 말했다. "론이 곧 올라올 거야."

"문을 열어놓으면 되지. 얘기를 하고 싶을 뿐이야."

그녀는 나를 들였고, 나는 침대와 마주한 의자에 앉았다.

"네 올케 어때?"

"전에도 만났는걸."

"젠장 브렌다, 그렇게 쌀쌀맞게 굴 필요 없잖아."

그녀는 대답하지 않았다. 나는 앉은 채 줄을 잡아당겨 블라인드만 올렸다 내렸다 했다.

"아직도 화났어?" 마침내 내가 물었다.

"그래."

"화내지 마." 내가 말했다. "내 제안은 잊어도 돼. 이렇게 될 거였으면 그 얘기는 꺼낼 가치도 없었던 거야."

"이렇지 않으면 어떻게 될 거라고 예상했어?"

"아무것도 예상하지 않았어. 어쨌든 이렇게 무시무시해질 거라고는 생각 못했어."

"그건 네가 내 입장을 이해하지 못해서 그래."

"어쩌면."

"이런 일에 어쩌면은 없어."

"알았어." 내가 말했다. "나는 그저 네가 도대체 무엇 때문에 화가 나는지 스스로 깨닫기를 바랄 뿐이야. 그건 내 제안 때문이 아니야, 브렌다."

"아니라고? 그럼 뭣 때문인데?"

"나 때문이야."

"아, 그 얘기는 다시 꺼내지 마, 알았어? 난 이길 수가 없어.

내가 무슨 말을 하더라도."

"아니, 이길 수 있어." 내가 말했다. "넌 이미 이겼어."

나는 방에서 나가며 문을 닫았다. 그날 밤에는 다시 그 문을 열지 않았다.

다음날 아침 아래층으로 내려가보니 다들 아주 활발하게 움직이고 있었다. 거실에서는 파팀킨 부인이 해리엇에게 목록을 읽어주는 소리가 들렸다. 줄리는 스케이트 열쇠를 찾아 바쁘게 방을 들락거리고 있었다. 칼로타는 진공청소기로 카펫을 청소하고 있었다. 부엌에서는 모든 주방 기구가 거품을 내고, 빙빙 돌고, 흔들리고 있었다. 브렌다는 완벽하게 유쾌한 미소로 나를 맞이했다. 창밖으로 뒤쪽 잔디밭과 날씨를 살피러 식당에 들어가자, 그녀는 내 어깨에 입을 맞추었다.

"안녕." 그녀가 말했다.

"안녕."

"오늘 아침에는 해리엇하고 함께 움직여야 돼." 브렌다가 나에게 말했다. "그래서 달리기는 못해. 너 혼자 가면 몰라도."

"아냐. 책이나 읽지 뭐. 어디 가는데?"

"뉴욕에 갈 거야. 쇼핑하러. 해리엇이 웨딩드레스를 사야 하거든. 또 결혼식 끝나고 입을 것도. 입고 떠날 거 말이야."

"너는 뭘 살 건데?"

"들러리가 입을 드레스. 해리엇하고 함께 가면 어머니하고 오바크를 가니 마니 싸우지 않고도 버그도프*에 갈 수 있잖아."

"나도 뭐 좀 사다줘, 응?" 내가 말했다.

"오, 닐, 너 또 그 얘기 꺼내려고 그러지!"

"그냥 농담하는 거야. 그런 생각조차 하지 않았어."

"그런데 왜 그런 말을 해?"

"오, 맙소사!" 나는 밖으로 나가 차를 몰고 밀번 센터로 가서 달걀 몇 개와 커피를 먹었다.

돌아오자 브렌다는 나가고 없었다. 집에는 칼로타, 파팀킨 부인, 나뿐이었다. 나는 그들이 어느 방에 있든 그곳만은 피하려고 했으나, 결국은 파팀킨 부인과 함께 텔레비전 방에서 마주보고 앉게 되었다. 그녀는 손에 든 긴 종이에 적힌 명단을 확인하고 있었다. 옆의 테이블에는 얇은 전화번호부가 두 권 있었고, 이따금씩 그녀는 그것을 살폈다.

"지친 자에게도 휴식은 없네요." 부인이 나에게 말했다.

나는 함박웃음을 지어 보이며, 마치 파팀킨 부인이 방금 지어낸 말이기라도 한 것처럼 그 속담을 반겼다. "네. 물론이죠." 나는 그렇게 대꾸했다. "좀 도와드릴까요? 뭘 확인하는 거라면 제

---

* 1901년에 문을 연 고급 백화점.

가 좀 도와드릴 수도 있는데."

"아, 아니에요." 그녀는 고개까지 조금 저으며 내 제안을 물리쳤다. "하다사 일이에요."

"아." 내가 말했다.

내가 앉아서 그녀를 지켜보고 있자 마침내 그녀가 말했다. "어머니가 하다사 소속인가요?"

"지금도 그런지는 모르겠습니다. 뉴어크에서는 그랬습니다만."

"활동적인 회원이었나요?"

"그랬던 것 같은데요. 늘 누군가를 위해 이스라엘에 나무를 심었죠."

"그래요?" 파팀킨 부인이 말했다. "성함이 어떻게 되죠?"

"에스터 클러그먼. 지금은 애리조나에 계세요. 거기에도 하다사가 있나요?"

"유대인 여자가 있는 곳이면 어디에나 있죠."

"그럼 어머니도 활동하실 겁니다. 아버지와 함께 계시죠. 두 분 다 천식 때문에 거기 가셨습니다. 저는 뉴어크에서 숙모와 함께 살고요. 숙모는 하다사에 가입하지 않았습니다. 하지만 실비아 백모는 하셨죠. 혹시 아세요, 에런 클러그먼과 실비아인데? 부인과 같은 클럽 소속이에요. 딸이 하나 있습니다. 제 사촌 도리스죠……" 나는 멈출 수가 없었다. "……리빙스턴에 살아요.

어쩌면 실비아 백모가 가입한 곳이 하다사가 아닐지도 모르겠네요. 무슨 결핵 관련 조직인 것 같은데요. 아니면 암이나. 근위축증일지도 모르고요. 어쨌든 백모가 무슨 병에 관심이 있는 건 분명합니다."

"그거 아주 좋은 일이네요." 파팀킨 부인이 말했다.

"아, 그렇죠."

"아주 훌륭한 일을 하시는군요."

"저도 압니다."

나는 파팀킨 부인이 나에게 마음을 열기 시작했다고 생각했다. 그녀는 자주색 눈으로 빤히 보는 대신, 한동안 아무런 판단을 내리지 않고 세상을 내다보기만 했다. "혹시 브나이 브리스*에 관심 있어요?" 그녀가 나에게 물었다. "론은, 알다시피, 결혼하자마자 가입할 거예요."

"저도 결혼할 때까지 기다릴 생각입니다." 내가 말했다.

파팀킨 부인은 새침한 표정을 지으며 명단으로 눈을 돌렸다. 나는 그녀와 유대인 문제로 농담을 하는 모험을 한 것이 어리석은 일이었음을 깨달았다. "성전에서 적극적으로 활동하시죠, 그렇죠?" 나는 내가 끌어모을 수 있는 모든 관심을 모아서 물었다.

---

* 유대인 남성 우애 단체.

"네." 그녀가 말했다.

"닐은 어느 성전 소속이에요?" 그녀가 곧바로 물어왔다.

"우리는 허드슨 스트리트 회당 소속이었습니다. 부모님이 떠난 뒤로는 별 접촉이 없었습니다만."

파팀킨 부인이 내 목소리에서 거짓의 분위기를 눈치챈 것인지 아닌지는 알 수 없었다. 내 딴에는 애처로운 고백을 상당히 잘해냈다고 생각하고 있었다. 특히 부모님이 떠나기 전 십 년 동안의 이교도 생활을 회고할 때. 그럼에도 파팀킨 부인은 곧바로 물었다―전략적으로 보였다―"우리는 금요일 밤에 모두 성전에 가요. 우리하고 함께 가는 게 어때요? 그러니까, 닐은 정통파예요, 보수파예요?"

나는 생각해보았다. "어, 안 간 지가 오래되어서요…… 일종의 전환기인데요……" 나는 웃음을 지었다. "저는 그냥 유대인일 뿐입니다." 나는 좋은 뜻으로 말했지만, 그 말에 파팀킨 부인은 또 하다사 일로 돌아가버렸다. 나는 파팀킨 부인에게 내가 이단자가 아니라는 확신을 줄 수 있는 방법을 찾아내려고 필사적으로 노력했다. 마침내 내가 물었다. "마르틴 부버의 작업을 아세요?"

"부버…… 부버." 그녀가 하다사 명단을 보며 말했다. "그 사람이 정통파예요, 보수파예요?" 그녀가 물었다.

"……철학자인데요."

"개심을 했어요?" 그녀가 물었다. 나의 회피하는 태도, 아니면 부버가 모자를 쓰지 않고 금요일 밤 예배에 참석하고 부버 부인은 부엌에 접시를 한 세트밖에 갖추어두지 않았을 가능성* 때문에 찌무룩한 표정이었다.

"정통파인데요." 내가 작은 목소리로 말했다.

"그거 아주 잘됐네요." 그녀가 말했다.

"네."

"허드슨 스트리트 회당이 정통파 아닌가요?" 그녀가 물었다.

"모르겠습니다."

"닐이 거기 소속이었다고 들은 것 같은데."

"바르미츠바를 거기서 했습니다."

"그런데 거기가 정통파인지 아닌지 모른다고요?"

"아뇨. 압니다. 정통파죠."

"그럼 닐도 틀림없이 정통파겠네요."

"아, 네, 맞습니다." 내가 말했다. "부인은 어느 쪽이세요?" 내가 얼굴을 붉히며 불쑥 물었다.

"정통파예요. 남편은 보수파고요." 나는 그것이 남편은 아무

---

* 원래 유대인은 우유와 고기를 섞지 않기 때문에 접시를 두 세트 갖추어놓는다.

146

런 관심이 없다는 뜻으로 받아들였다. "브렌다는 어느 쪽도 아니고요. 아마 알고 있겠지만."

"그래요?" 내가 말했다. "모르고 있었습니다."

"그 아이는 내가 본 가장 훌륭한 히브리 학교 학생이었어요." 파팀킨 부인이 말했다. "물론 이제는 어린아이 바지를 입기에는 너무 커버렸지만."

파팀킨 부인은 나를 보았다. 나는 동의하는 것과 하지 않는 것 가운데 어느 쪽이 예의에 맞는 것인지 알 수가 없었다. "아, 잘 모르겠습니다." 마침내 내가 말했다. "브렌다는 보수파인 것 같습니다. 어쩌면 약간 개혁파인 것 같기도 하고……"

전화벨이 울려 나를 구해주었다. 나는 속으로 하느님께 정통파의 기도를 드렸다.

"여보세요." 파팀킨 부인이 말했다. "……아니요…… 그렇게는 못해요. 나는 하다사 때문에 전화할 게 엄청나게 많아요……"

나는 바깥의 새소리에 귀를 기울이고 있는 척했다. 창문이 닫혀 있어 자연의 소리는 전혀 들어오지 않았지만.

"로널드한테 차로 가져오게 하세요…… 하지만 기다릴 순 없어요. 시간을 지키려면……"

파팀킨 부인은 흘끗 나를 올려다보더니, 한 손을 송화구에 얹었다. "뉴어크까지 좀 내려갔다 와줄 수 있나요?"

나는 일어섰다. "네. 그럼요."

"여보?" 부인이 다시 전화기에 대고 말했다. "닐이 갈 거예요…… 아니, 닐, 브렌다 친구…… 네…… 끊어요."

"파팀킨 씨한테 내가 봐야 될 은식기 샘플이 몇 개 있어요. 거기 가서 그걸 좀 가져와줄래요?"

"물론입니다."

"가게가 어디인지 알아요?"

"네."

"자," 부인이 열쇠고리를 건네주었다. "폴크스바겐을 타고 가요."

"제 차가 바로 바깥에 있는데요."

"이걸 가져가요." 그녀가 말했다.

'파팀킨 주방 욕실 싱크'는 뉴어크의 검둥이 구역 한가운데에 있었다. 그러나 오래전 대이민의 시기에 그곳은 유대인 구역이었기 때문에, 지금도 20세기 초에 우리 조부모가 장을 보고 목욕을 하던 작은 어물전, 코셔* 식품점, 터키탕을 볼 수 있었다. 심지어 냄새도 완전히 사라지지 않았다. 화이트피시, 콘드비프, 사워

---

* 유대인 율법에 맞는다는 뜻.

토마토—그러나 지금은 이런 냄새들을 자동차 폐차장의 기름기가 섞인 듯한 더 당당한 냄새, 양조장의 시큼한 악취, 가죽공장의 타는 냄새가 덮고 있었다. 거리에서는 이디시어 대신 빗자루와 고무공 반쪽을 갖고 윌리 메이스* 놀이를 하는 검둥이 아이들의 외침이 들렸다. 동네는 바뀌었다. 우리 조부모 같은 늙은 유대인들은 애를 쓰다 죽었고, 그 후손은 애를 쓰다 번창하여, 점점 더 서쪽으로, 뉴어크 가장자리로 옮겨갔고, 그러다 바깥으로 나와, 오렌지 산맥의 비탈을 올라갔다. 마침내 그 꼭대기에 이르자 반대편으로 내려가, 스코틀랜드-아일랜드계가 컴벌랜드고원을 넘어 쏟아져들어가듯 이방인의 영토로 쏟아져들어갔다. 이제 사실상 검둥이들이 유대인의 발자취를 좇아 똑같이 이주하고 있었다. 그래서 제3구에 남은 사람들은 가장 지저분한 삶을 살았고, 악취가 나는 매트리스에 누워 조지아 주에서 보내던 밤의 소나무 냄새 꿈을 꾸었다.

한순간이기는 했지만, 혹시 이곳 거리에서 도서관을 찾아오는 그 유색인 아이를 볼 수 있을까 하는 생각이 들었다. 물론 볼 수 없었다. 아이는 개, 아이, 앞치마를 두른 여자 들이 계속 나오는, 이 페인트가 벗겨져가는 더러운 건물 어느 한 곳에 살고 있을 것

* 미국의 흑인 야구 선수.

이 틀림없었지만. 꼭대기 층에는 창문들이 열려 있었고, 이제
는 삐걱거리는 긴 층계를 딛고 거리까지 내려올 수 없는 아주 늙
은 사람들이 앉혀놓은 자리에 그대로 앉아 있었다. 그들은 방충
망 없는 창에서 솜털 없는 베개에 팔꿈치를 괸 채, 목을 앞으로
길게 빼고 밑에서 젊은 사람들과 임신한 사람들과 일자리가 없
는 사람들이 몰려다니는 것을 구경했다. 검둥이들 다음에는 누
가 올까? 누가 남을까? 아무도 남지 않겠지, 나는 생각했다. 우
리 할머니가 오래된 야르차이트 유리잔*으로 뜨거운 차를 마시
던 이 거리는 언젠가 텅 비고, 우리 모두 오렌지 산맥 꼭대기로
옮겨가겠지. 그러면 죽은 자들도 관 안에서 널을 차대는 일을 그
만두지 않을까?

　나는 폴크스바겐을 거대한 차고 문 앞에 세웠다. 문에는 이렇
게 적혀 있었다.

파팀킨 주방 욕실 싱크

크기, 모양 일체 구비

안에 유리로 칸막이를 한 사무실이 보였다. 그곳이 거대한 창

---

* 원래는 죽은 사람의 기일에 불붙인 초를 넣어두는 잔.

고의 중심이었다. 뒤쪽에서는 트럭 두 대에 짐을 싣고 있었다. 시가를 입에 물고 누군가에게 소리를 지르는 파팀킨 씨가 눈에 들어왔다. 상대는 론이었다. 론은 앞에 '오하이오 주 선수 연합'이라고 적힌 티셔츠를 입고 있었다. 그는 파팀킨 씨보다 키가 크고 덩치도 거의 비슷했지만, 조그만 소년처럼 두 손을 양옆에 힘없이 늘어뜨리고 있었다. 파팀킨 씨의 시가가 입에서 좌우로 움직였다. 검둥이 여섯 명이 한 트럭에 열심히 짐을 싣고 있었다. 한 줄로 늘어서서 옆 사람에게 싱크볼을 던지고 있었다—나는 가슴이 덜컥 내려앉았다.

론은 파팀킨 씨 옆을 떠나 일꾼들을 지휘하러 돌아갔다. 그는 두 팔을 마구 휘둘렀다. 전체적으로 좀 혼란스러워 보이기는 했지만, 누가 싱크볼을 떨어뜨리면 어떡하나 걱정하는 기색은 전혀 없었다. 갑자기 내가 검둥이들을 지휘하는 광경이 떠올랐다—나 같으면 한 시간도 지나지 않아 궤양이 생길 것이었다. 에나멜 표면이 바닥에서 박살나는 소리가 들리는 것 같았다. 내가 말하는 소리도 들렸다. "조심해요, 여러분. 주의해주세요, 네? 앗! 아, 제발 좀…… 조심하세요! 조심! 오!" 파팀킨 씨가 나한테 다가와 이렇게 말한다고 해보자. "좋아, 애야, 내 딸하고 결혼하고 싶다 이거지? 어디 뭘 할 수 있는지 보자고." 자, 그는 보게 될 것이다. 곧 바닥은 박살난 모자이크가 될 것이었다. 걸을 때

마다 에나멜이 우지직우지직 소리를 내며 짓밟히는 길이 될 것
이었다. "클러그먼, 도대체 무슨 일을 이 모양으로 하나? 일하는
것도 먹는 거하고 똑같구먼!" "맞습니다, 맞아요, 나는 참새입
니다. 나 좀 놔주세요." "짐을 싣고 내릴 줄도 모르나?" "파팀킨
씨, 저는 숨쉬는 것만으로도 힘듭니다, 잠만 자도 지쳐요, 나 좀
놔주세요, 놔주세요……"

파팀킨 씨는 울리는 전화를 받으려고 다시 어항으로 돌아갔
다. 나도 백일몽을 털어버리고 사무실로 갔다. 안으로 들어가자
파팀킨 씨는 전화기에서 눈만 들었다. 침으로 끈적끈적한 시가
는 손에 쥐고 있었다―그는 나를 향해 그것을 움직였다. 인사였
다. 밖에서 론이 높은 목소리로 외치는 소리가 들렸다. "모두 동
시에 점심을 먹으러 갈 수는 없어. 시간이 하루종일 있는 게 아
니야!"

"앉게." 파팀킨 씨가 나에게 소리쳤다. 그러나 그가 다시 전
화 통화로 돌아갔을 때 나는 사무실에 의자가 하나뿐임을 알게
되었다. 그의 의자였다. 파팀킨 싱크에서는 사람들이 앉지 않았
다―여기에서는 힘든 방법으로 돈을 벌었다. 일어서서 벌었다.
나는 서류 캐비닛에 걸려 있는 달력 몇 개를 보느라 바빴다. 달
력에 그려진 여자들은 허벅지와 젖통이 아주 꿈결 같고, 아주 환
상적이어서 오히려 외설적으로 생각되지 않았다. '루이스 건설

회사'와 '얼 트럭 자동차 정비' '그로스먼 앤드 선, 종이 상자'를 위해 달력의 여자들을 그린 화가는 내가 그때까지 보지 못했던 제3의 성性을 그리고 있었다.

"그럼, 그럼, 그럼." 파팀킨 씨가 전화에 대고 말했다. "내일? 내일이라고 말하지 마. 내일이면 세상이 폭발해버릴 수도 있어."

수화기 저편에서 누군가가 대꾸를 했다. 누굴까? 건설회사의 루이스일까? 트럭 정비소의 얼일까?

"나는 사업을 하고 있네, 그로스먼, 자선이 아니고."

그러니까 파팀킨 씨가 을러대는 수화기 저편의 사람은 그로스먼이었다.

"까지 말라 그래." 파팀킨 씨가 말했다. "자네는 내 좋은 친구지만, 이 동네에는 자네만 있는 게 아닐세." 파팀킨 씨는 나에게 한쪽 눈을 찡긋했다.

아하, 그로스먼을 잡으려는 음모로군. 나와 파팀킨 씨가 함께. 나는 내 힘닿는 대로 공모의 웃음을 지어 보였다.

"그럼 좋아. 우리는 여기 다섯시까지 있을 거야…… 늦지 않게 하게."

그는 종이에 뭔가 적었다. 그냥 커다란 X에 불과했다.

"우리 애가 여기 있을 걸세." 그가 말했다. "그래, 아이가 일을 시작했어."

그로스먼이 저쪽에서 무슨 이야기를 했는지 몰라도 파팀킨 씨는 크게 웃음을 터뜨렸다. 그러더니 인사도 없이 전화를 끊었다.

그는 론이 잘하고 있는지 보려고 뒤쪽을 내다보았다. "대학을 사 년이나 다녔는데 트럭에서 짐도 못 내려."

나는 무슨 말을 해야 할지 알 수 없었지만, 마침내 진실을 택하기로 했다. "저도 못할 것 같은데요."

"배울 수 있지. 나는 뭐야, 천재야? 나도 배운 거야. 열심히 일한다고 죽지 않아."

그 점에는 나도 동의했다.

파팀킨 씨가 시가를 보았다. "사람은 열심히 일하면 뭔가를 얻어. 엉덩이를 깔고 앉아서는 아무것도 안 돼, 알겠지만…… 이 나라에서 가장 위대한 사람들은 열심히 일했네, 정말이야. 록펠러조차도. 성공은 쉽게 오는 게 아니야……" 그는 나를 보고 이야기한다기보다는 자기 영토를 살피며 혼잣말을 하듯 중얼거렸다. 그는 말하는 걸 좋아하는 사람이 아니었다. 그럼에도 그가 이렇게 일반적인 이야기를 장황하게 늘어놓는 것은 아마 론의 일하는 모습과 나라는 존재―나, 언젠가는 내부인이 될 수도 있는 외부인―가 한자리에 있었기 때문인 것 같다는 느낌을 받았다. 하지만 파팀킨 씨가 과연 내가 내부인이 될 가능성을 생각이나 했을까? 알 수 없었다. 다만 그의 입에서 나온 몇 마디 말이 그가 자신과 가족을 위해 구축한 삶 앞에서 느끼는 만족과 놀라움을 모두 전달하지 못한다는 것만은 분명히 알 수 있었다.

그는 다시 론 쪽을 내다보았다. "저 녀석 좀 봐. 농구를 저따위로 하면 젠장 코트에서 당장 쫓겨날 거야." 그러나 그렇게 말하면서도 웃고 있었다.

그는 문 쪽으로 걸어갔다. "로널드, 점심들 먹게 해줘."

론이 마주 소리쳤다. "몇 명은 지금 가게 하고, 몇 명은 나중에 가게 하려고 했는데요."

"왜?"

"그래야 누군가는 늘 남아……"

"여기서는 그런 복잡한 얘기는 필요 없어." 파팀킨 씨가 소리쳤다. "우리는 모두 함께 점심 먹으러 가."

론이 몸을 돌렸다. "좋아, 얘들아, 점심이다!"

그의 아버지가 나를 보고 웃음을 지었다. "영리한 녀석이지? 응?" 그는 자기 머리를 두드렸다. "저건 머리를 쓴 거야, 응? 하지만 저 녀석은 사업을 할 배짱은 없어. 이상주의자야." 그 순간 파팀킨 씨는 갑자기 내가 누구인지 깨달았던 것 같다. 그는 내가 불쾌하게 느낄까봐 열심히 자기 말을 바로잡았다. "저런 것도 괜찮아, 알다시피, 학교 선생 노릇을 한다면 말일세. 아니면 자네처럼, 뭐, 학생이나 뭐 그런 거라면. 하지만 여기에는 고니프 기질이 좀 필요하거든. 뭔지 알지? 고니프?"

"도둑이죠." 내가 말했다.

"자네가 내 자식들보다 많이 아는군. 그애들은 고이*나 다름없네, 내 애들은. 그래도 그 말은 이해하더라고." 그는 짐을 싣는 검둥이 무리가 사무실을 지나가는 것을 보고 그들에게 소리쳤다. "어이, 너희들 한 시간이 얼마나 긴지 알지? 좋아, 한 시간 뒤에 돌아와!"

론은 사무실로 들어왔고, 아니나 다를까, 나와 악수를 했다.

"파팀킨 부인한테 전할 물건을 받으러 왔는데요." 내가 말했다.

"로널드, 저 친구한테 은식기 샘플 좀 갖다줘." 론이 몸을 돌리자 파팀킨 씨가 말했다. "내가 결혼할 때는 파이브 앤드 텐**에서 산 포크와 나이프밖에 없었는데. 이 아이는 금으로 떠먹으려고 해." 하지만 분노는 없었다. 전혀 없었다.

그날 오후 내 차로 산에 올라가 철사 울타리 앞에 잠시 서서 사슴들이 가볍게 뛰거나, 사슴에게 먹이를 주지 마시오, 사우스마운틴 보호구역 규칙에 의거라고 적힌 표지판의 보호를 받으며 수줍

---

* goy. '이방인'이라는 뜻의 이디시어.
** 싸구려 잡화점.

게 먹이를 먹는 것을 지켜보았다. 내 옆에는 울타리를 따라 아이들이 수십 명 있었다. 아이들은 사슴이 자기 손의 팝콘을 핥아먹으면 깔깔대고 소리를 질렀다. 그러다가 자기들이 흥분하는 바람에 어린 사슴이 들판 반대편 끝으로 달려가버리면 슬퍼했다. 그곳에는 황갈색 가죽의 어미가 당당하게 서서 산악도로를 구불구불 기어오르는 차량들을 지켜보고 있었다. 나보다 나이가 별로 많을 것 같지 않은, 실제로 대부분 나보다 나이가 어린 흰 피부의 젊은 엄마들은 내 뒤의 컨버터블 자동차에 앉아 수다를 떨며, 이따금씩 자기 아이들이 뭘 하고 있는지 내려다보았다. 전에도 그런 여자들을 본 적이 있었다. 브렌다와 내가 오후에 뭘 좀 먹으러 나왔을 때, 또는 점심을 먹으러 여기에 차를 몰고 올라왔을 때. 그들은 보호구역에 점점이 박혀 있는, 소박한 햄버거가게에 서너 명씩 모여 있었고, 그들의 아이들은 햄버거와 맥아분유를 게걸스럽게 먹었으며, 주크박스에 집어넣으라고 10센트짜리 동전 몇 개를 받았다. 어린아이들 누구도 노래 제목을 읽을 만큼 나이를 먹지는 않았지만, 거의 모두가 가사는 따라 외칠 수 있었고 실제로 외쳤다. 그러는 동안 어머니들—그들 가운데 몇 명은 내 고등학교 동창이었다—은 선탠, 슈퍼마켓, 휴가를 비교했다. 그렇게 앉아 있으니 다들 불사신처럼 보였다. 그들의 머리카락은 늘 그들이 바라는 색으로 머물고, 옷은 적당한 질감과 색조를 유지할 터였다. 집은 단순한 스웨덴식 모던풍으로 꾸며놓고 살 터였다. 그게 유행이었으니까. 거대하고 못생긴 바로크풍이 다시 유행하면, 난쟁이 다리가 달린 긴 대리석 커피 테이블은 나가고 루이까또즈 제품이 들어올 터였다. 이 여자들은 여신들이었다. 그러나 내가 파리스*라 해도 그들 중에서 선택을 하지는 못했을 것이다. 차이가 아주 미세했기 때문이다. 그들의 운명은 그들을 무너뜨려 하나로 만들었다. 오직 브렌다만 빛이 났다. 돈과 안락으로 그녀의 유일무이함을 지울 수는 없을 것이었다—적어도 아직은 지우지 못했다. 아니 지웠나? 내가 뭘 사랑하는 걸까? 나는 궁금했다. 나는 나 자신에게 메스를 들이대는 사람이 아니기 때문에, 두 손을 울타리 안에서 꿈틀거려 코가 아주 작은 수사슴이 내 생각들을 핥아 없애도록 내버려두었다.

파팀킨 집으로 돌아갔을 때 브렌다는 거실에 있었다. 그 어느때보다 아름다웠다. 해리엇과 어머니를 위해 자신의 새 드레스를 입어보고 있었다. 파팀킨 부인조차도 브렌다의 자태에 마음이 부드러워진 듯했다. 진정제를 맞은 것 같았다. 눈과 입 주변의 브렌다를 미워하는 근육들이 이완되어 있었다.

---

* 그리스신화에 나오는 트로이의 왕자. 세 여신 가운데 가장 아름다운 여신을 선택했다.

브렌다는 안경을 쓰지 않고 제자리에 서서 모델 노릇을 했다. 나를 보았을 때 그녀는 약간 지치고 잠이 반만 깬 듯한 표정을 지어 보였다. 다른 사람들은 그것을 졸음이라고 해석했을지 모르지만 내 핏줄은 욕정으로 받아들여 시끄럽게 들썩이고 있었다. 마침내 파팀킨 부인이 아주 좋은 드레스를 샀다고 말했고, 나는 예뻐 보인다고 말했고, 해리엇은 그녀가 아주 아름다우며 그녀야말로 신부가 되어야 한다고 말했다. 그러자 불편한 침묵이 깔렸다. 우리 모두 그럼 신랑은 누가 되어야 할까 하는 생각을 했다.

이윽고 파팀킨 부인이 해리엇을 부엌으로 데리고 가자 브렌다가 내게 다가와 말했다. "내가 신부가 되어야 한다네."

"그래야 돼, 스위트하트." 나는 그녀에게 키스했다. 갑자기 그녀는 울고 있었다.

"왜 그래, 허니?" 내가 말했다.

"밖에 나가자."

잔디밭으로 나간 브렌다는 더 울지는 않았다. 하지만 목소리는 아주 지친 것 같았다.

"닐, 마거릿 생어 클리닉에 전화했어." 그녀가 말했다. "뉴욕에 갔을 때."

나는 대꾸하지 않았다.

"닐, 나더러 결혼했냐고 물어보더라고. 맙소사, 꼭 어머니처럼 말하는 거야……"

"그래서 뭐랬어?"

"안 했다고 했어."

"그랬더니 뭐래?"

"모르겠어. 내가 그냥 끊어버렸거든." 그녀는 자리를 뜨더니 떡갈나무 주위를 돌았다. 다시 나타났을 때 그녀는 신발을 벗고는 한 손으로 나무를 짚고 있었다. 마치 오월의 기둥* 주위를 돌 듯이.

"다시 전화를 해도 되잖아." 내가 말했다.

그녀는 고개를 저었다. "아니, 못해. 애초에 왜 전화를 했는지도 모르겠어. 쇼핑을 하고 있다가 살짝 자리를 떠서 전화번호부를 뒤져서 전화를 했어."

"그럼 아무 의사한테나 가면 돼."

그녀는 다시 고개를 저었다.

"이봐, 브렌." 나는 그녀에게 달려갔다. "같이 가. 의사한테. 뉴욕에서……"

"나는 지저분하고 조그만 진료실에 들어가고 싶지 않아……"

---

* 오월제를 축하하기 위해 꽃이나 리본으로 장식한 기둥.

"아냐. 뉴욕에서 가장 멋진 산부인과에 갈 거야. 대기실에 〈하퍼스 바자〉를 갖다놓는 데. 어때?"

그녀는 아랫입술을 깨물었다.

"너도 같이 갈 거야?" 그녀가 물었다.

"나도 같이 갈 거야."

"진료실에?"

"스위티, 네 남편이라면 진료실에는 안 갈 거야."

"안 가?"

"그 시간에 일을 하고 있을걸."

"하지만 너는 안 하잖아." 그녀가 말했다.

"나는 휴가잖아." 하지만 나는 부적당한 질문에 대답을 한 것이었다. "브렌, 기다릴게. 네가 다 끝나면 우리는 술을 마시는 거야. 저녁을 먹으러 나가는 거야."

"닐, 마거릿 생어에 전화를 하지 말았어야 했어…… 그건 옳지 않아."

"옳아, 브렌다. 그게 우리가 할 수 있는 가장 옳은 일이야." 그녀는 자리를 떴고 나는 애원을 하느라 지쳐 있었다. 어쩐지 내가 조금 더 교묘했으면 그녀를 설득할 수도 있었을 거라는 느낌이 들었다. 하지만 나는 교묘한 방법으로 그녀의 마음을 바꾸고 싶지 않았다. 그녀가 돌아왔을 때 나는 입을 다물었다. 어쩌면 그냥 그것 때문에, 내가 아무 말도 하지 않은 것 때문에, 마침내 그녀가 이렇게 말한 것인지도 모른다. "해리엇도 데리고 가기를 바라는지 파팀킨 어머니한테 물어볼게……"

일곱

그날 오후 뉴욕으로 차를 타고 들어가는 길의 더위와 후텁지근함은 결코 잊지 못할 것이다. 브렌다가 마거릿 생어에 전화를 하고 나서 나흘째 되는 날이었다—그녀 때문에 미루고 또 미루다 마침내 금요일, 론의 결혼식 사흘 전, 그녀가 학교로 떠나기 나흘 전, 우리는 링컨 터널을 통과하고 있었다. 터널은 그 어느 때보다 길고 가스가 자욱하게 느껴졌다. 타일 벽으로 둘러싸인 지옥 같았다. 마침내 우리는 뉴욕에 들어섰고, 날이 흐려서 다시 숨이 막혔다. 나는 셔츠 차림으로 교통정리를 하는 경찰관을 빙 돌아 항만관리위원회 옥상 주차장으로 올라가 차를 세웠다.

"택시비 있어?" 내가 물었다.

"나하고 같이 가는 거 아냐?"

"바에서 기다리려고 했는데. 여기, 아래층에서."

"센트럴파크에서 기다려도 돼. 병원이 바로 길 건너니까."

"브렌다, 그게 무슨 차이⋯⋯" 하지만 그녀의 눈을 파고든 표정을 보는 순간 나는 에어컨이 있는 바를 포기하고 그녀와 함께 도시 맞은편으로 가기로 했다. 우리가 탄 택시가 도시를 가로지를 때 갑자기 소나기가 내렸다. 비가 그치자 거리가 끈적끈적하게 반짝거렸다. 포장도로 밑으로 지하철이 덜커덩거렸다. 마치 사자의 귀 안에 들어와 있는 느낌이었다.

진료실은 스퀴브 빌딩에 있었다. 버그도프 굿맨 백화점에서 길만 건너면 되었으므로 브렌다가 옷장을 더 채우기에 더할 나위 없이 좋은 곳이었다. 어떤 이유에서인지 우리는 뉴어크의 의사를 찾아가는 것은 한 번도 고려한 적이 없었다. 집과 너무 가까워 발각될 가능성이 있다고 생각했는지도 모르겠다. 브렌다는 회전문에 이르렀을 때 나를 돌아보았다. 안경을 썼음에도 눈이 촉촉하게 젖은 것이 보였다. 나는 한마디도 하지 않았다. 말이, 어떤 말이든, 무슨 작용을 할지 몰라 두려웠기 때문이다. 나는 그녀의 머리카락에 입을 맞추고, 손짓으로 길 건너 플라자 분수 옆에 있겠다고 신호를 했다. 그런 뒤에 그녀가 회전문을 통과하는 것을 지켜보았다. 바깥 거리에서는 습기가 모든 것을 가로막는 벽이라도 되는 것처럼 차량들이 느리게 움직였다. 심지어 분수도 가장자리에 앉은 사람들에게 끓는 물을 내뿜는 것 같았다. 순간적으로 나는 길을 건너지 않기로 마음을 바꾸고, 피프스 애비뷰에서 남쪽으로 방향을 틀어 세인트패트릭 성당을 향해 이어지는 포장도로를 따라 걷기 시작했다. 성당 북쪽 층계에 사람들이 모여 있었다. 모두 어떤 모델이 사진 찍는 것을 구경하고 있었다. 모델은 레몬색 드레스를 입고 있었고, 발레리나처럼 두 발을 뾰족하게 세우고 있었다. 그곳을 통과해 성당으로 들어가는데 어떤 부인이 말하는 소리가 들렸다. "코티지치즈를 하루에 열 번 먹어도 나는 저런 말라깽이가 될 수는 없을 거야."

성당 안이라고 더 시원하지는 않았다. 그래도 고요한 분위기에 촛불이 깜빡였기 때문에 시원하다는 생각이 들기는 했다. 나는 뒤쪽에 자리를 잡았고, 무릎을 꿇을 수는 없었지만 앞의 긴 의자에 몸을 기대기는 했다. 나는 두 손을 맞잡고 눈을 감았다. 내가 가톨릭처럼 보일지 궁금했다. 그러나 놀랍게도 나는 나 자신에게 작은 연설을 하기 시작했다. 이런 자의식적인 말을 기도라고 부를 수 있을까? 어쨌든 나는 내 말을 듣는 상대를 하느님이라고 불렀다. 하느님. 나는 말했다. 나는 스물세 살입니다. 나는 어떻게든 이 상황에서 최선을 다하고 싶습니다. 이제 의사가 브렌다를 나와 결혼시킬 겁니다. 하지만 나는 이것이 최선인지 확신이 서지 않습니다. 내가 사랑하는 게 도대체 무엇입니까, 주님? 내가 왜 선택을 한 겁니까? 브렌다는 누굽니까? 경주는 발 빠른 사람이 이기는 거죠.* 하지만 내가 멈추어서 생각을 했어야 했던 건가요?

아무런 답을 얻지 못했지만, 그래도 계속했다. 우리가 당신을 혹시나 만난다면, 하느님, 그것은 우리가 육적이기 때문이고, 탐욕스럽기 때문이고, 그래서 당신과 비슷한 데가 있기 때문입니다. 나는 육적이고, 당신이 그것을 허락한 것을 알고 있습니다. 그냥 압니다. 하지만 내가 어디까지 육적일 수 있나요? 나는 계속 손에 쥐려고 합니다. 이제 이런 욕심에서 어느 쪽으로 방향을 틀어야 합니까? 우리는 어디서 만나게 됩니까? 당신은 어떤 상賞입니까?

독창적인 묵상이었다. 갑자기 나는 수치심을 느꼈다. 나는 일어서서 밖으로 나갔다. 피프스 애비뉴의 소음이 답과 함께 나를 맞이했다.

너는 어떤 상을 생각하고 있느냐, 슈먹**? 황금 식기, 스포츠용품 나무, 승도복숭아, 쓰레기 처리기, 울퉁불퉁하지 않은 코, 파팀킨 싱크, 본윗 텔러 백화점······

하지만 젠장, 하느님, 그게 바로 당신이잖아요!

그러나 하느님은 껄껄 웃기만 할 뿐이었다. 그 어릿광대는.

---

* 발이 빠르다고 이기는 것은 아니라는 속담을 뒤집은 것.

** '멍청이'라는 뜻의 이디시어.

나는 분수 주위의 층계에 앉았다. 흩어지는 물 사이로 해가 쏘아올린 작은 무지개 안이었다. 이윽고 브렌다가 스퀴브 빌딩에서 나오는 것이 보였다. 그녀는 아무것도 들고 있지 않았다. 그냥 윈도쇼핑만 한 여자 같았다. 잠시, 그녀가 결국 내 욕망을 따르지 않은 것이 기뻤다.

그러나 그녀가 길을 건너자 그 작은 변덕은 지나갔다. 나는 다시 나 자신으로 돌아와 있었다.

그녀는 내 앞으로 걸어와 내가 앉은 곳을 내려다보았다. 그녀는 숨을 빨아들여 몸 전체를 채우더니 "휴!" 하는 소리와 함께 내쉬었다.

"그건 어디 있어?" 내가 물었다.

내가 처음 받은 답은 그녀의 의기양양한 표정이었다. 테니스에서 이기던 날 그녀가 심프에게 짓던 표정, 트랙 세 바퀴째를 혼자서 다 돌고 난 날 아침에 내게 지어준 표정. 마침내 그녀가 말했다. "끼고 있어."

"오, 브렌."

"의사가 그러더라고. 싸 갈래요 아니면 하고 갈래요?"

"오 브렌다, 사랑해."

그날 밤 우리는 함께 잤다. 새로운 장난감에 신경이 너무 예민

했기 때문에 우리는 유치원생들처럼 일을 치렀다. 또는 (이 동네 말로 하자면) 형편없는 병살 시도처럼. 다음날 우리는 서로 거의 보지 못했다. 결혼식의 막바지 준비로 다들 허둥거리고, 전보를 치고, 소리를 지르고, 울고, 뛰어다녔기 때문이다. 한마디로 광기에 사로잡혀 있었다. 심지어 식사조차 파팀킨다운 그득함이 사라졌다. 크래프트 치즈, 오래된 양파 롤, 마른 살라미, 다진 간 조금, 과일 칵테일로 빈약해졌다. 주말 내내 다들 미친 듯했다. 나는 최대한 폭풍으로부터 벗어나 있으려고 노력했다. 폭풍의 눈에서 어설프게 웃음을 짓고 있던 론과 훨훨 날아다니면서도 예의바른 해리엇은 서로 점점 가까워지고 있었다. 일요일 밤이 되자 피로가 히스테리를 눌러, 브렌다를 포함한 파팀킨 사람들 모두가 일찌감치 잠자리에 들었다. 론이 이를 닦으러 욕실에 들어가자 나도 들어가서 이를 닦기로 했다. 내가 세면대 앞에 서 있는 동안 그는 국부보호대가 얼마나 말랐는지 확인했다. 그런 뒤에 그것을 샤워기 손잡이에 걸고 자기 레코드를 잠시 함께 듣지 않겠느냐고 물었다. 내가 그 제안을 받아들인 것은 권태나 외로움 때문이 아니었다. 그곳의 비누와 물과 타일 사이에서 짧은 시간이지만 로커룸의 동지애가 타올랐기 때문이다. 어쩌면 론은 '독신남'으로서 마지막 순간을 다른 '독신남'과 함께 보내고 싶은 욕망 때문에 그런 초대를 한 것인지도 모르겠다는 생각이 들었다. 내 생각이 옳다면, 이것은 그가 처음으로 나의 남성성을 진짜로 인정하는 순간이었다. 그런데 내가 어떻게 그것을 거절할 수 있단 말인가?

나는 트윈 베드에서 사용하지 않는 쪽에 앉았다.

"만토바니 들을래?"

"좋지." 내가 말했다.

"누가 더 좋아? 만토바니야 코스텔라네츠야?"

"동전을 던져서 정해야 할 것 같은데."

론이 캐비닛으로 갔다. "어이, 콜럼버스 레코드는 어때? 브렌다가 이걸 틀어준 적 있어?"

"아니. 없는 것 같은데."

그는 케이스에서 레코드판을 뽑더니, 조가비를 든 거인처럼 조심스럽게 축음기에 얹었다. 그러더니 나를 보고 웃음을 지으며 침대에 앉아 등을 뒤로 기댔다. 두 팔은 머리를 받치고 눈은 천장에 고정했다. "이걸 졸업생들한테 다 줘. 졸업 앨범과 함께……" 그러나 소리가 나오자 그는 입을 다물었다. 나는 론을 지켜보며 레코드에 귀를 기울였다.

처음에는 그저 북소리뿐이었다. 그런 다음 정적, 이어 다른 북소리. 그러더니 행진곡이 작게 흘러나왔다. 멜로디는 아주 익숙했다. 노래가 끝나자 종소리가 들렸다. 작아졌다 커졌다 다시 작아졌다. 마침내 '목소리'가 나왔다. 내장에서 나오는 듯한, 왠지 역사와 관련된 느낌을 주는 저음이었다. 파시즘의 발흥에 관한 다큐멘터리에서 들을 법한 목소리.

"때는 1956년. 계절은 가을. 장소는 오하이오 주립대학……"

전격전! 심판의 날! 주님이 지휘봉을 내리자 오하이오 주립대학 합창단은 마치 자신의 영혼이 달린 문제라도 된다는 듯 한 줄 한 줄 교가를 불러나갔다. 한 번의 필사적인 합창이 끝나자, 그들은 계속 비명을 지르며 바닥없는 망각으로 떨어져내렸고, 목소리가 다시 이어졌다.

"나뭇잎들이 붉게 변하기 시작했습니다. 남학생 클럽 하우스가 모여 있는 거리를 따라 모닥불들이 연기를 피워올렸습니다. 클럽 입회 서약자들이 긁어모은 낙엽을 모닥불에 넣어 뿌연 아지랑이로 바꾸었기 때문입니다. 오랜 얼굴들이 새로운 얼굴들을 맞이하고, 새 얼굴들이 오랜 얼굴들을 맞이하며, 또 한 해가 시작되었습니다……"

음악. 다시 우렁차게 돌아온 합창단. 이어 목소리. "장소는 올렌탱지 강둑. 사건은 1956년 홈커밍 게임. 상대는 늘 위험한 일리니……"

군중의 함성. 새로운 목소리—빌 스턴*이었다. "일리니 공 위로 갑니다. 스냅.** 린데이 패스하려고 뒤로 물러납니다. 패스를 받을 선수를 발견합니다. 길게 길게 상대방 골라인 쪽으로 패스합니다—43번이 가로챕니다. 오하이오 주립대의 허브 클라크입니다! 클라크가 태클하는 선수를 피합니다. 또 한 사람 피하며 미드필드로 나서고 있습니다. 이제 몸을 날리는 선수들을 따돌립니다. 45야드까지 내려갑니다. 40, 35……"

빌 스턴이 클라크를 흥분시키고 클라크가 빌 스턴을 흥분시키는 동안, 론이 자기 침대에서 몸짓으로 조금 말을 하자 허브 클라크가 가볍게 공을 골라인 위로 넘겼다.

"이제 버카이***들이 21 대 19로 앞서고 있습니다. 대단한 시합입니다!"

'역사의 목소리'가 다시 바리톤 소리를 냈다. "하지만 시즌은 순탄치 않았습니다. 첫눈이 잔디를 덮을 때쯤 드리블하는 소리와 슛 앤드 골! 하는 외침이 체육관에 메아리쳤습니다……"

론은 눈을 감았다.

"미네소타 경기." 높은 목소리가 새로 등장했다. "우리 졸업생 몇 명에게는 오하이오 주립대학의 적과 백 엠블럼을 달고 뛰는 마지막 시합입니다…… 선수들은 플로어로 나가 스포트라이

---

* 운동경기 중계자.

** 미식축구에서 플레이 개시 때 공을 뒤쪽 선수에게 건네는 것.

*** 오하이오 주 사람을 가리키는 말.

트를 받을 준비가 되었습니다. 만원 관중은 내년에는 볼 수 없는 선수 몇 명에게 큰 박수를 보낼 것입니다. 7번, 래리 가드너가 플로어에 등장합니다. 오하이오 주 애크런의 빅 래리……"

"래리……" 장내 방송설비에서 목소리가 나왔다. "래리." 군중도 함성을 질렀다.

"이제 론 파팀킨이 드리블을 하며 나옵니다. 뉴저지 주 쇼트힐스 출신의 11번 론. 빅 론의 마지막 시합입니다. 버카이 팬들이 그를 잊으려면 시간이 좀 걸릴 겁니다……"

스피커에서 그의 이름이 나오자 빅 론은 침대에서 몸에 힘을 주었다. 그가 받은 갈채로 골대의 그물이 흔들렸을 것이다. 다른 선수들의 이름이 불리고, 이어 농구 시즌은 끝이 났다. 이제 종교 강조 주간, 졸업반 댄스파티(체육관 지붕에서 빌리 메이*의 음악이 울려퍼졌다), 남학생 클럽 촌극의 밤, E. E. 커밍스**의 낭독회(시, 침묵, 갈채), 그리고 마침내 졸업식.

"이 중대한 날을 맞이하여 캠퍼스는 고요합니다. 수천 명의 젊은 남녀에게 이것은 기쁘면서도 엄숙한 행사입니다. 학부모들에게는 웃음의 날이요, 눈물의 날입니다. 환한 녹색의 날입니다.

---

* 미국의 작곡가.
** 미국의 시인.

오늘은 1957년 유월 칠일이며, 이 젊은 미국인들에게는 그들의 생애에서 가장 흥분되는 날입니다. 많은 학생들은 앞으로 오랫동안 이 캠퍼스를, 콜럼버스를 보지 못할 것입니다. 인생이 우리를 부릅니다. 우리는 초조하지는 않지만 설레는 마음으로 이 담쟁이가 덮인 담장 안의 기쁨을 떠나 세상으로 걸어들어갑니다. 그러나 그 기억을 떠나지는 않습니다. 그 기억은 우리 삶의 근본은 아니라 해도, 우리 삶과 늘 함께할 것입니다. 우리는 남편과 아내를 선택할 것입니다. 우리는 일자리와 가정을 선택할 것입니다. 우리는 자식과 손주를 낳을 것입니다. 그러나 우리는, 그대, 오하이오 주립대학을 잊지 않을 것입니다. 앞으로 오랫동안 우리는, 그대, 오하이오 주립대학의 기억을 늘 간직할 것입니다……"

천천히, 작게 오하이오 주립대학 악단이 교가를 연주하기 시작한다. 이어 종이 마지막 시간을 알린다. 작게, 아주 작게. 봄이니까.

'목소리'가 계속되자 론의 핏줄이 불거진 팔에 소름이 돋았다. "그래서 우리는 우리 자신을 그대에게, 세상에게 바치며, '삶'을 찾아 그대에게로 간다. 그리고 그대, 오하이오 주립대학에게, 그대 콜럼버스에게, 우리는 고맙다고 말한다. 고맙다, 그리고 잘 있어라. 우리는 그대를 그리워할 것이다. 가을에, 겨울에, 봄에.

그러나 언젠가는 돌아올 것이다. 그때까지, 굿바이, 오하이오 주립대학, 굿바이, 적과 백의 엠블럼, 굿바이, 콜럼버스…… 굿바이, 콜럼버스…… 굿바이……"

론의 눈이 감겼다. 악단이 마지막으로 푸짐하게 노스탤지어를 쏟아놓았다. 나는 1957년 졸업반 2163명과 함께 발을 맞추어 뒤꿈치를 들고 방을 나왔다.

나는 내 방문을 닫았다가 다시 열고 론을 돌아보았다. 그는 여전히 침대에서 콧노래를 부르고 있었다. 그대! 나는 생각했다, 나의 처남!

결혼식.

친척들부터 시작해보자.

우선 파팀킨 부인 쪽 친척이 있었다. 부인의 자매인 몰리는 아주 작고 통통한 여자로, 부은 발목의 살이 신발 위로 둥글게 삐져나와 있었는데, 3인치의 힐에 자신의 발을 희생했다는 이유 하나만으로도 론의 결혼식을 기억할 것이었다. 몰리의 남편인 돈잘 쓰는 사업가 해리 그로스바트는 금주법 시절에 보리와 옥수수로 큰돈을 번 사람이었다. 지금은 성전에서 적극적으로 활동했고, 브렌다를 볼 때마다 엉덩이를 철썩 때렸다. 짐작하건대 가족 간의 애정으로 통용되는 일종의 신체적 밀조 행위였던 듯하다. 그리고 파팀킨 부인의 오빠 마티 크라이거가 있었다. 그는 '코셔 핫도그의 제왕'으로 몸집이 거대했고, 턱이 겹친 것만큼이나 배도 잔뜩 겹쳐 있었다. 그는 이제 쉰다섯이었는데, 이미 턱과 배의 겹친 부분을 다 합한 수만큼 심장마비를 겪었다. 그는 막 캐츠킬스에 있는 건강 치유 센터에서 퇴원했는데, 그곳에서는 올브랜*밖에 못 먹었고 진 러미**로 1500달러를 땄다고 말했다. 사진사가 사진을 찍으러 왔을 때 마티는 부인의 팬케이크 같은 젖가슴에 손을 얹으며 말했다. "어이, 이거 좀 찍으면 안 될까!" 그의 부인 실비아는 연약하고 깡충한 여자로 뼈가 새 같았다. 그녀는 결혼식 내내 울다가, 랍비가 론과 해리엇이 "하느님과 뉴저지 주의 눈앞에서 남편과 아내"가 되었다고 선언했을 때는 대놓고 흐느꼈다. 그러나 나중에 저녁식사를 할 때는 시가를 향해 뻗는 남편의 손을 찰싹 때릴 정도로 냉정을 되찾았다. 반면 남편이 손을 뻗어 그녀의 젖가슴을 잡았을 때는 그냥 소스라치게 놀랐을 뿐 아무 말도 하지 않았다.

또 파팀킨 부인의 쌍둥이 자매 로즈와 펄도 있었다. 그들 모두 링컨 컨버터블 색깔로 머리가 하얗게 셌고, 목소리에 콧소리가

---

* 시리얼 상표. 소화에 도움을 준다.
** 둘이서 하는 카드놀이의 일종.

섞여 있었다. 남편들은 그들 뒤를 쫓아다니기는 했지만 자기들끼리만 이야기를 했다. 그래서 마치 자매는 자매끼리, 남편은 남편끼리 결혼한 것 같았다. 얼 클라인과 매니 카츠먼이라는 이름의 두 남편은 예식 때나 그뒤의 식사 때도 나란히 앉아 있었고, 음식이 나오는 사이 밴드가 연주를 할 때는 마치 춤을 추려는 듯함께 일어서기도 했다. 그러나 춤을 추지는 않고 홀의 반대편 끝으로 걸어가 거기서 함께 홀을 가로로 어슬렁거렸다. 나중에 알았지만 얼은 카펫 사업을 했으며, 그래서인지 피에르 호텔이 그에게 호의를 베풀어 카펫을 매입해준다면 돈을 얼마나 벌 수 있을지 궁리하는 것 같았다.

파팀킨 씨 쪽은 배다른 형제 리오밖에 없었다. 리오는 비라는 여자와 결혼했는데, 누구도 그 여자와 이야기를 나누는 것 같지 않았다. 비는 식사 시간에 아래위로 계속 팔짝팔짝 뛰었고, 어린 딸 샤론이 잘 있는지 보려고 계속 아이들 식탁으로 달려갔다. "애는 데려오지 말자고 했어. 애 봐주는 사람을 구해, 내가 그랬거든." 브렌다가 론의 들러리 페라리와 춤을 추는 동안 리오는 나에게 그렇게 말했다. "그랬더니, 우리가 뭐 백만장자라도 되는 줄 알아요? 그러는 거야. 젠장, 아니지. 하지만 형네 아이가 결혼을 하잖아, 나도 조금은 즐겨야지. 아니에요, 우리는 아이를 슐렙*할 거예요. 아, 그래서 저렇게 할 일이 생긴 거지!……" 그는 홀을 둘러보았다. 무대에서는 해리 윈터스(원래 이름은 와인버그)가 밴드를 이끌며 〈마이 페어 레이디〉에 나오는 곡들을 메들리로 연주하고 있었다. 플로어에서는 연령에 관계없이, 몸집에 관계없이, 몸매에 관계없이 모든 사람이 춤을 추고 있었다. 파팀킨 씨는 줄리와 춤을 추고 있었다. 줄리의 드레스가 어깨에서 흘러내려 부드럽고 작은 등허리, 그리고 브렌다와 비슷한 긴 목이 드러났다. 파팀킨 씨는 춤으로 작은 사각형을 그렸으며, 줄리의 발가락을 밟지 않으려고 상당히 주의하고 있었다. 모두가 말하는 것처럼 아름다운 신부였던 해리엇은 자신의 아버지와 춤을 추고 있었다. 론은 해리엇의 어머니와, 브렌다는 페라리와 춤을 추고 있었고, 나는 파팀킨 부인과 춤을 추게 하려는 책략에 말려들지 않으려고 한동안 리오 옆의 빈 의자에 앉아 있었다. 상황이 그 방향으로 움직이는 것 같았기 때문이다.

"자네가 브렌다의 남자친구지? 응?" 리오가 말했다.

나는 고개를 끄덕였다—저녁으로 접어들 무렵부터 나는 얼굴을 붉히며 길게 설명하는 일을 중단해버렸다. "잘해야 되네, 젊은이." 리오가 말했다. "망치면 안 돼."

"브렌다는 아주 아름답네요." 내가 말했다.

---

* '귀찮은 것을 나르다'라는 뜻의 이디시어.

리오는 자신이 마실 샴페인을 한 잔 따르다, 마치 잔에서 누가 머리를 쑥 내밀기라도 할 것처럼 잠시 기다리다가, 그런 일이 생기지 않자 잔을 가득 채웠다.

"아름답건 아름답지 않건, 그게 뭐가 대순가. 나는 실용적인 사람이야. 나는 바닥에 있으니 그럴 수밖에 없어. 자네는 알리 칸*이라서 영화배우와 결혼할 걱정을 하지. 하지만 나는 어제 태어난 갓난아기가 아니야…… 내가 결혼할 때 몇 살이었는지 아나? 서른다섯이었어. 젠장 나도 모르겠다 아무렴 어쩌랴 할 만큼 마음이 급했네." 그는 잔을 싹 비우고 다시 채웠다. "내 한 가지 말해주지. 내 평생 일어난 한 가지 좋은 일 얘기일세. 아니, 두 가지일지도 모르지. 해외에서 돌아오기 전에 집사람한테서 편지를 한 통 받았네―그때는 집사람이 아니었지만. 장모가 퀸스에서 우리가 살 아파트를 찾았다는 거야. 한 달에 62달러 50센트라고 하더군. 그게 나한테 일어난 마지막 좋은 일이었어."

"첫번째는 뭐였는데요?"

"무슨 첫번째?"

"방금 두 가지라고 하셨잖아요." 내가 말했다.

"기억 안 나는데. 내가 둘이라고 한 건 집사람이 나더러 비꼬

---

* 중동의 왕자로 미국 여배우 리타 헤이워스와 결혼했다.

기 잘하고 냉소주의자라고 해서야. 자기는 내가 그렇게 지혜로운 사람은 아니라고 생각한다는 걸, 집사람은 그런 식으로 보여주려는 건지도 모르지."

브렌다와 페라리가 떨어지는 것이 보여, 리오에게 실례한다고 말하고 브렌다에게로 갔지만, 그때 파팀킨 씨도 줄리와 떨어졌다. 두 남자가 파트너를 교환할 것처럼 보였다. 그러나 네 사람은 댄스 플로어에 그냥 서 있었다. 내가 그곳으로 가자 그들은 웃음을 터뜨리고 있었다. 줄리가 말했다. "뭐가 그렇게 웃겨!" 페라리가 나에게 "안녕" 하고 인사하며 줄리를 채갔다. 그러자 줄리는 까르르 웃음을 터뜨렸다.

파팀킨 씨는 한 손을 브렌다의 등에 얹고 있었는데, 갑자기 다른 손을 내 등에 얹었다. "너희들 좋은 시간 보내고 있지?" 그가 물었다.

우리는, 우리 세 사람은 〈Get Me to the Church on Time〉에 맞춰 약간 몸을 흔들고 있었다.

브렌다가 아버지에게 입을 맞추었다. "네." 그녀가 말했다. "너무 취해서 머리를 지탱할 목도 필요 없을 정도예요."

"멋진 결혼식입니다, 파팀킨 씨."

"원하는 게 있으면 뭐든 나한테 말하게……" 그도 약간 취한 목소리였다. "너희 두 좋은 아이들…… 너희들 형제가 결혼하

178

니 어떠냐?…… 응?…… 저게 여자 아니냐, 응, 저게 여자 아니야?"

브렌다는 웃음을 지었다. 그녀는 아버지가 자기 이야기를 한다고 생각하는 것 같았지만, 나는 그가 말하는 사람이 해리엇이 분명하다고 생각했다.

"결혼식 마음에 들어요, 아빠?" 브렌다가 말했다.

"우리 애들 결혼식은 다 마음에 들지……" 그는 내 등을 철썩 때렸다. "너희 둘, 뭐 원하는 거 있냐? 가서 즐겁게 놀아. 잊지 마." 그는 브렌다에게 말했다. "'너'는 내 허니야……" 그러더니 그는 나를 보았다. "우리 벅이 원하는 건 뭐든 나한테는 좋은 거지. 회사에 사람이 아무리 많아도 사람 하나는 언제나 더 쓸 수 있는 법이네."

그를 똑바로 보지는 않았지만 나는 웃음을 지었다. 그 너머에서 리오가 샴페인을 마시며 우리 셋을 지켜보는 게 보였다. 그는 나와 눈이 마주치자 손으로 표시를 했다. 엄지와 검지로 원을 그린 것이다. '바로 그거야, 바로 그거!' 하는 뜻이었다.

파팀킨 씨가 자리를 뜬 뒤 브렌다와 나는 몸을 가까이 대고 춤을 추었다. 우리는 웨이터들이 메인 코스를 들고 돌아다니기 시작할 때 자리에 앉았다. 헤드 테이블은 시끄러웠다. 특히 우리가 있는 곳이 그랬는데, 그곳에는 이런저런 종목에서 론과 같은 팀을 이루고 있는 사람들이 모여 있었다. 그들은 롤빵을 어마어마하게 먹어댔다. 털리도에서 날아온 론의 룸메이트 탱크 펠드먼은 계속 웨이터에게 롤빵, 셀러리, 올리브를 더 가져오라고 했고, 그때마다 그의 부인 글로리아 펠드먼은 비명을 지르며 좋아했다. 그녀는 신경이 예민하고 영양부족이었으며, 옷 안에서 무슨 건설공사라도 벌어지고 있는 것처럼 계속 가운 앞자락을 내려다보았다. 글로리아와 탱크는 우리가 앉은 곳의 자칭 구역장이었다. 그들은 건배를 제안하고, 큰 소리로 난폭한 노래를 불러젖혔고, 브렌다와 나를 계속 "사랑의 새들"이라고 불렀다. 브렌다는 그 말에 윗송곳니를 드러내며 웃음을 지었고, 나는 속이기 잘하는 심이心耳로부터 명랑한 표정을 끌어올렸다.

밤은 계속되었다. 우리는 먹었고, 우리는 마셨고, 우리는 춤을 추었다―로즈와 펄은 둘이서 찰스턴을 추었고(두 남편은 그동안 목조와 샹들리에를 살폈다), 나는 다름 아닌 글로리아 펠드먼과 찰스턴을 추었다. 그녀는 춤을 추는 내내 나를 향해 때로는 수줍은, 때로는 무시무시한 표정을 지어 보였다. 저녁이 끝날 무렵, 숙부 리오처럼 샴페인을 마시던 브렌다는 혼자 리타 헤이워스식 탱고를 추었으며, 줄리는 헤드 테이블에서 거두어 홀 맞은편 끝에 매트리스처럼 깔아놓은 양치식물 위에서 잠이 들었다. 나도 단단한 입천장에서 점차 감각이 사라지는 느낌이었다. 세

시가 되자 사람들은 코트를 입고 춤을 추었고, 신발을 벗은 부인들이 아이들 점심으로 챙겨줄 두툼한 웨딩 케이크 조각을 냅킨으로 쌌고, 마지막으로 글로리아 펠드먼이 테이블의 우리 쪽으로 건너와 생생한 표정으로 말했다. "자, 우리 래드클리프 칼리지의 조그만 똑똑이, 여름 내내 뭘 했어?"

"음경을 길렀어."

글로리아는 웃음을 짓더니 올 때만큼 빠르게 자리를 떴다. 브렌다는 더 말을 하지 않고 비틀거리며 화장실로 가서 지나치게 방종한 시간을 보낸 대가를 치렀다. 그녀가 떠나자마자 리오가 내 옆으로 왔다. 한 손에는 잔을 들고 다른 손에는 새 샴페인 한 병을 들고 있었다.

"신부와 신랑은 보이지 않네?" 그가 곁눈질을 하며 말했다. 이제 그의 말에서는 자음이 거의 사라졌고, 길고 축축한 모음들이 최선을 다해 빈 곳을 메우고 있었다. "자, 자네가 다음 차례야, 키드, 내 눈에는 그렇게 될 걸로 보여…… 자네는 누구의 봉도 아니야……" 그러면서 그는 병 주둥이로 내 옆구리를 찔렀다. 내 빌린 턱시도 옆구리로 샴페인이 흘렀다. 그는 자세를 바로잡더니 손과 잔에 술을 더 부었다. 그러다 중간에 갑자기 멈추었다. 그는 테이블 앞을 장식하며 길게 늘어진 꽃 밑에 감추어진 전등들을 들여다보았다. 그는 거품을 내려는 것처럼 손에 든 병을 흔들었다. "형광등을 발명한 개자식은 당장 고꾸라져 죽어야 돼!" 그는 병을 내려놓고 술을 마셨다.

무대에 있던 해리 윈터스가 밴드의 음악을 멈추었다. 드러머는 일어서서 기지개를 켰다. 모두 케이스를 열고 악기를 집어넣기 시작했다. 플로어에서는 친척, 친구, 지인 들이 서로 허리와 어깨를 감싸안고 있었고, 어린아이들은 부모의 다리에 달라붙어 있었다. 아이 두 명이 뛰어서 사람들 속으로 들어갔다 나왔다 하며 술래잡기를 하면서 소리를 지르다, 마침내 어떤 어른이 한 아이를 붙들어 엉덩이를 힘차게 갈겼다. 아이는 울기 시작했고, 플로어에 있던 사람들은 쌍쌍이 흩어지기 시작했다. 우리 테이블은 모든 것이 짜부라져 뒤엉켜 있었다. 냅킨, 과일, 꽃. 빈 위스키 병, 늘어진 양치식물, 그리고 먹다 남긴 체리 주빌리*가 범벅이 되었다가 시간이 지나면서 끈적끈적해진 접시들. 테이블 끝에는 파팀킨 씨가 부인의 손을 잡고 함께 앉아 있었다. 맞은편에는 에어리치 부부가 끌어다놓은 브리지 의자 두 개에 앉아 있었다. 그들은 아주 오랫동안 알고 지낸 사람들처럼 평탄한 목소리로 조용히 이야기를 나누었다. 이제 모든 것이 속도가 느려졌다. 이따금씩 사람들이 파팀킨 부부와 에어리치 부부에게 다가가 "마즐

_____

* 체리와 리큐어로 만든 디저트.

토브"*라는 말을 건네고, 자신의 몸과 가족을 질질 끌고 구월의 밤으로 나갔다. 서늘하고 바람이 많이 부네, 누군가가 그렇게 말했다. 그 말을 들으며 나는, 곧 겨울과 눈이 오겠구나, 하고 생각했다.

"절대 닳아 없어지지 않아, 저런 것들은, 자네도 알지." 리오는 꽃들 사이에서 빛을 발하는 형광등을 가리켰다. "몇 년이나 가. 원한다면 차도 저렇게 만들 수 있어. 절대 닳지 않는 차. 여름에는 물로 가고 겨울에는 눈으로 가는 거야. 하지만 만들려고 하지 않지, 거물들은…… 나를 보게." 리오는 말하며 자신의 양복 앞자락에 샴페인을 튀겼다. "나는 좋은 전구를 팔아. 잡화점에서는 내가 파는 전구를 구할 수가 없어. 내 건 좋은 전구거든. 하지만 나는 하찮은 사람이야. 차도 한 대 없어. 저 사람 동생인데, 자동차도 한 대 없는 거야. 어디를 가든 기차를 타. 내가 아는 사람 중에 매년 겨울 고무 덧신 세 켤레가 닳아 없어지는 사람은 나뿐이야. 대부분은 예전 거를 잃어버려서 새걸 사지. 나는 닳아 없어질 때까지 신어. 구두처럼. 이봐." 그는 나에게 몸을 기댔다. "나도 시시한 전구를 팔 수 있어. 그래도 마음이 아프거나 하지

* 유대인들이 축하와 축원을 할 때 쓰는 말. '축하합니다' '행운을 빕니다' 정도의 의미.

는 않아. 하지만 그건 좋은 장사가 아니야."

에어리치 부부와 파팀킨 부부는 의자를 뒤로 밀어내며 자리에서 일어섰다. 파팀킨 씨는 리오와 나를 향해 테이블을 따라 내려왔다.

그가 리오의 등을 철썩 쳤다. "그래, 어떻게 지내, 슈타르케*?"

"괜찮아, 벤. 괜찮아……"

"즐거운 시간 보내고 있어?"

"멋진 행사였어, 벤. 돈도 많이 들었겠던데, 정말로……"

파팀킨 씨는 웃음을 터뜨렸다. "나는 소득세를 낼 때 리오를 보러 가. 리오는 내가 돈을 얼마나 쓰는지 잘 알지…… 집까지 태워줄까?" 그가 나에게 물었다.

"고맙지만 됐습니다. 브렌다를 기다리고 있어요. 제 차를 타고 가면 됩니다."

"그럼 먼저 가네." 파팀킨 씨가 말했다.

나는 그가 헤드 테이블을 설치한 단에서 내려가, 출구로 향하는 것을 지켜보았다. 이제 홀—홀이라기보다는 난장판—에 있는 사람은 나, 리오, 자고 있는 그의 부인과 아이뿐이었다. 모녀는 테이블보를 구겨 베개처럼 베고 테이블 옆, 우리 앞의 바닥에

---

* '강인한 사람'이라는 뜻의 이디시어.

서 자고 있었다. 브렌다는 여전히 나타나지 않았다.

"이걸 벌면," 리오가 손가락 두 개를 비비며 말했다. "거물처럼 말할 여유가 생기지. 누가 앞으로 나 같은 사람을 원하겠나? 영업사원들? 사람들이 침이나 뱉지. 슈퍼마켓에 가면 아무거나 살 수 있는데. 집사람이 쇼핑하는 곳에서는 시트와 베갯잇까지 살 수 있네. 상상해보라고, 식료품점인데 말이야! 나, 나는 주유소, 공장, 소규모 사업장에 물건을 파네. 동부 해안을 오르내리면서. 물론, 주유소를 하는 사람한테는 일주일이면 나가버리는 시시한 전구를 팔 수도 있지. 내가 지금 말하는 주유기 안에는, 어떤 특별한 종류의 전구가 들어가거든. 실용 전구로 해도 돼. 좋아, 그래서 그 사람한테 시시한 전구를 판다고 해보자고. 그럼 일주일 뒤에는 새걸 끼워야 해. 그 사람은 그걸 돌려넣을 때 여전히 판 사람 이름을 기억하고 있지. 나는 아닐세. 나는 고급 전구를 팔거든. 그건 한 달이 가. 다섯 주도 가. 그래야 겨우 깜빡거리지. 그러고 나서도 이틀 여유가 있어. 침침해질지 모르지만 그래도 앞이 안 보이지는 않아. 버티지. 고급 전구거든. 완전히 나가기 전에 침침해지는 걸 알 수 있어. 그걸 보고 새걸 갈아 끼울 수 있지. 사람들이 좋아하지 않는 건 조금 전까지 해가 비치듯이 밝았는데 다음 순간에 깜깜해지는 거야. 며칠 깜빡이게 해주면 그렇게 나쁘게 생각하지 않아. 아무도 내 전구는 내다버리지 않지—어디 갖다둬야겠다고 생각해. 여차하면 언제든지 쓸 수 있으니까. 가끔 나는 어떤 사람한테 물어봐. 리오 파팀킨한테서 산 전구를 버린 적이 있나요? 심리를 이용해야 해. 그래서 내가 우리 애를 대학에 보내려는 거야. 요즘에는 심리를 잘 몰라. 그래서 당하는 거지……"

그는 팔을 들어 부인을 가리켰다. 그러더니 의자에 쿵 주저앉았다. "에에에취!" 그는 샴페인 반 잔을 마셔버렸다. "내 말해두는데, 나는 코네티컷 주 뉴런던까지 가. 거기가 내가 가는 곳 중 제일 먼 곳이야. 밤에 집에 올 때는 우선 두어 잔 마시러 들러. 마티니야. 두 잔을 마시지. 때로는 세 잔. 그 정도면 적당해 보이지 않나, 안 그래? 하지만 집사람한테는 한 모금이나 욕조 한 가득이나 냄새는 똑같아. 내가 냄새를 풍기며 집에 오면 아이한테 나쁘다는 거야. 아이는 아직 아기인데, 참 나. 집사람은 아이한테 그게 내 냄새가 되어버린다는 거야. 세 살짜리 애가 있는 마흔 여덟 살짜리 남자라니! 혈전증이 생길 거야 딸아이 때문에. 집사람, 집사람은 내가 집에 일찍 와서 아이가 자기 전에 놀아주기를 바라. 집에 와요. 집사람은 그러지. 그럼 내가 술을 준비할게요. 하! 나는 뉴런던에서 휘발유 냄새를 맡고, 더러운 폴란드인들과 함께 보닛 밑으로 몸을 숙여서, 망할 놈의 전구를 억지로 소켓에 끼워넣으며 하루를 보내—내가 끼워드리지요, 나는 그런단 말이야—그런데 집사람은 내가 집에 와서 젤리 잔에 마티니를 마시기를 원하는 줄 안다고! 언제까지 술집에서 살 거예요, 집사람은 그렇게 물어. 유대인 아가씨가 미스 라인골드*가 될 때까지!"

"보게." 그는 한 잔을 더 마시고 말을 이어갔다. "나도 벤이 브렌다를 사랑하는 것처럼 우리 애를 사랑해. 내가 우리 애와 놀고 싶지 않아서 그러는 게 아니야. 하지만 내가 아이하고 놀고 그런 다음 밤에 집사람하고 침대에 들면 집사람은 나한테서 멋진 걸 기대할 수 없어. 이거냐 저거냐, 둘 중 하나야. 나는 영화배우가 아니거든."

리오는 빈 잔을 보더니 테이블에 올려놓았다. 그는 병을 입에 대고 위로 들어올려 샴페인을 소다수처럼 마셨다. "내가 일주일에 얼마나 번다고 생각하나?" 그가 말했다.

"모르겠는데요."

"맞춰보게."

"100달러."

"내가 100달러를 벌면, 내일 센트럴파크 우리에서 사자를 풀어줄 걸세. 자, 얼마나 번다고 생각해?"

"모르겠는데요."

---

* 라인골드 맥주회사에서 주최하는 미인대회의 우승자.

"택시 운전사가 나보다 많이 벌어. 그게 사실이야. 내 처남이 택시 운전사야. 그 친구는 큐가든에 살지. 그런데 그 친구는 마음에 안 드는 짓은 참지 않아. 천만에요지, 택시 운전사들은 절대 안 참아. 지난주에는 밤에 비가 오기에, 에라, 뭐 어떠냐, 택시를 타자, 했지. 하루종일 매사추세츠 주 뉴턴에 있었거든. 보통은 그렇게 멀리 가지 않지만, 아침에 기차에서 속으로 말했어, 그대로 있자, 더 가자, 기분 전환이 될 거다. 하지만 내내 나 자신을 속이고 있단 걸 알았지. 추가로 드는 차비조차 메우지 못할 거거든. 하지만 그대로 있지. 그래서 밤이 되었는데 여전히 두 상자가 그대로 남아 있어. 그래서 그 친구가 그랜드센트럴에 택시를 세우자 내 안에서 마귀 같은 것이 어서 타 하고 말하는 거야. 심지어 전구들도 택시 안에 던져넣었네, 깨지든 말든 상관 않고. 그러자 이 택시 운전사가 그러는 거야, 보쇼, 뭐 하는 거요, 가죽을 찢자는 거요? 이건 새로 맞춘 의자란 말요. 아닙니다. 나는 그렇게 대답했지. 젠장, 지랄맞은 인간들이 꼭 있다니까. 기사가 그렇게 욕을 하는 거야. 나는 택시에 타서 퀸스의 주소를 댔지. 그럼 당연히 입을 다물 거라 생각했어. 그런데 아니더라고. 드라이브로 올라가는 길 내내 그 작자는 계속 나한테 젠장 소리를 해대는 거야. 택시 안이 더워서 창문을 열었지. 그러니까 그 작자가 고개를 돌리고 이러는 거야. 뭐 하려는 거요, 내가 목감기에 걸리게 하려는 거요? 염병할 막 감기가 떠났는데……" 리오는 피곤한 눈으로 나를 보았다. "이 도시는 미쳤어! 나한테 돈이 조금만 있으면 당장 여기를 떠날 거야. 캘리포니아로 갈 거야. 거기는 너무 밝아서 전구가 필요 없지. 전쟁 때 나는 샌프란시스코에서 뉴기니로 갔어. 바로 거기야." 그가 소리쳤다. "거기에서 또한 가지 좋은 일이 나한테 일어났어. 그날 밤 샌프란시스코에서 해나 슈라이버하고 함께 있을 때. 이제 두 가지 다 나왔군. 자네가 물어봐서 말해주는 거야—장모가 우리한테 얻어준 아파트, 그리고 이 해나 슈라이버. 하룻밤이면 족했어. 나는 어떤 커다란 성전 지하실에서 열린 장병을 위한 브나이 브리스 댄스파티에 갔어. 거기서 해나를 만났지. 그때 난 미혼이었네. 그러니까 인상 찌푸리지 마."

"안 찌푸렸는데요."

"그 여자는 작고 괜찮은 방에서 혼자 살았어. 선생이 되려고 학교에 다녔네. 나는 이미 뭔가 벌어지고 있다는 걸 알았지. 그여자가 택시 안에서 자기 슬립 안을 더듬게 해주었거든. 내 말잘 듣게, 꼭 내가 늘 택시만 타는 것처럼 말하는군. 아마 평생 그것 말고 두 번 더 탔을 거야. 솔직히 말해 타는 걸 즐기지도 않아. 타는 동안 내내 미터기만 보고 있지. 그런 유쾌한 일마저 즐길수가 없는 거야!"

"해나 슈라이버는 어떻게 됐는데요?"

그가 웃음을 짓자, 입안의 금니가 드러났다. "그 이름 어때? 젊은 아가씨였는데, 이름은 꼭 할머니 같았지. 방에서 그 여자는 나한테 자기는 입으로 하는 사랑을 믿는다더군. 지금도 귀에 그 소리가 들려. 리오 파팀킨, 나는 입으로 하는 사랑을 믿어요. 젠장 그게 무슨 소린지 내가 알겠어? 나는 그 여자가 크리스천사이언스를 믿거나 무슨 사이비 종교 신자라고 생각했어. 그래서 내가 말했지. 하지만 군인들을 위해서는 어쩌죠. 바다 건너 가는 사람들요. 죽을지도 모르는데, 하느님 맙소사." 그는 어깨를 으쓱했다. "내가 뭐 세상에서 가장 똑똑한 사람은 아니니까. 하지만 그건 거의 이십 년 전 일이야. 내가 아직 귀 뒤가 축축했을 때지. 내 말하지만, 이따금씩 집사람…… 말이야, 집사람이 해나 슈라이버가 했던 걸 해줘. 그렇다고 강요하고 싶지는 않아. 집사람은 열심히 일하거든. 그게 집사람한테는 나에게 택시 같은 거지. 강요는 못해. 매번 다 기억할 수 있어, 장담해. 한번은 유월절 뒤였어. 우리 어머니가 아직 살아 계실 때였지. 평화롭게 안식하셔야 하는데. 집사람은 모건 데이비드 포도주를 마시고 잔뜩 취해 있었지. 사실 유월절 뒤에 두 번이로군. 에에취이이! 내 인생에서 좋은 건 모두 내 손가락으로 셀 수 있네! 누가 나한테 백만달러를 물려줘서 내가 신발도 벗을 필요 없이 살 일이야 없겠지.

아직 나한테는 다른 쪽 손가락들이 다 남아 있는데."

그는 거의 빈 샴페인 병으로 형광등을 가리켰다. "저걸 빛이라고 부르나? 저게 책을 읽는 데 쓰는 빛인가? 저건 자주색이야, 맙소사! 세상의 맹인 절반이 저 염병할 것 때문에 자신을 망쳤다고. 누가 저 배후에 있는지 알아? 검안사들이야! 내 말해두는데, 만일 누가 나한테 200달러를 줄 테니 현재 남아 있는 재고하고 내 담당구역을 팔라고 하면 난 내일이라도 팔아버릴 걸세. 그래, 리오 A. 파팀킨, 시립대학 야간 강좌 회계학 한 학기 수강 경력, 재고, 담당구역, 평판 판매. 〈타임스〉의 2인치짜리 광고란에 실을 거야. 담당구역은 여기에서 시작해서 전부야. 나는 원하는 대로 어디나 가, 내가 내 사장이야, 아무도 나한테 명령하지 않아. 자네 성서 알아? '빛이 있으라 하시니 리오 파팀킨이 있더라!' 그게 내 트레이드마크야. 그것도 팔 거야. 나는 사람들한테 그 슬로건을 말하지, 폴란드인들, 그자들은 내가 그걸 지어냈다고 생각하지. 하지만 처음부터 유리하게 시작하지 못하면 똑똑한 게 무슨 소용 있어! 나는 벤의 머리 전체에 든 것보다 큰 뇌를 내 새끼손가락에 갖고 있어. 그런데 왜 벤은 꼭대기에 있고 나는 바닥에 있는 걸까! 왜! 분명히 말하는데, 운좋게 태어나면, 운이 좋은 거야!" 그러더니 그는 폭발하듯 침묵으로 빠져들었다.

나는 그가 울 거라는 느낌을 받았기 때문에 그에게 몸을 기울

이고 작은 소리로 말했다. "집에 가시는 게 좋겠는데요." 그는
동의했지만, 나는 그를 자리에서 일으켜 한쪽 팔을 잡고 그의 부
인과 아이 쪽으로 안내해야 했다. 어린 딸은 깨울 수가 없었다.
리오와 비는 로비에 가서 코트를 가져올 동안 아이를 봐달라고
했다. 돌아왔을 때 리오는 간신히 인간적 소통이 가능한 수준으
로 돌아와 있는 것 같았다. 그는 진정한 감정을 실어 나와 악수
했다. 나는 크게 감동했다.

"자네는 멀리 갈 거야." 그가 나에게 말했다. "자네는 똑똑한
청년이야. 안전하게 게임을 할 수 있어. 일을 망치지 마."

"망치지 않겠습니다."

"다음에는 자네 결혼식에서 보게 되겠군." 그는 나에게 한쪽
눈을 찡긋했다. 비는 옆에 서서 그가 말하는 동안 내내 작별 인
사를 입속에서 웅얼거렸다. 그는 다시 악수를 하더니 의자에서
아이를 안아올렸다. 그들은 문으로 향했다. 구부정한 어깨와 짐
을 들고 아이를 안은 모습을 뒤에서 보니 꼭 점령된 도시에서 달
아나는 사람들 같았다.

찾아보니 브렌다는 로비의 소파에 잠들어 있었다. 네시가 다
된 시간이었다. 로비에는 우리 둘과 데스크 직원뿐이었다. 처음
에는 브렌다를 깨우지 않았다. 창백하게 시들어 있었고, 그녀가
토했다는 것을 알고 있었기 때문이다. 나는 그녀 옆에 앉아 흘러

내린 머리카락을 귀 뒤로 넘겼다. 내가 과연 이 여자를 알게 될까. 나는 생각했다. 잠든 그녀를 보면서 사진에서 보는 것 이상으로 그녀를 안다는 느낌이 들지 않았기 때문이다. 나는 가볍게 그녀를 흔들었다. 그녀는 반쯤 잠이 든 상태에서 나와 나란히 차까지 걸어갔다.

링컨 터널을 통해 저지를 빠져나왔을 때는 거의 새벽이었다. 나는 전조등을 주차등으로 바꾸고 턴파이크를 탔다. 그곳에서는 몇 마일씩 펼쳐지는 늪지 초원을 볼 수 있었다. 신이 간과한 곳처럼 물이 많고, 얼룩덜룩하고, 냄새가 났다. 나는 신이 또 간과한 것을 생각했다. 리오 파팀킨, 벤의 배다른 형제. 그는 몇 시간 뒤면 북쪽으로 향하는 기차를 타고 있을 것이다. 스카스데일과 화이트플레인스를 지나면서 트림을 하면 샴페인 맛이 올라올 것이고 입안에 계속 그 맛이 남아 있을 것이다. 좌석의 옆자리에는 다른 승객이라도 되는 것처럼 전구 상자들이 있을 것이다. 그는 뉴런던에서 내릴 것이다. 아니면 그의 배다른 형제를 본 것에 영향을 받아 이번에도 기차에서 내리지 않을지 모른다. 북쪽 더 멀리에 어떤 새로운 행운이 기다리고 있을 거라고 기대하면서. 세상 전체가 리오의 담당구역이었기 때문에. 모든 도시, 모든 늪, 모든 도로와 간선도로가. 원한다면 뉴펀들랜드까지 계속 갈 수도 있을 것이다. 허드슨 만까지. 위로 세상 가장 북쪽의 땅까지.

거기서 지구 반대편으로 미끄러져내려가 러시아 초원에서 성에
가 덮인 창을 두드릴 수도 있을 것이다. 원한다면. 하지만 그러
지는 않을 것이다. 리오는 마흔여덟 살이고 이미 세상을 겪을 만
큼 겪었기 때문이다. 그는 고통과 비애를 쫓아다녔다. 맞다. 하
지만 뉴런던에 이를 때쯤 이미 비애가 심장에 가득하다면, 블라
디보스토크에 간들 무슨 새로운 끔찍함을 기대할 수 있겠는가?

다음날은 바람이 가을을 실어오고 수양버들 가지들이 파팀킨
의 집 앞 잔디밭을 만지작거렸다. 정오에 브렌다를 기차역까지
태워다주었고, 그녀는 나를 떠났다.

여덟

가을은 빨리 찾아왔다. 날은 추웠고, 저지에서는 하룻밤 사이
에 색이 변한 잎들이 떨어졌다. 다음 토요일 나는 차를 몰고 사
슴을 보러 갔지만, 차에서 내리지도 못했다. 공기가 너무 차가워
철사 울타리에 서 있을 수가 없었기 때문이다. 그래서 늦은 오후
의 침침한 공기 속에서 동물들이 걷거나 뛰는 것을 지켜보다가,
얼마 뒤 모든 것에서, 심지어 자연의 사물들, 나무, 구름, 풀, 잡
초만 보아도 브렌다가 떠올라 차를 몰고 뉴어크로 돌아오고 말

았다. 우리는 이미 첫 편지를 주고받았고, 나는 밤늦게 전화를 하기도 했다. 하지만 편지나 전화로는 서로를 발견하는 데 약간 어려움이 있었다. 아직 우리에게는 어떤 양식이 생기지 않았다. 그날 밤 다시 전화를 해보았지만, 같은 층의 누군가가 전화를 받아 브렌다가 나갔으며 늦게야 돌아올 거라고 말했다.

도서관으로 돌아갔을 때 나는 스카펠로 씨에게서 고갱 책에 관한 질문을 받았다. 이중턱이 있는 신사가 실제로 나의 무례를 탓하는 심술궂은 편지를 보낸 것이다. 나는 분개한 목소리로 상대가 이해하기 힘들게 이야기를 꼬아서 간신히 빠져나올 수 있었다. 사실 나는 이야기를 교묘하게 뒤집기까지 해서, 스카펠로 씨는 사과를 하면서 나를 새 자리로 안내했다. 백과사전, 출판 목록, 색인 카드와 안내문 사이의 자리였다. 을러대는 나의 모습에 나도 놀랐다. 어느 날 아침 파팀킨 씨가 전화로 그로스먼에게 허풍을 치던 것을 보고 배운 것도 있는 게 아닌가 하는 생각이 들었다. 어쩌면 나는 내가 생각했던 것보다 사업가 기질이 있었던 것인지도 모른다. 파팀킨 같은 사람이 되는 법을 쉽게 배울 수도 있을 것 같았다……

하루하루가 천천히 흘러갔다. 나는 그 유색인 아이를 다시 보지 못했다. 그러다 어느 날 정오 무렵, 서고를 보다가 고갱이 사라진 것을 알았다. 이중턱 남자가 마침내 빌려간 것 같았다. 그

책이 사라진 것을 유색인 아이가 발견한 날은 어땠을지 궁금했다. 아이가 울었을까? 어떤 이유에서인지 나는 아이가 나를 탓했을 거라고 상상했다. 그러다가 내가 꿈을 현실과 혼동하고 있음을 깨달았다. 아이는 다른 화가를 발견했을 수도 있었다. 반 고흐라든가, 페르메이르라든가…… 아니, 그들은 아이가 찾는 부류의 화가가 아니었다. 아마 아이는 도서관은 포기하고 거리에서 윌리 메이스 놀이나 하기로 했을 것이다. 잘된 거야. 나는 생각했다. 네 머릿속에 타히티의 꿈을 담고 다니는 건 의미가 없어. 비행기 삯을 낼 여유가 없다면.

어디 보자, 내가 또 뭘 했을까? 나는 먹었고, 나는 잤고, 나는 영화를 보러 갔고, 나는 책등이 망가진 책들을 제본실에 갖다주었다─전에 하던 모든 일을 했다. 그러나 이제 각각의 활동은 담장에 둘러싸여 따로따로 이루어졌다. 내 인생은 한 담장에서 다음 담장으로 뛰어다니는 것으로 이루어져 있었다. 어떤 흐름이라는 것이 없었다. 브렌다가 그 흐름이었기 때문이다.

그러다가 브렌다가 불과 일주일 뒤인 유대인 명절에 오겠다는 편지를 보냈다. 나는 너무 기뻐 파팀킨 부부에게 전화를 하고 싶었다. 그냥 내 기쁨을 알리고 싶어서. 그러나 전화기를 들고 실제로 처음 두 번호를 돌렸을 때 상대방은 침묵으로 응답할 것임을 깨달았다. 무슨 말이 나온다면, 파팀킨 부인이 묻는 말뿐일 것이었다. "뭘 바라는 거죠?" 파팀킨 씨는 내 이름도 잊어버렸을 것이다.

그날 밤 저녁을 먹은 뒤 나는 글래디스 숙모에게 입을 맞추며 너무 열심히 일하지 말라고 했다.

"로시 하샤나*가 일주일도 안 남았는데 이애는 내가 휴가를 가야 한다고 생각하네. 손님이 열이나 오는데. 무슨 생각을 하는 거냐? 닭이 저절로 깨끗해져? 명절이 일 년에 한 번 오는 게 다행이야. 안 그러면 내 나이보다 먼저 늙을 거야."

하지만 글래디스 숙모가 대접할 사람은 아홉 명으로 줄었다. 편지가 오고 나서 불과 이틀 뒤 브렌다가 전화를 했기 때문이다.

"오이, 구트**!" 글래디스 숙모가 소리쳤다. "장거리란다!"

"여보세요?" 내가 말했다.

"여보세요. 스위티?"

"응." 내가 말했다.

"도대체 뭐냐?" 글래디스 숙모가 내 셔츠를 잡아당겼다. "뭐야?"

"제 전화예요."

---

* 유대인의 신년절.
** '이런, 맙소사'라는 뜻의 이디시어.

"누구야?" 글래디스 숙모가 말하며, 수화기를 손가락으로 가리켰다.

"브렌다." 내가 말했다.

"응?" 브렌다가 말했다.

"브렌다?" 글래디스 숙모가 말했다. "왜 장거리전화를 하는 거야. 심장마비 걸릴 뻔했네."

"보스턴에 있으니까요." 내가 말했다. "글래디스 숙모, 이제 좀……"

글래디스 숙모는 자리를 뜨며 웅얼거렸다. "요새 애들은 참……"

"여보세요." 나는 다시 전화기에 대고 말했다.

"닐, 어떻게 지내?"

"사랑해."

"닐, 나쁜 소식이 있어. 이번주에 못 가."

"하지만, 허니, 유대인 명절이잖아."

"스위트하트." 그녀가 웃음을 터뜨렸다.

"그 말 못해, 핑계로라도?"

"토요일에 시험이 있어. 과제도 있고. 알다시피 집에 가면 아무것도 못하잖아……"

"할 수 있을 거야."

"닐, 정말 못 가. 어머니는 나를 억지로 성전에 보낼 거야. 그러면 너를 볼 시간도 없을 거야."

"오 맙소사, 브렌다."

"스위티."

"응?"

"네가 여기로 올 수 없어?" 그녀가 물었다.

"일하잖아."

"유대인 명절이잖아." 그녀가 말했다.

"허니, 못 가. 작년에는 명절 때 쉬지 않았거든. 그런데 갑자기……"

"개종을 했다고 할 수도 있잖아."

"게다가, 숙모가 온 가족을 모아 저녁을 차려. 알다시피 우리 부모님도 그렇고……"

"올라와, 닐."

"이틀은 도저히 뺄 수가 없어, 브렌. 막 승진을 해서 봉급도 올랐고……"

"봉급 오른 얘기 따윈 집어치워."

"베이비, 이건 내 일이야."

"영원히?" 그녀가 말했다.

"아니."

"그럼 와. 호텔방이 있어."

"내가 묵을?"

"우리가 묵을."

"그럴 수 있어?"

"아니기도 하고 그렇기도 해. 사람들은 그렇게 해."

"브렌다, 나를 유혹하고 있군."

"그럼 유혹당해."

"수요일에 일 끝나고 바로 기차를 탈 수 있어."

"일요일 밤까지 있어도 돼."

"브렌, 못해. 토요일에는 출근해야 돼."

"하루도 더 못 뺀다는 거야?" 그녀가 말했다.

"화요일이라면 가능해." 내가 뚱하게 대꾸했다.

"맙소사."

"그리고 일요일도." 내가 덧붙였다.

브렌다가 무슨 이야기를 했지만 나는 듣지 못했다. 글래디스 숙모가 소리쳤기 때문이다. "장거리로 하루종일 얘기할 거냐?"

"조용히 좀!" 나는 마주 소리쳤다.

"닐, 그럴래?"

"젠장, 그래." 내가 말했다.

"화났어?"

"아닌 것 같아. 올라갈게."

"일요일까지."

"그건 두고 보자."

"삐치지 마, 닐. 삐친 것처럼 들려. 유대인 명절이잖아. 내 말은 네가 당연히 쉬어야 한다는 거야."

"맞아." 내가 말했다. "나는 정통파 유대인이지, 참 나, 그걸 이용해야 해."

"맞아." 그녀가 말했다.

"여섯시쯤에 기차가 있어?"

"매시간 있는 것 같아."

"그럼 여섯시에 출발하는 걸 탈게."

"역에 나갈게." 그녀가 말했다. "내가 어떻게 널 알아보지?"

"정통파 유대인으로 변장하고 있을 거야."

"나도." 그녀가 말했다.

"잘 지내, 러브." 내가 말했다.

내가 로시 하샤나 때 집에 없을 거라고 하자 글래디스 숙모는 소리를 질렀다.

"나는 성대한 식사를 준비하고 있었단 말이야." 그녀가 말했다.

"계속 준비하실 수 있어요."

"네 어머니한테는 뭐라고 해?"

"제가 말씀드릴게요, 글래디스 숙모. 제발. 숙모가 속상해할 일은 아니에요……"

"언젠가 너도 가족이 생기면 이게 어떤 건지 알게 될 거야."

"지금도 가족이 있어요."

"무슨 일인데 그래." 숙모가 말하며 코를 풀었다. "그 여자애가 가족을 보러 집에 못 온대? 명절인데도?"

"학교에 있어야 한대요. 도저히 올 수가……"

"그애가 가족을 사랑한다면 시간을 낼 수 있어. 우리가 육백 년씩 사는 게 아니야."

"그애도 자기 가족을 사랑해요."

"그럼 일 년에 한 번은 심장이 부서지는 일이 있어도 집에 올 수 있어."

"글래디스 숙모, 숙모는 이해 못해요."

"아무렴." 그녀가 말했다. "나도 스물세 살이라면 모든 걸 이해할 수 있겠지."

내가 키스를 하러 다가가자 숙모가 말했다. "저리 떨어져. 어서 보스턴에나 가……"

다음날 아침 나는 스카펠로 씨도 내가 로시 하샤나 휴가를 내는 것을 바라지 않는다는 것을 알게 되었다. 하지만 이틀 휴가를 내는 것에 그가 그렇게 냉정하게 구는 것이 감추어진 반유대주의의 표현일지도 모른다고 암시한 것 때문에 그는 기겁을 하며 물러섰던 것 같다. 전체적으로 그는 다루기가 더 쉬웠다. 점심시간에는 펜 역까지 걸어가 보스턴으로 가는 열차 시간표를 한 장 들고 왔다. 다음 사흘 동안은 그것이 밤에 침대에서 읽을거리가 되었다.

브렌다처럼 보이지 않았다. 적어도 처음 일 분 동안은. 아마그녀에게도 내가 나 같아 보이지 않았을 것이다. 그러나 우리는 키스를 했고 서로 끌어안았다. 우리 사이에 두꺼운 코트가 느껴져 이상했다.

"머리를 기르고 있어." 그녀가 택시에서 말했다. 사실 그게 그녀가 한 말 전부였다. 그녀가 택시에서 내리는 것을 도와줄 때에야 나는 비로소 그녀의 왼손에서 가느다란 금반지가 빛나는 것을 보았다.

내가 '닐 클러그먼 부부'라고 숙박부에 적는 동안 그녀는 뒤로 물러나 태평하게 로비를 어슬렁거렸다. 이윽고 우리는 방에 들어갔고 다시 키스를 했다.

"심장이 쿵쾅거리고 있네." 내가 그녀에게 말했다.

"알아." 그녀가 말했다.

"불안해?"

"아니."

"전에도 이런 거 한 적 있어?" 내가 물었다.

"메리 매카시를 읽었어."

그녀는 코트를 벗더니 옷장에 넣는 대신 의자에 던졌다. 나는 침대에 앉았다. 그녀는 앉지 않았다.

"왜 그래?"

브렌다는 깊은 숨을 내쉬더니 창으로 걸어갔다. 나는 아무것도 묻지 않는 것이 최선일지도 모른다고 생각했다—조용히 서로의 존재에 익숙해지는 것이 최선이라고. 나는 그녀의 코트와 내 코트를 빈 옷장에 걸고, 옷가방들—내 가방과 그녀의 가방—은 침대 옆에 그대로 두었다.

브렌다는 의자에 올라가 등받이 쪽을 향해 무릎을 꿇고 앉아 마치 자기가 있고 싶은 곳은 바깥이라는 듯 창밖을 내다보았다. 나는 그녀 뒤로 다가가 몸을 끌어안고 젖가슴을 쥐었다. 창턱을 쓸고 들어오는 싸늘한 바람을 느낀 순간, 내가 그녀를 끌어안고 등에서 작은 날개가 파닥이는 것을 느끼던 따뜻한 첫 밤이 얼마나 오래전 일인지 깨달았다. 동시에 내가 보스턴에 간 진짜 이유를 깨달았다—이제 충분히 시간이 흘렀다. 결혼 문제로 농담하는 것은 그만둘 때가 되었던 것이다.

"무슨 문제 있어?" 내가 말했다.

"응."

그것은 내가 예상한 대답이 아니었다. 사실 아무런 대답을 원하지 않았다. 단지 내 관심으로 그녀의 불안을 달래고 싶었을 뿐이다.

하지만 물었다. "뭔데? 왜 전화로 얘기하지 않았어?"

"바로 오늘 일어난 일이거든."

"학교에서?"

"집에서. 집에서 우리 일을 알았어."

나는 그녀의 얼굴을 내 쪽으로 돌렸다. "그건 괜찮아. 숙모한테도 여기 온다고 말했으니까. 그게 무슨 문제야?"

"여름 일. 우리가 함께 잔 거."

"어?"

"응."

"……론이?"

"아니."

"그날 밤, 그러니까 줄리가……"

"아니." 그녀가 말했다. "아무도 아니야."

"무슨 말인지 모르겠어."

브렌다는 일어서더니 침대로 가서 앉았다. 나는 의자에 앉았다.

"어머니가 그걸 알았어."

"페서리?"

그녀는 고개를 끄덕였다.

"언제?" 내가 물었다.

"며칠 전인 것 같아." 그녀는 옷장으로 가 핸드백을 열었다. "자, 내가 받은 명령서를 보면 그걸 알 수 있어." 그녀는 편지봉투를 나에게 던졌다. 그녀의 호주머니에 여러 번 들어갔다 나온 듯 가장자리가 더러워지고 구겨져 있었다. "오늘 아침에 그걸 받았어." 그녀가 말했다. "속달로."

나는 편지를 꺼내 읽었다.

파팀킨 주방 욕실 싱크

크기, 모양 일체 구비

브렌다에게

네 어머니가 보낸 편지를 받더라도 전혀 개의치 마라. 나는 허니 너를 사랑하고 네가 코트를 원하면 너한테 코트를 사줄 거다. 너는 네가 원하는 건 늘 뭐든 얻을 수 있었다. 우리는 너를 완전히 믿으니까, 네 어머니가 편지에서 하는 말에 너무 속상해하지 마라. 물론 네 어머니는 충격 때문에 약간 히스테리를 부리고 있다. 게다가 하다사 때문에 그간 아주 열심히 일을 해왔거든. 네 어머니는 여자고, 따라서 인생의 충격 몇 가지를 이해하기 힘들다. 물론 우리가 전혀 놀라지 않았다고 말할 수는 없다. 처음부터 나는 그 아이한테 잘해주었고, 그 아이가 우리 덕분에 멋진 휴가를 보낸 것에 감사할 거라고 생각했기 때문이다. 어떤 사람들은 절대 우리가 바라고 기도하는 대로 되지 않지만, 나는 용서하고 이미 산 것*을 이미 산 것이라고 부를 용의가 있다. 너는 지금까지 늘 착한 벅이었고 점수를 잘 받았고, 론은 늘 우리가 원하는 착한 아이였고, 무엇보다도 멋진 아이였다. 인생에서 이렇게 늦은 시기에 정말이지 나는 나 자신의 혈육을 미워할 생각이 없다. 네가 저지른 실수에 관해서는 그런 실수를 저지르는 데 둘이 필요하지만, 너는 이제 학교에 가 있고 그 아이에게서도 떨어져 있으니, 네가 말려들었던 일을 아마도 바로잡을 거라고 본다. 나는 너를 완전히 믿고 있다. 사람이란 사업이나 모든 중대한 일에서도 그렇지만 자신의 자식들에게도 믿음을 가져야 한다. 특히 우리 자신의 혈육이 관련되었을 때 용서하지 못하는 것만큼 나쁜 일은 없다. 우리는 훌륭하고 아주 친밀한 가족이니 왜 용서 못하겠니????

---

* 지나간 일(Bygones)을 Buy Gones로 잘못 쓴 것.

명절 잘 보내라. 나는 매년 하듯이 성전에서 너를 위해 기도할 거다. 월요일에 보스턴에 들어가서 코트를 사라. 뭐든 필요한 걸 사. 네가 있는 곳이 얼마나 추워지고 있는지 잘 알기 때문에 하는 말이다…… 린다에게 안부 전하고 작년처럼 추수감사절에 집에 올 때 잊지 말고 같이 와라. 너희 둘은 아주 좋은 시간을 보냈잖니. 네 친구들이나 론의 친구들에 관해 나는 한 번도 나쁜 말을 한 적이 없고, 이런 일이 일어난 것은 규칙을 증명해주는 예외에 불과하다고 생각한다. 명절 잘 보내라.

네 아버지가

밑에는 벤 파팀킨이라고 서명이 되었으나 줄을 그어 지우고 '네 아버지가'라는 말 밑에 마치 메아리처럼 '네 아버지가'라는 말이 다시 적혀 있었다.

"린다가 누구야?" 내가 물었다.

"내 룸메이트. 작년에." 그녀는 또다른 편지봉투를 나에게 던졌다. "자. 이건 오후에 받았어. 항공우편으로."

그 편지는 브렌다의 어머니가 보낸 것이었다. 나는 그것을 읽다가 잠시 내려놓았다. "이걸 나중에 받았다고?"

"응." 그녀가 말했다. "아버지 편지를 받았을 때는 무슨 일이 벌어지고 있는지 몰랐어. 어머니 걸 읽어봐."

나는 또 읽기 시작했다.

브렌다에게

어떻게 말을 시작해야 좋을지조차 모르겠구나. 아침 내내 울었고 오늘 오후에는 눈이 너무 빨개서 이사회도 빼먹을 수밖에 없었단다. 내 딸에게 이런 일이 일어날 줄은 생각도 못했구나. 내 말이 무슨 뜻인지 알아들을 거고, 적어도 네 양심에 걸리는 문제라서, 자세한 이야기로 우리 둘을 타락시킬 필요는 없다고 생각한다. 내가 할 수 있는 말은 오늘 아침 서랍을 정리하면서 네 여름옷을 빼내다가 맨 아래 서랍에서, 스웨터들 밑에서 어떤 걸 보았다는 것뿐이야. 너도 아마 그걸 거기 둔 것을 기억하겠지. 나는 그것을 보는 순간 울었고 아직도 울음이 그치지 않는구나. 네 아버지가 얼마 전에 전화를 했고 이제 차를 타고 집에 오고 계신다. 전화로 내가 얼마나 속이 상한지 들었기 때문이지.

우리가 무슨 짓을 했기에 네가 이런 식으로 우리에게 보답하는지 모르겠구나. 우리는 너한테 좋은 집을 주고, 어느 아이라도 바랄 만큼 사랑하고 존중해주었어. 네가 어렸을 때 나는 네가 다 알아서 한다며 언제나 너를 자랑스러워했다. 네가 줄리를 너무도 아름답게 보살펴서 보기만 해도 무척 즐거웠어.

너는 겨우 열네 살밖에 안 되었는데. 하지만 너는 점차 가족에게서 멀어져갔어. 우리는 너를 가장 좋은 학교에 보내고 돈으로 사줄 수 있는 최고의 것을 주었는데도. 왜 네가 우리한테 이런 식으로 보답하는지, 이건 내가 무덤까지 가지고 갈 질문이구나.

네 친구에 관해서는 아무 할말이 없다. 그 아이는 그 아이 부모가 책임질 문제고, 나로서는 도대체 어떤 가정생활을 했기에 그런 식으로 행동할 수 있었는지 상상이 가지 않아. 그것이 우리가 그 아이, 완전히 낯선 사람이었던 그 아이에게 선한 마음으로 환대한 것을 갚는 훌륭한 방법이라는 것만은 분명히 알겠구나. 너희 둘이 바로 우리집 안에서 계속 그렇게 행동했다는 것을 나는 평생 가도 이해하지 못할 거다. 내가 어릴 때와는 분명히 시대가 변했으니 이런 일은 앞으로도 계속되겠지. 그래도 네가 그런 짓을 하는 동안 적어도 우리 생각을 하지는 않았는지 계속 자문하게 된다. 나는 그렇다 쳐도, 어떻게 네 아버지에게 이럴 수가 있니? 제발 줄리가 이런 걸 배우는 일이 없기를.

우리가 오랫동안 너를 그렇게 믿어왔는데 네가 왜 이런 짓을 했는지는 하느님만이 아시겠지.

너는 네 부모를 낙담하게 했고, 너도 그것을 알아야 해. 이게 우리가 너에게 준 모든 것에 대한 네 감사 인사로구나.

어머니가

부인은 '어머니가'를 한 번만 썼다. 그것도 아주 작은 글씨로. 마치 속삭이듯이.

"브렌다." 내가 말했다.

"왜?"

"너 울려는 거야?"

"아니. 이미 울었어."

"다시 울지는 마."

"안 울려고 하고 있어, 참 나."

"알았어…… 브렌다, 하나만 물어봐도 돼?"

"뭔데?"

"왜 그걸 집에 두고 온 거야?"

"여기서는 사용할 계획이 없었으니까. 그래서 그런 거야."

"내가 올라온다면. 내 말은, 내가 이렇게 올라왔잖아. 그땐 어쩌려고?"

"내가 먼저 내려갈 줄 알았지."

"그럼 그걸 가지고 올 수는 없었던 거야? 칫솔처럼?"

"지금 농담하려는 거야?"

"아니. 그냥 왜 그걸 집에 두고 왔는지 묻는 거야."

"말했잖아." 브렌다가 말했다. "내가 집에 갈 거라고 생각했다고."

"하지만, 브렌다, 그건 전혀 말이 안 돼. 네 말대로 네가 집에 간다고 해보자. 그리고 다시 여기로 돌아온다고. 그럼 그때는 그걸 가지고 왔을까?"

"모르겠어."

"화내지 마." 내가 말했다.

"화내는 건 너야."

"심란한 거야. 화내는 게 아니고."

"그럼 나도 심란한 거야."

나는 대꾸하지 않고 창으로 걸어가 밖을 내다보았다. 별과 달이 떠 있었다. 단단한 은빛이었다. 창밖으로 불빛들이 타오르는 하버드 캠퍼스가 내다보였다. 나뭇가지들이 바람에 흔들리자 불빛이 깜빡이는 것처럼 보였다.

"브렌다……"

"왜?"

"네 어머니가 너를 어떻게 생각하는지 뻔히 알면서 그걸 집에 두고 오는 건 어리석은 짓 아니었을까? 위험하고?"

"어머니가 나를 어떻게 생각하는 거하고 그게 무슨 상관이야?"

"어머니를 신뢰할 수가 없잖아."

"왜 못해?"

"모르겠어? 못하잖아."

"닐, 어머니는 그저 서랍을 정리하려고 했던 것뿐이야."

"어머니가 그럴 거라는 걸 몰랐어?"

"전에는 한 번도 그런 적이 없었어. 어쩌면 있었는지도 모르지. 닐, 나도 모든 걸 다 생각하고 있을 수는 없어. 우리는 매일 밤 같이 잤는데 아무도 듣거나 눈치채지……"

"브렌다, 도대체 왜 일부러 일을 엉망진창으로 만드는 거야?"

"안 그래!"

"알았어." 내가 작은 소리로 말했다. "됐어."

"일을 엉망진창으로 만드는 사람은 너야." 브렌다가 말했다. "너는 마치 내가 그게 어머니한테 발각되기를 바란 것처럼 말하고 있어."

나는 대답하지 않았다.

"정말 그렇게 믿는 거야?" 우리 둘 다 한동안 입을 꾹 다물고 있다가 마침내 그녀가 그렇게 물었다.

"모르겠어."

"오, 닐, 넌 미쳤어."

"그 염병할 걸 두고 온 것보다 미친 짓이 어디 있어?"

"실수한 거라니까."

"지금은 실수했다고 그러고, 아까는 일부러 그랬다고 그러고."

"서랍에 둔 게 실수라는 거야. 그걸 두고 온 게 실수라는 게 아니고." 그녀가 말했다.

"브렌다, 스위트하트, 그걸 가져오는 게 가장 안전하고, 똑똑하고, 쉽고, 간단한 일 아니었을까? 그렇지 않을까?"

"어느 쪽이든 달라질 건 없었어."

"브렌다, 평생 이렇게 좌절감을 느끼는 말싸움은 처음이야!"

"너는 계속 내가 그게 발각되기를 바란 것처럼 보이게 만들려고 하잖아. 나한테 이런 소동이 필요했다고 생각해? 응? 이제 집에 갈 수도 없는데."

"그럴까?"

"그럼!"

"아니야." 내가 말했다. "너는 집에 갈 수 있어. 네 아버지가 코트 두 벌과 드레스 여섯 벌을 들고 너를 기다리고 있을 거야."

"어머니는 어쩌고?"

"어머니도 똑같을 거야."

"말도 안 되는 소리 하지 마. 내가 그 사람들을 어떻게 똑바로 봐!"

"왜 마주보지 못해? 네가 무슨 잘못을 했어?"

"닐, 현실을 직시해, 응?"

"네가 잘못한 거야?"

"닐, 그 사람들은 이게 잘못이라고 생각해. 그 사람들은 내 부모야."

"하지만 너는 그게 잘못이라고……"

"그건 상관없어."

"나한테는 상관있어, 브렌다……"

"닐, 왜 넌 일을 뒤죽박죽으로 만드는 거야? 너는 계속 나를 비난하고 있어."

"젠장, 브렌다, 너는 몇 가지 죄를 지었어."

"뭐?"

"그 염병할 페서리를 거기 놓고 온 죄. 어떻게 그걸 실수라고 부를 수 있어?"

"오, 닐, 그 쓰레기 같은 정신분석은 시작하지도 마!"

"그게 아니면 왜 그런 건데? 너는 네 어머니가 그걸 찾아내기를 바랐잖아!"

"왜?"

"나는 모르지, 브렌다, 네가 대답해, 왜 그랬어?"

"오!" 그녀는 베개를 집어들었다가 침대에 다시 집어던졌다.

"이제 어떻게 되는 거야, 브렌?" 내가 말했다.

"그게 무슨 뜻이야?"

"그냥 그거야. 이제 어떻게 되는 거냐고?"

그녀는 침대 위에 엎드려 머리를 파묻었다.

"울려고 하지 마." 내가 말했다.

"안 해."

나는 여전히 편지를 들고 있었다. 나는 파팀킨 씨의 편지를 봉투에서 꺼냈다.

"왜 네 아버지는 이렇게 대문자를 많이 써?*"

그녀는 대답하지 않았다.

"'네가 저지른 실수에 관해서는,'" 나는 브렌다에게 큰 소리로 읽어주었다. "'그런 실수를 저지르는 데 둘이 필요하지만, 너는 이제 학교에 가 있고 그 아이에게서도 떨어져 있으니, 네가 말려들었던 일을 아마도 바로잡을 거라고 본다. 나는 너를 완전히 믿고 있다. 네 아버지가. 네 아버지가.'"

그녀는 몸을 돌리더니 나를 보았다. 그러나 말이 없었다.

"'네 친구들이나 론의 친구들에 관해 나는 한 번도 나쁜 말을 한 적이 없고, 이런 일이 일어난 것은 규칙을 증명해주는 예외에 불과하다고 생각한다. 명절 잘 보내라.'" 나는 입을 다물었다. 브

---

* 번역에서는 중고딕체로 표시했다.

렌다의 얼굴에는 눈물의 협박이 전혀 없었다. 갑자기 굳건하고 단호해 보였다. "자, 어떻게 할 거야?" 내가 물었다.

"아무것도."

"추수감사절에 누굴 집에 데려갈 거야. 린다야?" 내가 말했다. "아니면 나야?"

"내가 누굴 집에 데려갈 수 있겠어, 닐?"

"모르겠어. 누굴 데려갈 수 있는데?"

"내가 너를 집에 데려갈 수 있겠어?"

"모르겠어." 내가 말했다. "데려갈 수 있겠어?"

"내 질문 따라 하지 마!"

"내가 답을 할 수 없는 게 너무나 뻔하잖아."

"닐, 현실적으로 봐. 이런 일이 있었는데 내가 너를 집에 데려갈 수 있겠어? 너는 우리가 모두 식탁에 둘러앉아 있는 걸 볼 수 있어?"

"네가 못 보면 나도 못 보고, 네가 보면 나도 보지."

"계속 선문답할 거야? 참 나!"

"브렌다, 선택은 내가 하는 게 아니야. 너는 린다나 나를 데려갈 수 있어. 집에 갈 수도 있고 안 갈 수도 있어. 그건 또다른 선택이야. 그럼 나하고 린다 사이에서 선택하는 문제를 걱정할 필요도 없지."

"닐, 너는 이해 못해. 그 사람들은 여전히 내 부모야. 그 사람들은 나를 가장 좋은 학교에 보내줬어, 안 그래? 나한테 내가 원하는 모든 걸 주었어, 안 그래?"

"그래."

"그런데 어떻게 내가 집에 가지 않을 수가 있어? 나는 집에 가야 돼."

"왜?"

"너는 이해 못해. 네 부모는 이제 너를 안 괴롭히잖아. 너는 운이 좋은 거야."

"아, 그럼. 나는 미친 숙모와 살고 있지. 퍽이나 좋기도 하겠다."

"가족은 달라. 너는 이해 못해."

"제기랄, 네가 생각하는 것보다는 잘 이해해. 나는 젠장 네가 왜 그걸 거기 놔두고 왔는지 이해한다고. 너는 못해? 이 더하기 이를 못하는 거야?"

"닐, 네가 무슨 소리를 하는지 좀 봐! 이해 못하는 건 너야. 너는 맨 처음부터 나를 비난했던 사람이야. 기억나? 그렇지 않았어? 눈을 고치지그래? 이걸 고치지그래, 저걸 고치지그래? 내가 그걸 고칠 수 있었던 것이 내 결함이라도 되는 것처럼. 너는 계속, 내가 매순간 너에게서 달아나려는 것처럼 행동했어. 그리고 지금도 또 그러고 있어. 내가 일부러 그걸 두고 왔다고 말하고 있잖아."

"나는 너를 사랑했어, 브렌다, 그래서 걱정을 했던 거야."

"나도 너를 사랑했어. 그래서 애초에 그 빌어먹을 걸 얻으러 갔던 거야."

그 순간 우리는 우리가 말한 시제時制를 들었고, 우리 자신에게로, 침묵으로 물러났다.

몇 분 뒤 나는 가방을 들고 코트를 입었다. 내가 문을 나설 때 브렌다도 울고 있었던 것 같다.

나는 바로 택시를 잡는 대신 거리를 걸었다. 전에 가본 적이 없는 하버드야드 쪽으로 가고 있었다. 나는 어느 문으로 들어가 지친 가을 잎과 어두운 하늘 밑으로 난 좁은 길을 따라 걸었다. 혼자 있고 싶었다. 어둠 속에. 뭘 생각하고 싶어서가 아니라, 오히려 잠시 아무것도 생각하고 싶지 않아서. 나는 하버드야드를 완전히 가로질러 언덕을 조금 올라갔다. 러몬트 도서관 앞이었다. 브렌다가 전에 해준 이야기에 따르면 이곳 화장실에 파팀킨 싱크가 설치되어 있었다. 내 뒤의 길에서 비추는 가로등 불빛 때문에 건물 앞의 유리에 내 모습이 비쳤다. 안은 어두웠고 학생들은 보이지 않았다. 사서도 없었다. 갑자기 옷가방을 내려놓고 유리에 돌을 집어던지고 싶었다. 그러나 물론 그렇게 하지는 않았

다. 그저 빛 때문에 거울이 된 유리에 비친 나 자신을 보았을 뿐
이다. 나는 그저 저 물체일 뿐이다. 나는 그런 생각을 했다. 내 앞
에 보이는 저 팔다리, 저 얼굴일 뿐이다. 나는 계속 지켜보았지
만, 나의 겉모습은 내 안에 관한 정보를 주지 않았다. 후다닥 저
유리의 반대편으로 돌아들어갈 수 있었으면. 빛이나 소리나 홈
커밍 데이의 허브 클라크보다 빨리. 그 이미지 뒤로 가서, 무엇
이든 저 눈에 보이는 것을 붙잡았으면. 내 안에 뭐가 있기에 쫓
아가고 움켜쥐는 마음을 사랑으로 바꾸었고, 또 이제 그것을 뒤
집어놓은 걸까? 도대체 무엇이 승리를 실패로 바꾸고, 실패를—
누가 알랴—승리로 바꿀까? 나는 분명히 브렌다를 사랑했다. 그
러나 거기 서서, 이제는 그녀를 더 사랑할 수 없다는 것을 깨달
았다. 또 내가 그녀를 사랑했던 것처럼 누군가를 사랑하려면 꽤
오랜 세월이 흘러야 하리라는 것도. 내가 다른 누구에게 그런 정
열을 그러모을 수 있을까? 무엇이 그녀에 대한 내 사랑을 낳았
든, 그것이 그런 뜨거운 욕망 또한 낳은 것 아닐까? 그녀가 조금
만이라도 브렌다가 아니었다면…… 그러나 그랬다면 내가 그녀
를 사랑했을까? 나는 내 이미지를, 어두워지는 거울을 뚫어져라
보았다. 이윽고 내 눈길은 그것을 뚫고 나아가 서늘한 바닥을 건
너 꽉 들어차게 꽂지 않아 군데군데 비어 있는 책의 벽에 이르
렀다.

나는 잠깐 그렇게 보다가, 기차를 타고 유대인의 새해 첫날의 해가 떠오를 때 뉴어크에 들어섰다. 출근 시간까지는 아직 시간이 꽤 남아 있었다.

유대인의 개종

"애초에 입을 열다니 너도 참 대단해." 이치가 말했다. "도대체 왜 늘 입을 다물고 있지를 못하는 거야?"

"내가 그 얘기를 꺼낸 게 아니야, 이츠, 내가 꺼낸 게 아니라니까." 오지가 말했다.

"하여간 네가 예수그리스도한테 왜 관심을 갖는 건데?"

"내가 예수그리스도 얘기를 꺼낸 게 아니라니까. 그쪽에서 꺼낸 거야. 나는 무슨 이야기를 하는지도 몰랐다고. 예수는 역사 속의 인물이야. 그쪽에서 계속 그렇게 말했어. 예수는 역사 속의 인물이야." 오지는 빈더 랍비의 으스대는 목소리를 흉내냈다.

"예수는 너희들이나 나처럼 실제로 살았던 사람이야." 오지는 계속했다. "빈더가 그렇게 말했다니까······"

"그래?…… 그래서 뭐! 예수가 실제로 살았건 말건 내가 그깟 일에 왜 관심을 가져야 하는 건데. 또 네가 왜 입을 열어야 하는 거냐고!" 이치 리버먼은 입을 다물고 있는 쪽을 좋아했다. 특히 오지 프리드먼이 질문했을 경우에는. 프리드먼 부인은 전에도 오지의 질문 때문에 빈더 랍비를 두 번 찾아와야 했다. 이번 수요일 네시 반 방문이 세번째가 될 터였다. 이치는 자신의 어머니는 학교에 오지 않고 부엌에 그대로 있기를 바랐다. 그래서 몰래 몸짓이나 표정으로 조롱을 하거나, 아니면 으르렁거리는 소리를 비롯하여 천박하고 곱지 않은 소리를 내는 것으로 만족했다.

"실존 인물이었어, 예수는, 하지만 하느님 같지는 않았지, 그래서 우리는 예수가 하느님이라고 믿지 않는다는 거야."오지가 천천히 빈더 랍비의 입장을 이치에게 설명했다. 이치는 전날 오후에 히브리 학교를 결석했다.

"가톨릭 말이야."이치가 오지를 도와주려는 듯 말했다. "그 사람들은 예수그리스도를 믿어. 예수가 하느님이라고 믿어." 이치 리버먼은 신교도까지 포함하는 가장 넓은 의미에서 '가톨릭'이라는 말을 사용하고 있었다.

오지는 이치의 말이 각주라도 되듯이 머리를 살짝 까닥여 받아들이고 나서 자기 말을 이어갔다. "예수의 어머니가 마리아야. 아버지는 아마 요셉일걸. 하지만 신약에는 예수의 진짜 아버지가 하느님이라고 나와."

"진짜 아버지?"

"그래." 오지가 말했다. "그게 엄청난 얘기지, 예수의 아버지가 하느님이라는 게 말이야."

"뻥이네."

"빈더 랍비도 그렇게 말해, 그건 불가능하다고……"

"당연히 불가능하지. 그 얘긴 다 뻥이야. 아기를 낳으려면 남자하고 자야 돼." 이치가 신학 이론을 이야기하듯 말했다. "마리아도 남자하고 잔 거야."

"빈더 얘기도 그거야. '여자가 아기를 낳을 수 있는 유일한 방법은 남자와 성교를 하는 거다.'"

"빈더가 그런 말을 했다고, 오즈?" 이치는 신학적인 문제는 잠시 옆으로 밀어놓은 것 같았다. "그 말을 했어, 성교라는 말을?" 이치의 얼굴 아래쪽에 분홍색 턱수염처럼 작게 꼬부라진 미소가 나타났다. "너희들은 그 말을 듣고 어떻게 했어, 오즈, 웃거나 하지 않았어?"

"내가 손을 들었지."

"그래? 뭐라 그랬어?"

"질문을 했어."

이치의 얼굴이 밝아졌다. "뭘 물어봤어…… 성교?"

"아니, 하느님에 관한 걸 물어봤어. 하느님이 엿새 만에 하늘과 땅을 창조하고, 엿새 만에 모든 동물과 물고기와 빛을 만들 수 있다면…… 특히 빛 말이야. 나는 늘 그게 멋있더라고. 하느님이 빛을 만들 수 있었다는 게 말이지. 물고기와 동물을 만든다는 것, 그것도 아주 훌륭하지만……"

"엄청 훌륭하지." 이치는 솔직하게 감탄하는 것이었지만 상상력은 부족했다. 마치 하느님이 안타 하나만 내주고 승리를 거둔 투수라도 되는 것 같았다.

"하지만 빛을 만든 건…… 그러니까 가만 생각해보면, 그건 정말 엄청나." 오지가 말했다. "어쨌든, 나는 빈더한테 물었어. 하느님이 그 모든 걸 엿새 만에 만들 수 있다면, 아무것도 없는 데서 자기 마음대로 딱 엿새를 골라잡을 수 있다면, 왜 여자가 성교를 하지 않고 아기를 가지게 해줄 수는 없는 거냐고."

"네가 빈더한테 성교라는 말을 했다는 거야, 오즈?"

"응."

"수업시간에?"

"응."

이치는 자기의 관자놀이께를 찰싹 때렸다.

"그렇다니까 장난 아니라니까." 오지가 말했다. "그런 말은 사실 아무것도 아니었어. 다른 큰 문제가 있었으니까. 그런 건 아무 문제도 아닌 거나 마찬가지였어."

이치는 잠깐 생각했다. "그러니까 빈더가 뭐래?"

"처음부터 다시 예수가 역사 속의 인물이고 너희하고 나처럼 실제로 살았지만 하느님은 아니란 걸 설명했어. 그래서 나는 그건 이해했다고 했지. 내가 알고 싶은 건 다른 거라고."

오지가 알고 싶은 것은 늘 다른 것이었다. 오지가 처음에 알고 싶어했던 것은 「독립선언서」에는 모든 인간이 평등하게 창조되었다고 나오는데 빈더 랍비는 어떻게 유대인을 "선택받은 민족"이라고 부를 수 있느냐는 것이었다. 빈더 랍비는 정치적 평등과 영적 정통성의 차이를 설명하려 했지만, 오지는 자기가 알고 싶은 것은 다른 것이라고 계속 우겼다. 그때 처음으로 그의 어머니가 학교에 왔다.

그뒤에 비행기 사고가 났다. 라가디아 공항에서 일어난 비행기 사고로 쉰여덟 명이 죽었다. 그의 어머니는 신문에서 사상자 명단을 살피다가 사망자 명단에서 유대인 성 여덟 개를 발견했다(그의 할머니는 아홉이라고 했지만, 그것은 밀러를 유대인 성으로 쳤기 때문이다). 이 여덟 명 때문에 그녀는 비행기 사고가 "비극"이라고 말했다. 수요일 자유토론 시간에 오지는 빈더 랍비에게 "자신의 친척들 가운데 일부"가 늘 유대인 성을 찾아내는 문제를 제기했다. 빈더 랍비가 문화적 통일성을 비롯한 몇몇

이야기를 하자 오지는 자리에서 일어서서 자기가 알고 싶은 것은 다른 것이라고 말했다. 빈더 랍비가 오지에게 계속 앉으라고 하자, 오지는 그 쉰여덟 명이 모두 유대인이었으면 좋겠다고 소리를 질렀다. 그래서 그의 어머니가 두번째로 학교에 왔다.

"빈더 랍비는 계속 예수가 역사 속의 인물이라고 설명했고, 그래서 나는 계속 물어본 거야. 장난 아니야, 이츠, 빈더 랍비는 내가 멍청해 보이게 하려고 기를 썼다니까."

"그래서 빈더 랍비가 어떻게 마무리했어?"

"결국 빈더 랍비는 내가 일부러 순진한 척하지만 실은 알 거다 안다면서, 어머니가 와야 한다고, 이번이 마지막이라고 소리를 지르기 시작했어. 또 할 수만 있다면 내가 절대 바르미츠바를 받지 못하게 하겠다고. 그러더니, 이츠, 그러더니 말이야, 빈더 랍비는 그 조각상에서 나오는 것 같은 목소리로, 나지막이 아주 느릿느릿 말하기 시작했어. 내가 하느님에 관해서 한 말을 다시 생각해보는 게 좋을 거라고 말이야. 나더러 자기 방으로 가서 생각을 해보라고 했어." 오지는 이치 쪽으로 몸을 기울였다. "이츠, 나는 무려 한 시간이나 생각을 해봤어. 그리고 이제 확신하게 됐지. 하느님은 그렇게 할 수 있다고 말이야."

오지는 어머니가 퇴근하는 즉시 자신이 새로 저지른 짓을 고백할 계획이었다. 그러나 십일월의 금요일 밤이라 어느새 깜깜해졌기 때문에, 프리드먼 부인은 문으로 들어오자 외투를 던지고 오지의 얼굴에 얼른 입을 맞추더니 부엌 식탁으로 가 노란 초세 개에 불을 붙였다. 두 개는 안식일을 위한 것이고, 하나는 오지의 아버지를 위한 것이었다.

어머니는 초에 불을 붙이고 나면 두 팔을 천천히 자기 몸 쪽으로 거두어들였다. 허공에서 두 팔을 끌어오는 듯한 그 동작은 마치 아직 마음을 굳히지 못하고 망설이는 사람들을 설득하려는 것 같았다. 눈은 눈물 때문에 번들거렸다. 오지는 아버지가 살아 있을 때도 어머니의 눈이 번들거렸던 것을 기억했다. 따라서 그 것은 아버지의 죽음과는 관계가 없었다. 촛불을 켜는 것과 관계가 있었다.

어머니가 불이 붙은 성냥을 안식일 초의 심지에 갖다댔을 때 전화벨이 울렸다. 오지는 전화기에서 불과 한 걸음밖에 떨어져 있지 않았기 때문에 얼른 수화기를 집어들어 가슴에 갖다대 소리를 막았다. 어머니가 촛불을 켤 때는 잡음이 없어야 한다고 생각했기 때문이다. 할 수만 있다면 숨도 죽여야 했다. 오지는 수화기를 가슴에 누르며 어머니가 알 수 없는 어떤 것을 두 팔로 끌어당기는 모습을 지켜보았다. 자신의 눈도 번들거리는 것이 느껴졌다. 오지의 어머니는 둥글고, 지치고, 머리가 하얗게 센

펭귄 같은 여자로, 잿빛 피부는 중력과 자신이 살아온 삶의 무게가 당기는 힘을 이미 느끼기 시작했다. 이제는 정장을 해도 선택받은 사람처럼 보이지 않았다. 하지만 촛불을 켤 때는 좀 나아 보였다. 잠깐이나마 하느님이 무엇이든 할 수 있다는 것을 깨달은 여자 같았다.

신비한 몇 분이 흐른 뒤 어머니는 마무리를 했다. 오지는 수화기를 내려놓고 식탁으로 갔다. 어머니는 두 자리에 네 코스로 이루어진 안식일 식사를 차리고 있었다. 오지는 다음 수요일 네시 반에 어머니가 빈더 랍비를 만나러 가야 한다고 말하고, 이어 이유도 덧붙였다. 그러자 어머니는 그들이 함께 산 인생에서 처음으로 오지의 따귀를 때렸다.

오지는 토막 낸 간과 닭고기 수프를 먹는 코스 내내 울었다. 나머지 코스에서는 아무런 식욕을 느낄 수 없었다.

수요일, 회당 지하실에 있는 교실 세 개 가운데 가장 큰 곳에서 마빈 빈더 랍비가 호주머니에 든 시계를 꺼냈다. 네시였다. 랍비는 키가 크고, 잘생기고, 어깨가 널찍하고, 숱이 많은 검은 머리는 뻣뻣한 서른 살의 남자였다. 교실 뒤쪽에서는 일흔한 살의 관리인 야코프 블로트니크가 커다란 창문을 천천히 닦으며 혼자 중얼거리고 있었다. 지금이 네시인지 여섯시인지, 월요일인지 수요일인지도 모르고 있었다. 야코프 블로트니크는 그런 중얼거림과 더불어 꼬불꼬불한 갈색 턱수염, 낫 같은 코, 뒤를 졸졸 따라다니는 검은 고양이 두 마리 때문에 대부분의 학생에게 경이의 대상, 외국인, 낡은 유물로 여겨졌다. 아이들은 그에게 두려움을 느끼는 듯하다가도 무례하게 굴곤 했다. 단조로운 기도문처럼 들리는 그의 중얼거림에서 오지는 늘 묘한 느낌을 받았다. 늙은 블로트니크가 아주 오랜 세월 동안 그렇게 꾸준하게 중얼거리는 바람에 기도문은 다 외웠지만 정작 하느님은 까맣게 잊어버렸을 거라는 생각이 들었던 것이다.

"지금은 자유토론 시간이야." 빈더 랍비가 말했다. "어떤 유대교 문제든 자유롭게 이야기해봐라. 종교든, 가족이든, 정치든, 스포츠든……"

정적이 흘렀다. 바람이 몰아치는 흐린 십일월 오후였다. 야구라는 것은 존재하지도 않고 존재할 수도 없을 것 같았다. 그래서 이번주에는 아무도 과거에서 귀환한 영웅 행크 그린버그* 이야기를 하지 않았다. 이 때문에 자유토론이 상당히 제약을 받았다.

거기에 오지 프리드먼이 방금 빈더 랍비에게 당한 정신적 구타도 제약 요소가 되었다. 오지가 히브리어 책을 낭독할 차례가

---

* 1930~40년대 미국 프로야구를 대표하는 강타자.

되었을 때 랍비가 버럭 화를 내며 왜 더 빨리 읽지 않느냐고 다그쳤던 것이다. 도무지 나아지는 기미가 보이지 않는다고 했다. 오지는 빨리 읽을 수는 있지만, 그러면 읽는 내용을 이해하지 못할 게 분명하다고 대답했다. 그럼에도 랍비가 계속 다그치는 바람에 오지는 빨리 읽기를 시도하여, 그 방면에 놀라운 재능이 있음을 보여주었다. 그러나 긴 문단 한가운데에서 갑자기 낭독을 멈추더니 자신이 읽고 있는 내용을 한마디도 이해하지 못하겠다며, 다시 발을 질질 끄는 속도로 읽어나가기 시작했다. 그러자 정신적 구타가 벌어졌다.

그 결과 자유토론 시간이 되었지만 어떤 학생도 자유롭다는 느낌을 받지 못했다. 랍비의 발언 권유에 대한 응답은 노쇠한 블로트니크의 중얼거림뿐이었다.

"토론을 하고 싶은 게 하나도 없다는 거냐?" 빈더 랍비가 다시 물으며 시계를 보았다. "질문도 없고 할말도 없어?"

세번째 줄에서 작게 툴툴거리는 소리가 났다. 랍비는 오지에게 일어서서 급우들에게 그의 생각을 개진해보라고 했다.

오지는 일어섰다. "지금은 다 잊어버렸어요." 그는 그렇게 말하고 자리에 앉았다.

빈더 랍비는 오지 쪽으로 한 줄 전진하더니 책상 가장자리에 걸터앉았다. 이치의 책상이었다. 이치는 랍비의 몸이 자신의 얼굴에서 겨우 단검 하나 거리밖에 떨어지지 않은 곳에 놓이자, 그 즉시 앉은 채로 차려 자세를 했다.

"다시 일어나, 오스카." 빈더 랍비가 차분하게 말했다. "그리고 생각을 정리해봐."

오지는 일어섰다. 급우들이 모두 앉은 채로 오지를 돌아보았고 오지는 자신 없는 표정으로 이마를 긁었다.

"전혀 정리가 안 되는데요." 오지는 그렇게 말하고 쿵 주저앉았다.

"일어서!" 빈더 랍비가 이치의 책상에서 오지 바로 앞에 있는 책상으로 전진했다. 랍비가 등을 돌리자 이치는 엄지손가락을 코에 대고 새끼손가락으로 그 등을 가리켰다. 교실에서 작게 킥킥대는 소리가 났다. 빈더 랍비는 오지의 어처구니없는 태도를 완전히 제압하는 일에 몰두하고 있었기 때문에 킥킥대는 소리는 그냥 내버려두었다. "일어서, 오스카. 뭐에 관한 질문이었지?"

오지는 그냥 아무 말이나 갖다댔다. 가장 편리한 말이었다. "종교요."

"오, 이제 기억나나?"

"네."

"무슨 질문이지?"

덫에 걸린 오지는 생각나는 첫번째 말을 내뱉었다. "왜 하느님은 만들고 싶은 대로 아무거나 만들지 못하는 거죠!"

빈더 랍비가 답변, 더는 질문이 나오지 않을 최종적인 답변을
준비하는 동안 열 걸음 뒤에 있던 이치는 왼손의 손가락 하나를
들어올려 의미심장하게 랍비의 등을 가리켰다. 아이들은 환호
했다.

빈더는 무슨 일인지 보려고 얼른 몸을 틀었고, 그 소란의 와중
에 오지는 랍비의 얼굴을 마주보고 있었다면 하지 못했을 말을
그의 등에 대고 외쳤다. 크고 단조로운 목소리에, 목안에서 엿새
정도는 묵은 듯한 음색이었다.

"선생님은 몰라요! 선생님은 하느님을 전혀 몰라요!"

랍비는 오지를 향해 몸을 빙그르 돌렸다. "뭐라고?"

"선생님은 몰라요…… 선생님은……"

"사과해, 오스카, 사과해!" 협박이었다.

"선생님은……"

빈더 랍비의 손이 튀어나가 오지의 뺨으로 갔다. 아마 아이의
입을 틀어막으려는 의도였겠지만, 오지가 고개를 숙이는 바람에
손바닥이 아이의 코에 정통으로 닿았다.

짧고 붉게 분출한 피가 오지의 셔츠 앞자락에 떨어졌다.

그다음부터는 완전한 혼란이었다. "나쁜 새끼, 이 나쁜 새끼!"
오지는 소리를 지르더니 교실 문을 향해 달려갔다. 빈더는 마치

자신의 피가 앞으로 격하게 쏟아져나가기라도 하는 것처럼 기우 뚱거리며 뒤로 한 걸음 물러나더니, 이내 고꾸라질 듯 몸을 앞으로 내던져 오지를 따라 문밖으로 내달았다. 학급 아이들 모두가 파란 양복에 싸인 랍비의 거대한 등을 따라 나갔다. 늙은 블로트 니크가 창문에서 고개를 돌리기도 전에 교실은 텅 비어버렸다. 모두 지붕으로 향하는 세 층을 전속력으로 뛰어올라가고 있었다.

하루의 빛을 사람의 인생에 비유하기도 한다. 동트는 것은 출생, 해가 지는 것, 즉 가장자리 너머로 떨어지는 것은 죽음. 그렇다면 오지 프리드먼이 야생마가 뒷발로 걷어차듯 두 발로 빈더 랍비의 뻗은 두 팔을 차면서 몸을 꿈틀거려 회당 지붕에 달린 문을 통과했을 때, 그 순간에 하루는 쉰 살이었다. 쉰이나 쉰다섯 살이라는 나이는 십일월의 늦은 오후를 대체로 정확하게 반영한다. 그 달, 그 시간에는 이제 보는 것이 아니라 들어서 빛을 인식하는 느낌이 들기 때문이다. 빛은 딸깍 소리를 내며 물러나기 시작한다. 실제로 오지가 랍비의 코앞에서 지붕의 문을 닫고 빗장을 걸어 잠그는 순간 날카롭게 딸깍 소리가 났을 때, 다들 순간적으로 그것이 하늘 전체가 잿빛으로 더 묵직해지며 고동치는 소리라고 착각했을지도 모른다.

오지는 자신의 몸무게를 다 실어 잠긴 문 위에 꿇어앉았다. 당장이라도 빈더 랍비의 어깨에 맞아 문이 열리고, 나무가 파편으로 쪼개지면서 자신의 몸이 투석기에서 날아가듯 하늘로 치솟을 것 같았다. 분명히 그렇게 될 것 같았다. 그러나 문은 움직이지 않았고, 밑에서는 발이 우르르 움직이는 소리만 들렸다. 처음에는 크게 들렸지만, 곧 물러가는 천둥소리처럼 희미해졌다.

질문 하나가 그의 뇌를 쏜살같이 꿰뚫었다. '이게 나일 수 있을까?' 방금 자신의 종교 지도자에게 나쁜 새끼라는 낙인을 찍은, 그것도 두 번이나 찍은 열세 살짜리 소년에게 이것은 어울리지 않는 질문이라고 할 수 없었다. 그 질문은 점점 크게 다가왔다. '이게 나일까? 이게 나야?' 어느새 그는 자신이 무릎을 꿇고 있는 것이 아니라 지붕 가장자리를 향해 미친듯이 달려가고 있다는 것을 깨달았다. 눈은 울고 있었고, 목은 소리를 지르고 있었고, 두 팔은 자기 것이 아닌 것처럼 사방으로 날아다니고 있었다.

'이게 나야? 이게 나야 나야 나야 나야 나야? 그래, 이건 나일 수밖에 없어…… 하지만 정말로?'

이것은 도둑이 처음 쇠지레로 유리창을 비집어 여는 밤에 스스로에게 해야 할 질문이다. 또 신랑이 결혼식 날 제단 앞에서 자신을 향해 던지는 질문이라고도 한다.

미칠 듯한 몇 초 사이에 그 질문은 오지의 몸을 지붕 가장자리로 몰아갔다. 그곳에서 그의 자기 심문은 흐릿해지기 시작했다. 거리를 내려다보자 무엇 때문에 그런 질문을 하게 되었는지도 혼란스러웠다. '빈더를 나쁜 새끼라고 부른 게 나일까'였나, 아니면 '지붕 위를 껑충껑충 뛰어다니는 게 나일까'였나? 그러나 밑의 광경이 모든 것을 정리해주었다. 모든 행동에는 나냐 아니면 다른 누구냐 하는 질문이 탁상공론이 되고 마는 순간이 있기 때문이다. 도둑은 호주머니에 돈을 쑤셔넣고 창문 밖으로 급히 나간다. 신랑은 두 사람이 묵을 호텔 숙박부에 서명을 한다. 그리고 소년은 거리를 가득 메운 사람들이 입을 벌리고 자신을 쳐다보고 있는 광경을 발견한다. 사람들은 마치 소년이 헤이든 천문관의 천장이라도 되는 듯 목을 뒤로 젖히고 얼굴을 들어올린 채 바라보고 있다. 그 순간 갑자기 소년은 이게 나라는 걸 깨닫게 된다.

"오스카! 오스카 프리드먼!" 군중 한가운데에서 목소리가 올라왔다. 눈으로 볼 수 있다면, 두루마리에 적힌 글자처럼 보일 목소리였다. "오스카 프리드먼, 거기서 내려와. 당장!" 빈더 랍비가 한 팔을 뻣뻣하게 치켜들고 그를 가리키고 있었다. 그 팔 끝에서 손가락 하나가 위협적으로 그를 가리키고 있었다. 독재자의 태도였다. 하지만 그의 두 눈이 모든 것을 고백하고 있듯, 개인적으로 부리던 하인이 얼굴에 멋지게 침을 뱉는 바람에 굴욕감에 사로잡힌 독재자의 태도였다.

오지는 대답하지 않았다. 그냥 눈 깜빡할 순간 동안 빈더 랍비 쪽을 흘끗 보았을 뿐이다. 대신 오지의 눈은 그의 밑에 있는 세계를 정리하기 시작했다. 사람들을 장소에서 구분해내고, 친구와 적을 구분해내고, 참여자와 구경꾼을 구분해냈다. 친구들이 별 모양으로 들쭉날쭉하게 무리를 지어 빈더 랍비를 둘러쌌고, 랍비는 여전히 손가락질을 하고 있었다. 천사가 아니라 사춘기 소년 다섯 명이 만들어낸 별의 맨 위쪽 꼭짓점은 이치였다. 이얼마나 놀라운 세상인가. 별들이 저 아래 있고, 빈더 랍비가 저 아래 있고…… 조금 전까지만 해도 자기 몸도 제어하지 못하던 오지는 이제 제어라는 말의 의미를 느끼기 시작했다. 그는 '평화'를 느꼈고, '힘'을 느꼈다.

"오스카 프리드먼, 셋을 셀 테니 그 안에 내려와라."

자기 신민臣民에게 셋을 셀 테니 그 안에 뭘 하라고 말하는 독재자는 없다. 그럼에도, 언제나처럼, 빈더 랍비는 독재자처럼 보일 뿐이었다.

"준비됐나, 오스카?"

오지는 고개를 끄덕였지만, 세상없어도, 밑의 세상이나 방금 올라온 천상의 세상이 없어도, 내려갈 생각은 전혀 없었다. 빈더 랍비가 백만금을 준다 해도 마찬가지였다.

"그럼 좋아." 빈더 랍비가 말했다. 그는 첫번째 숫자를 세기 전에 반드시 그런 동작을 취해야 하기라도 하는 양 먼저 삼손 같은 검은 머리를 손으로 쓸었다. 그런 뒤에 다른 손을 들어올려 하늘을 도려내려는 듯 작고 동그랗게 원을 그리며 말했다. "하나!"

천둥소리는 들리지 않았다. 천둥은커녕, 바로 그 순간, "하나!" 하는 소리가 기다리던 신호라도 되는 것처럼, 세상에서 천둥과 가장 닮지 않은 사람이 회당 층계에 나타났다. 아니, 회당 문밖으로 나왔다기보다는 바깥의 어두워지는 공기 속으로 몸을 기댔다고 하는 편이 옳겠다. 그는 문손잡이를 한 손으로 움켜쥔 채 지붕을 올려다보았다.

"오이!"*

야코프 블로트니크의 늙은 정신은 마치 목발을 짚은 듯 절뚝거리며 천천히 움직였다. 그는 아이가 지붕에서 뭘 하는지 정확하게 판단하지는 못했지만 좋지 않은 상황이라는 것은 알았다. 그러니까 유대인에게 좋지 않다는 것이었다. 야코프 블로트니크에게 인생은 단순하게 구분되었다. 유대인에게 좋으냐, 혹은 그렇지 않으냐.

그는 빨아들인 듯 오목한 자신의 뺨을 자유로운 손으로 가볍게 찰싹 때렸다. "오이, 구트!" 그러더니 그가 할 수 있는 가장

---

* 괴로움을 표현하는 이디시어 감탄사.

빠른 속도로 머리를 아래로 숙여 거리를 살폈다. 그곳에는 빈더 랍비가 있었다(호주머니에 3달러만 쑤셔넣고 경매에 나온 사람처럼 조금 전 떨리는 목소리로 "둘!"을 외쳤다). 학생들도 있었다. 그게 다였다. 지금까지는 유대인에게 그렇게 나쁘지는 않았다. 하지만 아이는 당장, 누가 보기 전에 내려와야 했다. 문제는 이것이었다. 아이를 어떻게 지붕에서 내려오게 할 것인가?

고양이가 지붕에 올라간 적이 있는 사람은 어떻게 고양이를 내려오게 하는지 안다. 소방서에 전화를 하는 것이다. 아니면 우선 교환수에게 전화를 해서 소방서를 대달라고 한다. 그러고 나면 시끄럽게 브레이크를 밟는 소리, 종소리, 이래라저래라 명령하는 소리가 들린다. 그러면 고양이는 지붕에서 내려온다. 아이를 지붕에서 내려오게 할 때도 똑같이 하면 된다.

그러니까 당신이 야코프 블로트니크고 당신 고양이가 지붕에 올라간 적이 있다면, 당신은 바로 그런 일을 할 것이라는 이야기다.

빈더 랍비가 셋까지 세는 것을 네 번 반복하고 나서야 소방차가 도착했다. 모두 네 대였다. 커다란 사다리 소방차가 모퉁이를 돌아오더니, 소방관 한 명이 차에서 뛰어내려 허둥지둥 회당 앞의 노란 소화전으로 달려갔다. 그는 거대한 렌치로 소화전 꼭대기의 노즐을 풀기 시작했다. 빈더 랍비가 그에게 달려가 어깨를 잡아당겼다.

"불이 난 게 아닌데요……"

소방관은 어깨 너머로 뭐라고 중얼거리더니 흥분한 표정으로 계속 노즐을 돌렸다.

"하지만 불이 난 게 아닙니다, 불 안 났어요……" 빈더가 소리쳤다. 소방관이 다시 중얼거리자 랍비는 두 손으로 소방관의 얼굴을 움켜쥐고 지붕 쪽으로 돌렸다.

오지의 눈에는 빈더 랍비가 병에서 코르크를 뽑듯 소방관의 몸에서 머리를 뽑아내려는 것처럼 보였다. 그들이 만들어낸 그림에 낄낄 웃지 않을 수 없었다. 가족을 그린 그림 같았다. 검은 스컬캡을 쓴 랍비, 빨간 소방모를 쓴 소방관, 맨머리의 어린 형제처럼 옆에 쭈그리고 앉은 작고 노란 소화전. 오지는 지붕 가장자리에서 그 그림을 향해 손을 흔들었다. 조롱하듯 한 손을 펴덕이는 손짓이었다. 그 바람에 오른발이 미끄러졌다. 빈더 랍비는 두 손으로 눈을 가렸다.

소방관은 빠르게 움직였다. 오지가 다시 균형을 잡기도 전에, 크고 둥글고 노란 그물이 회당 잔디에 펼쳐졌다. 그물을 잡은 소방관들은 감정 없는 엄한 얼굴로 오지를 쳐다보았다.

소방관 한 명이 빈더 랍비 쪽으로 고개를 돌렸다. "뭡니까, 저애가 미치기라도 한 거예요?"

빈더 랍비는 테이프를 떼어내듯 천천히, 고통스러워하며 눈에서 두 손을 떼어냈다. 그리고 확인했다. 보도에는 아무것도 없고, 그물은 우묵하게 꺼지지 않았다.

"저애가 뛰어내리려는 겁니까, 뭡니까?" 소방관이 소리쳤다.

조각상에서 나오는 듯한 평소의 목소리와는 전혀 다른 목소리로 빈더 랍비가 마침내 입을 열었다. "네. 네. 그럴 것 같습니다…… 저애가 협박하기를……"

협박? 뭐야? 오지의 기억에 자기가 지붕에 올라온 이유는 달아나려는 것이었다. 뛰어내리겠다는 생각은 해본 적도 없었다. 그냥 몸을 피하려고 달렸을 뿐이다. 정말이지 지붕을 목표로 왔다기보다는 어쩌다보니 쫓겨서 여기에 이르게 된 것이었다.

"이름이 뭐죠? 저애 말입니다."

"프리드먼입니다." 빈더 랍비가 대답했다. "오스카 프리드먼."

소방관이 오지를 올려다보았다. "왜 그러는 거냐, 오스카? 뛰어내릴 거냐? 아니면 뭐냐?"

오지는 대답하지 않았다. 솔직히 조금 전까지만 해도 그런 질문은 떠올려본 적도 없었다.

"야, 오스카, 뛰어내릴 거면 어서 뛰어내려. 안 뛰어내릴 거면 뛰어내리지 말고. 어쨌든 우리 시간만 낭비하게 하지 마, 알았어?"

오지는 소방관을 보다가 빈더 랍비를 보았다. 빈더 랍비가 눈을 가리는 것을 한번 더 보고 싶었다.

"뛰어내릴래요."

그러더니 오지는 잽싸게 지붕 가장자리를 달려 모퉁이로 갔다. 밑에 그물이 없는 곳이었다. 오지는 두 팔을 양옆에서 파닥거리며 공기를 휘저었다. 손을 아래로 내릴 때는 손바닥으로 바지를 때렸다. 그는 무슨 발동기처럼 소리를 지르기 시작했다. "위이이이이이…… 위이이이이이이." 그러면서 상체를 가장자리 너머로 잔뜩 기울였다. 소방관들이 땅을 그물로 덮으려고 건물을 뺑 둘러 달려왔다. 빈더 랍비는 '누군가'를 향해 몇 마디 중얼거리고 손으로 눈을 가렸다. 모든 일이 마치 무성영화에서처럼 툭툭 끊어지는 듯한 동작으로 빠르게 벌어졌다. 소방차 소리를 듣고 모여든 사람들이 독립기념일 불꽃놀이를 보듯 길게 오오오-아아아 소리를 냈다. 흥분 상태였기 때문에 주위 사람에게 관심을 갖는 사람은 없었다. 물론 야코프 블로트니크는 예외였다. 그는 문손잡이에 매달려 몸을 밖으로 내밀고 머릿수를 셌다. "피어 운트 츠반치크…… 핑프 운트 츠반치크*…… 오이, 구트!" 고양이가 올라갔을 때는 이렇지 않았다.

---

* 스물넷…… 스물다섯. 독일어를 영어식으로 발음한 것.

빈더 랍비는 눈을 가린 손가락들 사이로 보도와 그물을 확인했다. 비어 있었다. 하지만 오지는 반대편 모퉁이로 달려가고 있었다. 소방관들도 따라서 달렸지만 도저히 쫓아갈 수가 없었다. 오지는 원하기만 하면 언제든 보도에 뛰어내려 자기 몸을 곤죽으로 만들 수 있었다. 소방관들이 현장에 급히 달려왔을 때 그들이 그물로 할 수 있는 일이라곤 곤죽을 덮는 것뿐일 터였다.

"위이이이이이…… 위이이이이이……"

"야, 오스카." 소방관이 숨을 헐떡이며 소리를 질렀다. "도대체 이게 뭐냐? 무슨 게임 하냐?"

"위이이이이이…… 위이이이이이……"

"야, 오스카……"

그러나 그는 이미 두 날개를 힘차게 퍼덕이며 반대편 모퉁이로 달려가고 있었다. 빈더 랍비는 더는 견딜 수가 없었다. 난데없이 나타난 소방차들, 자살을 하겠다고 소리를 질러대는 아이, 그물. 랍비는 맥이 빠져 무릎을 꿇더니 두 손을 가슴 앞에 엮어 작은 돔을 만들며 애원했다. "오스카, 그만해, 오스카. 뛰어내리지 마, 오스카. 제발 그냥 내려와…… 제발 뛰어내리지 마."

그때 모인 사람들 뒤편에서 한 목소리, 어린 목소리가 지붕 위의 소년을 향해 단 한마디를 외쳤다.

"뛰어!"

이치였다. 오지는 순간적으로 퍼덕거리던 손을 멈추었다.

"어서, 오즈…… 뛰어내려!" 이치는 별의 꼭짓점이었던 자신의 자리에서 벗어나 용감하게 홀로 서 있었다. 그는 잘난 척하는 녀석이 아니라 제자로서 부추기고 있었다. "뛰어, 오즈, 뛰어내려!"

빈더 랍비는 여전히 무릎을 꿇은 채, 여전히 두 손을 엮은 채 몸을 뒤로 비틀었다. 그는 이치를 보다가, 괴로운 표정으로 다시 오지를 보았다.

"오스카, 뛰지 마! 제발, 뛰어내리지 마…… 제발 제발……"

"뛰어!" 이번에는 이치가 아니라 별의 다른 꼭짓점이었다. 프리드먼 부인이 빈더 랍비와 만나기로 한 약속을 지키려고 네시 삼십분에 도착했을 때는 뒤집혀 밑바닥에 가 있는 작은 하늘 전체가 오지를 향해 뛰어내리라고 큰 목소리로 애원하고 있었다. 빈더 랍비는 이제 뛰어내리지 말라고 애원하는 것도 중단한 채 두 손이 만든 돔에 얼굴을 묻고 울고 있었다.

이해할 수 있는 일이지만, 프리드먼 부인은 아들이 지붕 위에서 무엇을 하고 있는지 잘 파악이 되지 않았다. 그래서 물었다.

"오지, 애, 오지, 뭐 하고 있는 거니? 애, 오지, 무슨 일이야?"

오지는 위이이이이이를 멈추고, 두 팔을 천천히 낮추어 순항의 날갯짓으로 바꾸었다. 새들이 가벼운 바람이 불 때 하는 날갯짓이었다. 그러나 대답은 하지 않았다. 그는 구름이 덮인 채 어두워지는 낮은 하늘—이제 빛은 작은 톱니바퀴에 물린 듯 빠른 속도로 딸깍딸깍 줄어들고 있었다—을 배경으로 가볍게 날갯짓을 하며 작은 보따리 같은 여자, 그의 어머니를 내려다보았다.

"뭐 하고 있는 거야, 오지?" 어머니는 무릎을 꿇은 빈더 랍비 쪽으로 방향을 틀더니 빠르게 달려갔다. 이제 둘 사이는 아주 가까워져 어머니의 배와 랍비의 어깨 사이에는 종이 두께의 땅거미만 놓여 있을 뿐이었다.

"우리 아기가 뭐 하는 거예요?"

빈더 랍비는 그녀를 쳐다보며 입을 떡 벌렸지만, 랍비 또한 아무 말도 하지 않았다. 움직이는 것이라고는 그의 두 손이 만든 돔뿐이었다. 돔은 약한 맥박처럼 앞뒤로 흔들리고 있었다.

"랍비님, 저애를 내려오게 하세요! 저러다 죽겠어요. 내려오게 하세요, 내 하나뿐인 아기 좀……"

"못합니다." 빈더 랍비가 말했다. "못해요……" 랍비는 잘생긴 얼굴을 뒤의 소년들 무리 쪽으로 돌렸다. "저애들 때문이에요. 저애들 말을 들어보세요."

그제야 프리드먼 부인은 아이들 무리를 보았고, 아이들이 외치는 소리를 들었다.

"오스카는 저애들을 위해서 저러고 있는 거예요. 내 말은 들으려 하지 않습니다. 저애들 때문이라고요." 빈더 랍비는 인사불성인 사람처럼 말했다.

"저애들을 위해서라고요?"

"네."

"저애들을 위해 왜 저러는 건데요?"

"저애들이 바라는 건 오스카가……"

프리드먼 부인은 마치 하늘을 지휘하는 것처럼 두 팔을 위로 들어올렸다. "내 아기가 저애들을 위해 저러고 있다고요!" 그러더니 피라미드보다 오래된, 예언자와 홍수보다 오래된 몸짓을 했다. 두 팔이 툭 떨어지며 그녀의 양 옆구리를 찰싹 때린 것이다. "내 아들이 순교자로구나! 봐라!" 그녀는 고개를 들어 지붕을 보았다. 오지는 여전히 가볍게 날갯짓을 하고 있었다. "나의 순교자로구나."

"오스카, 내려와라, 제발." 빈더 랍비가 신음을 토했다.

프리드먼 부인이 깜짝 놀랄 정도로 단조로운 목소리로 지붕 위의 아이에게 소리쳤다. "오지, 내려와, 오지. 순교자는 되지 마라, 아가."

그 말이 마치 호칭기도라도 되는 듯 빈더 랍비가 따라 했다. "순교자는 되지 마, 아가. 순교자는 되지 마."

"어서, 오즈—마틴*이 돼야지!" 이치였다. "마틴이 돼, 마틴이
돼." 아이들이 모두 목소리를 합쳐 마틴이 되라고 노래를 했다.
마틴이 무엇인지는 몰랐지만. "마틴이 돼, 마틴이 돼……"

어떻게 된 일인지 지붕에 올라가 있을 때는 어두워질수록 소
리가 잘 들리지 않는다. 오지가 아는 것이라고는 두 집단이 새로
운 두 가지를 원한다는 것뿐이었다. 친구들은 활기차게 자기들
이 원하는 것을 노래처럼 외치고 있었다. 어머니와 랍비는 자기
들이 원하지 않는 것을 단조로운 목소리로 읊조리고 있었다. 이
제 랍비의 목소리에서 울음은 사라졌고, 어머니의 목소리도 마
찬가지였다.

커다란 그물이 앞을 못 보는 눈처럼 오지를 올려다보고 있었
다. 위에서는 구름 많은 큰 하늘이 짓누르고 있었다. 밑에서 보
니 꼭 주름진 회색 판자 같았다. 오지는 동정심 없는 하늘을 쳐
다보다가 이 사람들, 그의 친구들이 요구하는 것이 아주 이상하
다는 것을 깨달았다. 그들은 그가 뛰어내리기를, 자살하기를 바
라고 있었다. 지금 그것을 노래로 부르고 있었다. 그것 때문에
기뻐하고 있었다. 그러나 그보다 더 이상한 일이 있었다. 빈더

---

* 순교자(martyr)를 'Martin'으로 잘못 알아들은 것.

랍비는 무릎을 꿇은 채 떨고 있었다. 지금 물어야 할 질문이 있다면 "이게 나일까?"가 아니라 "이게 우리일까?…… 이게 우리일까?"였다.

이렇게 되고 보니 지붕 위에 있다는 것은 꽤 심각한 일이었다. 내가 뛰어내리면 노래가 춤이 될까? 그럴까? 뛰어내리면 무엇을 막을 수 있을까? 오지는 애타는 마음으로, 하늘을 찢어 열고 두 손을 푹 집어넣어 해를 꺼냈으면 좋겠다고 생각했다. 그러면 마치 동전처럼 해에 뛰어내려 또는 뛰어내리지 마 하고 찍혀 있을 것 같았다.

다이빙이라도 준비하는 것처럼 오지의 무릎이 후들거리다 약간 꺾였다. 어깨에서 손톱까지 두 팔이 긴장되면서 뻣뻣하게 얼어붙었다. 마치 몸의 각 부분이 자살을 할까 말까를 놓고 투표하는 것 같았다. 마치 각 부분이 그에게서 독립해 있는 것 같았다.

빛이 예기치 않게 다시 한 눈금 딸깍 내려가면서 새로운 어둠이 마치 재갈을 물리듯 이것을 노래하는 친구들 또 저것을 읊조리는 어머니와 랍비의 입을 막아버렸다.

오지는 표수를 세는 것을 멈추고, 미처 말할 준비가 되어 있지 않았던 사람처럼 묘하게 높은 목소리로 말했다.

"엄마?"

"그래, 오스카."

"엄마, 무릎을 꿇으세요, 빈더 랍비님처럼요."

"오스카⋯⋯"

"무릎을 꿇으세요." 오지가 말했다. "아님 뛰어내릴 거예요."

오지는 훌쩍이는 소리, 이어 빠르게 바스락거리는 소리를 들었다. 어머니가 서 있던 자리를 내려다보니, 정수리, 그리고 그 밑으로 둥근 드레스가 보였다. 어머니는 빈더 랍비 옆에 무릎을 꿇고 있었다.

오지가 다시 말했다. "모두 무릎을 꿇으세요." 모두 무릎을 꿇는 소리가 들렸다.

오지는 빙 둘러보았다. 그는 한 손으로 회당 입구를 가리켰다. "저기 저분도 무릎을 꿇게 하세요."

소리가 들렸다. 무릎을 꿇는 소리가 아니라 몸과 천이 펼쳐지는 소리였다. 오지는 빈더 랍비가 작지만 거칠게 말하는 소리를 들을 수 있었다. "⋯⋯아니면 저애가 죽겠다잖아요." 오지가 다시 보았을 때 야코프 블로트니크는 문손잡이에서 떨어져나와 평생 처음으로 이방인이 기도하는 자세로 무릎을 꿇고 있었다.

소방관들은—무릎을 꿇은 채로 그물을 팽팽하게 당기고 있는 것도 생각만큼 어렵지는 않다.

오지는 다시 둘러보고 나서 빈더 랍비에게 소리쳤다.

"랍비님?"

"그래, 오스카."

"빈더 랍비님, 하느님을 믿으세요?"

"그래."

"하느님이 '무슨 일'이든 하실 수 있다는 걸 믿으세요?" 오지는 머리를 지붕 가장자리 너머 어둠 속으로 기울였다. "'무슨 일'이라도?"

"오스카, 내 생각에는……"

"하느님이 '무슨 일'이라도 하실 수 있다는 걸 믿는다고 말씀해주세요."

빈더 랍비는 잠시 망설이다가 말했다. "하느님은 '무슨 일'이든 하실 수 있지."

"하느님이 성교 없이 아이를 낳게 하실 수 있다는 걸 믿는다고 말씀해주세요."

"하실 수 있지."

"제대로 말씀해주세요!"

"하느님은," 빈더 랍비는 인정했다. "성교 없이 아이를 낳게 하실 수 있지."

"엄마, 말씀해보세요."

"하느님은 성교 없이 아이를 낳게 하실 수 있어."

"저분도 말하게 해주세요." 저분이 누구인지는 물어볼 필요도 없었다.

잠시 후 오지는 익살맞게 들리는 늙은 목소리가 짙어지는 어둠에 대고 하느님에 관해 무슨 말을 하는 것을 들었다.

그런 다음, 오지는 모두 그 말을 하게 했다. 그러더니 모두 예수그리스도를 믿는다고 말하게 했다. 처음에는 한 사람씩, 그다음에는 모두 함께.

교리를 가르치는 일이 끝나자 이제 저녁이었다. 거리에서는 지붕 위의 소년이 한숨을 쉬는 듯한 소리가 들리는 듯했다.

"오지?" 용기를 낸 여자 목소리가 터져나왔다. "이제 내려올 거니?"

답이 없었다. 여자는 기다렸다. 마침내 목소리가 들렸다. 가늘게 외치는 소리였다. 막 종 치는 일을 마친 노인처럼 지친 목소리였다.

"엄마, 모르시겠어요? 저를 때리면 안 돼요. 랍비님도 저를 때리면 안 돼요. 하느님 문제로 저를 때리면 안 돼요, 엄마. 하느님 문제로 누구도 절대 때려서는 안 돼요……"

"오지, 이제 제발 내려와."

"약속해주세요. 하느님 문제로 누굴 때리는 일은 절대 없을 거라고 약속해주세요."

오지는 어머니한테만 말했다. 하지만 무슨 이유에서인지 거리에 무릎을 꿇고 있던 모두가 하느님 문제로 누구를 때리는 일은 절대 없을 거라고 약속했다.

다시 정적이 흘렀다.

"이제 내려갈 수 있어요, 엄마." 지붕 위의 소년이 마침내 말했다. 그는 마치 신호등을 확인하듯 좌우로 고개를 돌렸다. "이제 내려갈 수 있어요……"

오지는 내려왔다. 넓게 늘려놓은 후광처럼 저녁 가장자리에서 빛을 발하고 있는 노란 그물 한가운데로 내려왔다.

신앙의 수호자

1945년 5월, 유럽에서 전투가 끝나고 나서 불과 몇 주 뒤, 나는 교대 시기가 되어 미국으로 돌아와, 미주리 주 크라우더 기지에서 훈련 중대와 남은 전쟁 기간을 보내게 되었다. 늦겨울과 봄에 유럽에서 제9군과 함께 아주 빠른 속도로 독일을 가로질렀던 터라, 비행기를 탔을 때 그 목적지가 서쪽이라는 것을 믿을 수가 없었다. 내 마음은 나에게 다른 이야기를 하고 있었을지 모르지만, 관성 같은 것 때문에 우리가 새로운 전선으로 날아가고 있으며, 그곳에 상륙해 계속 동쪽으로 밀고 나아갈 것이라는 생각, 적의 무리가 구불구불한 자갈 포장도로변에 늘어서서 지켜보는 가운데 행군하며 마을을 통과하고, 그때까지 적이 자신의 것이라 여기던 것을 차지하면서 계속 동쪽으로 전진하여 마침내 지구를 한 바퀴 돌게 될 것이라는 생각이 들곤 했다. 이 년 동안 나는 변할 만큼 변해 노인들이 떠는 것이나, 어린아이들이 우는 것이나, 한때 오만했던 사람들의 눈에 불안과 공포가 어리는 것에 마음을 쓰지 않게 되었다. 다행스럽게도 보병의 심장을 갖게 된 것이다. 이 심장은 보병의 발과 마찬가지로 처음에는 붓고 아프지만, 마침내 아무리 험한 길을 걸어도 아무것도 느끼지 않을 만큼 단단해진다.

폴 배럿 대위는 크라우더 기지에서 나의 부대장이었다. 내가 신고를 하러 가자, 배럿 대위는 사무실에서 나를 악수로 맞이했다. 그는 키가 작고 퉁명스럽고 성격이 급했고, 안에서나 밖에서나 광택이 나는 파이버를 작은 눈까지 푹 눌러쓰고 있었다. 그는 유럽의 전장에서 장교로 임관했다가 가슴에 중상을 입고 불과 몇 달 전에 미국으로 돌아왔다. 그는 나에게 편하게 말을 건넸고, 저녁에 부대원들이 모였을 때 나를 소개해주었다. "제군, 알다시피 서스턴 하사는 이제 이 중대에 없다. 이제 제군의 선임 부사관은 여기 네이선 막스 하사다. 막스 하사는 유럽 전역에서 싸운 역전의 용사이며, 따라서 이 중대에서 어린애들이 아니라 군인들을 만나게 될 것이라고 기대하고 있을 것이다."

나는 그날 저녁 늦게까지 중대 본부에서 건성으로 근무자 명단, 인사 기록표, 일일 병력 현황표로 이루어진 수수께끼를 풀고 있었다. 바닥의 매트리스에서는 당번병이 입을 벌리고 자고 있었다. 훈련병 한 명이 방충망이 달린 문 바로 안쪽 게시판에 붙여놓은 다음날 근무자 명단을 살펴보고 있었다. 더운 저녁이었다. 멀리 막사의 라디오에서 댄스음악이 흘러나왔다. 내가 자기를 보지 않는다고 생각할 때마다 나를 흘끔거리던 훈련병이 마침내 내 쪽으로 한 걸음을 내디뎠다.

"저기, 하사님…… 우리 내일밤에 군바리 파티 하나요?" 그가 물었다. 군바리 파티란 막사 청소를 가리키는 말이다.

"보통 금요일 밤에 하지 않나?" 내가 그에게 물었다.

"네." 그가 대답하더니 수수께끼처럼 덧붙였다. "그게 핵심입니다."

"그럼 군바리 파티를 하겠지."

그는 몸을 돌렸고, 나는 그가 웅얼대는 소리를 들었다. 그가 어깨를 들먹였기 때문에, 나는 그가 우는 건 아닌지 궁금했다.

"이름이 뭔가, 병사?" 내가 물었다.

그는 몸을 돌렸는데, 전혀 운 것 같지는 않았다. 녹색 반점이 박힌 길고 가는 눈은 외려 햇빛을 받은 물고기처럼 반짝이고 있었다. 그는 나에게 다가오더니 책상 가장자리에 앉아 손을 내밀었다. "셀던입니다."

"일어서라, 셀던."

그는 책상에서 몸을 일으키며 말했다. "셸던 그로스바트입니다." 그는 자신이 나와 친해졌다고 생각한 것이 쑥스러웠는지 웃음을 지었다.

"너는 금요일 밤 막사 청소에 반대하나, 그로스바트?" 내가 물었다. "그래, 군바리 파티 같은 건 하지 말아야 하는 건지도 모르지. 어디 가서 청소부를 구해와야 하는 건지도 모르지." 나도 내 말투에 놀랐다. 내가 그동안 알았던 모든 고참 부사관과 똑같은 말투를 사용하고 있었기 때문이다.

"아닙니다, 하사님." 그는 진지해졌지만, 그 진지함은 미소를 억누르는 정도에서 그치는 듯했다. "그냥…… 다른 날도 있는데 하필이면 금요일 밤에 군바리 파티를 한다고 해서 그렇습니다."

그는 다시 책상 모퉁이에 슬쩍 올라붙었다—앉았다고 할 수도 없고, 서 있다고 할 수도 없는 그런 자세였다. 그는 그 반점들이 박힌 눈을 반짝이며 나를 보다가, 손짓을 했다. 아주 작은 손짓이었다—손목이 약간 움직이는 정도에 불과했다. 그러나 어떻게 된 일인지 그것 하나만으로 중대 본부의 다른 모든 것이 우리 관계에서 배제되고, 우리가 세계의 중심이 되어버렸다. 심지어 심장만 남겨놓고 우리 둘의 다른 모든 것도 배제된 것 같았다.

"서스턴 하사님이야 어쩔 수 없었죠." 그가 자고 있는 당번병을 흘끔거리며 소곤거렸다. "하지만 우리는 하사님이 오셨으니 좀 달라질지도 모른다고 생각했거든요."

"우리?"

"유대인 병력 말입니다."

"왜?" 나는 차갑게 물었다. "무슨 생각을 하는 거야?" 그가 자신을 "셸던"이라고 소개한 것에 여전히 화가 안 풀린 것인지, 아니면 이제는 다른 것 때문에 화가 난 것인지 생각할 겨를은 없었지만, 어쨌든 내가 화가 난 것만은 분명했다.

"우리는 하사님이…… 성이 칼 막스*의 막스라고 생각했습니다. 막스 브러더스**의 막스. 모두 M-a-r-x라고 쓰잖아요. 하사님도 철자가 그렇지 않나요?"

"M-a-r-x 맞아."

"피시바인이 말하기를……" 그가 말을 끊었다. "그러니까 제가 하려던 말은, 하사님……" 그의 얼굴과 목이 붉어졌다. 입은 열렸으나 말은 나오지 않았다. 잠시 후 그는 차려 자세로 나를 내려다보았다. 갑자기 서스턴과 마찬가지로 나에게서도 별다른 공감을 기대할 수 없다고, 그것은 내가 그가 아니라 서스턴과 신앙이 같기 때문이라고 판단한 것 같았다. 청년은 이러저러다보

---

* 독일 철학자 카를 마르크스의 영어식 발음.
** 20세기 초중반에 할리우드에서 활동한 코미디 배우 형제. 치코, 하포, 그루초 등이 있다.

니 내 진짜 신앙이 뭔지 헛갈리는 상황에 이르렀지만, 나는 그의 생각을 바로잡아주고 싶은 마음이 전혀 없었다. 간단히 말해, 그가 마음에 들지 않았기 때문이다.

내가 그냥 그의 시선을 받아내고 있자, 그는 말투를 바꿔 이야기를 했다. "알다시피, 하사님." 그는 나에게 설명했다. "금요일 밤에는 말이죠, 유대인들은 예배를 드리러 가야 하거든요."

"서스턴 하사는 군바리 파티가 있을 때는 예배드리러 갈 수 없다고 했나?"

"아닙니다."

"너희더러 여기 남아 바닥을 청소하라고 한 건가?"

"아닙니다, 하사님."

"그럼 대위님이 너희더러 여기 남아 바닥을 청소하라고 한 건가?"

"그게 아닙니다, 하사님. 막사의 다른 사람들이 문제죠." 그는 내 쪽으로 몸을 기울였다. "그 사람들은 우리가 일을 하기 싫어서 도망간다고 생각해요. 하지만 그런 게 아니거든요. 유대인들이 예배를 드리는 시간이란 말입니다, 금요일 밤은. 우린 그래야 돼요."

"그럼 그렇게 해."

"하지만 다른 사람들이 비난을 한단 말입니다. 그럴 권리도 없는데."

"그건 군의 문제가 아니야, 그로스바트. 너 스스로 해결해야
하는 개인적인 문제지."

"하지만 부당하잖아요."

나는 나가려고 일어섰다. "그 문제에서는 내가 할 수 있는 일
이 없다." 내가 말했다.

내 앞에 선 그로스바트의 몸이 뻣뻣해졌다. "하지만 이건 종교
문제입니다, 장교님."

"나는 하사야. 장교가 아니야." 내가 말했다.

"저도 '하사님'이라고 하려고 했습니다." 그는 으르렁거리다
시피 했다.

"야, 군목을 만나봐. 배럿 대위님을 만나고 싶으면 내가 자리
를 주선해주지."

"아니, 아닙니다. 문제를 일으키고 싶지는 않아요, 하사님. 아
마 저쪽에선 바로 그렇게 뒤집어씌울 겁니다. 저는 그저 제 권리
를 원할 뿐이에요!"

"젠장, 그로스바트, 징징거리지 좀 마. 너는 네 권리를 누리고
있어. 여기 있으면서 바닥을 청소할 수도 있고, 아니면 회당에
갈 수도 있고……"

그의 얼굴에 다시 미소가 번졌다. 그의 입꼬리 근처에 작은 침

이 반짝거렸다. "교회 말씀이시겠죠, 하사님."

"회당 말이야, 그로스바트!

나는 그를 지나쳐 밖으로 나갔다. 근처에서 경비병의 군화가 자갈을 우적우적 밟는 소리가 들렸다. 막사의 불이 밝혀진 창문들 너머로 티셔츠에 작업복 바지를 입은 청년들이 침상에 앉아 소총에 광을 내고 있었다. 갑자기 뒤에서 가볍게 바스락거리는 소리가 들렸다. 고개를 돌리자 그로스바트의 어두운 형체가 다시 막사로 달려가는 모습이 보였다. 그의 유대인 친구들에게 그들이 맞았다고, 칼이나 하포*와 마찬가지로 나도 그들 가운데 한 사람이라고 말해주러 달려가는 길이었다.

다음날 아침 배럿 대위와 이런저런 이야기를 나누다가 전날 저녁 있었던 일을 이야기했다. 그런데 어떻게 된 일인지 내가 그 이야기를 하는 것이 대위의 눈에는 그로스바트의 입장을 설명한다기보다는 변호하는 것으로 보였던 것 같다. "막스, 나는 누구든 자신이 남자라는 것만 증명하면 깜둥이하고도 한편이 되어 싸울 생각이 있는 사람이야." 그는 창밖을 내다보며 말했다. "나는 마음이 열린 사람이라는 자부심이 있네. 따라서, 하사, 여

_____

* 칼 막스와 하포 막스를 가리킨다.

기에서는 누구도 좋은 쪽으로든 아니면 나쁜 쪽으로든 특별 대우를 받지 못해. 인간이 해야 할 일은 오직 자기를 증명하는 것뿐이야. 어떤 병사가 사격장에서 사격을 잘하면 나는 그 병사한테 주말 휴가를 줘. 체육 훈련에서 높은 점수를 받으면 주말 휴가를 줘. 그 병사는 자신의 노력으로 그걸 얻는 거야." 그는 창에서 몸을 돌리더니 손가락으로 나를 가리켰다. "자네는 유대인이지, 그렇지, 막스?"

"네, 대위님."

"나는 자네를 존경하네. 자네 가슴에 달린 훈장 때문에 자네를 존경해. 나는 전장에서 보여준 것을 기준으로 그 사람을 판단하네, 하사. 그게 그 사람이 여기에 갖고 있는 거야." 그러더니 그는, 나는 그가 자신의 심장을 가리킬 것이라고 예상했지만, 자신의 셔츠를 배 주위에 지탱해주느라 팽팽하게 긴장되어 있는 단추들을 향해 엄지를 쿡 찔렀다. "뱃속에." 그가 말했다.

"알겠습니다, 대위님. 저는 그저 부하들의 생각이 어떤지 전달해드리고 싶었을 뿐입니다."

"막스 씨, 부하들의 생각이 어떤지 걱정하다보면 나이보다 일찍 늙게 됩니다. 그런 문제는 군목에게 맡기세요—그건 당신 일이 아니라 그 사람이 할 일이니까. 우리는 이 친구들이 총이나 제대로 쏘도록 훈련시키자고. 유대인 병사들이, 농땡이 친다는 이유로 다른 병사들이 자기들을 비난한다고 느낀다—글쎄, 나는 정말 모르겠네. 갑자기 주님이 그로스먼 이등병의 귀에 대고 어서 교회로 달려가라고 큰 소리로 외친다는 게 엄청나게 이상하게 보이는데."

"회당입니다." 내가 말했다.

"회당이 맞지, 하사. 다음부터는 얼른 참고할 수 있도록 그 말을 적어놓지. 들려줘서 고맙네."

그날 저녁 중대가 중대 본부 앞에서 식사 대형으로 모이기 전 나는 당번병 로버트 라힐 병장에게 전화를 걸어 좀 오라고 했다. 라힐은 피부가 거무스름하고 몸집이 컸으며, 구불구불한 털은 기회가 생길 때마다 옷 밖으로 튀어나오려고 했다. 그는 눈이 흐릿하게 번들거려, 그를 보면 동굴과 공룡이 생각났다. "라힐," 내가 말했다. "병사들이 모였을 때, 예배가 열리는 날에는 구역을 벗어나기 전에 중대 본부에 보고만 하면 언제든 교회에 가도 좋다고 알리게."

라힐은 손목만 긁을 뿐 내 말을 들었거나 이해했다는 표시가 없었다.

"라힐," 내가 말했다. "교회. 기억나나? 교회, 사제, 미사, 고해성사."

그는 한쪽 입술을 비틀어 미소 비슷한 것을 지어 보였다. 나는 그것을 그가 잠시 인류로 돌아왔다는 표시로 받아들였다.

"오늘 저녁 예배에 참석하고 싶은 유대인 병사들은 십구시 정각에 중대 본부 앞에 모이라고 하게." 내가 말했다. 그런 뒤 나중에 생각난 것처럼 덧붙였다. "배럿 대위님 명령이야."

잠시 후, 하루의 마지막 빛─그해 내가 보았던 가장 부드러운 빛이었다─이 크라우더 기지 너머로 떨어지기 시작했을 때, 창밖에서 라힐의 탁하고 억양 없는 목소리가 들렸다. "잘 들어라, 보병. 노친네가 한 말을 전달하겠다. 유대인 미사에 참석하고 싶은 유대인 병사들은 모두 십구시 정각에 여기, 이 앞에 집합해라."

일곱시에 중대 본부 창밖을 보니 빳빳하게 풀을 먹인 군복을 입은 병사 세 명이 먼지가 날리는 사각형 마당에 서 있었다. 그들은 손목시계를 보고 안달하며 자기들끼리 수군댔다. 날은 어둑어둑해지고 있었다. 아무도 없는 넓은 땅에 그들만 있으니 아주 작아 보였다. 문을 열자 주변의 막사에서 군바리 파티의 소음이 들려왔다─침상을 벽으로 밀고, 수도를 콸콸 틀어 들통에 물을 받고, 나무 바닥을 비로 쓸고, 토요일 검열에 대비해 먼지를 떨어내는 소리였다. 크게 펼쳐진 걸레가 빙글빙글 돌아가며 유리창을 닦았다. 나는 밖으로 나갔다. 내 발이 땅에 닿는 순간 그로스바트가 다른 병사들에게 말하는 소리가 들린 것 같았다.

"차-려엇!" 아니면 세 명 모두 부리나케 차려 자세를 취했기 때문에 그런 명령을 들었다고 상상한 건지도 몰랐다.

그로스바트가 한 걸음 앞으로 나섰다. "감사합니다, 장교님." 그가 말했다.

"'하사'라니까, 그로스바트." 나는 다시 한번 일깨워주었다. "장교들한테나 그렇게 불러. 나는 장교가 아니야. 이제 군대에 삼 주나 있었으니 그 정도는 알아야지."

그는 두 손바닥을 양옆으로 펼쳐 사실 그와 나는 관습을 넘어선 곳에서 살지 않느냐는 뜻을 내비쳤다. "어쨌든 감사합니다." 그가 말했다.

"그래요." 그로스바트 뒤의 키가 큰 아이가 말했다. "정말 감사합니다."

세번째 아이가 작은 소리로 말했다. "감사합니다." 그러나 입이 거의 벌어지지 않았기 때문에, 그의 차려 자세에서 바뀐 것은 입술의 움직임뿐이었다.

"뭐가?" 내가 물었다.

그로스바트는 행복해서 코를 킁킁거렸다. "발표해주신 거요. 병장님 발표 말입니다. 큰 도움이 됐습니다. 그 덕분에……"

"쩨지게 됐습니다." 키 큰 아이가 그로스바트의 말을 마무리했다.

그로스바트가 웃음을 지었다. "저 친구 말은 형식을 갖추게 됐
단 겁니다, 장교님. 공식적이 됐다는 거죠." 그가 나에게 말했다.
"이제 우리가 그냥 도망치는 것처럼 보이지 않을 거예요…… 일
이 시작되었다고 농땡이 치는 게 아니란 거죠."

"배럿 대위님 명령에 따른 거야." 내가 말했다.

"아아, 하지만 하사님이 슬쩍 밀어주신 거죠." 그로스바트가
말했다. "그래서 감사드리는 겁니다." 그는 동료들을 돌아보았
다. "막스 하사님, 여기는 래리 피시바인입니다."

키가 큰 아이가 앞으로 나와 손을 내밀었다. 나는 그 손을 잡
았다. "뉴욕 출신이세요?" 그가 물었다.

"그래."

"저둡니다." 그의 얼굴은 광대뼈부터 턱까지 안으로 함몰된
동굴 같았고 웃음을 지으면—우리가 지역적 연고가 있다는 소
식에 웃음을 지었는데—입안 가득 썩은 치아가 드러났다. 또 마
치 눈물이 흘러내리는 것을 막으려고 안간힘을 쓰는 것처럼 눈
을 자주 깜빡였다. "어느 구에 사셨어요?" 그가 물었다.

나는 그로스바트를 돌아보았다. "지금 일곱시 오분인데. 예배
는 몇시야?"

"회당은," 그는 말하며 웃음을 지었다. "십 분 뒤에 엽니다. 미
키 할편하고도 인사를 하시지요. 여기는 네이선 막스, 우리 하

사님."

세번째 아이가 앞으로 펄쩍 튀어나왔다. "이등병 마이클 할편." 그가 경례를 했다.

"경례는 장교들한테나 해, 할편." 내가 말했다. 아이는 얼른 손을 내렸고, 신경이 예민한지 손을 내리며 셔츠 호주머니 단추가 채워졌는지 확인했다.

"제가 행군시켜 데려갈까요, 장교님?" 그로스바트가 물었다. "아니면 함께 가시겠습니까?"

그로스바트 뒤에서 피시바인이 소리를 질렀다. "끝나고 다과도 준대요. 세인트루이스에서 온 지원 여군도 있답니다. 지난주에 랍비가 그랬어요."

"군목이야." 할편이 작은 소리로 말했다.

"함께 가시는 거 환영합니다." 그로스바트가 말했다.

나는 그의 청원을 피하려고 고개를 돌리다 막사 창문에서 우리 넷을 내다보고 있는 구름 같은 얼굴들을 보았다. "얼른 다녀와, 그로스바트." 내가 말했다.

"그럼 알겠습니다." 그가 말하더니 다른 아이들을 향해 고개를 돌렸다. "속보로, 전진!"

그들은 출발했다. 그러나 열 걸음쯤 갔을 때 그로스바트가 몸을 빙그르 돌리더니 뛰어오며 나에게 소리쳤다. "좋은 샤버스*

되시기를, 장교님!" 이윽고 왠지 이질적인 미주리의 어스름이 세 사람을 삼켰다.

녹색이 군청색으로 변한 연병장 너머로 그들이 사라진 뒤에도 나는 그로스바트가 속보의 운율에 맞추어 노래하는 소리를 들을 수 있었다. 점점 희미해지는 그 소리에 갑자기 깊은 곳에 묻힌 기억이 깨어났다―아마 비껴드는 빛의 도움도 받았을 것이다. 오래전 브롱크스 그랜드 콩코스 옆 어떤 놀이터의 시끄러운 소리들이 기억난 것이다. 나는 바로 이런 긴 봄 저녁에 그곳에서 놀고 있었다. 평화와 고향으로부터 아주 멀리 떨어져 있는 젊은 남자에게는 유쾌한 기억이었다. 이 기억과 더불어 아주 많은 일들이 떠오르는 바람에 나는 나 자신에게 매우 부드러워지기 시작했다. 백일몽에 강하게 사로잡히면서 마치 어떤 손이 내 안 깊은 곳에 다다르는 듯한 느낌을 받았다. 그 손은 아주 많은 곳을 거쳐 나에게 닿은 것이 틀림없었다! 벨기에의 숲에서 지내던 시절을 거치고, 울음을 참는 내 옆에서 죽어가는 사람들을 거치고, 책들을 꺼내 모닥불을 피우고 불을 쬐던 독일 농가에서 보낸 밤을 거치고, 동료들에게 보여줄 수도 있었던 모든 너그러움을 차단해버리고, 심지어 나 자신에게도 정복자의 자세―베젤, 뮌스

---

* '안식일'이라는 뜻의 이디시어.

터, 브라운슈바이크의 폐허를 군화로 짓밟으며 유대인으로서 내가 보여줄 수도 있었을 으쓱거림—를 용케 허용하지 않았던 그 가없이 긴 시간들을 거쳐야 했을 것이다.

그런데 이제 밤의 소음 하나, 고향과 지나간 시간을 알리는 신호 하나로 기억이 훌쩍 튀어나오더니 내가 마비시켜놓았던 모든 것을 뚫고 나 자신에게 이른 것이다. 불현듯 나 자신이 떠오른 것이다. 따라서 나를 더 찾아내기 위해, 나도 모르게 그로스바트가 간 길을 따라 유대교 예배가 열리고 있는 3호 예배당으로 간 것은 전혀 이상한 일이 아니었다.

나는 텅 비어 있는 마지막 줄에 앉았다. 거기서 앞으로 두 줄 떨어진 곳에 그로스바트, 피시바인, 할펀이 희고 작은 딕시 컵*을 들고 앉아 있었다. 의자는 뒤로 갈수록 조금씩 높아졌기 때문에 앞에서 어떤 일이 벌어지는지 훤히 볼 수 있었다. 피시바인은 자기 컵의 내용물을 그로스바트의 컵에 따랐고, 그로스바트는 액체가 피시바인의 손과 자기 손 사이에서 자주색 호를 그리는 것을 보며 희희낙락하는 표정이었다. 앞쪽 단의 눈부신 노란 빛 속에 서 있는 군목이 보였다. 그는 교독문 첫 줄을 읊조리고 있었다. 그로스바트의 기도서는 펼쳐지지 않은 채 허벅지에 놓여 있

---

* 일회용 컵의 상표명.

었다. 그는 컵을 빙글빙글 돌리고 있었다. 오직 할편만이 기도문을 읽었다. 그는 오른손 손가락들을 넓게 벌려 펼쳐진 기도서 표지를 잡고 있었다. 모자는 이마를 가릴 정도로 낮게 눌러써, 야물커처럼 둥글게 만들었다. 그로스바트는 이따금씩 컵 가장자리에 입술을 갖다댔다. 꺼져가는 전구처럼 얼굴이 길고 노란 피시바인은 여기저기 둘러보고 있었다. 목을 앞으로 길게 빼고 같은 줄에 앉은 얼굴들을 살피더니 앞에 있는 사람들, 이어 뒤에 있는 사람들을 보았다. 그는 나를 발견했다. 그의 눈꺼풀이 북을 치듯 빠르게 여닫혔다. 팔꿈치가 그로스바트의 옆구리로 미끄러져들어갔고, 목이 친구 쪽으로 기울었다. 그런 자세로 뭔가 소곤거렸다. 이윽고 회중이 교독문 다음 구절에 응답할 때는 그로스바트의 목소리도 다른 사람들 목소리에 섞여 있었다. 이제 피시바인도 기도서를 들여다보고 있었다. 그러나 입술은 움직이지 않았다.

마침내 포도주를 마실 시간이 되었다. 군목이 그들을 굽어보며 미소를 지었다. 그로스바트는 길게 한 번에 쭉 들이켰고, 할편은 생각에 잠겨 홀짝거렸으며, 피시바인은 빈 컵으로 마시는 척만 했다. "오늘밤에 오신 회중"—군목은 그 말을 하며 싱글거렸다—"을 살펴보니 새 얼굴이 많이 보이네요. 여기 크라우더 기지에서 열리는 금요일 밤 예배에 오신 여러분을 환영합니다. 나는 여러분의 군목인 리오 벤 에즈라 소령입니다." 군목은 미

국인이었음에도 마치 청중 가운데 독순술을 하는 사람과 소통을
해야 하는 것처럼 천천히, 거의 음절 하나하나를 또박또박 발음
했다. "몇 마디만 하고, 미주리 주 세인트루이스 시나이 성전의
친절한 숙녀들이 여러분을 위해 훌륭하게 상을 차려놓은 다과실
로 자리를 옮기겠습니다."

갈채와 휘파람이 터져나왔다. 군목은 또 잠깐 싱글거리더니
청중을 향해 두 손바닥을 내밀며 눈을 잠깐 위로 치켜세웠다. 군
인들에게 지금 그들이 있는 곳을, 또 '다른 누가'* 이 자리에 있을
수 있다는 것을 알려주려는 것 같았다. 그뒤에 이어진 갑작스러
운 정적 속에서 나는 그로스바트가 재잘거리는 소리를 들은 것
같았다. "바닥 청소는 고이나 하라지!" 그런 말이었을까? 확신
할 수 없었다. 어쨌든 피시바인은 싱글거리며 할편을 쿡쿡 찔렀
다. 할편은 멍한 표정으로 그를 보다가 다시 기도서로 눈길을 돌
렸다. 그는 랍비가 이야기하는 내내 기도서에 몰두해 있었다. 한
손으로는 모자 밑으로 삐져나온 검은 곱슬머리를 잡아당기고 있
었다. 입술이 움직였다.

랍비가 말을 이어갔다. "내가 잠시 여러분에게 말하고 싶은 것
은 음식에 관한 겁니다. 압니다, 압니다, 알아요." 그는 지친 목

* 신을 가리킨다.

소리로 읊조렸다. "여러분 대부분이 트라페* 음식을 먹을 때 재를 씹는 기분이라는 걸. 여러분 가운데 일부는 구역질을 한다는 것도 알고 있고, 여러분 부모가 여러분이 불결하고 입에 불쾌한 음식을 먹는 것을 생각하며 괴로워한다는 것도 알고 있습니다. 내가 무슨 말을 할 수 있겠습니까? 눈을 감고 삼킬 수 있는 데까지 삼켜보라고 말할 수 있을 뿐입니다. 살기 위해 먹어야 하는 것은 먹고, 나머지는 버리세요. 나도 더 도와드릴 수 있으면 좋겠습니다. 이것이 불가능한 분들에게는 계속 노력하라고 부탁하고 싶습니다. 그런 다음에 개인적으로 나를 찾아오세요. 여러분의 혐오감이 너무 크다면, 더 높이 계신 분에게 지원을 구해야 할 겁니다."

그 말에 회중은 왁자하게 떠들다가 이내 잠잠해졌다. 이어 모두 〈아인 켈로하이누〉**를 불렀다. 오랜 세월이 흘렀음에도 나는 여전히 그 가사를 기억하고 있었다. 그러다 갑자기 예배가 끝났고, 그로스바트가 나에게 다가왔다. "더 높이 계신 분? 장군을 말하는 건가요?"

"야, 셸리." 피시바인이 말했다. "하느님을 얘기한 거야." 그

---

* '금지된 것'이라는 뜻의 이디시어.
** '우리 신과 같은 분은 없다'는 뜻으로 유대인의 전통적인 노래.

는 그로스바트의 얼굴을 손바닥으로 철썩 치며 할펀을 보았다. "너는 하느님을 향해 얼마나 높이 갈 수 있어?"

"쉬이잇!" 그로스바트가 말했다. "어떻게 생각하세요, 하사님?"

"모르겠는데." 내가 말했다. "군목한테 물어보는 게 좋겠어."

"그럴 겁니다. 개인적으로 만날 약속을 잡을 거예요. 미키도요."

할펀은 고개를 저었다. "아니, 아니야, 셸던……"

"너도 권리가 있어, 미키." 그로스바트가 말했다. "우리를 자기들 맘대로 할 수는 없는 거야."

"괜찮아." 할펀이 말했다. "어머니가 괴롭지, 나는 괜찮아."

그로스바트가 나를 보았다. "어제 미키가 토했어요. 해시*를 먹다가. 햄이 잔뜩 들었고 또 뭐가 들었는지 모르죠."

"감기에 걸렸어. 그래서 그런 거야." 할펀이 말했다. 그는 야물커를 밀어올려 모자로 바꾸었다.

"너는 어때, 피시바인?" 내가 물었다. "너도 코셔야?"

그는 얼굴을 붉혔다. "약간요. 하지만 그냥 버텨보려고요. 저는 위가 아주 튼튼하거든요. 어차피 많이 먹지도 않고요." 나는 그를 계속 보았다. 그는 자신이 방금 한 말을 강조하려고 손목을 들어올렸다. 손목시계 줄이 마지막 구멍에 맞추어져 손목을 꼭

---

* 고기와 감자를 잘게 다져 섞어 요리하여 따뜻하게 차려 낸 것.

죄고 있었다. 그는 나를 향해 그 손목을 뻗고 있었다.

"하지만 예배는 너한테 중요한가?" 내가 그에게 물었다.

그는 그로스바트를 보았다. "그럼요, 장교님."

"'하사'라니까."

"집에서야 별로 안 그렇죠." 그로스바트가 우리 사이에 끼어들었다. "하지만 집을 떠나 있을 때는 이런 게 내가 유대인이라는 느낌을 주거든요."

"우리는 뭉쳐야 합니다." 피시바인이 말했다.

나는 문으로 걸어가기 시작했다. 할펀이 길을 내주려고 뒤로 물러섰다.

"독일에서는 그랬어." 그로스바트는 내 귀에 들릴 정도로 큰 소리로 말하고 있었다. "거기에서는 뭉치지 않았어. 쟤네들 맘대로 하라고 가만히 있었지."

나는 고개를 돌렸다. "야, 그로스바트. 여기는 군대야. 여름 캠프가 아니라고."

그로스바트가 웃음을 지었다. "그래서요?"

할펀이 슬그머니 자리를 뜨려 했지만 그로스바트가 그의 팔을 잡았다.

"그로스바트, 너 몇 살이야?" 내가 물었다.

"열아홉인데요."

"너는?" 나는 피시바인에게 물었다.

"같아요. 심지어 태어난 달도 같습니다."

"저쪽은?" 나는 이제 무사히 문에 도착한 할편을 가리켰다.

"열여덟이에요." 그로스바트가 작은 소리로 말했다. "하지만 혼자서는 신발끈도 못 묶고 이도 못 닦는 거나 마찬가지예요. 저 친구가 안됐습니다."

"나는 우리 모두가 안됐다. 그로스바트." 내가 말했다. "하지만 어른처럼 행동해. 과하게 하지 말란 말이야."

"뭘 과하게 합니까, 장교님?"

"우선 그 '장교님' 소리부터. 그걸 과하게 하지 마." 내가 말했다.

나는 그를 거기에 세워둔 채 자리를 떴다. 할편 옆을 지나갔지만, 그는 나를 보지 않았다. 이윽고 밖으로 나왔을 때 뒤에서 그로스바트가 외치는 소리가 들렸다. "야, 미키, 나의 레벤*, 어서 돌아와. 다과야!"

"레벤!" 나에게는 할머니가 쓰던 말이었다!

일주일 뒤 어느 아침 책상에서 일을 하고 있는데 배럿 대위가 나에게 자기 방으로 오라고 소리를 질렀다. 방에 들어가니 그는

---

* '생명'이라는 뜻의 이디시어.

눈이 보이지 않을 정도로 파이버를 머리에 꽉 눌러쓰고 있었다. 그는 전화를 하고 있다가, 송화구를 손으로 가리고 나에게 말했다. "도대체 그로스바트가 누구야?"

"3소대 소속입니다, 대위님." 내가 말했다. "훈련병입니다."

"음식에서 악취가 난다니 무슨 소리야? 그 자식 어머니가 빌어먹을 하원의원에게 음식 문제로 전화를 했어." 그가 송화구를 가렸던 손을 떼어 파이버를 위로 들어올리자 그제야 그의 아래쪽 속눈썹이 보였다. "예." 그는 전화기에 대고 말했다. "예. 듣고 있습니다. 막스에게 물어보고 있습니다. 지금, 여기……"

그는 다시 송화구를 가리더니 나를 돌아보았다. "'라이트풋*' 해리하고 전화하는 거야." 그는 입을 벌리지 않고 내뱉었다. "그 하원의원이 라이먼 장군한테 전화를 했고, 장군이 수자 대령한테 전화를 했고, 대령이 소령한테 전화를 했고, 소령이 나한테 전화를 한 거야. 이 사람들 모두 이걸 갖고 날 갈구느라 난리도 아니야. 도대체 어떻게 된 거야?" 그는 나에게 수화기를 흔들었다. "내가 우리 부대원들을 제대로 먹이지 못한다는 거야? 도대체 이게 뭐야?"

"대위님, 그로스바트는 이상한……" 배럿이 그 말에 조롱하

---

* Lightfoot. 발이 가볍다는 뜻.

듯 응석을 받아주는 미소를 지었다. 나는 방법을 바꾸었다. "대위님, 그로스바트는 아주 정통적인 유대인입니다. 그래서 어떤 정해진 음식만을 먹어야 합니다."

"토했다는데. 하원의원이 그랬대. 그로스바트 어머니 말이, 그 아이는 뭘 먹을 때마다 토한대!"

"그로스바트는 식사 율법을 지키던 아이입니다, 대위님."

"그런데 왜 이 노인네가 백악관에 전화를 한 거야?"

"유대인 부모들은, 대위님…… 그 사람들은 보통의 경우보다 자식을 더 보호하는 경향이 있습니다. 그러니까, 유대인은 아주 친밀한 가족생활을 한다는 겁니다. 아들이 집에서 멀리 떠난다, 그런 경우에는 어머니가 매우 속상해하기도 합니다. 아마 그애가 편지에 뭔가 이야기했을 것이고, 그애 어머니가 그걸 잘못 해석했을 겁니다."

"그 자식 주둥이에 한 방 먹이고 싶군." 대위가 말했다. "빌어먹을 전쟁이 벌어지고 있는데, 이 자식은 은쟁반에 뭘 담아달라는 거잖아!"

"그애를 탓할 일은 아니라고 봅니다, 대위님. 틀림없이 그애하고 얘기해서 문제를 풀 수 있을 겁니다. 유대인 부모들은 걱정이 심해서……"

"모든 부모가 걱정이 심해, 젠장. 하지만 그렇다고 해서 이렇게 오만하게 연줄을 이용하지는 않아……"

나는 그의 말을 끊었다. 내 목소리는 전보다 높아지고 팽팽해졌다. "대위님, 가정생활은 아주 중요합니다. 하지만 대위님 말씀이 맞습니다. 가끔 통제를 벗어나기도 합니다. 가정생활은 아주 좋은 거죠, 대위님. 하지만 아주 친밀하기 때문에, 이런 일은……"

대위는 이제 나 자신과 라이트풋 해리에게 그 편지를 해명해보려는 내 시도에 귀를 기울이지 않았다. 그는 다시 수화기로 몸을 돌렸다. "소령님?" 그가 말했다. "소령님…… 여기, 막스가 그러는데 유대인은 좀 밀어붙이는 경향이 있답니다. 여기 중대 안에서 해결할 수 있을 거라는데요…… 네, 소령님…… 전화 꼭 드리겠습니다, 소령님, 최대한 빨리요." 대위는 전화를 끊었다. "중대원들은 어디 있나, 하사?"

"사격장에 있습니다."

그는 파이버 꼭대기를 쾅 쳐서 다시 눈을 덮을 정도로 파이버를 눌러쓰더니 의자에서 벌떡 일어났다. "드라이브하러 가자." 그가 말했다.

대위가 운전을 했고 나는 대위 옆에 앉아 있었다. 더운 봄날이었다. 새로 풀을 먹인 훈련복 아래에서 겨드랑이가 허리와 가슴으로 녹아내리는 느낌이었다. 길은 메말라, 계속 입을 다물고 있

었음에도 사격장에 도착했을 때는 입에서 모래가 씹혔다. 대위
는 브레이크를 꽉 밟더니 어서 뛰어나가 그로스바트를 찾아오라
고 말했다.

나는 그로스바트가 엎드린 채 500피트 과녁에 멋대로 총을 쏴
대는 것을 보았다. 그의 뒤에서 할펀과 피시바인이 차례를 기다
리고 있었다. 전에 보지 못했던 쇠테 군용 안경을 쓴 피시바인은
몸에 아무렇게나 걸친 소총과 탄창을 언제라도 기꺼이 팔아버릴
것 같은 늙은 행상의 모습이었다. 나는 뒤의 탄약상자 옆에 서서
그로스바트가 먼 과녁에 총알을 뿌려대는 일을 마치기를 기다렸
다. 피시바인이 어기적어기적 뒷걸음질을 쳐 내 옆에 섰다.

"안녕하세요, 막스 하사님." 그가 말했다.

"잘 지내나?" 내가 웅얼거렸다.

"잘 지냅니다. 셸던은 정말 잘 쏘는데요."

"나는 몰랐는걸."

"저는 그렇게 잘 쏘지는 못하지만, 이제 감이 좀 잡히는 것 같
네요. 하사님, 있잖아요, 물어봐선 안 될 걸 물어보려는 건 아니
지만……" 아이는 말을 끊었다. 아이는 친근한 목소리로 이야기
를 하려고 했지만 총소리 때문에 나에게 소리를 지를 수밖에 없
었다.

"뭔데?" 내가 물었다. 사격장 아래에서 배럿 대위는 지프에서

일어선 채 나와 그로스바트를 찾아 엎드려 사격을 하는 병사들을 쭉 훑어보고 있었다.

"우리 부모님이 계속 우리가 어디로 가느냐고 묻고 또 묻거든요." 피시바인이 말했다. "다들 태평양으로 간다고 하던데. 저는 상관없습니다만, 우리 부모님이…… 부모님 마음을 편하게 할 수 있으면, 저도 사격에 더 집중할 수 있을 것 같아서."

"나도 어딘지 모른다, 피시바인. 어찌됐건 집중하려고 노력해봐라."

"셸던 말이 하사님은 알아볼 수 있을 거라는데요."

"나는 아무것도 몰라, 피시바인. 그냥 마음 편히 먹고, 셸던이 제멋대로……"

"저는 마음 편히 먹고 있어요, 하사님. 그런데 집에서……"

그로스바트는 사격을 마치고 한 손으로 훈련복의 먼지를 털고 있었다. 나는 그를 불렀다. "그로스바트, 대위님이 보잔다."

그로스바트가 우리에게 다가왔다. 그의 눈은 활활 타오르며 반짝거렸다. "안녕하세요!"

"그 염병할 소총 좀 겨누지 마!" 내가 말했다.

"설마 제가 쏘겠어요, 하사님." 그는 호박만큼이나 널찍한 웃음을 지어 보이며 총신을 옆으로 돌렸다.

"빌어먹을, 그로스바트, 이건 장난이 아냐! 나를 따라와."

나는 앞서 걸어가며, 뒤에서 그로스바트가 어깨총을 하고 마치 일인 파견대라도 되는 양 행군을 하고 있는 것이 아닌가 하는 끔찍한 생각에 사로잡혔다. 지프에 이르자 그로스바트는 대위에게 총으로 경례를 했다. "이등병 셸던 그로스바트, 신고합니다."

"쉬어, 그로스먼." 대위는 자리에 앉더니 슬슬 빈자리로 다가가며 손가락을 구부려 그로스바트를 가까이 오게 했다.

"바트입니다, 대위님. 셸던 그로스바트요. 흔히 하는 실수죠." 그로스바트는 나에게 고개를 끄덕여 보였다. 나야 이해하죠, 그런 뜻이었다. 나는 고개를 돌렸다. 막 정지한 급식 트럭이 소매를 걷어올린 취사병 대여섯 명을 사격장에 쏟아냈다. 그들은 취사반장의 악쓰는 소리를 들어가며 배식 줄을 위한 장비를 설치했다.

"그로스바트, 네 엄마가 어떤 하원의원한테 우리가 너를 제대로 먹이지 않는다고 편지를 썼더군. 알고 있나?" 대위가 말했다.

"아버지입니다, 대위님. 프랭코니 의원한테 제 종교가 어떤 음식들은 먹지 못하게 금지한다고 써 보냈습니다."

"그게 무슨 종교인가, 그로스바트?"

"유대교요."

"'유대교입니다, 대위님'이라고 해야지." 내가 그로스바트에게 말했다.

"죄송합니다, 대위님. 유대교입니다, 대위님."

"그동안은 뭘 먹고 살았나?" 대위가 물었다. "입대한 지 벌써 한 달이잖아. 곧 쓰러질 것 같은 사람으로 보이지는 않는데."

"어쩔 수 없이 먹는 겁니다, 대위님. 하지만 제가 생존하기 위해 필요한 것 이상으로는 한입도 더 먹지 않는다는 사실을 막스 하사님이 증언해줄 겁니다."

"그런가, 막스?" 배럿이 물었다.

"저는 그로스바트가 먹는 걸 한 번도 본 적이 없습니다, 대위님." 내가 말했다.

"하지만 랍비님이 하시는 말씀을 들었잖아요." 그로스바트가 말했다. "랍비님이 우리한테 어떻게 해야 할지 말해주었고, 저는 그 말을 들었습니다."

대위가 나를 보았다. "어떤가, 막스?"

"그래도 저는 그로스바트가 뭘 먹고, 뭘 먹지 않는지 모릅니다, 대위님."

그로스바트는 나에게 애원하듯 두 팔을 들어올렸다. 순간적으로 나더러 자기 무기를 갖고 있으라고 넘기는 것처럼 보였다. "하지만, 하사님……"

"이봐, 그로스바트, 대위님 질문에나 대답해." 내가 날카롭게 말했다.

배럿은 나를 보고 웃음을 지었고 나는 그 웃음이 원망스러웠다. "좋아, 그로스바트." 대위가 말했다. "네가 원하는 게 뭔가? 작은 서류 쪼가리? 여기서 나가고 싶나?"

"아닙니다, 대위님. 유대인으로 살 수 있기만 바랄 뿐입니다. 그리고 다른 사람들도요."

"다른 사람들이라니?"

"피시바인 말입니다, 대위님. 그리고 할편도요."

"그들도 우리가 주는 게 마음에 들지 않는다는 건가?"

"할편은 토했습니다, 대위님. 제가 봤습니다."

"나는 자네가 토한 줄 알았는데."

"딱 한 번입니다, 대위님. 소시지가 소시지인 줄 몰랐거든요."

"미리 메뉴를 주지, 그로스바트. 음식에 관한 훈련용 영화를 틀어줄게. 우리가 너희를 독살하려 할 때 너희들이 바로 알 수 있도록 말이야."

그로스바트는 대답하지 않았다. 병사들은 급식대에 두 줄로 서 있었다. 나는 한쪽 줄 끝에서 피시바인을 보았다. 아니, 그의 안경이 나를 보았다고 하는 것이 좋겠다. 그 안경은 나에게 윙크를 하듯 햇빛을 반사했다. 할편이 피시바인 옆에 서서 카키색 손수건으로 목깃 안쪽을 토닥이고 있었다. 그들은 음식을 향해 조금씩 다가가는 줄을 따라 움직이고 있었다. 취사반장은 취사병들에게 여전히 악을 쓰고 있었다. 잠시, 취사반장이 어떤 식으로든 그로스바트의 문제와 얽히게 될 것이라는 생각에 나는 정말로 겁을 먹었다.

"막스." 대위가 말했다. "자네도 유대인이지…… 맞지?"

나는 희극에서 조연을 연기했다. "네, 대위님."

"자네는 군에 얼마나 있었지? 이 친구한테 말 좀 해줘."

"삼 년 이 개월입니다."

"하사는 전장에서 일 년을 보냈어, 그로스바트. 유럽 전역의 전장에서 염병할 열두 달을 보냈다고. 나는 이 사람을 존경해." 대위는 손목으로 내 가슴을 툭 쳤다. "그런데 이 사람이 음식 갖고 찍찍거리는 거 봤나? 봤어? 대답해라, 그로스바트. 봤어, 못 봤어?"

"못 봤습니다, 대위님."

"왜 찍찍거리지 않을까? 이 사람도 유대인인데."

"어떤 유대인한테는 어떤 일이 중요하지만, 다른 유대인한테는 그것보다 중요한 다른 일이 있습니다."

배럿은 폭발했다. "야, 그로스바트. 여기 막스는 훌륭한 사람이야. 염병할 영웅이라고. 네가 고등학교 다닐 때 막스 하사는 독일놈을 죽이고 있었어. 누가 유대인을 위해 더 많은 일을 했나? 그깟 소시지 조각에, 좋은 고깃조각에 토하는 너야, 아니면

그 나치 새끼들을 죽인 막스야? 내가 유대인이라면, 그로스바트,
이 사람 발에 입이라도 맞추겠어. 이 사람은 염병할 영웅이고,
또 이 사람은 우리가 주는 걸 먹어. 그런데 도대체 너는 왜 문제
를 일으켜야만 하는지 그걸 알고 싶은 거야! 네가 기를 쓰고 얻
으려는 게 뭐야…… 제대야?"

"아닙니다, 대위님."

"내가 벽에 대고 말을 하고 있군! 하사, 얘 좀 내 앞에서 치
워." 배럿은 운전석으로 다시 몸을 옮겼다. "나는 군목을 만나러
갈 거야." 엔진이 큰 소리를 내더니, 지프가 먼지 회오리를 일으
키며 한 바퀴 돌았다. 대위는 다시 부대로 향했다.

잠시 그로스바트와 나는 나란히 서서 지프를 지켜보고 있었
다. 이윽고 그가 나를 보더니 말했다. "나는 문제를 일으키고 싶
지 않아요. 쟤네들은 꼭 우리를 일단 그런 식으로 몰아가죠."

나는 그가 이야기할 때 희고 고른 그의 이를 보았고, 그것을
보는 순간 갑자기 그로스바트에게 진짜로 부모가 있다는 것을
깨달았다. 언젠가 어린 셸던을 치과의사한테 데려가준 사람이
있었던 것이다. 그는 그들의 아들이었다. 그때까지 그의 부모에
관한 그 모든 이야기에도 불구하고 그로스바트가 어린아이라는
것이, 한 집안의 상속자라는 것이 믿기지 않았다. 피로 누군가
와, 어머니, 아버지와, 특히 나와 연결되어 있다고 믿기가 힘들

었던 것이다. 이제 그 깨달음은 다른 깨달음을 낳았다.

"아버지는 뭐 하시나, 그로스바트?" 나는 급식대 줄을 향해 걸어가면서 물었다.

"양복점을 하세요."

"미국인이야?"

"지금은 그렇죠. 입대한 아들도 있는데요." 그가 농담조로 말했다.

"어머니는?"

그는 한쪽 눈을 찡긋했다. "발라부스타*죠. 손에 걸레를 쥐고 자다시피 합니다."

"어머니도 이민자시고?"

"아직도 이디시어밖에 못합니다."

"아버지도?"

"영어를 조금 하시죠. '깨끗하다' '다린다' '바지를 줄인다'. 뭐 그 정도예요. 어쨌든 두 분 다 나한테는 잘해주십니다."

"그러니까, 그로스바트……" 나는 팔을 뻗어 그를 세웠다. 그는 나를 돌아보았다. 우리 눈이 마주쳤을 때 그의 눈이 뒤로 펄쩍 뛰어 물러나는 것 같았다. 눈구멍 안에서 부들부들 떠는 것 같았

---

* '집안의 여주인'이라는 뜻의 이디시어.

다. "그로스바트…… 그 편지를 쓴 사람은 너로군, 안 그래?"

그의 눈이 다시 행복하게 반짝이는 데는 일이 초밖에 걸리지
않았다. "네." 그는 계속 걸었고 나도 보조를 맞추었다. "아버지
는 쓸 줄만 알았으면 그런 편지를 쓰셨을 거예요. 어쨌든 이름은
아버지 겁니다. 아버지가 서명하신 거죠. 심지어 직접 부치기까
지 했어요. 내가 집으로 보낸 걸 말이에요. 뉴욕 소인이 찍혀야
하니까."

나는 깜짝 놀랐고, 그도 내가 깜짝 놀라는 것을 보았다. 그는
아주 진지한 표정으로 자신의 오른팔을 내 앞에 쑥 내밀었다.
"피는 핍니다, 하사님." 그러면서 손목의 파란 핏줄을 손가락으
로 집어 보여주었다.

"도대체 무슨 짓을 하려는 거야, 그로스바트?" 내가 물었다.
"나는 네가 먹는 걸 봤어. 그거 알아? 대위님한테는 네가 뭘 먹
는지 모르겠다고 했지만, 나는 네가 식사 때 사냥개처럼 먹는 걸
봤단 말이다."

"우리는 열심히 일하잖아요, 하사님. 훈련을 받고 있잖아요.
용광로가 일을 하려면 석탄을 먹여줘야죠."

"그런데 왜 편지에서는 늘 토한다고 이야기한 거야?"

"사실 그 부분은 미키 얘기를 한 거였어요. 미키 대신 이야기
를 한 거죠. 내가 애원했지만 그 친구는 절대 편지를 쓰려 하지

않더라고요, 하사님. 하지만 내가 도와주지 않으면 미키는 뼈만 남을 겁니다. 그래서 내 이름, 우리 아버지 이름을 사용했어요. 내가 보살피려는 건 미키, 그리고 또 피시바인이에요."

"진짜 메시아가 나셨구만."

우리는 이제 급식대 줄에 서 있었다.

"재미있는 말씀이네요, 하사님." 그가 웃음을 지으며 말했다. "하지만 누가 알겠어요? 누가 자신 있게 말할 수 있겠어요? 어쩌면 하사님이 메시아일지도 모르죠…… 약간은요. 미키 말로는 메시아가 집단적 관념이라고 하더라고요. 그애는 예시바*에 다녔어요. 미키 말이에요. 잠깐이지만. 미키 말로는 우리가 함께 메시아래요. 나도 약간이고, 너도 약간이라는 거죠. 하사님도 그애가 흥분할 때 하는 얘기를 들어봐야 하는데."

"나도 약간, 너도 약간이라." 내가 말했다. "그걸 믿고 싶은 거로군, 안 그래, 그로스바트? 그러면 너한테는 모든 게 아주 깨끗해지니까."

"믿는 게 아주 나쁜 일 같지는 않은데요, 하사님. 그건 그저 우리 모두 조금씩 내주어야 한다, 뭐 그런 말일 뿐이잖아요."

나는 부사관들과 함께 배식 받은 것을 먹으려고 그들이 있는

---

* 유대교 전통 교육을 실행하는 기관.

쪽으로 발을 옮겼다.

이틀 뒤 배럿 대위에게 온 편지 한 통이 내 책상으로 넘어왔
다. 지휘 계통을 거쳐서, 그러니까 편지를 처음 받은 프랭코니
하원의원 사무실에서 라이먼 장군에게로, 거기서 수자 대령에게
로, 거기서 러몬트 소령에게로, 그것이 이제 배럿 대위에게로 넘
어온 것이었다. 나는 그 편지를 두 번 읽었다. 5월 14일, 그러니
까 배럿이 소총 사격장에서 그로스바트와 이야기를 나눈 날 쓴
편지였다.

하원의원님께
제 아들 셸던 그로스바트 이등병에게 관심을 가져주신 것
에 우선 감사드립니다. 다행히도 며칠 전 셸던과 전화 통화를
할 수 있었는데, 문제를 해결할 수 있었던 것 같습니다. 지난
번 편지에서도 말씀드렸듯이 그 아이는 신앙심이 아주 깊습니
다. 그래서 한참 애를 쓰고 나서야 조국과 모든 인류의 이익을
위해 종교적 가책이라는 고통을 겪는 것도 종교적인 의무—
하느님 자신이 셸던이 해주기를 바라시는 일—일 수 있다는
것을 아이에게 간신히 설득할 수 있었습니다. 조금 고생을 하
기는 했지만, 의원님, 마침내 아이는 깨달았습니다. 실제로 그

294

아이가 말한 것(절대 잊지 않으려고 메모지에 그 말을 적어놓았습니다), 그 아이가 말한 것은 이렇습니다. "아버지 말씀이 옳은 것 같아요. 수없이 많은 동포 유대인이 적에게 목숨을 내준 마당에, 이 싸움을 빨리 끝내 하느님의 모든 자녀가 위엄과 인간성을 회복하도록 돕기 위해서라면 한동안 제 전통을 어느 정도 포기하고 사는 것이 제가 할 수 있는 최소한일 수 있겠네요." 의원님, 어느 아버지가 이런 말을 듣고 자랑스러워하지 않겠습니까.

그런데 셸던은 자기가 이런 결정을 내리는 데 도움을 준 군인의 이름을 나에게 알려주고, 또 의원님께 전해주기를 바랐습니다. 바로 네이선 막스 하사였습니다. 막스 하사는 전투 경험이 풍부한 노련한 군인으로 셸던의 선임 부사관입니다. 이 사람은 셸던이 군에 입대한 초기에 마주칠 수밖에 없었던 몇몇 장벽을 극복하는 데 도움을 주었고, 셸던이 식사 율법에 관하여 마음을 바꾸는 데도 어느 정도 역할을 했습니다. 막스가 이런 공로를 인정받는다면 셸던도 틀림없이 고마워할 것입니다.

감사하며 행운을 빕니다. 다음 투표용지에서 의원님 성함을 뵙기를 고대하겠습니다.

존경하는 마음으로,
새뮤얼 E. 그로스바트

그로스바트 문건에는 하원의 찰스 E. 프랭코니 의원이 서명해 부대 사령관인 마셜 라이먼 장군에게 보낸 또하나의 문건이 첨부되어 있었다. 그 문건에는 네이선 막스 하사가 미 육군과 유대 민족의 자랑거리라는 내용이 담겨 있었다.

　그로스바트가 자신의 입장을 철회한 동기는 무엇일까? 지나치게 나갔다고 생각한 것일까? 이 편지는 전략적 후퇴일까―우리가 동맹 관계라고 생각하고 그것을 교묘하게 강화하려는 시도일까? 아니면 아버지 그로스바트와 아들 그로스바트의 상상의 대화를 통해 실제로 마음을 바꾼 것일까? 나는 혼란을 느꼈지만 며칠뿐이었다. 그러니까 며칠이 지난 뒤 이유가 무엇이든 그로스바트가 실제로 내 인생에서 사라지기로 결심했다는 사실을 깨닫게 된 것이다. 그가 그냥 평범한 훈련병이 되는 쪽으로 마음을 잡은 것이다. 사열 때 그를 보았지만, 그는 윙크를 하지 않았다. 배식 줄에서 보았지만, 나한테 어떤 신호도 보내지 않았다. 일요일에 그는 다른 훈련병들과 함께 운동장 가장자리에 앉아 내가 투수로 뛰는 부사관 소프트볼팀 시합을 구경하곤 했지만 한 번도 나에게 불필요한 말을 하지 않았다. 피시바인과 할펀도 물러났다―나는 그로스바트가 그렇게 지시한 거라고 확신했다. 자신이 받을 자격이 없는 특권을 누리는 추한 상황으로 뛰어들기 전에 돌아서는 것이 지혜롭다는 것을 알게 된 듯했다. 그렇게 거리를 두게 되자 나는 이전에 그가 나와 충돌했던 것들을 용서할 여유가 생겼고, 마침내 그의 양식良識에 감탄하게 되었다.

그로스바트에게서 풀려난 나는 내 할 일이나 행정적인 업무에 점차 익숙해지게 되었다. 하루는 저울 위에 올라갔다가 진짜로 비전투원이 되었다는 것을 확인했다. 몸무게가 3킬로그램 넘게 불었던 것이다. 책의 첫 세 페이지를 넘기는 인내심도 기르게 되었다. 점차 미래를 많이 생각하게 되었고, 전쟁 전에 알던 여자들에게 편지도 썼다. 심지어 답장을 몇 통 받기도 했다. 우편으로 컬럼비아 대학교 법대 편람을 신청하기도 했다. 계속 태평양의 전쟁 소식에 귀를 기울이기는 했지만, 이제 그것은 나의 전쟁이 아니었다. 나는 이제 전쟁의 끝을 볼 수 있으리라 생각했고, 밤이면 가끔 맨해튼 거리를 걸어다니는 꿈을 꾸었다—브로드웨이, 서드 애비뉴, 컬럼비아에 다니던 삼 년 동안 살았던 116번가. 이런 꿈들 위로 몸을 오그리고 자면서 행복을 느끼기 시작했다.

그러던 어느 토요일, 모두 밖에 나가고 나 혼자 중대 본부에서 한 달 묵은 〈스포팅 뉴스〉를 읽고 있는데 그로스바트가 다시 나타났다.

"야구팬이시네요, 하사님?"

나는 고개를 들었다. "잘 지내나?"

"잘 지냅니다." 그로스바트가 말했다. "군대가 저를 군인으로 만들고 있는 중입니다."

"피시바인과 할펀은 어떤가?"

"그럭저럭 지내고 있죠." 그가 말했다. "오늘 오후에는 훈련이 없어요. 개네들은 영화 보러 갔습니다."

"너는 왜 같이 안 갔나?"

"여기 와서 인사나 드리고 싶어서요."

그는 웃음을 지었다―보통 사람의 수줍은 웃음이었다. 마치 우리의 우정이 불쑥 상대방을 찾아가고, 생일을 챙겨주고, 잔디 깎이를 빌리고 하는 일 등으로부터 생명을 얻어 유지되고 있다는 사실을 서로 잘 알고 있는 사이라도 되는 듯했다. 처음에는 그것이 기분 나빴으나, 이윽고 부대의 모든 사람이 어두운 영화관 안에 갇혀 있고 나만 여기서 그로스바트와 단둘이 있다는 생각에서 오는 막연한 불안감이 그 느낌을 삼켜버렸다. 나는 신문을 접었다.

"하사님," 그가 말했다. "부탁을 드리고 싶습니다. 이건 부탁입니다. 그래서 편하게 말씀드리고 있는 겁니다."

그는 말을 멈추고, 나에게 더는 듣지 않겠다고 말할 기회를 주었다―물론 그 바람에 나는 생각지도 않았던 예의를 차릴 수밖에 없게 되었지만. "말해봐."

"음, 사실 부탁이 두 개입니다."

나는 아무 말도 하지 않았다.

"첫번째는 소문에 관한 겁니다. 다들 우리가 태평양으로 간다고 하더군요."

"네 친구 피시바인한테도 말했듯이, 나는 모른다." 내가 말했다. "알게 될 때까지 그냥 기다리는 수밖에 없어. 다른 모든 사람들처럼."

"우리 가운데 누가 동쪽으로 갈 가능성도 있다고 생각하시나요?"

"독일에?" 내가 말했다. "그럴 수도 있지."

"뉴욕 말입니다."

"그럴 것 같지는 않은데, 그로스바트. 확인해본 건 아니지만."

"정보를 주셔서 감사합니다, 하사님." 그가 말했다.

"정보가 아니다, 그로스바트. 그냥 내 추측일 뿐이야."

"집 근처로 가면 정말 좋을 거예요. 우리 부모님이…… 아시잖아요." 그는 문 쪽으로 한 걸음 내딛다가 돌아섰다. "아, 또 한 가지요. 그걸 얘기해도 될까요?"

"뭔데?"

"또 한 가지는…… 제가 세인트루이스에 친척들이 있거든요. 그 친척들이 제가 오기만 하면 유월절 저녁을 제대로 차려주겠다는 거예요. 이야, 하사님, 그건 저한테 엄청난 의미가 있는 일이에요."

나는 자리에서 일어섰다. "기초 훈련 중에는 외출 불가다."

"하지만 지금부터 월요일 아침까지는 아무것도 없잖아요, 하사님. 제가 부대를 나가도 아무도 모를 거예요."

"내가 안다. 네가 알고."

"하지만 그게 다잖아요. 딱 우리 둘. 어젯밤에는 숙모한테 전화를 했어요. 하사님도 숙모 얘기를 한번 들어보셔야 하는데. '와, 오라고.' 숙모가 그러시더라고요. '게필테 피시, 크라인*을 해놨어. 없는 게 없어!' 딱 하루예요, 하사님. 무슨 일이 생기면 제가 다 책임질게요."

"대위님이 안 계셔서 외출증에 서명을 해줄 수가 없다."

"하사님이 하시면 되잖아요."

"야, 그로스바트……"

"하사님, 거의 두 달 동안 트라페만 먹었더니 죽고 싶을 지경이에요."

"그냥 그렇게 살기로 결심한 줄 알았는데. 전통을 어느 정도 포기하고 살기로."

---

* 각각 생선 케이크와 고추냉이 요리.

그는 나를 손가락으로 가리켰다. "하사님!" 그가 말했다. "그건 하사님이 읽으라고 쓴 게 아니었어요."

"내가 읽었어. 그래서 뭐?"

"그 편지는 하원의원한테 쓴 거란 말입니다."

"그로스바트, 나한테 허튼수작 부리지 마라. 너는 내가 그걸 읽길 바란 거잖아."

"왜 나를 박해하시는 거예요, 하사님?"

"지금 농담하는 건가!"

"전에도 이런 일을 겪은 적이 있어요." 그가 말했다. "하지만 내 민족이 이런 적은 없어요!"

"나가, 그로스바트! 당장 내 눈앞에서 꺼지지 못해!"

그는 움직이지 않았다. "부끄러운 겁니다. 하사님은 부끄러운 거예요." 그가 말했다. "그래서 하사님은 같은 민족에게 분풀이를 하고 있는 거라고요. 히틀러도 반은 유대인이라고 하더라고요. 하사님 얘길 들으니 그걸 의심할 수 없겠는데요."

"지금 나하고 뭘 하자는 건가, 그로스바트?" 내가 그에게 물었다. "목적이 뭔가? 내가 너한테 특권을 주고, 음식을 바꿔주고, 네 명령서를 찾아봐주고, 너한테 주말 외출증을 주기를 바라고 있잖아."

"말도 꼭 고이처럼 하네요!" 그로스바트는 주먹을 흔들었다.

"내가 부탁하는 게 단순한 주말 외출증에 불과한 건가요? 세더*
가 신성합니까, 신성하지 않습니까?"

세더! 갑자기 유월절은 몇 주 전에 지나갔다는 게 떠올랐다.
그래서 그렇게 말했다.

"맞습니다." 그가 대답했다. "누가 아니랍니까? 한 달 전이었
죠…… 그때 나는 야전에서 해시를 먹고 있었어요! 그래서 지금
내가 아주 간단한 부탁을 하나 하는 거라고요. 나는 유대인 남자
라면 이해할 줄 알았습니다. 우리 숙모는 일부러 그렇게까지 해
주시겠다는데…… 한 달이나 지난 세더 요리를 만들어주시겠다
는데……" 그는 자리를 뜨려고 돌아서며 중얼거렸다.

"이리 돌아와!" 내가 소리쳤다. 그는 발을 멈추더니 나를 보았
다. "그로스바트, 왜 다른 사람들처럼 못하는 건가? 왜 아픈 엄
지처럼 튀는 거야?"

"나는 유대인이니까요, 하사님. 나는 다르니까요. 더 나을까,
그건 아닐지도 모르죠. 하지만 다릅니다."

"지금은 전시다, 그로스바트. 당분간은 똑같이 행동해라."

"거부합니다."

"뭐?"

---

* 유월절 밤 축제.

"거부한다고요. 저는 저인 것을 그만둘 수 없습니다. 그게 다예요." 그의 눈에 눈물이 맺혔다. "유대인이 되는 건 힘든 일입니다. 하지만 이제야 미키가 하는 말을 이해하겠어요. 계속 유대인으로 남는 건 더 힘든 일입니다." 그는 나를 향해 슬프게 손을 들어올렸다. "하사님을 보세요."

"울지 마라!"

"이걸 하지 마라, 저걸 하지 마라, 다른 것도 하지 마라! 하사님이나 하지 마세요. 하사님이나 자기 민족을 향해 마음을 닫지 말라고요!" 그는 소매로 얼굴을 닦으며 문으로 달려나갔다. "우리가 서로 해줄 수 있는 최소한인데…… 최소한인데……"

한 시간 뒤 창밖을 보다가 그로스바트가 연병장을 가로지르는 것이 눈에 띄었다. 그는 풀을 먹인 군복을 입고 작은 가죽가방을 들고 있었다. 나는 한낮의 뜨거운 공기 속으로 나갔다. 고요했다. 저 너머 식당 옆에서 식기 주위에 둘러앉아 상체를 앞으로 기울인 채 해를 받으며 수다를 떨고 감자 껍질을 벗기는 취사병 네 명 외에는 아무도 보이지 않았다.

"그로스바트!" 나는 소리쳤다.

그는 내 쪽을 보더니 내쳐 걸어갔다.

"그로스바트, 이쪽으로 와!"

그는 방향을 틀더니 연병장을 가로질러 다가왔다. 마침내 그가 내 앞에 섰다.

"어디 가는 건가?" 내가 물었다.

"세인트루이스에요. 아무래도 좋습니다."

"외출증이 없으면 걸린다."

"그럼 외출증 없이 걸리죠 뭐."

"그럼 영창에 간다."

"이미 영창 안에 있습니다." 그는 뒤로돌아를 하더니 발을 내디뎠다.

그가 불과 한두 걸음 걸어갔을 때 나는 마음이 약해지고 말았다. "이리 돌아와." 내가 말했다. 나는 그를 중대 본부로 데려갔고, 그곳에서 타자로 외출증을 친 다음 대위의 이름으로 서명을 하고, 그 뒤에 내 이름 이니셜을 적었다.

그는 외출증을 받아들더니, 잠시 뒤 손을 내밀어 내 손을 잡았다. "하사님, 이게 나한테 얼마나 큰 의미가 있는지 모르실 겁니다."

"알았다." 내가 말했다. "문제나 일으키지 마."

"이게 나한테 얼마나 큰 의미가 있는지 보여드릴 수 있으면 좋겠네요."

"나한테 어떤 호의도 베풀 생각 하지 마라. 다시는 하원의원들한테 표창장을 주라고 편지도 쓰지 말고."

그는 웃음을 지었다. "하사님 말이 맞습니다. 안 쓸게요. 하지만 그래도 뭔가 좀 하게 해주세요."

"그 게필테 피시나 한 토막 가져와. 어서 나가봐."

"가져올게요!" 그가 말했다. "당근 한 조각과 고추냉이도 조금 곁들여서요. 잊지 않겠습니다."

"그래. 정문에서 외출증을 보여줘라. 그리고 아무한테도 얘기하지 말고."

"안 할게요. 한 달 늦었지만 즐거운 욤 토브*입니다, 하사님."

"즐거운 욤 토브가 되기를 바란다, 그로스바트." 내가 말했다.

"하사님은 좋은 유대인입니다. 본인은 차가운 사람이라고 생각하고 싶어하지만, 사실 훌륭하고 품위 있는 분입니다. 진심입니다."

그로스바트의 입에서 나온, 나를 감동시키려는 어떤 그럴싸한 말보다 그 마지막 한마디가 내게 감동을 주었다. "됐다, 그로스바트." 내가 말했다. "그러다 또 나를 '장교님'이라고 부르겠다. 자, 어서 여기서 꺼져."

그는 문밖으로 달려나가 사라졌다. 나는 나 자신이 매우 만족스러웠다. 그로스바트와 싸움을 이어가지 않은 것에, 그리고 그

---

* '축제일'이라는 뜻의 이디시어.

과정에서 내가 아무런 대가를 치르지 않은 것에 크게 안도했다. 배럿은 절대 알아채지 못할 것이다. 설사 알아챈다 해도 핑계를 꾸며댈 수 있었다. 나는 내 결정에 편안함을 느끼며 책상에 잠시 앉아 있었다. 그런데 방충망이 달린 문이 뒤로 활짝 열리며 그로스바트가 다시 뛰어들었다. "하사님!" 그가 말했다. 그 뒤에 피시바인과 할펀이 보였다. 둘 다 풀을 먹인 카키색 군복에, 그로스바트와 마찬가지로 작은 가방을 들고 있었다.

"하사님, 미키하고 래리가 영화관에서 나오는 걸 붙잡았습니다. 하마터면 놓칠 뻔했어요."

"그로스바트…… 내가 아무한테도 말하지 말라고 하지 않았나?" 내가 말했다.

"하지만 숙모는 내가 친구들을 데려와도 좋다고 하셨거든요. 사실, 꼭 데려오라고 하셨습니다."

"네 상관은 나다, 그로스바트…… 네 숙모가 아니고!"

그로스바트는 믿을 수 없다는 표정으로 나를 보았다. 그는 할펀의 소매를 잡아 앞으로 끌어냈다. "미키, 하사님한테 이게 너한테 얼마나 큰 의미가 있는 일인지 말씀드려."

할펀은 나를 보더니 어깨를 으쓱하고는 말했다. "아주 커요."

피시바인은 부추기지 않아도 앞으로 나섰다. "이건 저하고 제 부모님한테 아주 큰 의미가 있습니다. 막스 하사님."

"안 돼!" 나는 소리쳤다.

그로스바트는 고개를 젓고 있었다. "하사님, 제 요청을 거부하는 건 이해할 수 있습니다. 하지만 어떻게 미키를, 예시바에 다녔던 아이 말을 거부할 수가 있습니까? 저는 도저히 이해할 수 없습니다."

"나는 미키에게 어떤 것도 거부할 생각이 없다." 내가 말했다. "네가 지금 좀 무리하게 밀어붙이고 있다는 거 모르나, 그로스바트? 미키를 거부하는 건 너야."

"그럼 내 외출증을 미키한테 줄게요." 그로스바트가 말했다. "우리 숙모 주소도 알려주고, 메모도 해줄게요. 그러니 최소한 미키는 보내주세요."

그로스바트는 순식간에 할펀의 바지 주머니에 외출증을 쑤셔 넣었다. 할펀은 나를 보았고, 피시바인도 나를 보았다. 그로스바트는 문간에 서서 문을 밀어 열었다. "미키, 게필테 피시 한 토막은 가져와, 최소한." 그는 그렇게 말하더니 밖으로 나갔다.

우리 셋은 서로 마주보았다. 이윽고 내가 말했다. "할펀, 그 외출증 내놔라."

할펀은 그것을 호주머니에서 꺼내 내게 주었다. 피시바인은 문 쪽으로 다가가, 거기서 미적거리고 있었다. 그는 입을 헤벌린 채 거기에 잠깐 서 있다가 자신을 손가락으로 가리켰다. "저는

요?" 그가 물었다.

그 터무니없는 태도에 나는 진이 빠졌다. 나는 자리에 털썩 주
저앉았다. 눈 뒤쪽이 심하게 고동쳐댔다. "피시바인," 내가 말했
다. "내가 너한테 어떤 것도 거부하려는 게 아니라는 걸 이해하
지, 응? 만일 이게 내 군대라면, 나는 식당에서 게필테 피시를 내
놓게 할 거야. 하느님 앞에서 솔직히 말하는데, PX에서 쿠겔*을
팔게 할 거라고."

할펀은 웃음을 지었다.

"너는 이해하지, 응, 할펀?"

"네, 하사님."

"너도, 피시바인? 나는 적을 만들고 싶지 않아. 나도 너희하고
똑같아. 그냥 복무 기간을 채우고 집에 가고 싶어. 나도 너희들
이 아쉬워하는 걸 똑같이 아쉬워한단 말이야."

"그럼, 하사님." 피시바인이 말했다. "하사님도 가시지 그러십
니까?"

"어디를?"

"세인트루이스에요. 셸리네 숙모네요. 제대로 세더를 보내게
될 겁니다. 마초** 감추기 놀이도 하면서 말입니다." 그가 시커먼

---

* 국수, 감자, 빵, 건포도 등을 넣어 냄비에 구워 만드는 요리.

이를 드러내며 활짝 웃었다.

방충망 건너편에 다시 그로스바트의 모습이 보였다.

"야!" 그가 작고 날카로운 목소리로 부르며 종이를 흔들었다. "미키, 주소 여기 있어. 숙모한테 나는 빠져나올 수 없었다고 얘기해줘."

할편은 움직이지 않았다. 그는 나를 보았다. 그의 두 팔이 천천히 움직이는가 싶더니 어깨가 으쓱 치켜올라갔다. 나는 타자기 덮개를 벗기고 할편과 피시바인의 외출증을 만들었다. "가라." 내가 말했다. "셋 다."

할편은 내 손에 입이라도 맞출 것 같았다.

그날 오후 나는 조플린의 한 바에 들어가 카디널스 시합 중계를 듣는 둥 마는 둥 하며 맥주를 마셨다. 나는 내가 말려든 상황을 정면으로 보려 했고, 서서히 그로스바트와 벌이는 싸움이 그의 잘못만큼이나 내 잘못이기도 한 것은 아닌가 하는 의문이 들기 시작했다. 내가 뭐기에 애써 끌어내지 않으면 너그러운 마음을 보여주지도 못하는 걸까? 내가 뭐기에 그렇게 투덜거리고, 그렇게 인색하게 굴었을까? 사실 누가 나더러 세상을 움직여달라고 부탁한 것도 아니지 않은가. 따라서 내게 그로스바트를 단속할

** 유월절 다음날부터 일주일 동안 먹는 누룩을 넣지 않은 빵.

권리, 또는 이유가 있을까? 그렇게 하는 건 할편을 단속하는 것
이기도 한데? 그리고 피시바인도—그 못생겼지만 호감이 가는
녀석도? 그 며칠 동안 나에게 다가온 유년 시절의 많은 기억들
속에서 나는 외할머니의 목소리를 들었다. "왜 치메스*는 만들고
그래?" 그것은 예를 들어 내가 뭔가 하지 말았어야 할 일을 하다
가 상처를 입어 당신의 딸이 나에게 정신없이 소리를 질러댈 때
외할머니가 어머니를 책망하며 하는 말이었다. 나에게는 끌어
안고 입을 맞추어주는 것이 필요했는데, 어머니는 설교를 하려
고 했던 것이다. 하지만 외할머니는 알았다—자비가 정의보다
우선한다는 것을. 나도 그것을 알았어야 했다. 네이선 막스가 누
구기에 푼돈에 인색하듯 그렇게 친절함에 인색한 것인가? 메시
아—만일 메시아가 오긴 한다면—는 틀림없이 푼돈을 갖고 인
색하게 굴지는 않을 거야. 나는 그렇게 생각했다. 사정이 허락하
는 한, 끌어안아주고 입맞추어줄 거야.

　다음날 나는 조금 떨어진 연병장에서 소프트볼을 하다가 분류
배치계 부사관인 밥 라이트에게 우리 훈련병들이 이 주 뒤 훈련
을 한 바퀴 다 돌고 나면 어디로 배치될 것 같으냐고 물어봐야겠
다고 마음먹었다. 나는 공수 교대할 때 지나가는 말처럼 물었고,

---

* 원래는 유대인의 스튜 요리.

그는 대답했다. "다 태평양에 밀어넣고 있어. 며칠 전에 슐먼이 너희 애들 전출 명령서도 끊었어."

나는 할펀, 피시바인, 그로스바트의 아버지라도 된 것처럼 그 소식에 충격을 받았다.

그날 밤, 막 잠에 빠져드는데 누가 문을 두드렸다. "누구세요?" 나는 물었다.

"셸던이에요."

그는 문을 열고 들어왔다. 잠시 그가 있다는 것을 느낄 뿐 그를 볼 수는 없었다. "어땠나?" 내가 물었다.

내 앞의 어둑한 곳에서 그가 불쑥 나타났다. "좋았어요, 하사님." 그러더니 그는 침대 가장자리에 앉았다. 나는 몸을 일으켰다.

"하사님은 어땠어요?" 그가 물었다. "주말 즐겁게 보냈어요?"

"그래."

"다른 애들은 자러 갔어요." 그는 아버지처럼 깊은 한숨을 내쉬었다. 우리는 잠시 말없이 앉아 있었다. 집 같은 느낌이 나의 추하고 작은 공간을 침범하고 있었다. 문은 잠겨 있고, 고양이는 밖에 나갔고, 아이들은 안전하게 침대에 누워 있는 듯한 느낌.

"하사님, 얘기 좀 나눌 수 있을까요? 개인적인 얘긴데."

나는 대답하지 않았다. 그로스바트는 이유를 아는 것 같았다.

"내 얘기가 아닙니다. 미키 얘기예요. 하사님, 저는 지금까지 미키만큼 가여운 애는 본 적이 없어요. 어젯밤에는 미키가 내 옆 침대에 누워 있었기 때문에 소리가 다 들렸어요. 어찌나 서럽게 우는지 가슴이 찢어지는 줄 알았어요. 진짜로 흐느끼더라고요."

"그거 안됐군."

"그만 울라고 얘기할 수밖에 없었어요. 걔가 제 손을 잡더라고요, 하사님…… 놔주려 하지를 않더군요. 히스테리에 걸린 사람 같았습니다. 계속 우리가 어디로 가는지 알면 얼마나 좋겠냐는 거예요. 설사 그곳이 진짜로 태평양이라 해도, 모르는 것보단 낫다는 거죠. 아는 게."

오래전 누군가 그로스바트에게 오직 거짓만이 진실에 이를 수 있다는 슬픈 법칙을 가르쳐주었다. 그렇다고 할편이 울었다는 이야기를 내가 믿지 못했다는 것은 아니었다. 그의 눈자위는 늘 불그레했으니까. 그러나, 그것이 사실이건 아니건, 그로스바트가 그 이야기를 하면 거짓이 되었다. 그는 철저하게 전략적이었다. 하지만 그렇게 따지면—이 사실은 마치 고발장처럼 위력적으로 다가왔다—나도 마찬가지였다! 공격의 전략이 있다면, 후퇴의 전략도 있는 법이니까. 그래서 나 자신에게도 교활과 간지奸智가 없지 않았다는 것을 인정하면서 나는 그에게 내가 아는 것을 말해주었다. "태평양이야."

그는 작게 헉하는 소리를 냈다. 그것은 거짓이 아니었다. "미키한테 전할게요. 태평양이 아니었으면 좋았을 텐데요."

"내 마음도 마찬가지다."

그는 내 말을 덥석 물었다. "그러니까 어떻게 해보실 수 있다는 말씀인가요? 바꿔주실 수 있는 건가요, 혹시라도?"

"아니, 나는 아무것도 못한다."

"분류배치계 쪽에 아는 사람 없어요?"

"그로스바트, 내가 할 수 있는 일은 아무것도 없다." 내가 말했다. "전출 명령서가 태평양으로 떨어지면 태평양인 거야."

"하지만 미키는……"

"미키, 너, 나…… 모두 마찬가지다, 그로스바트. 할 수 있는 일은 없어. 어쩌면 네가 가기 전에 전쟁이 끝날지도 모르지. 기적이 일어나게 해달라고 기도해라."

"하지만……"

"잘 자라, 그로스바트." 나는 뒤로 몸을 기댔고, 그로스바트가 떠나려고 일어서며 스프링이 펴지는 것에 안도했다. 이제 그의 모습이 분명하게 보였다. 아래턱이 밑으로 툭 떨어져, 한 방 맞고 제정신이 아닌 권투 선수처럼 보였다. 그때 그의 손에 들린 작은 종이봉투가 처음으로 눈에 들어왔다.

"그로스바트." 나는 웃음을 지었다. "내 선물이냐?"

"아, 네, 하사님. 여기…… 우리 모두가 드리는 겁니다." 그는 나에게 봉투를 건넸다. "에그 롤*이에요."

"에그 롤?" 나는 봉투를 받아들며 바닥의 축축한 기름 자국을 느꼈다. 나는 그로스바트가 농담을 하는 것이 틀림없다고 생각하며 봉투를 열었다.

"다들 하사님이 좋아하실 거라고 생각했어요. 아시잖아요…… 중국식 에그 롤이거든요. 우리는 하사님이 이런 요리를 좋아하실 거라고……"

"네 숙모가 에그 롤을 내놓았나?"

"숙모는 집에 안 계시더라고요."

"그로스바트, 네 숙모가 너를 오라고 하신 거잖아. 숙모가 너하고 친구들을 초대했다며?"

"압니다." 그가 말했다. "조금 전에 편지를 다시 읽어봤더니, 다음주라네요."

나는 침대에서 일어나 창으로 갔다. "그로스바트." 내가 말했다. 하지만 그를 부른 것은 아니었다.

"왜요?"

"넌 뭐냐, 그로스바트? 하느님 앞에서 진실되게 말해봐, 넌 뭐

---

* 일종의 달걀말이로, 중국 요리의 하나.

314

냐?"

그가 곧바로 대답할 수 없는 질문을 던진 것은 이때가 처음이었다는 생각이 든다.

"사람들한테 어떻게 이럴 수가 있지?" 나는 계속 물었다.

"하사님, 하루 외출 나갔다 온 게 우리 모두한테 엄청나게 도움이 됐습니다. 피시바인, 하사님이 그애를 보셔야 하는데. 그 녀석은 중국 음식을 엄청나게 좋아하거든요."

"하지만 세더는." 내가 말했다.

"우리는 차선을 택한 겁니다, 하사님."

분노가 나를 향해 돌격해오고 있었다. 나는 옆으로 피하지 않았다. "그로스바트, 너는 거짓말쟁이야!" 내가 말했다. "너는 모사꾼이고 사기꾼이야. 너는 어떤 것도 존중하지 않아. 그 어떤 것도. 나도, 진실도…… 심지어 가엾은 할핀도! 너는 우리 모두를 이용해……"

"하사님, 하사님, 나는 미키를 동정해요. 하느님 앞에서 진실되게 말하건대, 정말이라고요. 나는 미키를 사랑해요. 나는 노력을……"

"노력! 동정!" 나는 휘청거리며 그에게 달려들어 멱살을 잡았다. 그의 몸을 사납게 흔들어댔다. "그로스바트, 나가! 나가서 다시는 내 앞에 얼쩡거리지 마. 내 눈에 띄면 네 인생을 비참하게 만들어버릴 테니까. 알아들었어?"

"네."

나는 그를 놔주었다. 그가 방에서 나가자, 나는 그가 섰던 바닥에 침을 뱉고 싶었다. 격분을 참을 수가 없었다. 분노가 나를 삼키고 나를 지배하여, 마침내 눈물이나 폭력이 아니면 그것을 없애버릴 수 없을 것 같았다. 나는 침대에서 그로스바트가 준 봉투를 집어 온 힘을 다해 창밖으로 던져버렸다. 다음날 아침 막사 주변 구역 청소 시간에 훈련병 한 명이 크게 소리를 질렀다. 담배꽁초나 사탕 껍질 한 줌이 눈에 띌 것이라고 예상하고 아침 청소를 하던 훈련병이었을 것이다. "에그 롤!" 그가 소리쳤다. "우아, 염병할 중국집 에그 롤이야!"

일주일 뒤 분류배치계에서 내려온 전출 명령서를 읽다가 한순간 나는 내 눈을 믿을 수가 없었다. 훈련병 모두 빠짐없이 캘리포니아 주 스톤먼 기지로 이동하고, 거기에서 태평양으로 가게 되어 있었다. 셸던 그로스바트 이병 단 한 명만 빼고 모두가. 그는 뉴저지 주 포트몬머스로 전출 예정이었다. 나는 등사한 종이를 여러 번 읽었다. 디, 패럴, 피시바인, 퓨절리, 필리포비치, 글리니키, 그롬키, 구츠바, 할펀, 하디, 헬러브랜트, 거기서 쭉 앤턴지가들로까지*—모두 그달이 끝나기 전에 서쪽으로 가야 했다.

316

그로스바트만 빼고 모두. 그는 연줄을 이용한 것이며, 나는 그 연줄이 아니었다.

나는 수화기를 들고 분류배치계로 전화했다.

반대편에서 빠릿빠릿한 목소리가 들렸다. "병장 슐먼."

"라이트 하사 좀 바꿔줘."

"누구시라고 전할까요?"

"막스 하사다."

그 목소리가 "아!" 하고 내뱉는 바람에 나는 깜짝 놀랐다. 목소리는 잠시 후 "잠깐만 기다리십시오, 하사님" 하고 말을 이어 갔다.

라이트가 전화를 받기를 기다리는 동안 슐먼의 "아!" 하는 소리가 귀에 맴돌았다. 왜 "아!"일까? 슐먼이 누굴까? 그 순간, 아주 쉽게, 그로스바트가 어떤 연줄을 이용했는지 알아냈다. PX에서, 아니면 볼링장에서, 아니면 심지어 예배를 보다가 그로스바트가 슐먼을 발견한 날 어떤 이야기를 했을지 귀에 생생하게 들렸다. "만나서 반가워. 집이 어디야? 브롱크스? 나돈데. 아무개알아? 그럼 아무개는? 나도! 분류배치계에서 일한다고? 그래? 이봐, 동쪽으로 갈 가능성은 얼마나 돼? 어떻게 좀 해줄 수 있

---

* 성을 알파벳순으로 나열한 것이다.

어? 좀 바꿀 수 있어? 사기, 속임수, 거짓말? 우린 서로 도와야
돼, 알잖아. 만일 독일의 유대인들이……"

밥 라이트가 전화를 받았다. "잘 지내나, 네이트? 공은 던질
만해?"

"그럼. 밥, 부탁 하나 들어줄 수 있을까 해서." 나는 내가 하는
말을 분명하게 들을 수 있었다. 그 말에 그로스바트가 또렷하게
떠올랐기 때문에 나는 생각했던 것보다 쉽게 내가 계획한 것에
몰입할 수 있었다. "미친 소리처럼 들리겠지만, 밥, 몬머스로 전
출 명령을 받았는데 그걸 바꾸고 싶어하는 애가 하나 있어서 말
이야. 유럽에서 전사한 형이 있대. 그래서 태평양으로 가고 싶어
안달이지 뭐야. 본토에 남아 있게 되면 겁쟁이가 된 기분일 거라
면서 말이야. 모르겠지만, 밥…… 어떻게 할 수 없을까? 다른 사
람을 몬머스로 집어넣고 말이야."

"누구를?" 그가 경계하는 목소리로 물었다.

"아무나. 알파벳 순서로 맨 처음에 있는 애도 좋고. 상관없어.
그 녀석은 그냥 어떻게 좀 해볼 수 없느냐고 물어본 것뿐이야."

"이름이 뭐지?"

"그로스바트, 셸던."

라이트는 대답하지 않았다.

"그래." 내가 말했다. "유대인 애야. 그래서 내가 자기를 도와

줄 수 있을 거라고 생각한 거지. 알잖아."

"어떻게 해볼 수 있을 것 같은데." 라이트가 마침내 말했다. "소령님은 몇 주째 여기 없어. 골프장으로 파견 근무를 갔지. 한번 해볼게, 네이트. 그렇게밖에 말을 못하겠는데."

"그럼 고맙지, 밥. 일요일에 봐." 나는 전화를 끊었다. 땀이 흐르고 있었다.

다음날 정정된 전출 명령서가 도착했다. 피시바인, 퓨절리, 필리포비치, 글리니키, 그롬키, 그로스바트, 구츠바, 할편, 하디⋯⋯ 운좋은 할리 앨턴 이병이 뉴저지 주 포트몬머스로 가게 되었다. 그곳에서는 어떤 이유에서인지 보병 훈련을 받은 사병을 원하고 있었다.

그날 밤 식사 후에 나는 보초 근무표를 정리하려고 중대 본부에 들렀다. 그로스바트가 나를 기다리고 있었다. 그가 먼저 입을 열었다.

"이 개새끼!"

나는 책상에 앉았고, 그의 노려보는 눈 앞에서 근무표의 필요한 부분을 고치기 시작했다.

"나한테 무슨 원한이 있는 거야?" 그가 소리쳤다. "우리 가족한테 무슨 원한이 있는 거냐고? 내가 우리 아버지 곁에 가 있으면 네가 죽기라도 하는 거야? 우리 아버지가 앞으로 몇 달을 살지 모르는데?"

"왜 몇 달인가?"

"심장 때문에." 그로스바트가 말했다. "아버지가 평생 고생한 것만으로도 모자라서 네가 더 고생을 시키겠다는 거야? 나는 너를 만난 날을 저주해, 막스! 슐먼이 어떻게 된 일인지 말해줬어. 네 반유대주의는 끝을 모르는구나, 응? 지금까지 여기에서 나한테 준 피해로는 충분치 않다 이거지? 그래서 특별히 전화까지 해야 했다 이거지? 너 정말 내가 죽기를 바라는구나!"

나는 근무표에 마지막으로 몇 가지 표시를 하고 방을 나가려고 일어섰다. "잘 자라, 그로스바트."

"나한테 해명을 해야 할 거 아냐!" 그가 길을 막아섰다.

"셸던, 해명을 해야 할 사람은 너다."

그가 쏘아보았다. "너한테?"

"나한테, 그래, 나한테도…… 하지만 누구보다도 피시바인하고 할펀한테."

"말 한번 잘하네. 그렇게 멋대로 비틀어서 생각하시겠다 이거지? 나는 아무한테도 해명이건 뭐건 할 게 없어. 나는 그애들을 위해 할 수 있는 일을 다 했어. 이제는 나 자신을 보살필 권리가 있다고 생각해."

"서로를 보살피도록 해야 하는 거다, 셸던. 네 입으로 그렇게 말하지 않았나?"

"그럼 너는 이게 날 보살펴주는 거라고 얘기하는 거야……
네가 한 짓이?"

"아니. 우리 모두를 보살피는 거다."

나는 그를 밀어내고 문으로 걸어갔다. 뒤에서 격한 숨소리가
들렸다. 마치 엄청난 힘을 가진 기관차가 숨가쁘게 증기를 뿜어
내는 소리 같았다.

"너는 괜찮을 거다." 나는 문에서 말했다. 이어서 생각했다. 피
시바인과 할편도 괜찮을 거라고. 태평양에서도. 그로스바트가
계속 지금처럼 그들에게서 자신에게 득이 되는 면—피시바인에
게서는 비굴함, 할편에게서는 부드럽고 종교적인 태도—을 보
는 한은.

나는 중대 본부 바깥에 서 있었다. 그로스바트가 뒤에서 우는
소리가 들렸다. 저 너머 막사에서, 불이 켜진 창문 안에서, 티셔
츠를 입고 침상에 앉아 지난 이틀과 다름없이 전출 명령서 이야
기를 하고 있는 아이들 모습이 보였다. 그들은 신경이 곤두서 있
으면서도 차분한 태도로 군화를 닦고, 허리띠 버클에 광을 내고,
속옷을 정리하면서 운명을 받아들이려고 최선을 다하고 있었다.
그로스바트는 내 뒤에서 자신의 운명을 힘겹게 삼키고 있었다.
그 순간 나는 뒤돌아서서 그에게 보복한 것을 용서해달라고 말

하고 싶은 충동을 내 온 의지력을 동원해 이겨내며 나 자신의 운명을 받아들였다.

엡스타인

하나

　주말 손님 마이클은 전에 허비가 쓰던 방의 트윈 베드 한 곳에
서 자기로 했다. 그 방의 벽에는 여전히 야구 사진들이 걸려 있었
다. 루 엡스타인은 침대가 대각선으로 놓인 방에서 아내와 누워
있었다. 딸 실라의 방은 비어 있었다. 포크송 가수인 약혼자를
만나러 나가고 없었기 때문이다. 그 방 한 모퉁이에는 딸이 어린
시절 갖고 놀던 테디베어가 엉덩이로 균형을 잡고 앉아 있었고,
인형의 왼쪽 귀에는 사회주의자에게 투표하라는 배지가 달려 있
다. 한때 루이자 메이 올컷*의 책들이 먼지를 뒤집어쓰고 있던 책
꽂이에는 이제 하워드 패스트**의 책들이 모여 있었다. 집은 조

---

　*『작은 아씨들』등을 쓴 19세기 미국 여성 작가.

용했다. 유일한 빛은 아래층 식당에서 나왔다. 높은 황금 촛대에서 안식일 초들이 깜빡거리고, 허비의 추모일을 알리는 초가 유리 안에서 바들바들 떨고 있었던 것이다.

엡스타인은 자기 방의 어두운 천장을 보며, 하루종일 요란스러운 총격전이 벌어졌던 머리가 잠시 텅 비도록 내버려두었다. 아내 골디는 평생 기관지염을 달고 다니며 고생하는 사람처럼 옆에서 가쁘게 숨을 쉬고 있었다. 그녀는 십 분 전에 옷을 벗었고, 엡스타인은 그녀의 하얀 잠옷이 머리를 지나, 깔때기 모양으로 허리를 향해 처진 젖가슴을 지나, 풀무처럼 생긴 엉덩이, 도로 지도처럼 파란 정맥이 드러난 허벅지와 종아리를 지나 아래로 흘러내리는 것을 바라보았다. 한때는 꼬집는 맛이 있었는데, 한때는 작고 팽팽했는데, 이제는 푹 찌를 수도 있었고 쑥 잡아당길 수도 있었다. 모든 게 축 늘어져 있었다. 그는 아내가 잠옷을 입는 동안 눈을 감고 1927년의 골디, 1927년의 루 엡스타인을 기억하려 했다. 그는 그 기억을 유지하며 배를 굴려 아내의 엉덩이에 갖다대고, 팔을 빙 둘러 아내의 젖가슴을 잡았다. 젖꼭지는 암소의 젖꼭지처럼 밑으로 축 늘어져 있었고, 길이는 그의 새끼손가락만했다. 그는 다시 자기 자리로 몸을 굴렸다.

** 『스파르타쿠스』 등을 쓴 20세기의 진보적인 미국 작가.

현관에서 열쇠 돌리는 소리가 났다. 소곤거리는 소리가 들리더니, 문이 살며시 닫혔다. 엡스타인은 긴장을 하고 소리가 나기를 기다렸다—그 사회주의자들은 소리를 내는 데 오래 걸리지 않았다. 밤에는 지퍼를 올리고 내리는 소리만으로도 눈을 말똥말똥 뜨고 있게 되었다. "저애들이 저 아래서 뭘 하는 거야?" 어느 금요일 밤 그는 아내에게 소리를 질렀다. "옷이라도 입어보는 거야, 뭐야?" 이제 다시 한번 그는 기다렸다. 그가 그들의 놀이에 반대하는 것은 아니었다. 그는 청교도가 아니었으며, 젊은 사람들은 즐겨야 한다고 믿었다. 그 자신도 젊은 시절이 있지 않았던가? 그러나 1927년에 그와 그의 아내는 멋진 사람들이었다. 그때 루 엡스타인은 저 나약하고 게으르고 머리만 잘 굴리는 녀석하고는 전혀 닮지 않았다. 저 녀석은 술집에서 포크송을 불러 먹고살았으며, 한번은 엡스타인에게 1930년대 같은 "위대한 사회적 격변기"를 살아보니 "흥미진진하지" 않더냐고 묻기도 했다.

그의 딸, 이 아이는 왜 그 아이—마이클이 데이트를 하는 길 건너의 여자아이, 아버지를 여읜 그 아이—처럼 크지 못했는지. 이제 그 아이는 어여쁜 처녀가 되었다. 하지만 그의 딸 실라는 그렇지 않았다. 어떻게 된 걸까? 그는 생각했다. 분홍빛 피부의 그 조그만 아기가 어쩌다 이렇게 된 걸까? 어느 해, 어느 달에 그 앙상한 두 발목이 통나무처럼 굵어지고, 발그레하고 보드랍던 얼굴이 여드름투성이로 변한 것일까? 그 어여쁜 아기는 이제 "사회적 양심"이 있는 스물세 살짜리 여자가 되었다! 양심은 무슨. 그는 생각했다. 딸아이는 하루종일 피켓라인*을 쫓아다니며 행진을 하다가 밤이면 집에 와 말처럼 처먹는다…… 딸아이와 저 기타를 뜯는 아이가 서로의 입에 담을 수 없는 부분을 만지는 것은 죄를 짓는 것보다 더 나쁜 짓 같았다. 역겨운 짓이었다. 엡스타인이 침대에서 뒤척이는데 두 아이가 헐떡이며 지퍼를 내리는 소리가 들렸다. 그의 귀에는 천둥소리처럼 들렸다.

찌익!

그들은 그걸 하고 있었다. 엡스타인은 그들을 무시하고, 다른 문제들을 생각하려 했다. 그의 일…… 이제 그가 계획한 은퇴의 해가 일 년밖에 남지 않았지만 '엡스타인 페이퍼백 회사'를 물려줄 상속자가 없었다. 그는 맨땅에서부터 사업을 일으켰고 대공황과 루스벨트 때 고생을 하고 큰 피해를 보았지만, 마침내 전쟁이 터지고 아이젠하워가 등장하면서 성공을 하게 되었다. 모르는 사람이 이 사업을 차지한다는 생각만 해도 화가 났다. 하지만 도리가 있을까? 살았다면 이제 스물여덟일 허비는 열한 살에 소아마비로 죽었다. 그리고 그의 마지막 희망인 실라는 약혼자로

---

* 노동쟁의 때 출근 저지 투쟁을 위해 파업 노동자들이 늘어선 줄.

게으른 남자를 골랐다. 그가 뭘 어쩐단 말인가? 쉰아홉 살의 남자가 갑자기 상속자들을 생산하기 시작해?

찌익! 헉—헉—헉! 아아!

그는 귀와 마음을 더 꼭 닫았다. 이것저것 기억을 되살리며 그속에 잠기려 했다. 예를 들어 저녁식사……

엡스타인은 가게에서 집에 돌아왔을 때 저녁 식탁에 군인이 앉아 있는 것을 보고 깜짝 놀랐다. 십 년인가 십이 년을 못 본 사이 어린아이가 엡스타인 집안의 얼굴을 한 청년으로 성장해 있었기 때문이다. 아들이 살아 있다면 그런 얼굴이었을 것이다. 코에 작게 튀어나온 부분, 다부진 턱, 검은 피부, 언젠가는 구름처럼 잿빛으로 변할 빤짝이는 검은 머리카락.

"누가 왔나 보세요." 그가 문에 들어서자마자, 손톱 밑에 낀 하루의 먼지를 아직 씻어내지도 못했는데 아내가 소리쳤다. "솔의 아들이에요."

군인은 의자에서 벌떡 일어나 손을 내밀었다. "어떻게 지내셨어요, 루이스 백부?"

"그레고리 펙 같아요." 엡스타인의 부인이 말했다. "당신 동생이 몬티 클리프트* 같은 아들을 두었다고요. 여기 온 지 세 시간

_____
* 미국의 남자 배우.

밖에 안 됐는데 벌써 데이트할 사람이 생겼어요. 제대로 된 신사
야……"

엡스타인은 대꾸하지 않았다.

군인은 차려 자세로 반듯이 서 있었다. 군대에 들어가기 오래
전에 이미 예의를 배운 것 같았다. "갑자기 들이닥친 걸 언짢게
생각하지 마시기 바랍니다, 루이스 백부. 지난주에 배가 몬머스
에 입항했는데, 아버지가 여기 들러 백부네 식구를 만나고 오라
고 말씀하셨거든요. 주말 휴가를 내서 왔습니다. 골디 백모는 여
기서 자고 가라 하시는데……" 그는 기다렸다.

"이애 좀 봐요." 골디가 말하고 있었다. "영락없이 왕자 아니
우!"

"그럼." 마침내 엡스타인이 입을 열었다. "자고 가야지. 아버
지는 어떠냐?" 엡스타인은 동생 솔이 자신에게 사업 지분을 팔
고 말다툼을 벌인 끝에 디트로이트로 이사 간 1945년 이후로 동
생과 이야기를 나누어본 적이 없었다.

"아버지는 잘 지내세요." 마이클이 말했다. "안부 전해달라고
하셨습니다."

"그래, 나도 안부를 전하마. 얘기 좀 전해다오."

마이클은 자리에 앉았다. 엡스타인은 이 아이가 자기 아버지
와 똑같은 생각을 하는 것이 틀림없다는 것을 알았다. 루 엡스타

인은 상스러운 사람이고, 오직 엡스타인 페이퍼백을 생각할 때만 심장이 빠르게 뛴다는 생각.

실라가 집에 돌아와 모두 함께 앉아 저녁을 먹었다. 예전처럼, 넷이서. 골디 엡스타인은 벌떡 일어났다 앉았다, 일어났다 앉았다 하며 코스가 하나 끝나면 곧바로 다음 코스를 코앞에 들이밀었다. "마이클." 그녀는 역사를 이야기하듯이 말했다. "마이클, 어렸을 때 넌 정말 입이 짧았어. 네 여동생 루시, 하느님 그 아이를 축복하소서, 그애가 보기 좋게 먹었지. 많이 먹지는 않았지만, 보기 좋게 먹었어."

엡스타인은 처음으로 어린 조카딸 루시를 기억했다. 머리가 거무스름하고 자그마한 미인. 성경의 룻 같은 아이. 엡스타인은 자신의 딸을 보며 아내가 계속, 계속 주절거리는 소리를 들었다. "아니야, 루시는 그렇게 많이 먹는 아이는 아니었어. 하지만 까다롭게 굴지는 않았지. 우리 허비는, 그애가 평화롭게 안식하기를, 까다롭게 굴었지만……" 골디는 사랑하는 아들이 먹는 문제에서 어떤 범주에 들어가는지 남편이 정확하게 기억해내기라도 할 것처럼, 남편 쪽을 바라보았다. 그러나 그는 고기 찜만 물끄러미 보고 있었다.

"하지만," 골디 엡스타인이 말을 이어갔다. "너는 건강하게 잘 살 거야, 마이클. 이렇게 잘 먹는 사람이 되었으니까……"

아아아! 아아아!

그 소리가 엡스타인의 기억을 둘로 쪼개버렸다.

아아아아아아아!

더는 참을 수가 없었다. 그는 침대에서 나와 파자마가 몸을 단단히 싸고 있는지 확인하고, 거실로 내려가기 시작했다. 그는 그들을 나무랄 생각이었다. 그들에게 말할 생각이었다―1927년은 1957년이 아니었다고! 아니, 그 말은 그 아이들이 그에게 할 것 같았다.

그러나 거실에 있는 사람들은 실라와 포크송 가수가 아니었다. 엡스타인은 바닥의 냉기가 파자마의 헐렁한 바짓자락을 쏜살같이 타고 올라와 사타구니를 차갑게 훑으며 허벅지에 소름을 흩뿌리는 것을 느꼈다. 그들은 그를 보지 못했다. 그는 한 걸음 물러나, 식당으로 통하는 아치형 입구 뒤로 몸을 감추었다. 하지만 눈은 거실에, 솔의 아들과 길 건너 사는 여자애에게 그대로 고정되어 있었다.

여자애는 반바지와 스웨터 차림이었다. 그러나 이제 둘 다 소파 팔걸이 너머로 내던져졌다. 엡스타인은 촛불 빛만으로도 여자아이가 벌거벗고 있다는 것을 똑똑히 볼 수 있었다. 마이클은 여자아이 옆에 몸을 뻗고 힘차게 꿈틀거리고 있었다. 군화와 카키색 양말만 신고 있었다. 여자아이의 젖가슴은 작고 하얀 두 개의 컵 같았다. 마이클은 거기에 키스를 했다. 거기서 그치지 않았다. 엡스타인은 몸이 근질거렸다. 감히 움직일 수가 없었다. 움직이고 싶지 않았다. 마침내 둘은 조차장操車場의 두 열차처럼 격하게 부딪치더니 서로 연결되어 흔들리기 시작했다. 그들이 내는 소리를 들으며 엡스타인은 뒤꿈치를 들고 층계를 올라갔다. 그는 몸을 떨며 아내의 침대로 돌아갔다.

애를 써도 잠이 오지 않았다. 몇 시간은 지난 것 같았다. 마침내 아래층 문이 열리고 두 젊은이는 떠났다. 일 분쯤 지나자 다시 열쇠 돌아가는 소리가 났다. 누구인지 알 수 없었다. 잠을 자기 위해 돌아온 마이클인지, 아니면……

찌익!

이번에는 실라와 포크송 가수였다! 온 세상이, 엡스타인은 생각했다. 젊은 것들의 세상 전체가, 추한 것들이나 예쁜 것들이나, 뚱뚱한 것들이나 마른 것들이나, 모두 지퍼를 올리고 내리는구나! 그는 숱 많은 잿빛 머리를 움켜쥐고 두피가 아프도록 잡아당겼다. 아내가 몸을 움직이며 중얼거렸다. "브르르…… 브르르르……" 아내는 담요를 움켜쥐더니 몸 위로 끌어올렸다. "브르르르……"

버터! 아내는 버터 꿈을 꾸고 있다. 세상은 지퍼를 내리는 동안 아내는 요리법을 꿈꾸고 있다. 그는 눈을 감고 자신을 마구

쳐서 아래로 아래로, 노인의 잠 속으로 눌러댔다.

둘

문제의 발단을 찾아내려면 얼마나 멀리까지 돌아가야 하는 걸까? 나중에 시간이 더 나면 엡스타인은 이런 질문을 하게 될 터였다. 언제 시작되었을까? 그 둘이 바닥에 있는 것을 보았던 그날 밤? 아니면 침대에서 의사를 밀어내고 사랑하는 허비의 입에 입을 맞추던 십칠 년 전 여름밤? 아니면, 엡스타인은 궁금했다, 그의 이부자리에서 여자 냄새가 아니라 밥-오 세제 냄새를 맡았던 십오 년 전의 그날 밤이었을까? 아니면 딸이 처음 그를 "자본가"라고 불렀던 때였을까? 마치 그게 더러운 이름인 것처럼, 마치 성공하는 것이 범죄인 것처럼. 아니면 이 가운데 어느 때도 아니었을까? 시작을 찾는 것은 핑계를 찾는 것에 불과한 것일까? 이 문제, 이 큰 문제는 그냥 시작되는 것처럼 보였을 때 시작된 것이 아닐까? 아이다 코프먼이 버스를 기다리는 것을 본 아침에?

아이다 코프먼 이야기가 나와서 말인데, 도대체 어째서 낯선 사람, 그가 사랑하지도 않고 도무지 사랑할 수도 없는 사람이 마침내 그의 인생을 바꾸어놓게 된 것일까? 길 건너에 산 지 일 년도 되지 않은 사람, 게다가 (이웃 윈첼에 사는 카츠 부인이 알아낸 것이지만) 이제 코프먼 씨가 죽었기 때문에 집을 팔고 바니갓의 여름 별장에서 일 년 내내 살 가능성이 높은 사람이. 그날 아침까지 엡스타인은 그냥 그 여자를 길에서 알아보는 정도였다. 거무스름한 피부에 예쁜 얼굴과 큰 가슴. 다른 주부들과는 거의 이야기를 나누지 않았고, 한 달 전까지는 매일 매 순간 암에 잡아먹히고 있는 남편을 돌보기만 했다. 엡스타인은 그녀에게 한두 번 모자를 살짝 들어 인사를 하기는 했지만, 그때도 자신이 하는 인사보다는 엡스타인 페이퍼백의 운명에 마음이 쏠려 있었다. 사실 그날, 그 월요일 아침에도, 차를 몰고 버스 정류장 앞을 그냥 쓱 지나가버릴 수도 있었다. 사월의 따뜻한 날이었으니 버스를 기다리기에 나쁜 날이라고는 할 수 없었다. 새들은 느릅나무에서 법석을 떨며 노래를 불렀고, 해는 하늘에서 젊은 운동선수의 트로피처럼 반짝거렸다. 그러나 버스 정류장의 여자는 얇은 원피스만 입고 코트도 걸치지 않았다. 엡스타인은 그녀가 기다리는 것을 보았다. 그리고 그녀의 원피스와 스타킹 또 머릿속에서 상상한 속옷 안에서 그의 거실 러그에 누워 있던 여자아이의 몸을 보았다. 아이다 코프먼은 린다 코프먼, 마이클이 만나는 아이의 어머니였기 때문이다. 그래서 엡스타인은 천천히 갓돌로 차를 갖다댔다. 그는 그 딸을 생각하며 차를 멈추었고, 딸의 어머니를 차에 태웠다.

"고맙습니다. 엡스타인 씨." 그녀가 말했다. "친절한 분이시네요."

"뭘, 이까짓 걸 가지고." 엡스타인이 말했다. "나는 마켓 스트리트로 갑니다만."

"마켓 스트리트면 저도 좋아요."

그가 액셀을 너무 세게 밟는 바람에 커다란 크라이슬러가 자동차 폭주족의 개조한 포드처럼 요란한 소리를 내며 냅다 앞으로 튀어나갔다. 아이다 코프먼은 차창을 내려 가벼운 바람을 맞아들였다. 그녀는 담배에 불을 붙였다. 잠시 후 그녀가 물었다. "그 아이가 조카죠, 그렇죠? 토요일 밤에 린다를 데리고 나간 아이요."

"마이클 말씀이로군요. 네." 엡스타인은 아이다 코프먼은 알지 못하는 이유로 얼굴을 붉혔다. 그는 목이 벌게진 것을 느끼고 기침을 했다. 호흡기 문제 때문에 심장의 피가 빠르게 몰려 올라온 것처럼 보이려는 것이었다.

"아주 착한 아이더군요. 정말 예의바르던데요." 그녀가 말했다.

"동생 솔의 아들이죠." 엡스타인이 말했다. "디트로이트에 삽니다." 그러면서 그는 홍조가 사라지도록 솔 쪽으로 생각을 옮겼다. 솔과 다툼이 없었다면 엡스타인 페이퍼백의 후계자는 마이클이 되었을 것이다. 하지만 엡스타인이 그걸 원했을까? 그게 낯선 사람이 후계자가 되는 것보다는 나을까……?

엡스타인이 생각에 잠겨 있는 동안 아이다 코프먼은 담배를 피웠다. 차는 입을 다문 두 사람을 태우고 느릅나무와 새들의 합창과 파란 깃발처럼 펄럭이는 새봄의 하늘 밑을 달려갔다.

"사장님을 닮았던데요."

"네? 누가요?"

"마이클이요."

"아닙니다." 엡스타인이 말했다. "그애, 그 아이는 솔을 빼다 박았죠."

"아니, 아니에요, 부정하지 마세요……" 그녀는 용처럼 입으로 담배 연기를 내뿜으며 웃음을 터뜨렸다. 그녀는 힘차게 머리를 뒤로 젖혔다. "아니, 아니, 아니에요. 사장님 얼굴 그대로예요!"

엡스타인은 궁금한 표정으로 그녀를 보았다. 입술, 크고 붉은 입술, 치아 위의 입술이 싱글거리고 있었다. 왜 이럴까? 그렇구나―당신 아들은 얼음 배달하는 남자를 닮았네요, 이 여자는 지금 그 농담을 한 것이다. 엡스타인도 싱글거렸다. 무엇보다도 제수, 몸의 모든 것이 자기 아내보다 훨씬 더 아래로 처진 제수와 잠자리에 든다는 생각 때문이었다.

엡스타인이 싱글거리자 아이다 코프먼은 거기에 자극을 받아 거칠 것 없이 웃음을 터뜨렸다. 젠장, 뭐 어때, 그는 결정을 내렸 다. 그 자신도 농담을 해보기로 한 것이다.

"그 집의 린다, 그 아이는 누굴 닮았습니까?"

아이다 코프먼의 입이 다물어지며 직선으로 바뀌었다. 아래위 눈꺼풀 사이가 좁아지며, 눈의 빛이 꺼졌다. 그가 말을 잘못한 걸까? 너무 멀리 나간 걸까? 고인의 이름을 더럽힌 걸까? 너무 젊은 나이에 암에 걸린 사람의 이름을? 하지만 아니었다. 갑자기 그녀가 앞으로 두 팔을 들어올리며 어깨를 으쓱했던 것이다. 마 치, "누가 알겠어요, 엡스타인, 누가 알겠어요?" 하고 말하는 것 같았다.

엡스타인은 웃음을 터뜨렸다. 유머 감각이 있는 여자를 만나 보기는 정말 오랜만이었다. 아내는 그가 하는 모든 말을 진지하 게 받아들였다. 그러나 아이다 코프먼은 그렇지 않았다. 하도 크 게 웃는 바람에 젖가슴이 황갈색 드레스 위로 부풀어올랐다. 컵 이 아니라 주전자였다. 그다음에 엡스타인의 기억에 남아 있는 것은 농담을 하나 더 하고, 또하나 더 했다는 것이다. 그러다 마 지막 농담을 하던 도중에 경찰차가 사이렌을 울리며 따라붙더니 빨간불을 무시했다며 딱지를 끊었다. 웃고 떠드는 바람에 미처 보지 못한 것이었다. 이것이 그가 그날 뗀 딱지 세 장 가운데 첫번째였다. 두번째는 조금 뒤 오전중에 바니갓으로 질주하다 뗐고, 세번째는 어슬 녘 저녁식사에 너무 늦지 않으려고 속도를 내 파크웨이를 달려오다 뗐다. 벌금이 모두 합쳐 32달러였지만, 아이다에게 말한 대로, 크게 웃다보면 눈물이 나오는데 어떻게 파란불과 빨간불을 구별하고, 빠른 속도와 느린 속도를 구별할 수 있단 말인가?

저녁 일곱시에 그는 아이다를 모퉁이의 버스 정류장에 다시 데려다주고, 그녀의 두 손 안에 지폐 한 장을 밀어넣었다.

"자." 그가 말했다. "자…… 이걸로 뭐 좀 사." 이렇게 해서 이날 들어간 총액은 52달러가 되었다.

그는 도로로 들어섰다. 이미 아내에게 할 이야기를 준비해놓고 있었다. 엡스타인 페이퍼백을 인수하는 데 관심이 있는 남자 때문에 하루종일 붙들려 있었다. 전망이 좋다. 그는 진입로로 차를 몰고 들어오면서 블라인드 너머로 아내의 네모난 형체를 보았다. 아내는 한 손으로 블라인드 슬래트를 문질러 먼지가 있나 확인하면서 남편이 집에 오기를 기다리고 있었다.

셋

땀띠인가?

그는 무릎께까지 내린 파자마 바지를 붙들고 침실 거울에 비친 몸을 보았다. 아래층에서 열쇠 돌아가는 소리가 났지만, 그는 자기 몸에 정신이 팔려 그 소리를 듣지 못했다. 땀띠는 허비가 늘 고생하던 건데—아이한테 생기는 건데. 어른한테 생길 수도 있나? 그는 발을 질질 끌며 거울로 더 다가가다가 무릎에 걸린 파자마 때문에 발을 헛디뎠다. 모래에 쓸린 건지도 몰라. 그래, 그거야, 그는 생각했다. 그 따뜻하고 화창한 삼 주 동안 그와 아이다 코프먼은 그 일을 끝낸 뒤 별장 앞의 해변에서 쉬곤 했기 때문이다. 그때 모래가 바지 속으로 들어가 파크웨이를 달리는 동안 자극을 준 게 틀림없었다. 그가 다시 뒤로 물러나 눈을 가늘게 뜨고 거울로 몸을 살피는데 골디가 방으로 들어왔다. 막 뜨거운 욕조에서 나오는 길이었다. 뼛골이 쑤시네, 그녀는 그렇게 말하고 목욕을 하러 갔었다. 이제 그녀의 살은 벌겋게 익은 듯했다. 그녀가 들어오는 바람에 철학자처럼 열심히 자신의 피부에 난 흠을 응시하던 엡스타인은 깜짝 놀랐다. 그는 거울에 비친 모습에서 얼른 고개를 돌리려다 파자마 바짓자락에 발이 걸려 발을 헛디뎠고, 파자마는 바닥까지 흘러내렸다. 그들은 그렇게, 아담과 이브처럼 벌거벗은 채 거기 서 있었다. 다만 골디는 온몸이 시뻘겋고, 엡스타인은 땀띠가 난 것이 특이할 뿐이었다. 아니, 모래에 쓸려 발진이, 아니면—그 순간 형이상학자에게 제일원리가 다가오듯 그에게 그 생각이 다가왔다. 아차차! 그는 두 손을 얼른 내려 샅을 가렸다.

골디는 어리둥절한 표정으로 그를 보았고, 엡스타인은 자신의 상황을 설명할 적절한 말을 찾았다.

마침내. "목욕 잘했어?"

"잘하긴 뭘 잘해, 그냥 목욕이지." 아내가 중얼거렸다.

"그러다 감기 걸리겠네." 엡스타인이 말했다. "뭐 좀 입어요."

"내가 감기 걸린다고? 당신이 걸리겠는데!" 그녀는 그의 샅 위에 얽힌 두 손을 보았다. "어디 아파요?"

"좀 으슬으슬해." 그가 말했다.

"어디가?" 그녀는 손으로 그가 가린 곳을 가리켰다. "거기가?"

"다."

"그럼 다 가려요."

그는 파자마 바지를 집으려고 허리를 굽혔다. 그가 무화과 잎 같은 두 손을 내리자마자 골디는 숨이 막히는 듯 짧게 헉 소리를 냈다. "그게 뭐야?"

"뭐가?"

"그거!"

그는 아내의 눈을 똑바로 볼 수가 없었기 때문에, 대신 축 늘어진 젖가슴에 달린 자줏빛 눈만 보았다. "모래에 쓸려 발진이 생겼나봐."

"웬 모래!"

"그럼 그냥 발진." 그가 말했다.

그녀는 다가가 손을 뻗었다. 만지려는 게 아니라 가리키려는 것이었다. 그녀는 검지로 그 구역에 작은 원을 그렸다. "발진이라고, 거기에?"

"거기라고 안 될 게 뭐 있어?" 엡스타인이 말했다. "손이나 가슴의 발진과 뭐가 다르겠어. 발진은 발진이지."

"하지만 어쩌다 이렇게 갑자기?" 그의 아내가 말했다.

"어이, 내가 무슨 의사야?" 엡스타인이 말했다. "오늘 그냥 생겼어. 내일이면 사라질지도 모르지. 내가 어떻게 알아! 아마 가게 변기에서 옮았겠지. 슈바처들은 돼지니까……"

골디는 혀를 찼다.

"지금 내가 거짓말을 한다는 거야?"

그녀는 고개를 들었다. "누가 거짓말이래요?" 그러더니 얼른 자기 몸을 훑어보았다. 팔다리, 배, 가슴을 확인했다. 혹시나 남편한테서 발진이 옮지 않았는지 확인하는 것이었다. 그녀는 남

342

편 몸을 보더니, 다시 자기 몸을 보았다. 갑자기 눈이 휘둥그레졌다. "당신!" 그녀는 소리를 질렀다.

"샤."* 엡스타인이 말했다. "마이클 깨겠어."

"이런 돼지 같은! 누구, 누구였어?"

"말했잖아, 슈바처들이라고……"

"거짓말! 돼지 같으니!" 골디는 몸을 빙그르 돌려 침대로 갔다. 푹 주저앉는 바람에 침대가 삐거덕거렸다. "거짓말!" 그러더니 침대에서 내려와 시트를 끌어당겼다. "태워버릴 거야, 다 태워버릴 거야!"

엡스타인은 발목을 묶고 있는 파자마에서 걸어나와 침대로 달려갔다. "뭐 하는 거야…… 옳지 않아. 변기에서만 옮는 거야. 암모니아를 조금 사서……"

"암모니아!" 골디는 고함을 질렀다. "암모니아는 당신이나 마셔!"

"아냐." 엡스타인이 소리를 질렀다. "아냐." 그는 아내에게서 시트를 낚아채 다시 침대 위로 던진 다음 미친듯이 펼치고 정리했다. "그냥 좀 놔둬……" 엡스타인은 침대 뒤편으로 달려가 끝자락을 매트리스 밑에 끼워넣었지만, 골디는 빙 돌아 달려가 그

---

* shah. '조용히'라는 뜻의 이디시어.

가 앞쪽에 끼워넣은 것을 뽑아냈다. 엡스타인이 다시 앞으로 달려가면, 골디는 뒤로 달려갔다. "내 몸에 손대지 마." 골디가 소리를 질렀다. "나한테 가까이 오지 마, 이 더러운 돼지! 가서 더러운 창녀나 만져!" 그러더니 골디는 단 한 번에 시트를 확 잡아당겨 완전히 뽑아낸 다음 공처럼 둘둘 말아 침을 뱉었다. 엡스타인은 시트를 다시 잡아당겼고, 둘 사이에 왔다갔다, 왔다갔다 줄다리기가 시작되었다. 마침내 시트가 갈기갈기 찢어졌다. 그러자 처음으로 골디는 울음을 터뜨렸다. 두 팔에 하얀 띠들을 고리처럼 건 채 그녀는 흐느끼기 시작했다. "내 시트, 내 깨끗하고 좋은 시트……" 그러더니 골디는 침대에 몸을 던졌다.

침실 문간에 얼굴 두 개가 나타났다. 실라 엡스타인이 신음을 토했다. "맙소사!" 포크송 가수가 들여다보았다. 한 번. 두 번. 그러더니 머리를 뒤로 쑥 잡아빼고, 종종걸음으로 층계를 내려갔다. 엡스타인은 얼른 주위의 희고 긴 천 몇 가닥을 잡아채 음부를 가렸다. 딸이 들어와도 한마디도 하지 않았다.

"엄마, 무슨 일이야?"

"네 아버지." 침대에서 목소리가 신음처럼 터져나왔다. "네 아버지한테…… 발진이 생겼어!" 그러면서 격하게 흐느끼는 바람에 그녀의 흰 엉덩이의 살이 물결치며 퍼덕거렸다.

"맞아." 엡스타인이 말했다. "발진이야. 그게 범죄냐? 어서 나가! 네 어머니와 아버지는 잠 좀 자야겠다."

"엄마가 왜 울고 있는 거예요?" 실라가 다그쳤다. "대답을 해주세요."

"내가 어떻게 알아! 내가 독심술이라도 하는 사람이냐? 이 가족은 전부 미쳤어. 다들 무슨 생각을 하는지 누가 알겠어!"

"엄마더러 미쳤다고 말하지 마세요!"

"너나 내 앞에서 목소리 높이지 마! 자기 아버지를 존경해야지!" 그는 몸을 둘러싼 하얀 띠를 더 잡아당겼다. "이제 나가!"

"싫어요!"

"그럼 내던져버릴 수밖에." 엡스타인은 문을 향해 움직이기 시작했다. 그러나 딸은 움직이지 않았다. 그는 차마 팔을 뻗어 딸을 밀 수가 없었다. 대신 머리를 뒤로 젖히고 천장을 향해 말했다. "저애가 이제 내 방에서 피켓을 드는구나! 나가, 이 얼간이야!" 그는 마치 겁을 주어 길 잃은 고양이나 개를 쫓으려는 것처럼 딸을 향해 한 걸음 나아가며 으르렁거렸다. 그러자 딸은 72킬로그램의 몸무게 전체를 동원해 아버지를 마주 밀어냈다. 엡스타인은 놀라기도 하고 아프기도 하여 시트를 떨어뜨렸다. 그러자 딸은 아버지를 보았다. 립스틱 밑의 입술이 하얗게 변했다.

엡스타인은 딸을 쳐다보았다. 그는 애원하는 목소리로 말했다. "변기에서 옮은 거야. 그 슈바처들이……"

그가 말을 마치기도 전에 새로운 머리가 문간으로 쑥 들어왔다. 머리는 엉망이었고 입술은 벌겋게 부어 있었다. 마이클이었다. 주말이면 데이트를 하는 린다 코프먼을 만나고 온 것이었다. "무슨 소리가 들려서요. 무슨……" 그는 침대 위에 벌거벗고 있는 백모를 보았다. 거기서 눈길을 돌리자, 루 백부가 있었다.

"다 나가!" 엡스타인이 소리쳤다.

하지만 아무도 시키는 대로 하지 않았다. 실라는 투철한 정치적 사명감으로 문간을 막았다. 마이클의 두 다리는 바닥에 뿌리가 내린 것처럼 움직이지 않았다. 한 다리는 수치심 때문에, 또 한 다리는 호기심 때문에.

"나가라니까!"

그때 두 발이 쿵쿵거리며 층계를 올라왔다. "실라, 누굴 불러야 하나……" 큰 코에 진지한 표정의 딴따라가 문간에 나타났다. 그는 현장을 살피다가, 마침내 눈길이 엡스타인의 사타구니로 내려갔다. 부리 같은 코가 위로 올라가며 입이 떡 벌어졌다.

"뭐에 걸린 거야? 매독이야?"

그 말이 잠시 허공에 걸리며 방안에 정적이 깔렸다. 골디 엡스타인은 울음을 멈추고 침대에서 몸을 일으켰다. 문간의 젊은이들은 눈을 내리깔았다. 골디가 등을 구부리자 두 젖가슴이 앞으로 축 늘어졌다. 그녀는 입을 움직이기 시작했다. "난……" 골디가 말했다. "난……"

"뭐야, 엄마?" 실라가 다그쳤다. "뭔데?"

"난…… 이혼할 거야!" 말을 하고 나자 그녀 자신도 놀란 표정이었다. 그러나 그녀의 남편만큼 놀라지는 않았다. 남편은 손바닥으로 자기 머리를 찰싹 때렸다.

"이혼! 당신 미쳤어?" 엡스타인은 주위를 둘러보다가 마이클에게 말했다. "이 여자가 미쳤구나!"

"이혼한다니까." 골디는 그렇게 말하더니, 눈이 뒤집히면서 까무러쳐 시트도 안 깔린 매트리스 위로 쓰러졌다.

스멜링 솔트*로 의식을 차린 골디는 엡스타인에게 허비의 방에 가서 자라는 명령을 내렸다. 그는 익숙하지 않은 좁은 침대에서 연신 몸을 뒤척였다. 짝을 이루는 옆 침대에서 마이클이 숨을 쉬는 소리가 들렸다. 월요일. 엡스타인은 생각했다. 월요일에 도움을 청해야겠어. 변호사한테. 아냐, 먼저 의사한테 가봐야지. 의사는 일 분이면 틀림없이 내 몸을 보고 내가 이미 알고 있는 걸 말해줄 거야—아이다 코프먼이 깨끗한 여자라는 걸. 엡스타인은 맹세라도 할 수 있었다—그 여자 살냄새를 맡아보았으

---

* 의식이 희미해졌을 때 냄새를 맡게 하여 깨어나게 하는 약.

니까! 의사는 그를 안심시켜줄 것이다. 그의 상처는 둘이 비벼대다보니 생긴 거라고. 이것은 일시적인 것이었다. 둘이 함께 만든 것이지, 한 사람이 다른 사람에게 옮긴 것이 아니었다. 그는 결백했다! 물론 그의 죄는 더러운 균과는 아무런 관련이 없다고 한다면 이야기가 달랐지만. 하지만 어쨌든 의사가 알아서 처방을 해줄 터였다. 그런 다음에는 변호사가 처방을 해줄 터였다. 그러고 나면 모두가 알게 될 터였다. 갑자기 엡스타인은 최악의 상황을 상상하면서 특별한 기쁨을 느끼는 버릇이 있던 동생 솔도 그 모든 사람에 포함될 거라는 생각이 들었다. 엡스타인은 몸을 굴려 마이클의 침대 쪽을 보았다. 아이의 머리에서 빛이 점점이 어른거렸다. 아이는 깨어 있었다. 엡스타인 집안의 코, 턱, 이마를 그대로 지닌 채.

"마이클?"

"네."

"안 자냐?"

"네."

"나도." 엡스타인은 사과하는 투로 말을 이어갔다. "신경이 곤두서서……"

엡스타인은 다시 천장을 보았다. "마이클?"

"네?"

"아무것도 아니다……" 하지만 그는 걱정이 되는 만큼이나 궁금하기도 했다. "마이클, 너는 발진이 생긴 적이 없지, 그렇지?"

마이클은 침대에서 일어나 앉았다. 그는 단호하게 대답했다. "없어요."

"그냥 그런 생각을 해봤다." 엡스타인이 얼른 말을 받았다. "알다시피, 난 이 발진이 생겨서……" 엡스타인은 말꼬리를 흐리고 아이에게서 눈길을 돌렸다. 다시 그 생각이 났다. 이 아이가 사업을 물려받았을지도 모르는데. 멍청한 솔이…… 하지만 이제 와서 사업이 뭐가 중요할까. 사업은 절대 그 자신을 위한 게 아니라 모두를 위한 거였는데. 하지만 이제 그 모두가 없는데.

엡스타인은 두 손을 눈 위에 올렸다. "이렇게, 이렇게 변할 수가." 그가 말했다. "언제부터 변하기 시작했는지도 모르겠구나. 나, 루 엡스타인에게 발진이 생기다니. 이제는 내가 루 엡스타인인 것 같지도 않아. 갑자기, 투두둑! 하더니 변해버렸어." 그는 다시 마이클을 보며 천천히, 단어 하나하나에 힘을 주어가며 말을 하고 있었다. 마치 아이가 조카 이상의 존재라도 된다는 듯이, 아니, 한 사람 이상의 존재라도 된다는 듯이. "나는 평생 피곤했어. 진짜야, 평생 제대로 하려고 노력했어. 이게 거짓말이면 이 자리에서 그냥 죽어도 할말이 없을 거야. 나는 갖지 못했던 걸 내 가족에게 주려고 노력했다는 게 거짓말이면……"

그는 말을 멈추었다. 그가 하려던 말은 이것이 아니었다. 엡스타인은 침대 옆의 불을 켜고 다시 말을 시작했다. 새로운 방법으로. "나는 일곱 살이었다, 마이클. 여기 왔을 때 나는 일곱 살짜리 애였어. 그날, 나는 그날을 어제처럼 기억할 수 있단다. 네 할아버지 할머니하고 나—네 아버지는 아직 태어나지 않았지. 이런 거, 정말이야, 네 아버지는 모른다. 나는 네 할아버지 할머니하고 부두에 서서 찰리 골드스타인이 우리를 태우러 오기를 기다렸어. 찰리는 전에 살던 나라에서 네 할아버지의 동업자였지. 그 도둑놈. 어쨌든 우리는 기다렸어. 마침내 찰리가 우리를 태우러, 우리가 살 곳으로 데려다주러 왔지. 그 사람은 손에 큰 캔을 들고 왔더라고. 그 안에 뭐가 들었는지 아니? 등유였어. 우리가 거기 서 있는데 찰리 골드스타인이 그걸 우리 머리 위에 붓더구나. 그러고는 잘 퍼지게 문질렀어. 이를 잡으려는 거였지. 맛이 지독하더라고. 어린애한테는 지독한 맛이었지……"

마이클이 어깨를 으쓱했다.

"흠! 네가 어떻게 이해를 하겠냐." 엡스타인이 툴툴거렸다. "네가 뭘 알겠어. 스무 살짜리가……"

마이클은 다시 어깨를 으쓱했다. "스물둘인데요." 그가 작은 소리로 말했다.

엡스타인은 더 해줄 수 있는 이야기가 있었지만, 그중 어떤 이야기를 한들 그의 마음에는 있지만 적당한 표현을 찾을 수 없는 것을 과연 이 아이에게 전달할 수 있을까 의문이 생겼다. 그는 침대에서 나와 방문까지 걸어갔다. 문을 열고 서서 귀를 기울였다. 아래층 소파에서 포크송 가수가 코를 고는 소리가 들렸다. 이런 밤에 손님이라니! 그는 문을 닫고 허벅지를 긁으며 방으로 돌아왔다. "정말이지, 이 여편네는 잠도 잘 자고 있을 거야…… 나는 이 여자한테는 과분한 남자야. 그래, 먹을 걸 차린다고? 그게 별거야? 청소를 해? 그게 뭐 훈장이라도 받을 일이야? 언젠가 내가 집에 오면 집이 엉망이 되어 있으면 좋겠어. 어딘가에 쌓인, 적어도 지하실에 쌓인 먼지에라도 내 이름 머리글자를 쓸 수 있으면 좋겠어. 마이클, 이렇게 살다보니 그런 것도 기쁜 일이 될 것 같구나!" 엡스타인은 잿빛 머리카락을 움켜쥐었다. "어떻게 이런 일이 있을 수 있어? 나의 골디가, 그런 여자가 청소하는 기계가 되어버리다니. 말도 안 돼." 그는 건너편 벽까지 걸어가 허비의 야구 사진들을 뚫어져라 바라보았다. 이제는 빛이 바랜 천연색 사진 속의 턱 근육이 발달한 긴 얼굴들 밑에는 서명이 있었다. 찰리 켈러, 루 게릭, 레드 러핑*…… 오래전이었다. 허비가 양키스를 얼마나 사랑했던지.

---

* 모두 야구 선수 이름.

"어느 밤이었어." 엡스타인이 다시 입을 열었다. "대공황이 오기 전 일이지…… 너 우리가 뭘 했는지 아니, 골디하고 내가?" 그는 이제 레드 러핑을, 아니, 그 너머를 뚫어져라 보고 있었다. "너는 나의 골디를 몰라. 얼마나 아름답고 또 아름다운 여자였는지. 그날 밤 우리는 사진을 찍었어. 촬영을 했지. 내가 카메라를 설치했어. 예전 집이었지. 우리는 사진을 찍었어, 침실에서." 그는 말을 끊고, 기억을 더듬었다. "나는 아내의 나체 사진이 있었으면 했어. 가지고 다닐 수 있는. 솔직히 그랬어. 한데 다음날 아침 일어나보니 골디가 네거티브를 찢어버리고 있더라고. 그러면서 골디가 이러는 거야. 그런 일은 없어야겠지만, 혹시 내가 사고라도 나면, 경찰이 신분을 확인하려고 내 지갑을 뒤지다, 거기서 어머-어머-어머!" 엡스타인은 웃음을 지었다. "알잖니, 여자라는 게, 얼마나 걱정이 많은지…… 그래도 우리는 사진을 찍기는 했어, 현상은 하지 않았지만. 그렇게라도 하는 사람이 몇이나 되겠냐?" 엡스타인은 그렇게 물으며 레드 러핑에게서 마이클에게로 눈길을 돌렸다. 마이클은 희미하게, 입꼬리 쪽으로 웃음을 짓고 있었다.

"왜, 사진 때문에?"

마이클은 낄낄거리기 시작했다.

"응?" 엡스타인은 웃음을 지었다. "왜, 너는 한 번도 그런 생각 해본 적 없어? 난 솔직히 말하는 거야. 다른 사람에게는 잘못으로 보일 수도 있지. 죄 같은 걸로 보일 수도 있어. 하지만 누가 뭐라겠냐……"

마이클은 뻣뻣해졌다. 마침내 그의 아버지의 아들이 된 것이다. "누군가는 뭐라고 해야 합니다. 어떤 일들은 무조건 옳지 않은 것이니까요."

엡스타인은 젊은 시절의 실수를 기꺼이 인정하려 했다. "그럴지도 모르지." 그가 말했다. "어쩌면 골디가 그걸 찢은 것이 옳은 일이었는지도……"

마이클은 힘차게 고개를 저었다. "아니! 어떤 것들은 옳지 않습니다. 무조건 옳지 않아요!"

순간 엡스타인은 손가락이 가리키는 것이 사진을 찍은 루 백부가 아니라 간통을 한 루 백부라는 것을 깨달았다. 갑자기 엡스타인은 소리를 질렀다. "옳으니 그르니! 너하고 네 아버지한테서는 그 소리밖에 못 듣겠구나. 넌 누구야, 뭐 하는 사람이야, 네가 솔로몬 왕이라도 돼?" 그는 침대 기둥을 움켜쥐었다. "우리가 사진을 찍은 날 밤 또 무슨 일이 있었는지 말해줄까? 우리 허비가 그날 밤에 생겼어, 틀림없어. 일 년 동안 우리는 내가 완전히 진이 빠질 때까지 노력을 하고 노력을 했어. 그러다 바로 그날 밤이었어. 그 사진을 찍은 뒤에, 그 사진 덕분에. 누가 알겠어!"

"하지만……"

"하지만 뭐! 하지만 이거?" 그는 자신의 사타구니를 가리켰다. "너는 아직 애야. 너는 이해 못해. 사람들이 자기 걸 빼앗아가기 시작하면, 누구나 손을 뻗게 돼. 움켜쥐게 돼…… 어쩌면 돼지처럼 보일지도 모르지. 하지만 그래도 움켜쥐게 돼. 그때 옳고 그른 걸 누가 알겠어! 눈에 눈물이 고였는데 그 차이를 누가 제대로 볼 수나 있겠어!" 이제 그의 목소리는 갑자기 낮아졌지만, 음울한 어조에도 불구하고 꾸짖음은 더 격해졌다. "나를 욕하지 마. 네가 아이다네 딸하고 있는 걸 내가 못 본 줄 알아? 그건 욕할 게 없는 줄 알아? 너한테 그건 옳은 거야?"

마이클은 이제 침대 위에서 무릎을 꿇고 있었다. "백부가……보셨다고요?"

"봤어!"

"하지만 그건 다르죠……"

"달라?" 엡스타인이 소리쳤다.

"결혼은 다릅니다!"

"뭐가 다른지 너는 알지 못해. 아내를 얻고, 아버지가 되고, 두 번 아버지가 되었는데…… 그런데 나한테서 다 빼앗아가기 시작했어……" 엡스타인은 무릎에 힘이 빠져 마이클의 침대에 쓰러졌다. 마이클은 허리를 뒤로 젖히고 백부를 보았지만, 어째야 할지, 어떻게 책망해야 할지 알 수가 없었다. 열다섯 살 넘은 사람이 우는 것은 본 적이 없었기 때문이다.

넷

보통 때 같으면 일요일 아침은 이런 식으로 진행되었다. 아침 아홉시 반에 골디가 커피를 만들고 엡스타인은 거리 모퉁이까지 가서 훈제연어와 일요일판 〈뉴스〉를 사온다. 훈제연어가 식탁에 놓이고, 베이글이 오븐에 들어가 있고, 〈뉴스〉의 로토그라비어 사진 섹션이 골디의 코에서 2인치 떨어진 곳에 있을 때면 실라가 짧아터진 실내복을 입고 하품을 하며 층계를 내려온다. 그들은 앉아서 먹기 시작하고, 실라는 아버지가 〈뉴스〉를 사는 것이 "파시스트의 호주머니에 돈을 집어넣어주는 것"이라며 아버지를 욕한다. 밖에서는 이방인들이 교회를 향해 걸어간다. 늘 똑같았다. 물론 세월이 흐르면서 〈뉴스〉가 골디의 코에 더 바싹 다가가고 실라의 마음에서는 더 멀어지기는 했지만. 실라는 〈포스트〉를 배달시켜 보았다.

이번 일요일에 엡스타인은 잠에서 깼을 때 부엌에서 커피가 보글거리는 냄새를 맡았다. 살금살금 층계를 내려가 부엌을 지나갈 때는—병원에 다녀올 때까지는 지하실의 화장실을 사용하라는 명령을 받았다—훈제연어 냄새를 맡을 수 있었다. 마침내 면도를 하고 옷을 챙겨 입고 부엌에 들어갔을 때는 신문이 바스락거리는 소리가 들렸다. 마치 다른 엡스타인이, 그의 유령이 한 시간 전에 일어나 그의 일요일 의무를 이미 이행한 것 같았다. 시계 밑 식탁에는 실라, 포크송 가수, 골디가 앉아 있었다. 오븐에서는 토스트가 구워지고, 포크송 가수는 등을 보인 자세로 의자에 앉아 어쭙잖게 기타를 치며 노래를 불렀다……

　　너무 오래 밑바닥에 내려와 있다보니
　　여기가 마치 위인 것 같네……

　엡스타인은 손뼉을 치고 두 손을 비비며 먹을 준비를 했다. "실라, 네가 이걸 사 온 거니?" 그는 신문과 훈제연어를 가리켰다. "고맙구나."
　포크송 가수가 고개를 들더니 똑같은 곡에 즉석에서 가사를 지어 붙였다.

　　내가 훈제연어를 사러 나갔다 왔지요……

그러면서 싱글거렸다. 영락없는 광대였다.

"시끄러!" 실라가 포크송 가수에게 말했다.

포크송 가수는 실라의 말을 되풀이하며, 퉁! 퉁! 기타를 쳤다.

"그럼 자네한테 감사해야겠군. 고맙네, 젊은이." 엡스타인이 말했다.

"이 사람 이름은 마빈이에요." 실라가 말했다. "참고로 말씀드리지만."

"고맙네, 마틴."

"마빈입니다." 젊은이가 말했다.

"아, 귀가 별로 좋지 않아서."

골디 엡스타인이 신문에서 눈을 들었다. "매독에 걸리면 뇌가 녹는다더니."

"뭐!"

"매독에 걸리면 뇌가 녹는다고……"

엡스타인이 격분하여 벌떡 일어났다. "네가 그랬어?" 그는 딸에게 소리쳤다. "누가 이 여자한테 그런 얘기를 지껄인 거야?"

포크송 가수는 기타 뜯던 손을 멈추었다. 아무도 대답하지 않았다. 음모였다. 엡스타인은 딸의 어깨를 움켜잡았다. "네 아버지를 존경할 줄 알아야지, 알아들었어!"

실라는 몸을 비틀어 엡스타인의 손을 털어냈다. "당신은 내 아버지가 아니야!"

그 말을 듣는 순간 엡스타인은 아이다 코프먼이 차에서 했던 농담으로, 그녀의 황갈색 원피스로, 봄하늘로 훌쩍 되돌아갔다…… 엡스타인은 식탁 위로 아내에게 몸을 기울였다. "골디, 골디, 나를 봐! 나, 루를 보라고!"

골디는 다시 신문을 뚫어져라 들여다보고 있었다. 그러나 코에서 멀찌감치 떨어뜨려놓았기 때문에 엡스타인은 그녀의 눈에 활자가 보이지 않는다는 것을 알았다. 다른 부위도 다 마찬가지지만, 검안사는 그녀의 눈 안의 근육들이 느슨해지고 있다고 말했다. "골디." 엡스타인이 말했다. "골디, 내가 세상에서 가장 나쁜 짓을 한 거야? 내 눈을 봐, 골디. 말해봐, 언제부터 유대 민족이 이혼을 했어? 언제부터?"

골디는 눈을 들어 엡스타인을 보더니, 이어 실라를 보았다. "매독에 걸리면 뇌가 녹아. 나는 돼지하고는 살 수 없어!"

"우리는 해결할 수 있어. 랍비한테 가서……"

"랍비는 당신을 인정하지 않을……"

"하지만 자식들, 자식들은 어떻게 하고?"

"무슨 자식?"

허비는 죽었고 실라는 모르는 사람처럼 변했다. 골디 말이 맞았다.

"다 큰 아이는 스스로 알아서 할 수 있어." 골디가 말했다. "얘가 원하면 나하고 플로리다로 가면 돼. 나는 마이애미비치로 이사할 생각이야."

"골디!"

"소리지르지 마요." 실라가 말했다. 말다툼에 끼어들고 싶어 안달이었다. "마이클이 깨겠어요."

골디는 애써 예의바른 태도로 딸에게 말했다. "마이클은 오늘 아침 일찍 나갔단다. 린다하고 오늘 해변에 가서 놀기로 했대. 벨마에 있는 린다네 집에서."

"바니갓이야." 엡스타인이 중얼거리며 식탁에서 물러났다.

"뭐라 그랬어요?" 실라가 다그쳤다.

"바니갓." 엡스타인은 질문이 더 나오기 전에 집에서 나가기로 마음먹었다.

엡스타인은 모퉁이의 간이식당에서 자신이 보는 신문을 사 들고 혼자 앉아, 커피를 마시며 창밖을 보았다. 사람들이 교회로 걸어가고 있었다. 예쁘고 젊은 식사*가 희고 둥근 모자를 손에 쥐고 지나가다 허리를 굽히더니 구두를 벗고 흔들어 돌을 떨어냈다. 엡스타인은 그녀가 허리를 굽히는 것을 지켜보다 커피를 앞

---

* shiksa. 유대인이 아닌 여자.

자락에 조금 쏟았다. 꼭 끼는 원피스 밑으로 젊은 여자의 조그만 엉덩이가 사과처럼 동그랬다. 그는 그것을 보다가, 마치 기도를 하듯이 주먹으로 자기 가슴을 쳤다. 다시, 또다시. "내가 무슨 짓을 한 거야! 오, 맙소사!"

그는 커피를 다 마시자 신문을 들고 거리를 따라 올라가기 시작했다. 집으로? 무슨 집? 길 건너 코프먼의 집 뒤뜰에 아이다 코프먼이 보였다. 반바지에 홀터 톱 차림으로 딸의 속옷을 빨랫줄에 걸고 있었다. 엡스타인은 주위를 둘러보았다. 교회로 걸어가는 이방인들뿐이었다. 아이다는 그를 보고 미소를 지었다. 엡스타인은 점점 화가 치밀어올랐다. 그는 갓돌에서 내려서, 마음이 뜨거워지는 것을 느끼며, 무단횡단을 하기 시작했다.

정오에 엡스타인 집에 있던 사람들은 사이렌이 울려퍼지는 소리를 들었다. 실라는 〈포스트〉에서 고개를 들고 귀를 기울이다 손목시계를 보았다. "정온가? 내 시계는 십오 분 늦네. 이 엉터리 시계. 아버지가 선물로 준 거야."

골디 엡스타인은 마빈이 나갔을 때 사 온 〈뉴욕 타임스〉 여행 섹션의 광고를 들추고 있었다. 그녀는 자기 손목시계를 보았다. "내 건 십사 분 늦네. 이것도." 골디는 딸에게 말했다. "그 사람이 준 시계야……"

사이렌의 흐느낌 소리가 더 커졌다. "맙소사." 실라가 말했다. "마치 세상이 끝나기라도 한 것 같네."

그러자 빨간 손수건으로 기타에 광을 내고 있던 마빈이 바로 노래를 시작했다. 눈을 질끈 감고 높은 목소리로 세상의 끝에 관한 검둥이의 노래를 부르기 시작한 것이다.

"조용히 해!" 실라가 말했다. 그녀는 귀를 기울였다. "하지만 오늘은 일요일이야. 사이렌은 토요일에……"

골디는 소파에서 벌떡 일어났다. "진짜 공습인가? 어머나, 정말 가지가지 하는구나!"

"경찰이야." 실라가 말했다. 그녀는 눈에 불을 켜고 현관문으로 달려갔다. 경찰에 정치적으로 반대하는 입장이었기 때문이다. "거리를 따라 올라오고 있어…… 구급차잖아!"

실라는 문밖으로 달려나갔고, 마빈이 그 뒤를 따랐다. 기타가 여전히 목에 걸려 있었다. 골디가 슬리퍼로 찍찍 소리를 내며 그 뒤를 따라갔다. 거리에서 골디는 갑자기 집을 돌아보았다. 낮도둑, 벌레, 먼지가 들어가지 않도록 문이 닫혔나 확인하는 것이었다. 다시 고개를 돌렸을 때 골디는 멀리 뛰어갈 필요가 없다는 것을 알았다. 구급차는 길 건너 코프먼의 집 진입로에 멈추어 있었기 때문이다.

이미 사람이 잔뜩 모여 있었다. 이웃들은 목욕가운, 실내복 차림에 손에는 만화 섹션을 들고 있었다. 교회 가는 사람들, 하얀 모자를 쓴 이방인 여자들도 있었다. 골디는 딸과 마빈이 서 있는 앞쪽까지 뚫고 들어갈 수 없었지만, 군중 뒤에서도 젊은 의사가 구급차에서 내려 현관으로 달려가는 것을 볼 수 있었다. 한 번에 계단을 두 개씩 올라가는 의사의 뒷주머니에서 청진기가 흔들렸다.

카츠 부인이 도착했다. 배가 무릎에서부터 시작하는 것처럼 보이는 땅딸막하고 얼굴이 빨간 카츠 부인은 골디의 팔을 잡아 끌었다. "골디, 여기서 또 일이 터졌어?"

"모르겠어요, 필. 하여간 얼마나 시끄럽던지. 원자탄이라도 떨어진 줄 알았어요."

"그거라면 누구도 모를 수가 없겠지." 필 카츠가 말했다. 그녀는 사람들을 훑어보더니 집을 보았다. "가엾은 여자." 불과 세 달 전 바람이 심한 삼월 아침에 구급차가 달려와 코프먼 부인의 남편을 요양원으로 데려갔고, 그 남자가 거기서 돌아오지 못했다는 사실을 그녀는 기억하고 있었다.

"여기도 걱정거리, 저기도 걱정거리……" 카츠 부인은 고개를 저었다. 동정심이 가득한 단지 같았다. "정말이지, 누구나 걱정거리가 작은 보따리로 하나씩은 있어. 저 여자는 틀림없이 신경쇠약에 걸렸을 거야. 그건 좋은 게 아니야. 담석은 꺼내면 나와. 하지만 신경쇠약이라, 그건 아주 나빠…… 혹시 딸이 아픈 건 아닐까?"

"딸은 집에 없어요." 골디가 말했다. "내 조카 마이클하고 나갔는걸."

카츠 부인은 아직 집에서 아무도 나오지 않았다는 것을 알았다. 정보를 모을 시간이 있는 셈이었다. "그게 누구지, 골디? 루가 말을 않고 지내는 댁의 시숙 아들? 그 사람이 그애 아버지야?"

"네, 디트로이트에 사는 솔이……"

하지만 골디는 말을 이어가지 못했다. 현관문이 열렸기 때문이다. 하지만 아직 아무도 보이지 않았다. 사람들 앞쪽에서 목소리가 들렸다. "조금만 비켜주세요. 어서! 좀 비키라고요, 젠장!" 실라였다. "조금만 비켜요! 마빈, 나 좀 도와줘!"

"기타를 내려놓을 수가 없어…… 내려놓을 자리가 없어……"

"사람들 좀 뒤로 물려!" 실라가 말했다.

"하지만 내 악기를……"

의사와 보조원이 몸을 뒤틀고 들것을 기울여 현관문을 통과하고 있었다. 그들 뒤에 코프먼 부인이 서 있었다. 하얀 남자 셔츠 자락을 반바지에 쑤셔넣은 차림이었다. 두 눈 주위가 시뻘겠다. 화장은 하지 않았군. 카츠 부인은 생각했다.

"딸아이가 틀림없어." 펄 카츠가 말하며 까치발을 했다. "골디, 보여, 누구야…… 딸아이야?"

"딸은 집에 없다니까……"

"뒤로 물러나 있어요!" 실라가 명령했다. "마빈, 맙소사, 좀 도와줘!"

젊은 의사와 보조원은 들것이 흔들리지 않게 지탱하며 게걸음으로 현관 계단을 내려왔다.

카츠 부인은 펄쩍펄쩍 뛰었다. "도대체 누구야?"

"안 보여요." 골디가 말했다. "안 보여……" 골디는 슬리퍼 위로 뒤꿈치를 들어올려 키를 세웠다. "안…… 오, 이런! 이런, 맙소사!" 그러더니 그녀는 앞으로 달려나가며 소리를 질렀다. "루! 루!"

"엄마, 뒤에 그대로 있어." 실라는 어느새 어머니를 떼어내려고 안간힘을 쓰고 있었다. 들것은 구급차로 미끄러져들어가고 있었다.

"실라, 이거 봐, 저거 네 아버지야!" 골디는 구급차를 가리켰다. 지붕에서 빨간 눈이 천천히 돌아가고 있었다. 잠시 골디가 계단을 돌아보았다. 아이다 코프먼은 그 자리에 그대로 서서, 안절부절못하며 손가락으로 셔츠 단추들을 만지작거리고 있었다. 이윽고 골디는 구급차를 향해 달려갔다. 딸이 옆에서 골디의 두 팔꿈치를 붙들고 그녀를 앞으로 몰아댔다.

"누구세요?" 의사가 물었다. 의사는 그들이 앞으로 다가오는 것을 막으려고 그들 쪽으로 한 걸음 내디뎠다. 안 그러면 둘이 곧바로 구급차 안으로 뛰어들어 환자의 몸 위로 올라갈 것처럼 보였기 때문이다.

"부인이에요……" 실라가 소리쳤다.

의사가 현관을 가리켰다. "보세요, 아주머니……"

"내가 부인이에요." 골디가 소리쳤다. "나라고요!"

의사가 골디를 보았다. "타세요."

골디는 실라와 의사의 도움을 받아 씨근덕거리며 구급차에 올라타더니, 회색 담요에서 튀어나온 하얀 얼굴을 보고 숨이 막히는지 헉하고 큰 소리를 냈다. 엡스타인의 눈은 감겨 있고, 피부는 머리카락보다도 더 진한 회색빛이었다. 의사는 실라를 옆으로 밀어내고 구급차에 올라탔다. 구급차가 움직이고, 사이렌이 비명을 질러댔다. 실라는 잠시 구급차 뒤를 따라 달리며 문을 두드리다가, 잠시 후 반대로 방향을 틀더니 사람들을 뚫으며 왔던 길을 되짚어 아이다 코프먼의 집 앞 계단을 올라갔다.

골디가 의사를 돌아보았다. "죽은 건가요?"

"아뇨. 심장마비입니다."

골디는 자기 얼굴을 손바닥으로 때렸다.

"괜찮을 겁니다." 의사가 말했다.

"하지만 심장마비라니. 평생 그런 적이 없었는데."

"예순이나 예순다섯 먹은 남자한테는 흔한 일이죠." 의사는 엡스타인의 손목을 잡으며 빠르게 답을 던졌다.

"겨우 쉰아홉밖에 안 됐어요."

"겨우라뇨." 의사가 말했다.

구급차가 빨간 신호등을 그대로 통과하더니 급하게 우회전을 했다. 그 바람에 골디는 바닥에 주저앉았다. 골디는 바닥에 앉은 채 말했다. "하지만 건강한 사람이 어쩌다……"

"아주머니, 그만 좀 물어보세요. 다 큰 남자는 행동하는 게 애 하고 다르잖아요."

골디는 두 손으로 눈을 가렸고, 엡스타인은 눈을 떴다.

"이제 깨어났네요." 의사가 말했다. "아주머니 손을 잡고 싶어 할지도 모르겠군요."

골디는 엡스타인이 있는 곳으로 기어가 그를 보았다. "루, 괜찮아요? 어디 아파요?"

엡스타인은 대답하지 않았다. "나를 알아보는 건가요?"

의사는 어깨를 으쓱했다. "얘기를 해보세요."

"나예요, 루."

"부인입니다, 루." 의사가 말했다. 엡스타인은 눈을 껌뻑였다. "알아보는군요." 의사가 말했다. "괜찮을 겁니다. 그냥 정상적인 생활을 하기만 하면 됩니다. 예순에 맞는 정상적인 생활을요."

"의사 말 들었죠, 루. 그냥 정상적인 생활을 하기만 하면 된대요."

엡스타인은 입을 열었다. 혀가 이 위로 죽은 뱀처럼 늘어졌다.

"말하지 마요." 그의 아내가 말했다. "아무 걱정 마요. 사업도요. 잘될 거예요. 우리 실라는 마빈하고 결혼할 거고, 그걸로 다 마무리될 거예요. 팔 필요 없어요, 루. 사업은 계속 우리 가족 것으로 남을 거예요. 당신은 은퇴해서 쉴 수 있어요. 마빈이 물려받으면 되니까. 그애는 똑똑해요. 마빈 말이에요. 성실한 아이라고요."

루는 눈알을 굴렸다.

"말하려고 하지 마요. 내가 알아서 할게요. 당신은 곧 나을 거고, 그럼 우리 어디 가요. 새러토가에 가요. 온천에 가자고요. 그냥 가는 거예요, 당신하고 나하고……" 갑자기 골디가 엡스타인의 손을 잡았다. "루, 당신은 정상적으로 살 거예요, 그렇죠? 그렇죠?" 그녀는 울고 있었다. "아니면 이러다 당신 죽게 된단 말이에요, 루! 계속 이런 식으로 가다간 끝장이란 말이에요……"

"됐습니다." 젊은 의사가 말했다. "이제 좀 진정하세요. 환자가 둘로 느는 건 바라지 않으니까요."

구급차가 속도를 낮추며 빙 돌아 병원 옆문으로 들어가자 의

사는 차의 뒷문 옆에 무릎을 꿇었다.

"내가 왜 우는지 모르겠네." 골디가 눈을 훔쳤다. "저이 괜찮겠죠? 댁이 그렇게 말하니, 댁 말을 믿어야지. 댁은 의사니까."

젊은 의사는 커다란 붉은 십자가가 그려진 뒷문을 활짝 열었다. 골디가 작은 소리로 물었다. "의사 선생님, 저이한테 있는 다른 걸 치료할 만한 약 같은 게 있겠지요…… 여기 발진 말이에요." 골디가 손가락으로 가리켰다.

의사는 골디를 보더니, 엡스타인의 벌거벗은 몸을 가리고 있는 담요를 잠깐 들추었다.

"심한가요, 의사 선생님?"

골디는 눈물과 콧물을 흘리고 있었다.

"염증이로군요."

골디는 의사의 손목을 움켜쥐었다. "저걸 깨끗하게 없앨 수 있나요?"

"다시는 생기지 않을 거예요." 의사는 그렇게 대꾸하면서 구급차에서 뛰어내렸다.

노래로 그 사람을
판단할 수는 없다

내가 전과자 알베르토 펠라구티를 처음 만난 것은 십오 년 전 고등학교 1학년 '직업' 수업시간이었다. 첫 주에 나는 새 급우들과 우리의 기술, 결함, 경향, 심리를 파악하기 위해 고안된 '종합검사'를 했다. 직업 담당인 루소 선생님은 주말에 기술은 보태고 결함은 빼서, 우리에게 우리 재능에 가장 잘 맞는 직업이 무엇인지 말해주기로 했다. 아주 신비했지만 그럼에도 과학적이었다. 처음에 '선호도 검사'를 한 기억이 난다. "어느 것을 더 하고 싶은가, 이것인가, 저것인가, 아니면 다른 것인가……" 알비 펠라구티는 내 뒤의 왼쪽에 앉아 있었다. 고등학교 입학 첫날 나는 이 문제에서는 고대 화석을 살피고, 저 문제에서는 범죄자들을 변호하며 행복하게 검사를 했다. 반면 알비는 베수비오 화산의 내부처럼 의자에서 솟아올랐다가 가라앉았다가 앞으로 쏟아졌다가 뒤로 젖혀졌다가 확 부풀어올랐다. 그러다 마침내 결정을 내릴 때는 확실하게 내렸다. 자신이 어디에 참여하고 싶다고 표시하는 것이 가장 지혜로울지 고민하다가, 이윽고 그런 활동 칸에 그의 연필이 X표를 그리는 소리가 들렸던 것이다. 그가 고민하는 모습은 그보다 앞서 전해졌던 전설을 뒷받침해주었다. 그가 열일곱 살이며, 막 제임스버그 소년원에서 출소했고, 이번이 세번째 고등학교이며, 세번째 1학년인데, 이번에는—또 한번 X표가 자기 자리에 단단히 박히는 소리가 들렸다—"착하게 살기로" 결심했다는 것이었다.

수업시간이 절반쯤 지났을 때 루소 선생님이 교실을 나갔다. "뭐 좀 마시고 오마." 그가 말했다. 루소는 늘 자신이 매우 정직한 사람이기 때문에, 다른 선생님들은 어떨지 몰라도 자신은 교실 앞문으로 나갔다가 몰래 뒷문으로 들어와 우리가 얼마나 책임감 있게 행동하는지 관찰하는 짓은 하지 않는다고 애써 강조했다. 그가 뭘 마시러 나갔다가 돌아왔을 때 과연 그의 입술은 젖어 있었다. 화장실에서 돌아오면 손에서 비누 냄새를 맡을 수 있었다. "천천히 해라, 얘들아." 그는 말했고, 나가면서 문을 닫았다.

그의 검은 윙팁구두*가 대리석 복도를 때리며 멀어지자마자

372

굵은 손가락 다섯 개가 내 어깨를 파고들었다. 나는 고개를 돌렸다. 펠라구티였다. "왜?" 내가 말했다. "26번, 답이 뭐야?" 펠라구티가 말했다. 나는 사실을 말해주었다. "아무거나." 펠라구티는 의자에서 반쯤 몸을 일으키고 나를 노려보았다. 그는 하마였다. 크고, 검고, 냄새가 났다. 짧은 소매는 마치 혈압을 재듯 거대한 두 팔을 꽉 조이고 있었다—그 순간 두 팔은 하늘을 향하고 있었다. "답이 뭐냐니까!" 위협을 당한 나는 내 질문지 책자를 세 페이지 뒤로 넘겨 26번을 다시 읽어보았다. "어느 것을 더하고 싶은가? (1) '세계 무역 대회'에 참석한다. (2) 체리를 딴다. (3) 병든 친구 옆에서 책을 읽어준다. (4) 자동차 엔진을 수리한다." 나는 멍한 표정으로 알비를 돌아보며 어깨를 으쓱했다. "상관없어…… 정답은 없어. 아무거나 써." 그러자 그는 의자에서 로켓처럼 솟아오를 것 같았다. "말도 안 되는 소리 하지 마! 답이 뭐야!" 교실 전체에서 낯선 얼굴들이 튀어올랐다—눈을 가늘게 뜨고 곁눈질을 하기도 했고, 입에서 쉿쉿 소리를 내기도 했고, 창피를 주려고 싱글거리기도 했다. 나는 당장이라도 입술이 축축해진 루소가 돌아오면 고등학교 첫날 커닝하다 들키는 신세가 될지도 모른다는 것을 깨달았다. 나는 26번을 다시 보고 알비

---

* 구두코에 날개 모양 가죽이 덧대진 구두.

를 돌아보았다. 나는 그가 앞에 있으면 언제나 그랬듯, 분노, 동정심, 공포, 사랑, 복수심, 그리고, 당시에는 나무망치처럼 약하기는 했지만, 아이러니를 즐기는 본능에 이끌려 소곤거렸다. "병든 친구 옆에서 책을 읽어준다." 그러자 화산은 가라앉았다. 알비와 나는 그렇게 만났다.

우리는 친구가 되었다. 그는 검사 내내, 이어 점심 내내, 이어 방과후에도 내 옆에 바짝 붙어 있었다. 나처럼 감독하에 사는 사람은 성인이 되어가면서도 하지 못하는 일을 알비는 모두 해보았다는 것을 알게 되었다. 그는 낯선 식당에서 햄버거를 먹어보았다. 겨울임에도 냉수 샤워를 하고 머리가 젖은 채 밖에 나가보았다. 동물에게 잔인한 짓을 해보았다. 창녀와 거래를 해보았다. 도둑질을 하다 잡혀서 죗값을 치르기도 했다. 그러나 그는 내가 학교 건너편 과자가게에서 도시락을 풀고 있을 때 나에게 말했다. "이제, 똥싸대는 짓을 하고 돌아다니는 건 끝났어. 나는 교육을 받고 있어. 나는 이제……" 그는 전날 오후에 우리가 영어 수업을 듣는 동안 혼자 보고 온 뮤지컬 영화에서 그 비유를 귀동냥했던 것 같다—"나의 가장 좋은 발을 앞으로 내밀 거야."* 다음주

---

* 힘든 상황에서 있는 힘을 다한다는 뜻.

에 루소가 검사 결과를 알려줄 때, 알비의 발은 앞으로만 움직이는 것이 아니라 낯설고 놀라운 길을 찾고 있는 것 같았다. 루소는 책상에 앉아 우리의 운명을 전달해주었다. 결과지 더미가 그의 앞에 탄약처럼 쌓여 있었고, 차트와 다이어그램이 양쪽에 거대하게 설치되어 있었다. 알비와 나는 변호사가 될 운명이었다.

그 첫 주에 알비가 나에게 고백한 모든 것 가운데 한 가지 사실이 특히 내 뇌에 강하게 달라붙었다. 나는 그가 태어난 시칠리아의 도시 이름도 곧 잊어버렸다. 그의 아버지의 직업도(얼음을 만드는 것 아니면 배달하는 것이었는데), 그가 훔친 차의 연식과 모델도 곧 잊었다. 그러나 알비가 제임스버그 소년원 야구팀의 스타였다는 사실은 잊지 않았다. 체육 담당인 호퍼 선생님이 우리 체육 반 소프트볼팀의 주장으로 나를 뽑았을 때(우리는 월드 시리즈가 끝날 때까지는 소프트볼을 하다가 터치풋볼로 넘어갔다), 나는 펠라구티를 우리 편으로 데려와야 한다는 것을 알았다. 그런 팔이면 공을 1마일 밖으로도 쳐낼 수 있었기 때문이다.

팀을 구성하는 날 알비는 내 옆에서 발을 질질 끌며 어슬렁거렸다. 나는 로커룸에서 체육복—국부보호대, 카키색 반바지, 티셔츠, 두꺼운 면양말, 스니커즈—으로 갈아입고 있었다. 알비는 이미 다 갈아입었다. 그러나 카키색 체육복 반바지 밑에는 국부보호대를 차지 않고 라벤더색 팬티를 그대로 입고 있었다. 그 바람에 팬티가 바깥의 반바지 밑으로 3인치나 삐져나와 길고 예쁜 단처럼 보였다. 그는 티셔츠 대신 소매 없는 내의를 입었다. 타르처럼 검고 높은 스니커즈 속에는 양쪽에 늘씬한 화살이 수놓인 얇은 검은색 실크 양말을 신었다. 아예 벌거벗고 있었다면 수백 년 전에 죽은 조상처럼 콜로세움에서 사자를 내던져 죽일 수 있었을지도 모른다. 그러나, 그에게 말은 하지 않았지만, 그렇게 입고 있으니 그의 위엄이 크게 손상되었다.

로커룸을 떠나 어두운 지하실 복도를 어슬렁어슬렁 걸어 화창한 구월의 운동장으로 올라가는 동안 그는 계속 나에게 말했다. "나는 어렸을 때는 운동을 안 했지만, 제임스버그에 가서 했어. 야구가 아무것도 아닌 것처럼 다가오더라고." 나는 고개를 끄덕였다. "피트 라이저는 어떻게 생각해?" 그가 물었다. "아주 좋은 선수잖아." 내가 말했다. "토미 헨리치는 어떻게 생각해?" "모르겠는데." 내가 대답했다. "믿을 만한 것 같아." 나는 다저스 팬으로서 라이저를 양키스의 헨리치보다 좋아했다. 게다가 내 취향은 늘 약간 괴상해서, 연거푸 외야 벽에서 튀어올라 브루클린을 위기에서 구하는 라이저가 내 마음의 쿠퍼스타운*에서는 특별

---

* 지금은 다저스의 연고지가 로스앤젤레스이지만 당시에는 뉴욕이었다. 쿠퍼스타운은 브루클린 다저스의 구장.

트로피 감이었다. "그래." 알비가 말했다. "나는 그 양키들이 다 좋아."

나는 알비에게 그 말이 무슨 뜻이냐고 물어볼 기회를 얻지 못했다. 꼿꼿이 서서 웃음을 짓고 있는, 청동빛 피부의 호퍼 선생님이 동전을 던지고 있었기 때문이다. 고개를 들자 해가 반짝이는 것이 보였다. 나는 "앞" 하고 소리쳤다. 동전은 뒤가 나와, 상대편 주장이 먼저 선택을 하게 되었다. 그가 알비의 팔을 보는 순간 내 심장이 뒤집힐 듯 펄떡였지만, 그는 알비를 건너뛰고 대신 키가 크고 여윈, 일루수에 어울리는 선수를 선택했다. 내 마음은 가라앉았다. 나는 곧바로 말했다. "펠라구티를 선택하겠어요." 그 순간 알비 펠라구티의 얼굴을 스쳐간 웃음은 자주 볼 수 있는 웃음이 아니었다. 마치 무기징역을 받은 알비를 내가 가석방으로 풀어주기라도 한 것 같았다.

시합이 시작되었다. 나는 유격수를 보았고—왼손잡이였다—2번을 쳤다. 알비는 중견수였고, 그의 희망에 따라 4번을 쳤다. 상대 팀 1번 타자는 땅볼을 쳤고, 내가 잡아서 일루수에게 던졌다. 다음 타자가 친 공은 중견수 쪽으로 높이 솟아올랐다. 나는 알비가 공을 쫓아 움직이는 것을 보는 순간 토미 헨리치와 피트 라이저는 그에게 이름뿐임을 알았다. 그가 야구에 관해 아는 것이라고는 전날 밤에 벼락치기 한 것밖에 없었다. 공이 공중에 떠 있는 동안 알비는 밑에서 두 팔을 머리 위로 똑바로 쳐들고 펄쩍 펄쩍 뛰었다. 두 손목은 한데 붙어 있었다. 두 손은 공을 향해 애 걸하며 나비의 날개처럼 펄럭펄럭 열렸다 닫혔다.

"어서." 그는 하늘을 향해 소리를 지르고 있었다. "어서 이 새 끼야……" 그의 다리가 자전거를 타듯이 위로 아래로, 위로 아 래로 오르내렸다. 내 죽음의 순간이 그 염병할 공이 내려오는 데 걸린 시간만큼 길지 않았으면 좋겠다. 공은 허공에 떠 있었다. 그대로 떠 있었다. 알비는 밑에서 예배 시간에 열광하는 광신자 처럼 깡충깡충 뛰었다. 이윽고 공이 내려오며 알비의 가슴을 쳤 다. 주자는 이루를 돌아 삼루로 향하고 있었고, 이제 알비는 눈 에 보이지 않는 두 아이와 링-어라운드-어-로지*를 하듯이 뱅 글뱅글 돌며 공을 찾고 있었다. 완전히 정신이 나간 표정으로 두 팔을 아래로 내리고 있었다. "뒤에 있어, 펠라구티!" 내가 악 을 썼다. 그는 움직임을 멈추었다. "뭐라고?" 그는 나에게 마주 소리를 질렀다. 나는 중견수 자리까지 반쯤 뛰어갔다. "네 뒤라 고…… 중계해!" 이어 주자가 삼루를 도는 동안 나는 거기 서서 그에게 "중계"가 무슨 말인지 설명해야 했다.

---

* 노래하며 둥글게 돌다가 신호에 따라 급히 앉는 놀이.

1회 초가 끝났을 때 우리는 8 대 0으로 뒤지고 있었다―홈런을 여덟 방 맞았는데, 모두 펠라구티가 늦게 중계한 결과였다.

이제 타석에 선 알비를 묘사해야 하는 순간이 오니 마조히즘적인 즐거움을 맛보게 된다. 우선 그는 투수를 마주보고 섰다. 그런 다음 공을 향해 방망이를 휘두를 때는―공이 올 때마다 무조건 휘둘렀는데―옆이 아니라 아래로 휘둘렀다. 마치 나무못을 바닥에 박는 것 같았다. 오른손잡이였는지 왼손잡이였는지는 묻지 마시길. 나도 모르니까.

나는 옷을 갈아입으면서 입을 다물고 있었다. 곁눈으로 펠라구티를 지켜보고 있자니 속이 부글부글 끓었다. 그는 그 어처구니없는 검은 스니커즈를 걷어차듯이 벗고 분홍색 가우초 셔츠를 내의 위에 입었다―내의 앞쪽의 U자 모양으로 살이 드러난 곳에는 여전히 불그스름한 반점이 있었다. 첫 플라이 볼에 맞은 자국이었다. 그는 체육복 반바지를 입은 채 회색 바지에 발을 꿰었다―나는 그가 땅볼에 정강이를 맞아 생긴 빨간 반점 위로, 투수가 던진 공이 종지뼈와 허벅지에 맞아 생긴 빨간 반점들 위로 바지를 끌어올리는 것을 지켜보았다.

마침내 내가 말했다. "젠장, 펠라구티, 너는 피트 라이저에게 걸려 넘어져도 그가 누군지 못 알아볼 거야!" 그는 스니커즈를 로커에 쑤셔넣고 있었다. 아무 대답도 없었다. 나는 그의 거대한 분홍색 셔츠 등에 대고 말하고 있었다. "왜 감옥 팀에서 뛰었다고 말한 거야?" 그가 뭐라고 중얼거렸다. "뭐?" 내가 말했다. "뛰었어." 그가 툴툴거렸다. "거짓말!" 내가 말했다. 그는 고개를 돌리더니 시커먼 눈으로 나를 노려보았다. "뛰었다니까!" "그거 정말 대단한 팀이었겠네!" 내가 말했다. 로커룸을 나올 때부터 둘 다 입을 다물고 있었다. 직업 수업을 받으러 올라가려고 체육실을 지나가는데 호퍼 선생님이 책상에서 고개를 들더니 나에게 한쪽 눈을 찡긋했다. 그러더니 펠라구티 쪽으로 고갯짓을 했다. 불량품을 고를 줄은 알고 있었지만, 어떻게 애초에 펠라구티 같은 부랑자가 미국 대표 소년이 될 거라고 기대할 수 있었느냐는 뜻이었다. 호퍼 선생님은 태양등에 그을린 얼굴을 다시 책상으로 돌렸다.

"야." 나는 이층 층계참에서 방향을 틀면서 펠라구티에게 말했다. "이제 나는 학기 내내 너를 떠안고 가야 돼." 그는 대답을 하지 않고 발을 질질 끌며 앞서 걸어가버렸다. 그 황소 같은 엉덩이에 파리를 쫓아내려고 찰싹거리는 꼬리가 달려 있어야 하는 건데―나는 약이 올랐다. "이 염병할 거짓말쟁이야!" 내가 말했다.

그는 황소가 낼 수 있는 가장 빠른 속도로 몸을 빙그르 돌렸다. "너는 누구도 떠안을 필요 없어." 우리는 로커가 줄지어 늘어서 있는 복도로 들어가는 층계참에 있었다. 뒤에서 층계를 올라오던 아이들이 발을 멈추고 귀를 기울였다. "그럴 필요 없고말고, 이 역겨운 자식아!" 그 순간 털이 덥수룩한 관절 다섯 개가 내 입을 향해 다가오는 것이 보였다. 나는 몸을 움직였지만 이미 늦어서, 내 콧마루 안에서 우지끈하는 소리를 들어야 했다. 엉덩이는 뒤로 내려앉고, 다리와 머리는 앞으로 나가는 느낌이었다. 나는 C자 모양으로 몸을 구부린 채 뒤로 15피트 밀려나다 두 손바닥 밑에 차가운 대리석을 느꼈다. 알비는 내 옆을 돌아 직업실로 들어갔다. 그 순간 고개를 든 내 눈에 루소 선생님의 검은 윙팁구두가 교실로 들어가는 것이 보였다. 나는 알비가 나를 갈기는 것을 선생님이 보았다고 믿지만, 사실을 알 수는 없는 노릇이다. 알비와 나 자신을 포함해 누구도 그 일을 다시 언급한 적이 없다. 어쩌면 내가 알비를 거짓말쟁이라고 부른 것이 잘못이었는지 모르지만, 그가 정말로 야구팀에서 활약했다 해도 내가 모르는 리그에서 뛴 것이 분명했다.

알비와 대비해볼 겸, 그해에 우리와 함께 다녔던 또다른 전과자 듀크 스카파를 소개하고 싶다. 사실 알비도 듀크도 우리 고등학교 공동체의 전형적인 구성원은 아니었다. 둘 다 뉴어크의 반대편 끝인 '다운 넥'에 살았고, 교육위원회의 결정에 따라 알비는 다른 두 학교, 듀크는 네 학교를 거친 뒤에야 우리 학교에 오게 된 것이었다. 위원회는 최종적으로, 마르크스와 마찬가지로, 높은 수준의 문화가 낮은 수준의 문화를 흡수하기를 바랐던 것이다.

알비와 듀크는 서로에게 별로 도움이 되지 않았다. 알비는 착하게 살기로 결심했지만, 듀크는 늘 그 기름을 바른 듯 매끄럽고 조용한 상태, 뼈가 없는 듯한 우아한 움직임 속에서 어떤 일을 도모하고 있다는 느낌을 주었다. 듀크와 알비 사이에 애정이 생긴 적은 한 번도 없지만, 듀크는 알비와 내 뒤에서 어슬렁거렸다. 알비가 그를 경멸한다 해도 그것은 알비가 그의 영혼을 읽을 수 있어서 그런 것임을 알았기 때문인 듯하다. 내 영혼을 전혀 알지 못하기 때문에 나를 경멸하는 동료보다는 그런 사람이 관계를 유지하기 쉬우니까. 알비가 하마, 황소였다면, 듀크는 파충류였다. 나? 모르겠다. 어쨌든 옆에 있는 사람들에게서 동물을 발견하는 것은 쉽다.

점심시간이면 듀크와 나는 식당 바깥 복도에서 스파링을 하곤 했다. 그는 훅과 잽을 구별하지 못했고, 자신의 거무스름한 피부가 거칠어지거나 머리가 헝클어지는 것을 싫어했다. 하지만 움직이고, 고개를 까닥이고, 똬리를 틀었다 푸는 것은 무척 좋아해서, 나하고 뱀 놀이를 하는 특권을 얻고자 대가를 치렀던 듯하다. 그는, 듀크는 나에게 최면을 걸었다. 그는 내 안의 어떤 미끈

거리는 끈을 잡아당겼다―반면 알비 펠라구티는 더 깊고, 지금 생각해보면 더 고상한 줄을 찾아서 길게 잡아당겼다.

이렇게 말하니 알비가 얌전하고 유순한 사람처럼 보이는 것 같다. 따라서 그와 내가 루소 선생님한테 한 짓을 이야기해야 할 것 같다.

루소는 그의 이민자 부모(그리고 알비의 부모, 또 어쩌면 알비 자신)가 교황의 무류성*을 믿는 것만큼이나 종합 검사를 믿었다. 검사 결과 알비가 변호사가 되는 것으로 나오면, 알비는 변호사가 되는 것이었다. 알비의 과거도 그 예언에 대한 루소의 믿음만 강화해주는 듯했다. 그는 구원자의 표정으로 알비에게 다가갔다. 그러다가 구월에 루소는 알비에게 전기 한 권을 읽으라고 주었다. 올리버 웬들 홈스**의 생애였다. 시월에는 일주일에 한 번씩 이 가여운 친구가 급우들 앞에서 즉흥 연설을 하게 했다. 십일월이 되자 헌법에 대한 보고서를 쓰게 했는데, 그것은 내가 대신 써주었다. 십이월에는 마지막 모욕으로, 알비와 나(그리고 변호사 기질을 보여준 다른 두 사람)를 '진짜 변호사들의 활동'을 볼

---

* 교황이 전 세계 로마가톨릭교회의 수장으로서 신앙 및 도덕에 관해 내린 결정은, 하느님의 특별한 은총으로 말미암아 오류가 있을 수 없다고 하는 주장.

** 미국의 법학자이자 변호사. 연방 최고법원 판사로 우수한 판례를 많이 남겼다.

수 있도록 에식스 카운티 법원에 보냈다.

바람이 부는 추운 아침이었다. 우리는 안마당 광장에 있는 링컨 조각상에 담배를 떨어 끄고 하얀 시멘트 계단으로 이루어진 긴 층계를 올라가기 시작했다. 그런데 알비가 갑자기 뒤로돌아를 하더니 광장을 건너 마켓 스트리트로 나갔다. 내가 소리쳐 불렀지만, 그는 전에 이미 다 본 것이라며 마주 소리를 질렀다. 그는 이제 걷는 것이 아니라 사람이 가득한 시내 거리들을 향해 달려가고 있었다. 경찰이 아니라, 과거의 날들에 쫓기고 있었다. 그를 법원에 견학 보냈다는 것 때문에 알비가 루소를 나쁜 놈이라고 생각하는 것은 아니었다—그러기에는 선생들을 너무 존경했다. 알비는 루소가 돌이키고 싶지 않은 과거를 자꾸 상기시키려 한다고 느꼈던 것 같다.

따라서 당연한 일이지만, 알비는 다음날 체육 시간이 끝난 뒤직업 선생에 대한 공격을 선언했다. 이것은 그가 구월에 착하게 살겠다고 결심한 이래 처음 계획한 범죄였다. 그는 나에게 대강의 계획을 알려주며, 자세한 내용을 다른 급우들에게도 전하라고 넌지시 일렀다. 알비와 나머지 급우들—나처럼 행동이 바르고 건전한 무전과자들—사이의 연락책으로서 나는 교실 문간에 자리를 잡고 있다가 급우들이 안으로 들어올 때마다 귀에 음모를 전달했다. "열시 십오분이 지나 루소가 칠판으로 몸을 돌리자

마자 허리를 굽히고 신발끈을 묶어." 급우가 어리둥절한 표정으로 나를 마주보면 나는 책상 위로 거대한 몸집을 드러내고 있는 펠라구티를 향해 고갯짓을 했다. 그러면 어리둥절한 표정이 사라지고, 곧 다른 공모자가 교실로 들어왔다. 유일하게 나를 골치 아프게 한 아이는 듀크였다. 그는 계획에 귀를 기울이더니 자기는 자기 나름의 폭력 조직이 있는데 네 조직은 들어본 적도 없다는 표정으로 나를 사납게 노려보았다.

마침내 종이 울렸다. 나는 문을 닫고 소리 없이 내 책상으로 갔다. 시계가 십오분을 향해 움직이기를 기다렸다. 시간이 됐다. 그러자 루소는 칠판으로 몸을 돌리고 알루미늄 노동자들의 임금 수준을 적기 시작했다. 나는 허리를 굽히고 구두끈을 묶었다—머리를 바닥에 처박고 뒤를 보니 모든 책상 밑에서 뒤집힌 채 싱글거리는 얼굴들을 볼 수 있었다. 내 뒤의 왼쪽에서 알비가 쉿쉿 하는 소리를 냈다. 그의 두 손이 검은 실크 양말 주위를 더듬거렸다. 쉿쉿 소리가 점점 커져 마침내 시칠리아어가 되었다. 알비가 중얼대고 토해내는 빠른 시칠리아어에서는 독기가 느껴졌다. 그 공방은 오로지 루소와 알비 사이에서만 이루어졌다. 나는 교실 앞쪽을 보았다. 손가락은 구두끈을 묶었다 풀고 있었고, 이제 얼굴로 피가 몰리고 있었다. 루소의 다리가 방향을 트는 것이 보였다. 그는 얼마나 멋진 광경을 보았을까—스물다섯 개의 얼굴이 있던 곳에서, 이제 아무것도 찾아볼 수 없었을 테니까. 책상만 있었을 테니까. "알았다." 루소가 말하는 소리가 들렸다. "알았어." 그러더니 루소는 작게 손뼉을 쳤다. "이제 됐어, 녀석들아. 장난은 끝났어. 똑바로 앉아." 그러자 알비의 쉿쉿 소리가 피로 빨개진, 책상 밑의 모든 귀에 이르렀다. 그것은 지하의 냇물처럼 우리 주위를 빠르게 돌아다녔다—"그대로 있어!"

루소는 우리에게 일어나 앉으라고 했지만 우리는 그대로 있었다. 우리는 알비가 일어나 앉으라고 말했을 때에야 일어나 앉았다. 그리고 그의 지휘하에 노래를 부르기 시작했다……

사과나무 밑에 앉지 마라
나 아닌 다른 누구하고도,
나 아닌 다른 누구하고도,
나 아닌 다른 누구하고도,
오, 안 돼, 안 돼, 사과나무 밑에 앉지 마라……*

그리고 박자에 맞춰 손뼉을 쳤다. 얼마나 시끄럽던지!

---

* 제2차대전 시기에 유행했던 대중가요 〈사과나무 밑에 앉지 마라Don't Sit under the Apple Tree〉의 가사.

루소 선생님은 꼼짝도 않고 교실 앞에 서서, 깜짝 놀란 표정으로 귀를 기울이고 있었다. 단정하게 다림질한 군청색 핀 스트라이프 양복, 중앙에 콜리* 머리가 그려져 있는 황갈색 타이, R. R.이라는 이니셜이 새겨진 타이 클립 차림에 검은 윙팁구두를 신고 있었다. 구두는 반짝거렸다. 루소는 단정함, 정직함, 시간 엄수, 정해진 운명을 믿었다―미래를 믿었고, '직업'을 믿었다! 그러나 내 옆에는, 내 뒤에는, 내 안에는, 내 주위에는 온통―알비가 있었다! 우리는, 알비와 나는 서로 마주보았다. 나는 기쁨에 허파가 찢어질 것 같았다. "사과나무 밑에 앉지 마라……" 알비의 단조로운 목소리가 크게 터져나왔다. 그러자 알비 뒤에서 굵고 축축한 신파조의 목소리가 물처럼 나를 덮었다. 듀크의 목소리였다. 그는 탱고 박자에 맞춰 박수를 쳤다.

루소는 잠시 시청각 지원 차트―'숙련 노동자: 임금과 요구 조건'―에 몸을 기댔다가 의자를 뒤로 밀어내더니 거기 주저앉았다. 바닥이 없는 것처럼 푹 주저앉았다. 그는 커다란 머리를 책상에 내려놓았다. 어깨가 젖은 종이 가장자리처럼 앞으로 말렸다. 그 순간 알비는 쿠데타를 끝냈다. 그는 〈사과나무 밑에 앉지 마라〉를 중단했다. 우리 모두 중단했다. 루소가 고개를 들고 침

---

* 스코틀랜드 원산의 양 지키는 개.

묵을 바라보았다. 그의 검은 눈은 밑이 주머니처럼 처져 있었다.
그는 우리의 지도자 알베르토 펠라구티를 물끄러미 바라보았다.
루소는 천천히 고개를 좌우로 젓기 시작했다. 이 사람은 카포네
가 아니었다. 이 사람은 가리발디였다!* 루소는 기다렸고, 나도
기다렸고, 우리 모두 기다렸다. 알비가 천천히 일어나 노래를 부
르기 시작했다. "오, 보인다고 말해줘, 새벽의 이른 빛으로, 우리가
이렇게 자랑스럽게 환영하는 것이……"** 우리는 모두 일어서서 그
와 함께 노래를 불렀다. 로버트 루소 선생님은 길고 검은 눈썹에
눈물을 반짝이며 지친 표정으로 책상에서 일어났다. 두들겨 맞
은 듯한 표정이었다. 펠라구티의 저음이 내 뒤에서 불길하게 울
려퍼지는 동안 루소의 입술이 움직이기 시작하는 것이 보였다.
"공중에서 터지는 폭탄이 증명했다……" 이야, 우리는 노래를 불
렀던 것이다!

알비는 그해 유월 학교를 떠났지만—오직 직업 과목만 낙제
를 면했다—우리의 동지애, 그 이상한 그릇은 그보다 몇 달 전
어느 날 정오에 박살이 났다. 삼월의 점심시간이었다. 듀크와 나

---

* 카포네는 미국의 폭력배, 가리발디는 이탈리아의 독립운동가.
** 미국 국가.

는 식당 밖 복도에서 스파링을 하고 있었다. 듀크가 따뜻하고 축축한 목소리로 다른 아이들과 함께 노래를 부른 날 이후로 그에게 더 호의적이 된 알비는 심판을 봐주기로 하고, 우리 사이에서 펄쩍 뛰고, 클린치가 되면 갈라놓고, 로블로*에 주의를 주고, 듀크의 늘어진 가랑이를 잡으려고 손을 뻗는 등 대체로 즐거운 시간을 보내고 있었다. 듀크와 내가 클린치 상태였던 것으로 기억한다. 내가 그의 신장 부위에 가볍게 작은 펀치를 연달아 퍼붓자 그는 내 품에서 꿈틀거렸다. 그의 뒤에 있는 창으로 해가 비쳐 뱀 둥지 같은 그의 머리가 환하게 빛났다. 나는 그의 옆구리를 두들겼고, 그는 몸을 비틀었고, 나는 코로 씨근거리며 숨을 쉬었고, 내 눈에는 그의 뱀 같은 머리카락이 보였다. 그때 갑자기 알비가 쐐기처럼 우리 사이를 파고들며 우리를 떼어놓았다— 듀크는 옆으로 쓰러졌고, 나는 앞으로 쓰러졌다. 내 주먹이 스카파가 그의 코너로 사용하던 유리창을 깨며 통과했다. 발이 쾅쾅거리는 소리가 들렸다. 먹을 것을 씹던 아무 죄 없는 아이들이 순식간에 내 주위로 모여들어 빈정대기 시작했다. 나만 둘러싸고 있었다. 알비와 듀크는 사라졌다. 나는 그 둘에게 저주를 퍼부었다. 의리 없는 자식들! 몸집이 큰 수석 영양사—세탁소에서

---

* 권투에서 상대편 벨트라인 아래를 치는 반칙.

방금 찾은 듯 빳빳한 흰 제복을 입은, 정맥류에 걸린 노부인이었다—가 내 이름을 적고 내 주먹에서 유리를 뽑기 위해 양호실로 데려가고 나서야 아이들은 흩어졌다. 그날 오후 나는 처음이자 마지막으로 교장인 웬들 선생님에게 불려갔다.

그뒤로 십오 년이 흘렀다. 알비 펠라구티가 어떻게 되었는지는 모르겠다. 갱이 되었다 해도 몇 년 전 열린 키포버 위원회*가 관심을 가질 만큼 악명이 높거나 돈이 많지는 않은 듯했다. 범죄 조사 위원회가 뉴저지에 왔을 때 그들의 조사 내용을 신문에서 꼼꼼히 읽었지만, 알베르토 펠라구티, 심지어 듀크 스카파—지금은 듀크가 아닌 다른 어떤 별명으로 불리는지 알 수 없는 일이지만—의 이름은 찾을 수 없었으니까. 그러나 직업 선생님이 어떻게 됐는지는 알고 있다. 얼마 전 다른 상원 위원회가 우리 주를 급습했을 때 로버트 루소를 비롯한 여러 사람이 1935년경 몬트클레어 주립 사범대학을 다니던 동안 마르크스주의자였다는 사실이 드러난 것이다. 루소는 위원회의 질문 몇 가지에 답변을 거부했으며, 뉴어크 교육위원회는 그를 소환하여 징계하고, 해고했다. 나는 가끔 뉴어크 〈뉴스〉에서 시민자유연맹 변호사들이 그의 사건에 대한 재심을 요구하려 한다는 기사를 읽었다. 심지

---

* 1950년 미국의 조직범죄를 조사한 상원 위원회.

어 교육위원회에 내 인격에서 어떤 전복적인 일이 일어났다 해도, 그것은 나의 고등학교 선생이었던 루소가 저지른 일은 아니며, 그가 공산주의자였다 하더라도 나는 그것을 전혀 몰랐다고 맹세하는 편지를 보내기도 했다. 그 편지에 '미국 국가' 사건에 대한 이야기를 넣는 게 좋을지 어떨지는 판단할 수 없었다. 교육위원회를 틀어쥔 변덕스러운 부인들과 체인점 소유자들이 무엇을 증거로 여기고, 여기지 않을지 누가 알겠는가?

아니, 만일 (고대의 격언을 바꾸어) 한 사람의 이력이 그의 운명을 결정한다고 한다면, 과연 뉴어크 교육위원회가 그들에게 보낸 나의 편지에 관심을 기울이기나 할까. 내 말은, 십오 년이란 세월이 내가 교장에게 불려간 그날 오후를 과연 묻어버렸을까, 하는 것이다.

……교장은 키가 크고 품위 있는 신사였다. 내가 교장실에 들어가자 그는 일어서서 손을 내밀었다. 한 시간 전 듀크의 뱀 같은 머리카락을 비추었던 해가 이제 웬들 선생님의 블라인드 사이로 비스듬히 비껴들어 짙은 녹색 카펫을 따뜻하게 덥히고 있었다. "어떻게 지내나?" 그가 말했다. "네." 나는 질문과 관계없는 대답을 하고, 붕대를 감은 손을 감지 않은 손 밑에 감추었다. 그가 정중하게 말했다. "앉지 않겠나?" 나는 겁에 질린데다 미숙하여 큰절을 하다 말고 앉았다. 나는 웬들 선생님이 금속 서류

캐비닛으로 가서 서랍 하나를 열고, 거기에서 크고 하얀 색인 카드를 꺼내는 것을 지켜보았다. 그는 카드를 책상에 놓고 나에게 오라고 손짓을 했다. 카드에 타이프로 친 것을 읽으라는 뜻이었다. 꼭대기에 대문자로 내 이름이 모두 적혀 있었다―성, 이름, 중간 이름까지. 이름 밑에는 로마자로 I이 적혀 있었고, 그 옆에 "복도에서 싸우다 유리창을 깼다(3/19/42)"고 적혀 있었다. 이미 기록이 된 것이다. 그것도 적을 공간이 아주 넓은 커다란 카드에.

나는 의자로 돌아가 다시 앉았고, 웬들 선생님은 그 카드가 평생 나를 따라다닐 것이라고 말했다. 처음에는 귀를 기울였지만, 그가 계속 말을 이어나가자 그가 하는 말에서 극적인 효과는 사라지고 나의 관심은 서류 캐비닛으로 흘러갔다. 나는 그 안에 든 카드들, 알비의 카드와 듀크의 카드를 상상하기 시작했고, 그러다가 왜 그들 둘이 나 혼자 유리창을 깬 벌을 받게 하고 내뺐는지 이해했다―용서에 가까운 이해였다. 알다시피, 알비는 서류 캐비닛과 이 색인 카드를 그전부터 알고 있었을 것이다. 나는 몰랐다. 그리고 루소, 가엾은 루소는 최근에야 알게 되었던 것이다.

광신자 엘리

레오 추레프는 하얀 기둥 뒤에서 걸어나와 엘리 펙을 맞이했다. 엘리는 깜짝 놀라 뒤로 풀쩍 물러섰다. 이윽고 그들은 악수를 했고, 추레프는 엘리에게 기울어가는 느낌의 낡은 저택 안으로 들어오라고 손짓했다. 문간에서 엘리는 고개를 돌렸다. 그의 눈길은 비탈진 잔디를 따라 내려가 정글이 되어버린 산울타리를 지나, 발길이 닿지 않은 어두운 승마로 너머로 움직였다. 우든턴의 가로등에 깜빡하며 불이 들어왔다. 코치하우스 로드를 따라 늘어선 상점들에서 위를 향해 노란 빛이 한꺼번에 터졌다ㅡ엘리에게는 그것이 그의 시민들이 보내는 비밀 신호 같았다. "그 추레프라는 자에게 우리 입장을 전해줘, 엘리. 여기는 현대적 공동체야, 엘리. 우리에게는 가족이 있고, 우리는 세금을 내고 있어……" 엘리는 그 메시지의 무게에 눌려 멍하고 지친 표정으로 추레프를 물끄러미 바라보았다.

"하루종일 일하시나보구려." 추레프는 그렇게 말하며 서류가 방을 든 변호사를 싸늘한 복도로 안내했다.

엘리의 구두굽이 금이 간 대리석 바닥에 부딪혀 시끄러운 소리를 냈다. 엘리는 그 소리를 이기려고 큰 목소리로 말했다. "통근 때문에 죽어나지요." 엘리는 그렇게 대꾸하며 추레프가 손을 흔들어 가리키는 침침한 방으로 들어갔다. "하루에 세 시간입니다…… 기차에서 바로 이리로 왔습니다." 엘리는 등받이가 하프 모양인 의자에 웅크리며 앉았다. 의자가 실제보다 낮을 것이라고 예상하고 털썩 주저앉는 바람에 앉는 자리의 날카로운 뼈대에 부딪혀 몸이 흔들렸다. 그 덕분에, 엉덩이가 떨린 덕분에, 그는 정신을 차리고 해야 할 일을 생각하게 되었다. 눈썹은 짙지만 머리는 벗어진 추레프는 한때 아주 뚱뚱했을 것으로 짐작이 되었다. 그는 텅 빈 책상 뒤에 앉아 몸을 반쯤 감추고 있었다. 마치 바닥에 앉아 있는 것 같았다. 그의 주위의 모든 것이 텅 비어 있었다. 책꽂이에는 책이 없고, 바닥에는 깔개가 없고, 커다란 여닫이창에는 커튼이 없었다. 엘리가 이야기를 시작하자 추레프는 일어서서 창 하나를 밖으로 젖혔다. 경첩 하나가 요란한 소리를 냈다. "오월인데 꼭 팔월 같구려." 등을 돌린 추레프는 엘리에게 뒤통수의 검은 원을 드러냈다. 정수리가 사라지고 없었다! 추레프는 침침한 공간을 통과해 걸어왔다. 램프에 전구가 없었기 때문이다. 엘리는 자기가 조금 전에 본 것이 사실은 정수리를 덮은 사발 모양의 모자임을 깨달았다. 추레프는 성냥을 켜더니 초에 불을 붙였다. 그 순간 밖에서 노는 아이들의 사그라지는 외침이 열린 창으로 흘러들었다. 마치 엘리가 그 소리를 들을 수 있도록 창을 열어놓은 것 같았다.

"자, 그래." 그가 말했다. "선생 편지는 받았소."

엘리는 움직이지 않았다. 추레프가 서랍을 쑥 열고 서류철에서 편지를 꺼내기를 기다렸다. 그러나 노인은 배가 책상에 닿도록 몸을 앞으로 굽히더니 바지 호주머니에 손을 집어넣고, 일주일은 사용했음직한 손수건처럼 보이는 종이를 꺼냈다. 그는 구겨진 곳을 펴고, 접힌 곳을 펼치고, 종이를 책상에 놓더니 손날로 다림질을 했다. "자." 그가 말했다.

엘리는 동업자인 루이스, 맥도널과 함께 한 단어 한 단어 검토한 글이 적힌, 때문은 종이를 가리켰다. "답장을 기다렸습니다." 엘리가 말했다. "일주일이 지났습니다."

"펙 씨, 이건 아주 중요한 문제라서 선생이 직접 오실 줄 알았소."

아이들 몇이 열린 창 밑을 달렸고, 아이들이 재잘대는 이상야

룻한 소리—그러나 추레프는 이상야릇하지 않은지 빙그레 웃음을 지었다—가 제삼자처럼 방으로 들어왔다. 아이들 소리가 살에 달라붙는 바람에 엘리는 걷잡을 수 없이 몸이 떨렸다. 집에 갔다 올걸. 샤워를 하고 저녁을 먹고 올걸. 그러고 나서 추레프를 찾아올걸. 평소와 달리 엘리는 전문가다운 자신감이 생기지 않았다—이곳은 너무 침침했고, 시간은 너무 늦었다. 그러나 저 아래 우든턴에서는 기다리고 있을 것이다. 의뢰인과 이웃들이. 그는 자신과 아내만이 아니라 우든턴의 유대인 전체를 대표하고 있었다.

"이해하셨나요?" 엘리가 말했다.

"어렵지도 않던데 뭐."

"지역 지정의 문제입니다……" 추레프가 대답은 하지 않고 손가락으로 입술만 두드리자 엘리가 말했다. "법은 우리가 만드는 게 아닙니다……"

"하지만 그 법을 존중하잖소."

"법이 우리를 보호해주니까요…… 공동체를."

"법은 법이지." 추레프가 말했다.

"바로 그겁니다!" 엘리는 일어서서 방안을 걸어다니고 싶은 충동을 느꼈다.

"그리고 물론"—추레프는 두 손으로 허공에 천칭의 두 접시를 만들었다*―"법은 법이 아니기도 하지. 법이라고 하는 법이 언제 법이 아닐까?" 그는 두 접시를 가볍게 흔들었다. "그리고 그 반대로도 물어볼 수 있겠지."

"간단히 말해서," 엘리가 높아진 목소리로 말했다. "주거지역에 기숙학교를 둘 수는 없습니다." 그는 추레프가 이런저런 논점을 제기하여 그 논점을 흐리도록 놓아둘 생각은 없었다. "어떤 조치를 취하기 전에 미리 말씀드리는 게 좋겠다고 생각했습니다."

"주거지역에는 집이 있어야 한다는 거요?"

"네. 그게 주거지역의 의미입니다." 나치 정권으로부터 강제 추방당한 이 사람은 어쩌면 처음 생각했던 것만큼 영어를 잘하지 못하는 것인지도 몰랐다. 추레프는 느릿느릿 이야기했는데, 조금 전까지만 해도 엘리는 그것이 술책이라고 잘못 생각했다―또는 심지어 지혜라고. "주거란 가정을 의미하죠." 그가 덧붙였다.

"그럼 여기는 내 주거요."

"하지만 애들은요?"

"여기는 아이들 주거지."

"열일곱 명이나 되는데요?"

"열여덟이오." 추레프가 말했다.

---

* 법의 여신이 천칭을 들고 있다.

"하지만 여기서 저 아이들을 가르치잖습니까?"

"『탈무드』를 가르치지. 그게 불법이오?"

"그러면 학교가 되는 겁니다."

추레프는 다시 허공에 천칭을 걸더니 천천히 한쪽으로 기울였다.

"보세요. 추레프 씨. 미국에서는 이런 곳을 기숙학교라고 부릅니다."

"미국에서는 어디에서 『탈무드』를 가르치오?"

"수업시간에 가르치는 곳에서요. 추레프 씨는 교장이고, 아이들은 학생입니다."

추레프는 천칭을 책상에 내려놓았다. "펙 씨," 그가 말했다. "나는 그걸 믿지 않소……" 그러나 엘리가 했던 말을 염두에 둔 이야기 같지는 않았다.

"추레프 씨, 그게 법입니다. 나는 추레프 씨가 뭘 하려는 생각인지 물어보러 왔습니다."

"내가 무엇을 해야 하는지?"

"두 가지가 같은 것이기를 바랍니다."

"같지." 추레프는 책상에 배를 밀어붙였다. "우리는 계속 여기 있을 거요." 그는 웃음을 지었다. "우리는 지쳤소. 교장이 지쳤소. 학생들이 지쳤소."

엘리는 일어서서 서류가방을 들었다. 의뢰인들의 불만, 복수심, 음모로 가득찬 가방은 무척 무겁게 느껴졌다. 가방을 깃털처럼 가볍게 들고 다니던 날들도 있었다—그러나 추레프의 사무실에서 가방은 엄청나게 무거웠다.

"안녕히 계십시오, 추레프 씨."

"샬롬."* 추레프가 말했다.

엘리는 사무실 문을 열고 어두운 무덤 같은 복도를 조심스럽게 걸어 현관문까지 갔다. 그는 문밖 현관으로 나가 기둥에 몸을 기대고 잔디 건너편에서 노는 아이들을 내려다보았다. 낡은 집 주위를 돌면서 서로를 쫓는 아이들에게서 터져나온 목소리들이 위로 솟아올랐다가 내려왔다. 어스름 때문에 아이들의 놀이가 부족의 춤처럼 보였다. 엘리가 허리를 펴고 현관에서 움직이는 순간 갑자기 춤이 멈추었다. 아이들은 귀를 찢을 듯한 긴 비명을 뒤에 남기고 사라졌다. 평생 누가 그를 보고 달아난 것은 처음 있는 일이었다. 엘리는 우든턴의 불빛에 눈을 고정한 채 승마로를 따라갔다.

가다가, 나무 밑 벤치에 앉아 있는 그를 보았다. 처음에는 검게 푹 꺼진 곳인 줄로만 알았다—이윽고 형체가 서서히 눈에 들

---

* '평화'라는 뜻의 히브리어 인사.

어왔다. 엘리는 이미 그의 모습에 관해 이야기를 들었기 때문에 그가 누구인지 알 수 있었다. 그가 여기에 있었다. 모자를 쓰고 있었다. 그 모자야말로 엘리가 이 임무를 맡게 된 원인이자, 우든턴이 발칵 뒤집힌 이유였다. 도시의 불빛들이 반짝거리며 다시 한번 그들의 메시지를 전하고 있었다. "모자를 쓴 자를 처리해. 배짱도 좋지, 배짱도 좋아……"

엘리는 남자 쪽으로 다가갔다. 어쩌면 이 사람은 추레프만큼 고집이 세지 않을지도 몰랐다. 추레프보다 합리적일지도 몰랐다. 사실 이건 법의 문제 아닌가. 그러나 소리쳐 부를 수 있을 만큼 가까이 다가갔음에도 부르지는 않았다. 그의 모습 때문에 입을 열지 못한 것이다. 검은 코트는 남자의 무릎 아래까지 내려와 있었고, 두 손은 무릎 위에서 마주잡고 있었다. 뒤통수에는 꼭대기가 둥글고 챙이 넓은 탈무드 모자를 꾹 눌러쓰고 있었다. 목을 가린 턱수염은 아주 부드럽고 숱이 적어 그가 무겁게 숨을 쉴 때마다 숨결에 날렸다가 제자리로 돌아오곤 했다. 그는 잠들어 있었다. 곱슬곱슬한 구레나룻은 양쪽 뺨까지 내려와 있었다. 얼굴을 보니 엘리 또래인 것 같았다.

엘리는 서둘러 불빛 쪽으로 발을 옮겼다.

부엌 식탁에 메모가 놓여 있는 것을 보자, 엘리는 갑자기 불안해졌다. 지난 한 주 동안 종잇조각에 휘갈겨 써놓은 것들이 역사를 만들어냈기 때문이다. 그러나 이 메모에는 서명이 없었다. "여보, 먼저 자요. 오늘 아기하고 오이디푸스적인 경험* 같은 걸 겪었어요. 테드 헬러한테 전화하세요."

그녀는 냉장고에 차갑고 눅눅해진 저녁을 남겨두었다. 그는 차갑고 눅눅한 저녁을 싫어했지만, 미리엄이 옆에 있는 것 대신이라면 기꺼이 먹을 수 있었다. 그는 심란한 상태였는데, 이럴 때 그녀는 전혀 도움이 되지 않았다. 그런 무자비한 분석력은 도움이 되지 않았다. 그는 인생이 순조롭게 흘러갈 때는 그녀를 사랑했다—그것은 그녀가 그를 사랑할 때이기도 했다. 그러나 가끔 엘리는 변호사 일이 유사流砂처럼 자신을 둘러싼다는 것을 알게 되었다—숨도 제대로 쉴 수가 없었다. 차라리 상대편을 위해 변론을 펼쳤으면 하고 바랄 때가 너무나 많았다. 물론 상대편에 가 있으면, 또 이쪽 편이기를 바라게 되겠지만. 문제는 가끔 법이 답이 아닌 것처럼 보인다는 사실, 지금 모든 사람을 괴롭히고 있는 일이 법과는 아무런 관련이 없는 것처럼 보인다는 사실이었다. 물론 그럴 때면 그 자신이 멍청하고 불필요한 존재로 느껴졌다…… 물론 지금 상황은 그런 것이 아니었다—시민들에게

---

* 아버지의 부재가 자식과 어머니에게 영향을 주는 것.

는 정당한 논거가 있었다. 하지만 꼭 그런 것만도 아니었다. 만일 미리엄이 지금 깨어 있어 엘리가 혼란에 빠진 것을 본다면, 얼른 그가 무엇 때문에 괴로워하는지 그에게 설명해주고, 그를 이해하고, 그를 용서하려 할 것이다. 모든 것을 '정상'으로 돌아가게 하려고. '정상'이야말로 그들이 서로 사랑하는 상태니까. 그러나 미리엄의 그런 노력이 그를 더 혼란에 빠뜨리기만 한다는 것이 문제였다. 그녀의 설명은 그 자신이나 그의 곤경에 관해 아무것도 설명해주지 못할뿐더러, 그에게 그녀가 약하다는 확신을 갖게 해주었다. 결국 엘리도 미리엄도 엄청나게 강한 것은 아니라는 사실이 드러나는 셈이었다. 그는 전에도 두 번 이런 사실에 직면했고, 두 번 모두 이웃들이 너그럽게 '신경쇠약'이라고 불러준 것에서 위안을 찾았다.

엘리는 서류가방을 옆에 둔 채 저녁을 먹었다. 반쯤 먹었을 때 그 자신에게 굴복하여 추레프의 메모들을 꺼내 식탁 위에 놓았다. 미리엄의 메모 옆이었다. 그는 이따금씩 그 메모들을 넘겨보았다. 검은 모자를 쓴 사람이 시내로 가지고 온 것이었다. 불씨가 되었던 첫번째 메모는 다음과 같았다.

관련자에게
이분에게 다음 물건을 주시기 바랍니다. 고무 굽과 창이 달린 남아용 신발.

치수 6c 5켤레

치수 5c 3켤레

치수 5b 3켤레

치수 4a 2켤레

치수 4c 3켤레

치수 7b 1켤레

치수 7c 1켤레

남아용 신발 총 18켤레. 이분한테 이미 서명된 수표가 있습니다. 금액은 적어주시기 바랍니다.

뉴욕, 우든턴

예시바 원장

L. 추레프

(1948년 5월 8일)

"엘리, 흔히 볼 수 있는 풋내기 이민자야." 테드 헬러는 그렇게 말했다. "한마디도 하지 않더군. 그냥 메모만 건네주고 서 있더라고. 브롱크스에서 히브리 장신구를 팔며 돌아다니던 노인네들처럼."

"예시바라고!" 아티 버그는 그렇게 말했다. "엘리, 우든턴에

예시바라니! 내가 브라운즈빌에 살고 싶은 사람이면, 엘리, 나는
지금 브라운즈빌에 가서 살고 있을 거야."

"엘리." 이번에는 해리 쇼가 말하고 있었다. "예전에 퍼딩턴이
운영하던 곳이나 마찬가지라고. 퍼딩턴 영감이 무덤에서 몸을
들썩이겠구먼. 엘리, 내가 그 도시를 떠났을 때는, 엘리, 나는 그
도시하고는 영영 작별할 생각이었어."

두번째 메모.

식료품점 주인께

이분에게 설탕 10파운드를 주시기 바랍니다. 돈은 뉴욕, 우
든턴 예시바 앞으로 달아놓으시기 바랍니다─지금 장부를 만
들어 매달 청구서를 보내주십시오. 이분이 매주 한두 번 찾아
갈 겁니다.

L. 추레프 원장

(1948년 5월 10일)

추신: 코셔 고기도 파시나요?

"그 작자가 바로 우리 진열장 앞을 지나갔어, 그 풋내기가."
테드는 그렇게 말했다. "지나가면서 고개를 끄덕이더라니까, 엘
리. 풋내기는 이제 내 친구라도 된 것처럼 군다고."

"엘리." 아티 버그가 말했다. "그자가 그 염병할 걸 스톱 N 숍의 점원에게 주었다니까…… 그것도 그 모자를 쓴 채로 말이야."

"엘리." 해리 쇼가 다시 말을 시작했다. "웃을 일이 아니야. 언젠가는 엘리, 어린애들 백 명이 작은 야물커를 머리에 쓰고 코치하우스 로드에서 히브리어로 배운 걸 낭송할 거야. 그러면 웃음이 나오지 않을걸."

"엘리, 저 위에서 무슨 일이 벌어지는 거야…… 우리 애들이 이상한 소리가 들린다는데."

"엘리, 여기는 현대적인 공동체야."

"엘리, 우리는 세금을 내."

"엘리."

"엘리!"

"엘리!"

처음에는 그것이 또다른 시민이 그의 귀에 대고 외쳐대는 소리인 줄 알았는데, 고개를 돌려보니 미리엄이 문간에서 불룩한 배를 내밀고 서 있었다.

"엘리, 스위트하트, 어떻게 됐어?"

"싫다고 하더라고."

"다른 사람도 봤어?" 그녀가 물었다.

"자고 있던데, 나무 밑에서."

"그 사람한테 이곳 사람들 분위기가 어떤지 알려줬어?"

"자고 있었다니까."

"왜 깨우지 않았어? 엘리, 이건 매일 일어나는 일이 아니잖아."

"곤하게 자더라니까!"

"소리지르지 마, 제발 좀." 미리엄이 말했다.

"'소리지르지 마. 나 임신중이야. 아기가 무거워.'" 엘리는 자기가 미리엄이 지금까지 한 말에 화를 내고 있는 것이 아님을 알았다. 그녀가 이제부터 할말 때문이었다.

"정말 무거운 아기라고 의사가 그랬단 말이야." 미리엄이 말했다.

"그럼 가만히 앉아서 내 저녁이나 차려." 이제 그는 그녀가 저녁 식탁에 없다는 것에 화가 나고 있다는 것을 알았다. 조금 전까지만 해도 그녀가 없다는 것에 안심했는데. 마치 꼬리에 신경이 그대로 드러나 있는데, 자신이 계속 그곳을 밟아대는 것 같았다. 그러다 마침내 미리엄이 그곳을 꽉 밟았다.

"엘리, 당신 심란하구나. 이해해."

"당신은 이해 못해."

미리엄은 부엌을 나갔다. 층계에서 그녀가 소리쳤다. "이해해, 여보."

이것은 덫이었다! 그는 그녀가 '이해'한다는 것을 알고 점점 더 화가 날 터였다. 그녀는 또 그가 화를 내는 것을 보고 더 이해하게 될 터였다. 그럼 그는 더 화가 나고…… 전화벨이 울렸다.

"여보세요." 엘리가 말했다.

"엘리, 테드야. 어때?"

"어떻긴 뭐가 어때?"

"추레프는 어떤 사람이야? 미국 사람이야?"

"아니. 난민이야. 독일인."

"아이들은."

"그애들도 난민이고. 추레프가 아이들을 가르쳐."

"뭘? 무슨 과목을?" 테드가 물었다.

"모르겠어."

"그리고 모자를 쓴 그자 말이야, 모자를 쓴 그자 봤어?"

"응. 자고 있더라고."

"엘리, 모자를 쓰고 잔다고?"

"모자를 쓰고 자."

"염병할 광신자들." 테드가 말했다. "지금은 20세기야, 엘리. 그런데 모자를 쓴 자라니. 이제 곧 예시바의 남자애들이 시내로 쏟아져내려올 거야."

"그다음에는 그애들이 우리 딸들을 쫓아다니겠지."

"미셸하고 데비는 그애들을 거들떠보지도 않을 거야."

"그러면," 엘리가 웅얼거렸다. "걱정할 것도 없잖아, 테디."
그러고는 전화를 끊어버렸다.

곧 전화벨이 다시 울렸다. "엘리? 전화가 끊겼군. 걱정할 게
없다고? 자네가 해결한 건가?"

"내일 다시 만나봐야 돼. 어느 정도는 해결할 수 있어."

"잘됐군, 엘리. 내가 아티하고 해리한테 전화할게."

엘리는 전화를 끊었다.

"아까는 아무것도 해결된 게 없다고 한 것 같은데." 미리엄이
었다.

"그랬지."

"그런데 왜 테드한테는 어느 정도 해결됐다고 했어?"

"그랬으니까."

"엘리, 치료를 좀더 받아야 되는 거 아니야?"

"그건 이제 됐어, 미리엄."

"신경증에 걸린 채로 변호사 일을 할 수는 없어. 당신 말은 답
이 아니야."

"당신 참 머리 좋아, 미리엄."

미리엄은 얼굴을 찌푸리며 몸을 돌리더니 무거운 아기를 침대
로 데려갔다.

전화벨이 울렸다.

"엘리, 아티야. 테드가 전화했더군. 해결했어? 이제 문제없는 거야?"

"응."

"그 사람들 언제 간대?"

"나한테 맡겨, 알았지, 아티? 좀 피곤해. 자야겠어."

침대에서 엘리는 아내의 배에 입을 맞춘 다음 거기에 머리를 얹고 생각했다. 그날로 아홉 달하고도 두 주째로 접어들었기 때문에 머리는 살짝만 올려놓아야 했다. 그럼에도 그녀가 잠들어 있을 때는 쉬기 좋은 곳이었다. 그녀의 호흡을 따라 오르내리며 이런저런 생각을 할 수 있었다. "그자가 그 웃기지도 않은 모자만 벗어준다면. 난 알고 있어, 사람들이 뭘 걱정하는지. 만일 그자가 그 웃기지도 않은 모자만 벗으면 모든 게 괜찮아질 거야."

"뭐?" 미리엄이 물었다.

"아기한테 말하고 있는 거야."

미리엄이 침대에서 몸을 일으켰다. "엘리, 제발, 베이비, 닥터 에크먼한테 잠깐 들를 수 없어? 그냥 얘기만 좀 나누고 오더라도."

"난 괜찮아."

"아, 스위티!" 그녀는 다시 누웠다.

"네 엄마가 나하고 결혼하면서 뭘 가져왔는지 아니? 슬링 체어하고 염병할 지그문트 프로이트에게 열광하는 뉴스쿨*의 분위기야."

미리엄은 자는 척하고 있었다. 엘리는 그녀가 쉬는 숨으로 그것을 알 수 있었다.

"아이한테 진실을 말하고 있잖아, 안 그래, 미리엄? 슬링 체어 하나, 세 달 정기 구독한 〈뉴요커〉, 『정신분석 입문』. 맞지 않아?"

"엘리, 꼭 그렇게 공격적으로 나와야겠어?"

"당신이 걱정하는 건, 당신 속에 든 아이뿐이잖아. 당신은 하루종일 거울 앞에 서서 임신한 자신을 봐."

"임신한 엄마는 태아하고, 아버지는 이해할 수 없는 관계를 맺어."

"관계 같은 소리 하고 있네. 내 간은 지금 어떠니? 내 작은창자는 지금 어때? 내 랑게르한스섬**은 못쓰게 됐니? 그런 거나 묻겠지."

"귀여운 태아를 질투하지 마, 엘리."

"당신 랑게르한스섬을 질투하는 거야!"

"엘리, 당신이 사실은 나 때문에 화가 난 게 아니라는 걸 뻔히

---

* 뉴욕 시에 있는 진보적인 대학.
** 췌장 속에서 인슐린을 분비하는 세포조직.

알고 있을 때는 당신하고 싸울 수가 없어. 모르겠어, 스위티? 당신은 당신 자신한테 화가 났다는 걸."

"당신하고 에크먼한테 난 거야."

"에크먼이 도움이 될지도 몰라, 엘리."

"당신한테는 도움이 될지도 모르지. 사실 두 사람은 애인 사이나 진배없으니까."

"또 적대적으로 나오네." 미리엄이 말했다.

"당신은 상관할 거 없잖아…… 내가 적대적으로 대하는 건 나일 뿐이니까."

"엘리, 우리는 아름다운 아기를 갖게 될 거야. 나는 완벽하게 순산할 거고, 당신은 훌륭한 아버지가 될 거야. 그러니 당신 마음에 뭐가 있든 거기에 사로잡힐 이유가 전혀 없어. 우리가 걱정해야 할 건 딱 하나……" 미리엄은 엘리를 향해 웃음을 지었다. "……이름이야."

엘리는 침대에서 일어나 슬리퍼를 신었다. "아들이면 에크먼이라고 하고 딸이면 에크먼이라고 하지."

"에크먼 펙은 끔찍하게 들리는데."

"애는 그걸 견디며 살아야 할 거야." 엘리는 그렇게 말하고 서재로 갔다. 서류가방의 걸쇠가 창으로 들어오는 달빛을 받아 반짝거렸다.

그는 추레프의 메모를 꺼내 전부 다시 읽어보았다. 그가 그 메모들을 읽고 또 읽는 것을 두고 아내가 갖다붙일 수 있는 그 모든 번지르르한 이유들을 생각하자 기운이 빠졌다. "엘리, 왜 그렇게 추레프한테 몰두하고 있어?" "엘리, 그만 말려들어. 왜 당신이 거기에 말려드는 걸까, 엘리?" 아내들은 이내 남편의 약점을 찾아내기 마련이다. 빌어먹을 운이 없어 엘리는 신경증 환자가 될 수밖에 없었다! 왜 차라리 한쪽 다리가 짧은 사람으로 태어나지 못했던 걸까.

그는 미리엄이 자신보다 우위에 있다는 사실 때문에 그녀를 미워하며 타자기 덮개를 걷어냈다. 편지를 쓰는 내내 그가 그냥 이 일을 떨쳐버리지 못하는 것을 두고 그녀가 할말이 귀에 들리는 듯했다. 그래, 하지만 그녀의 문제는 이 일을 직시하지 못한다는 것이었다. 그러나 그는 이미 그녀의 반박을 들을 수 있었다. 그래, 그에게는 의심의 여지 없이 '반동형성'*의 죄가 있다고 나오겠지. 그럼에도 엘리는 그런 멋진 표현에 속지 않았다. 그녀가 진정으로 원하는 것은 엘리가 추레프와 그 가족을 자기 갈 곳으로 보내, 이 공동체의 노기가 가라앉고, 그들 가정이 행복을 누릴 수 있는 차분한 환경이 돌아오도록 하는 것뿐이었다. 그녀가 원하

---

* 억압된 감정이나 욕구가 반대 경향의 행동으로 나타나는 일.

는 것은 그녀의 사적 세계의 질서와 사랑뿐이었다. 그녀가 그렇게 잘못된 것일까? 머리를 쥐어짜내는 일은 세상이나 하라고 해라—우든턴에는 평화가 있어야 한다. 어쨌든 그는 편지를 썼다.

추레프 씨에게

오늘 저녁 우리의 만남에서는 아무런 결론이 나지 않았습니다. 그러나 나는 우리가 우든턴 유대인 공동체와 예시바와 추레프 씨를 모두 만족시킬 일종의 타협책을 만들지 못할 이유가 없다고 생각합니다. 내가 보기에 내 이웃들이 가장 불편해하는 것은 어떤 분이 검은 모자, 양복 등의 차림으로 시내에 오는 것입니다. 우든턴은 진보적 교외 공동체로, 유대인이든 이방인이든 그 구성원은 자신의 가족이 안락과 아름다움과 고요 속에 살기를 바라고 있습니다. 사실 지금은 20세기 아닙니까. 우리 공동체 구성원들에게 시대와 장소에 어울리는 옷차림을 요구하는 것이 그렇게 무리한 일은 아니라고 생각합니다.

추레프 씨는 모르실지 모르지만, 우든턴은 오랫동안 부유한 신교도의 본거지였습니다. 유대인이 이곳에서 토지를 살 수 있게 된 것은 겨우 전쟁 때부터입니다. 그때부터 유대인과 이방인은 우호적인 관계를 유지하며 함께 나란히 살고 있습니다. 이렇게 서로 적응하기까지 유대인과 이방인 모두 상대방을 위협하거나 불쾌감을 주지 않도록 극단적인 관행 몇 가지를 포기할 수밖에 없었습니다. 물론 그런 우호 관계는 바람직하지요. 전쟁 전 유럽에 그런 조건이 존재했다면, 추레프 씨와 열여덟 명의 아이들이 겪어야 했던 유대 민족 박해가 그렇게 성공적으로 이루어지지 못했을지도 모릅니다—사실, 아예 없었을지도 모르지요.

따라서, 추레프 씨, 다음 조건을 받아들여주시겠습니까? 그렇게 해주실 수 있다면, 우리는 시의 지역 지정 조례 18조와 23조를 따르지 않았다는 이유로 예시바에 대한 법적 조치를 취하는 것을 자제하려 합니다. 조건은 간단합니다.

1. 우든턴 예시바의 종교적, 교육적, 사회적 활동은 예시바 구내에만 제한된다.

2. 예시바 관련자는 20세기의 일반적인 미국 생활과 어울리는 복장일 경우에만 우든턴의 거리와 상점에서 환영받는다.

이런 조건이 충족되기만 한다면, 우든턴 예시바가 우든턴 유대인과 평화롭고 만족스럽게 살아가지 못할 이유가 없을 것입니다. 우든턴 유대인이 우든턴 이방인과 함께 살게 되었듯이 말입니다. 즉답을 해주시면 감사하겠습니다.

여불비례,

엘리 펙, 변호사

이틀 뒤 엘리는 곧바로 회신을 받았다.

펙 씨

입고 있는 양복이 그분이 가진 전부입니다.

여불비례,

레오 추레프, 교장

다시 한번 엘리는 시커먼 나무들을 빙 둘러 잔디밭으로 나섰고, 아이들은 달아났다. 그는 아이들을 막으려는 듯 서류가방을 든 손을 뻗었으나, 아이들이 너무 빨리 사라져 그의 눈에는 스컬캡들이 떼를 지어 움직이는 것밖에 보이지 않았다.

"어서 오시오, 어서……" 현관 앞에서 목소리가 소리쳤다. 기둥 뒤에서 추레프가 나타났다. 저 사람은 저 기둥들 뒤에서 살고 있나? 아니면 그냥 애들이 노는 걸 지켜보고 있었던 걸까? 어느 쪽이든, 엘리가 미리 알리지 않고 나타났는데도, 추레프는 준비를 하고 있었던 듯 전혀 당황하지 않았다.

"안녕하세요." 엘리가 말했다.

"샬롬."

"애들을 놀라게 하려던 건 아니었는데."

"겁을 먹었네요. 그래서 달아나는 거지요."

"나는 아무 짓도 하지 않았는데요."

추레프는 어깨를 으쓱했다. 그 작은 움직임이 엘리에게는 비난만큼이나 강하게 느껴졌다. 집에서 당하지 않은 것을 여기에서 당하고 있었다.

두 사람은 집에 들어가 자리에 앉았다. 며칠 전 저녁보다는 밝았지만, 그래도 전구를 한두 개 켜놓으면 도움이 될 것 같았다. 엘리는 마지막 남은 날빛의 도움을 받으려고 서류가방을 창 쪽으로 돌렸다. 그는 마닐라 폴더에서 추레프의 편지를 꺼냈다. 추레프는 바지 호주머니에서 엘리의 편지를 꺼냈다. 엘리는 다른 마닐라 폴더에서 자신의 편지 사본을 꺼냈다. 추레프는 뒷주머니에서 엘리의 첫번째 편지를 꺼냈다. 엘리는 서류가방에서 그 편지의 복사본을 꺼냈다. 추레프는 두 손바닥을 들어올렸다. "……내가 가진 건 이게 다요……"

위로 들어올린 손바닥, 조롱하는 말투―또 한번의 비난이었다. 사본을 보관하는 것이 범죄라는 듯이! 모든 사람이 그보다 우위에 있었다―엘리는 도무지 일을 똑바로 하지 못하는 사람이었다.

"내가 타협안을 제시했지요, 추레프 씨. 그런데 거절하셨습니다."

"거절이라니, 펙 씨? 있는 건, 있는 거요."

"새 양복을 구하면 되지요."

"그분이 가진 게 그게 다요."

"그렇게 말씀하셨죠." 엘리가 말했다.

"내가 그렇게 말했고, 펙 씨도 그렇게 알고 있소."

"그건 넘을 수 없는 장벽이 아닙니다, 추레프 씨. 여기에는 그
런 걸 쌓아둔 데가 많아요."

"그런 것까지도?"

"루트 12에, 로버트 홀 양복점이라고 있는데……"

"한 사람이 가진 유일한 걸 빼앗으려고?"

"빼앗는 게 아닙니다, 교체하는 거죠."

"하지만 그분은 가진 게 아무것도 없다고 말하지 않았소. 아무
것도. 그 말이 영어에도 있소? 니히트? 고르니슈트?*"

"네, 추레프 씨, 우리한테도 그 말이 있습니다."

"어머니와 아버지는?" 추레프가 말했다. "없소. 아내는? 없
소. 아기는? 열 달짜리 어린 아기는? 없소! 친구들로 가득한 마
을은? 바지 엉덩이 밑에 닿는 모든 자리의 느낌을 알고 있는 회
당은? 눈을 감으면 토라의 천 냄새를 맡을 수 있는 회당은?" 추

---

* 각각 독일어와 이디시어로 '아무것도 없다'는 뜻.

레프가 의자를 뒤로 밀고 일어나자 바람이 일어 엘리의 편지가 바닥으로 떨어졌다. 추레프는 창에서 몸을 밖으로 기울이더니 우든턴 너머를 바라보았다. 이윽고 몸을 돌려 엘리를 향해 손가락을 흔들었다. "그리고 그에게 실시한 의학 실험! 그것 때문에 아무것도 남지 않았소, 펙 씨. 전혀, 아무것도!"

"내가 오해했습니다."

"우든턴에는 아무 소식도 전해지지 않았소?"

"양복 이야기인 줄 알았습니다. 추레프 씨. 그분이 다른 양복을 살 여유가 없다는 뜻이라고 생각했습니다."

"여유가 없소."

그들은 출발점에 그대로 있었다. "추레프 씨!" 엘리가 다그쳤다. "여기가요?" 그는 자신의 지갑을 손으로 쳤다.

"바로 그거요!" 추레프가 말하며 자신의 가슴을 손으로 쳤다.

"그럼 우리가 한 벌 사드리죠!" 엘리는 창으로 가서 추레프의 어깨를 잡고 한마디씩 천천히 내뱉었다. "우리가-내는-겁니다. 됐나요?"

"낸다고? 뭐로, 다이아몬드로!"

엘리는 안쪽 호주머니로 손을 들어올리다가 다시 내려놓았다. 아, 멍청하긴! 열여덟 명의 아버지 추레프는 코트 밑에 있는 것이 아니라, 더 깊이, 갈빗대 밑에 있는 것을 친 것이었다.

420

"아……" 엘리는 벽을 따라 물러섰다. "그러니까 그 옷이 그 사람이 가진 전부로군요."

"내 편지를 받았잖소." 추레프가 말했다.

엘리는 어둠 속에 그대로 있었다. 추레프가 의자를 향해 몸을 돌렸다. 그는 바닥에서 엘리의 편지를 휙 집어 눈앞에 들어올렸다. "말이 너무 많아…… 이 모든 추론…… 이 모든 조건……"

"내가 뭘 할 수 있습니까?"

"영어에 '감수한다'는 말이 있소?"

"감수한다는 말이 있죠. 또 법이라는 말도 있고요."

"법 이야기는 그만두시오! 감수한다는 말이 있잖소. 그럼 그걸 해보시오. 그건 작은 거요."

"사람들이 안 할 겁니다." 엘리가 말했다.

"하지만 선생, 펙 씨, 선생은 어떻소?"

"나도 그 사람들입니다. 그 사람들이 나고요. 추레프 씨."

"어허! 당신들은 우리요, 우리가 당신들이고!"

엘리는 고개를 젓고 또 저었다. 어둠 속에서 갑자기 추레프가 자신에게 주문을 걸지도 모른다는 생각이 들었다. "추레프 씨, 불을 좀?"

추레프는 받침대에 남은 얼마 안 되는 수지 양초에 불을 붙였다. 엘리는 전기를 사용할 경제적 여유가 없는지 묻기가 두려웠다. 그들에게 남은 것은 양초뿐인지도 몰랐다.

"펙 씨, 누가 법을 만들었소? 그걸 좀 물어봐도 되겠소?"

"민중이죠."

"아니오."

"맞습니다."

"민중 전에는."

"아무도 없지요. 민중 전에는 법이 없었죠." 엘리는 이런 대화가 마음에 들지 않았지만, 촛불 빛밖에 없는 곳이라 은근히 말려드는 느낌이었다.

"틀렸소." 추레프가 말했다.

"우리가 법을 만듭니다, 추레프 씨. 이건 우리 공동체예요. 이들은 내 이웃입니다. 나는 그들의 변호사고요. 그 사람들이 나에게 보수를 줍니다. 법이 없으면 혼돈뿐이죠."

"당신이 법이라고 부르는 걸 나는 수치라고 불러요. 마음, 펙 씨, 마음이 법이오! 신이오!" 그가 선언했다.

"보세요, 추레프 씨, 나는 여기 형이상학을 얘기하러 온 게 아닙니다. 사람들은 법을 이용해요. 법은 유연한 겁니다. 사람들은 자신들이 귀하게 여기는 걸 보호합니다. 재산, 복지, 행복……"

"행복? 그 사람들은 수치를 감추는 거요. 그리고 선생, 펙 씨, 선생은 부끄러움을 모르시오?"

"우리는 이걸," 엘리는 지친 목소리로 말했다. "우리 애들을 위해 하는 겁니다. 지금은 20세기고……"

"고이에게는 그렇지. 나에게는 58세기요." 그는 손가락으로 엘리를 가리켰다. "너무 오래되어서 수치인 줄도 모르는 거지."

엘리는 짓눌리는 느낌이었다. 세상의 모든 사람이 자신의 행동에 사악한 이유를 갖다붙였다. 모두가! 아주 값싼 이유로 전구를 사는 모두가. "지혜로운 말씀은 이제 됐습니다, 추레프 씨. 제발 좀. 피곤합니다."

"누구는 안 그렇소?" 추레프가 말했다.

그는 책상에서 엘리의 서류를 집어들더니 그것을 위로 쳐들었다. "우리더러 어쩌라는 거요?"

"반드시 해야 할 일." 엘리가 말했다. "그걸 제안했습니다."

"그러니까 그 사람이 자기 양복을 포기해야 한다?"

"추레프, 추레프, 그 양복 문제는 내게 맡기세요! 세상에 변호사가 나 하나뿐이 아니란 말입니다. 내가 이 사건을 포기하면, 타협 같은 건 안중에도 없는 사람이 여기에 올 거예요. 그럼 집도, 애들도, 아무것도 남아나지 않아요. 오로지 그 지저분한 검은 양복만 남는다고요! 자신이 원하는 걸 희생하세요. 나 같으면 그렇게 할 겁니다."

그 말에 추레프는 아무런 대답을 하지 않고, 엘리에게 그의 편지만 건네주었다.

"내가 문제가 아닙니다, 추레프 씨. 그 사람들이 문제예요."

"그 사람들이 바로 선생이오."

"아닙니다." 엘리가 읊조렸다. "나는 나예요. 그 사람들은 그 사람들이고, 추레프 씨는 추레프 씨고."

"펙 씨는 나뭇잎과 가지 이야기를 하고 있소. 나는 흙 밑을 다루는 거고."

"추레프 씨, 그런 『탈무드』식 지혜 때문에 돌아버릴 지경입니다. 이건 저거고, 저건 또다른 거다. 분명한 답을 주세요."

"분명한 질문에만."

"오, 맙소사!"

엘리는 자기 의자로 돌아가 소지품을 가방에 던져넣었다. "그럼, 끝입니다." 그는 화가 나서 말했다.

추레프는 어깨를 으쓱해 보였다.

"잊지 마세요, 추레프, 이건 자초한 일입니다."

"내가?"

엘리는 다시는 그에게 놀아나지 않겠다고 결심했다. 모호한 이야기는 결국 아무 의미도 없다는 것이 드러났다.

"안녕히 계세요." 그가 말했다.

그러나 복도로 통하는 문을 여는 순간 추레프가 말하는 소리가 들렸다.

"그런데 펙 씨의 부인, 부인은 어떻소?"

"잘 있습니다, 잘 있어요." 엘리는 계속 걸었다.

"그런데 아기는 예정일이 언제더라, 곧 아니오?"

엘리가 몸을 돌렸다. "맞습니다."

"그래." 추레프는 그렇게 대꾸하며 일어섰다. "행운을 빌겠소."

"알고 있었나요?"

추레프는 창밖을 가리켰다―그러더니 두 손으로 자신의 몸위에 턱수염, 모자, 길고 긴 코트를 그렸다. 그의 손가락들이 가두리를 그리며 바닥에 닿았다. "그 사람은 일주일에 두세 번 장을 봐요. 사람들을 알게 되지요."

"사람들하고 얘기를 합니까?"

"사람들을 보지요."

"그걸로 내 아내가 누구인지 알 수 있습니까?"

"같은 가게에서 장을 보니까. 부인이 아름답다고 하더군요. 얼굴이 상냥해 보인다고. 사랑할 능력을 갖춘 여자라고…… 누가 자신할 수 있겠소만."

"그 사람이 우리 얘기를 한다고요, 추레프 씨한테?" 엘리가 다그쳤다.

"펙 씨는 우리 얘기를 하시오, 부인한테?"

"안녕히 계십시오, 추레프 씨."

추레프가 말했다. "샬롬. 그리고 행운을 빌겠소. 나도 아이를 갖는다는 게 어떤 건지 알거든. 샬롬." 추레프가 작은 소리로 말했다. 그 작은 소리와 더불어 촛불이 꺼졌다. 그러나 그 직전에 불빛이 추레프의 눈으로 뛰어들었고, 그 순간 엘리는 추레프가 그에게 행운을 빌고 있는 것이 결코 아님을 깨달았다.

엘리는 현관문 밖으로 나와 잠시 서 있었다. 아래 잔디밭에서는 아이들이 손을 잡고 원을 그리며 빙글빙글 돌고 있었다. 그는 처음에는 움직이지 않았다. 그러나 밤새 어둠 속에 숨어 있을 수는 없었다. 그는 천천히 집 앞쪽을 따라 슬금슬금 걷기 시작했다. 그는 두 손바닥으로 벽을 더듬었다. 그렇게 어둠 속을 움직여 옆면에 이르렀다. 거기부터는 서류가방을 가슴에 안고 잔디밭의 가장 어두운 곳을 골라 뛰기 시작했다. 멀리 숲의 빈터를 목표로 삼았다. 그러나 그곳에 이르러서도 멈추지 않고 계속 달렸다. 마침내 너무 어지러워 나무들이 그의 옆에서 달리는 듯한 느낌이 들었다. 우든턴을 향해 달리는 것이 아니라 오히려 멀어지고 있었다. 허파의 솔기들이 터져나가려 할 때쯤 그는 도시 변두리에 있는 걸프 주유소의 노란 불빛 안으로 뛰어들었다.

"엘리, 오늘 진통이 왔어. 어디에 있었어?"

"추레프한테 갔었어."

"왜 전화 안 했어? 걱정했잖아."

그는 모자를 획 던졌고, 모자는 소파를 지나 바닥에 떨어졌다. "내 겨울 양복 어디 있지?"

"복도 옷장에. 엘리, 지금은 오월이야."

"질긴 양복이 필요해." 그는 방을 나갔고, 미리엄은 뒤를 따라갔다.

"엘리, 나하고 얘기 좀 해. 앉아. 저녁 좀 먹어. 엘리, 뭐 하는 거야? 그러다 카펫이 좀약으로 뒤덮이겠어."

그는 복도 옷장 안에서 밖을 내다보았다. 그러다 다시 안을 살폈다―지퍼를 여는 소리가 들리더니, 갑자기 엘리가 녹색을 띤 트위드 양복을 아내의 눈앞에 내밀었다.

"엘리, 당신 그 양복 입으면 멋져. 하지만 지금은 아니야. 뭐 좀 먹어. 오늘밤에는 저녁을 차려놨어…… 좀 데울게."

"이 양복이 들어갈 만큼 큰 상자 있어?"

"본윗 상자가 생겼어. 며칠 전에. 왜, 엘리?"

"미리엄, 내가 뭘 하는 게 보이면, 그냥 하게 좀 놔둬."

"아무것도 먹지 않았잖아."

"뭘 하고 있잖아." 그는 침실로 가는 층계를 오르기 시작했다.

"엘리, 원하는 게 뭔지 말해줄래? 또 이유가 뭔지?"

그는 고개를 돌려 그녀를 내려다보았다. "이번에는 내가 뭘 하는지 말해주기 전에 당신이 먼저 이유를 대면 어떨까. 어차피 결과는 똑같을 테니까."

"엘리, 나는 돕고 싶은 거야."

"당신하고는 상관없어."

"그래도 당신을 돕고 싶어." 미리엄이 말했다.

"그럼 그냥 조용히 있어줘."

"하지만 당신 흥분했잖아." 그녀는 그를 따라 층계를 올라왔다. 두 사람 몫의 숨을 쉬며 무겁게 올라왔다.

"엘리, 이번에는 뭐야?"

"셔츠." 그는 새 티크 서랍장의 서랍을 모두 열어젖히고 있었다. 그는 셔츠를 하나 뽑아냈다.

"엘리, 바티스트*를? 트위드 양복에?" 그녀가 물었다.

그는 이제 옷장 앞에 무릎을 꿇고 있었다. "코도반**이 어디 있지?"

"엘리, 왜 이렇게 강박적으로 행동하는 거야? 꼭 뭔가를 해야만 하는 사람처럼 보여."

---

* 얇고 흰 고급 삼베.
** 코도반 가죽구두를 가리킨다.

"오, 미리엄, 당신은 정말 예리해."

"엘리, 이러지 말고 나하고 얘기를 해. 그만두지 않으면 닥터 에크먼한테 전화할 거야."

엘리는 발을 걸어차 신고 있던 구두를 벗고 있었다. "본윗 상자는 어디 있어?"

"엘리, 내가 여기 이 자리에서 아기를 낳기를 바라는 거야!"

엘리는 걸어가 침대에 앉았다. 입고 있던 옷만이 아니라 녹색 트위드 양복, 바티스트 셔츠까지 몸에 걸치고, 양쪽 겨드랑이에는 구두를 한 짝씩 끼고 있었다. 그는 두 팔을 들어올려 구두를 침대에 떨어뜨리더니 한쪽 손과 이로 넥타이를 풀어 약탈품에 보탰다.

"속옷." 그가 말했다. "속옷도 필요할 거야."

"누가!"

엘리는 양말을 벗고 있었다.

미리엄은 무릎을 꿇고 그가 왼발 양말을 벗는 것을 도왔다. 그녀는 왼발을 쥔 채 바닥에 앉았다. "엘리, 좀 누워봐. 제발."

"플라자 9-3103."

"뭐?"

"에크먼 번호야." 그가 말했다. "찾아볼 필요 없어."

"엘리……"

"지금 그 염병할 '당신에겐 도움이 필요해' 하는 안쓰럽다는 표정으로 나를 보고 있잖아, 미리엄. 아니라고 말하지 마."

"아니야."

"나 정신 나간 거 아니야." 엘리가 말했다.

"알아, 엘리."

"지난번에는 옷장 바닥에 앉아 침실용 슬리퍼를 씹고 있었지. 그때는 그랬어."

"알아."

"그런데 지금은 그러지 않잖아. 이건 신경쇠약이 아니야, 미리엄. 그건 똑바로 해두자고."

"알았어." 미리엄은 손에 쥔 왼발에 입을 맞추었다. 그런 뒤에 작은 소리로 물었다. "지금 대체 뭘 하고 있는 거야?"

"모자를 쓴 사람한테 옷을 주는 거야. 이유는 묻지 말아줘, 미리엄. 그냥 그렇게 하게 해줘."

"그게 다야?" 그녀가 물었다.

"그게 다야."

"집을 나가는 게 아니고?"

"아니고."

"가끔 당신이 도저히 감당을 못해서, 그냥 집을 나갈 거라는 생각이 들어."

"뭐를 감당 못해?"

"나도 모르겠어, 엘리. 그냥 뭔가를 감당 못하는 것 같아. 오랫동안 평화가 유지되고, 모든 게 다 멋지고 유쾌할 때, 그래서 우리가 훨씬 더 행복해질 거라고 기대하고 있을 때면 꼭 그러는 것 같아. 지금처럼. 당신은 우리가 행복할 자격이 없다고 생각하는 것 같아."

"젠장, 미리엄! 나는 이 사람한테 새 양복을 주려는 것뿐이야. 됐어? 이제부터 그 사람은 다른 모든 사람과 같은 모습으로 우든 턴에 들어올 거라고. 그럼 됐어?"

"추레프는 이사하고?"

"나는 그 사람이 양복을 받을지 어떨지도 몰라, 미리엄! 무슨 생각으로 이사 이야기를 꺼내는 거야?"

"엘리, 내가 이사 이야기를 꺼낸 게 아니야. 모두가 꺼내. 그게 모두가 원하는 거야. 왜 모든 사람을 불행하게 만들어. 심지어 이게 법이기도 한데, 엘리."

"나한테 법 얘기 하지 마."

"알았어, 스위티. 상자 가져올게."

"내가 가져올게. 어디 있어?"

"지하실에."

그가 지하실에서 올라와보니 옷은 네모난 모양으로 단정하게

개어져 소파에 놓여 있었다. 셔츠, 타이, 구두, 양말, 속옷, 허리
띠, 그리고 낡은 회색 플란넬 양복. 아내는 소파 끝에 앉아 있었
다. 닻이 달린 풍선처럼 보였다.

"녹색 양복은 어디 있어?" 그가 말했다.

"엘리, 그건 당신의 가장 멋진 양복이야. 내가 가장 좋아하는
양복이라고. 당신을 떠올릴 때마다, 엘리, 당신은 그 양복을 입
은 모습으로 나타나."

"꺼내 와."

"엘리, 그건 브룩스 브러더스 양복이야. 그게 얼마나 마음에
드는지 모른다고 당신 입으로 말했잖아."

"꺼내 오라니까."

"하지만 회색 플란넬이 더 실용적이야. 장을 보는 데는."

"꺼내 와."

"당신 너무 나가는 거야, 엘리. 그게 당신 문제야. 당신은 어떤
것도 적당히 할 줄을 몰라. 사람들은 그러다 자멸한다고."

"나는 모든 걸 적당히 해. 그게 내 문제야. 양복은 다시 옷장에
넣었어?"

그녀는 고개를 끄덕였다. 눈에 눈물이 고이기 시작했다. "왜
꼭 당신 양복이어야 해? 당신이 뭔데 양복을 주기로 결정해? 다
른 사람들은 어쩌고?" 그녀는 이제 대놓고 울고 있었다. 배를

붙들고 있었다. "엘리, 난 곧 애를 낳을 거야. 우리가 꼭 이래야 해?" 그녀는 소파에서 옷을 다 쓸어내버렸다.

엘리는 옷장에서 녹색 양복을 다시 꺼냈다. "이거 J. 프레스* 야." 그가 안감을 보고 말했다.

"그 사람이 그걸 입고 행복해 죽었으면 좋겠어!" 미리엄이 흐 느끼며 말했다.

삼십 분 뒤 짐은 모두 상자에 들어갔다. 그가 부엌 장에서 찾아 낸 끈으로는 옷가지가 불룩 튀어나오는 것을 막을 수가 없었다. 문제는 너무 많다는 것이었다. 회색 양복과 녹색 양복, 바티스트 셔츠만이 아니라 옥스퍼드 셔츠까지. 양복 두 벌을 다 가지라지! 염병할 이 멍청한 짓을 멈추어주기만 한다면 세 벌, 네 벌이라도 가지라지! 그리고 모자도—물론이지! 맙소사, 모자를 잊을 뻔 했다. 그는 한 번에 두 계단씩 뛰어올라가 미리엄의 옷장 꼭대기 선반에서 모자 상자를 잡아 뺐다. 그러나 그는 바닥에 모자와 티 슈페이퍼를 그대로 어질러둔 채 아래층으로 돌아갔다. 그곳에서 자신이 그날 썼던 모자를 짐에 쌌다. 그런 다음 아내를 보았다. 아내는 벽난로 앞의 바닥에 몸을 뻗고 누워 있었다. 그녀는 삼

---

* 양복 상표.

분 사이에 세번째로 말하고 있었다. "엘리, 이건 진짜야."

"어디야?"

"아기 머리 바로 아래. 누가 오렌지를 짜는 것 같아."

그는 이제 하던 일을 멈추고 아내의 말에 귀를 기울이고 있었기 때문에 망연자실했다. 그가 말했다. "하지만 두 주 더 남았다고 했잖아……" 어떻게 된 일인지 그는 실제로 미리엄의 이런 상태가 단지 두 주가 아니라 아홉 달은 더 계속될 것이라고 생각하고 있었다. 그런 생각 때문에 갑자기 아내가 양복을 갖다주는 일에서 그의 관심을 다른 데로 돌리려고 진통을 가장하는 게 아닌가 하는 의심이 들었다. 그러다 또 갑자기 그런 생각을 한 자신에게 화가 났다. 맙소사, 내가 뭐가 된 거야! 그는 이 추레프 일이 생긴 뒤로 그녀에게 끝도 없이 나쁜 놈이 되고 있었다— 그녀가 임신으로 가장 힘들어하는 시기에. 그는 그녀가 자신에게 접근하는 것을 허락하지 않았지만, 그럼에도, 그럴 만한 이유가 있다고 믿었다. 그녀는 쉬운 답을 제시하여 그를 혼란에서 꺼내주겠다고 유혹할지 몰랐다. 그는 쉽게 유혹을 당할 수 있었고, 그래서 이렇게 열심히 싸우는 것이었다. 그러나 이제 그녀의 수축하는 자궁을 생각하자, 그리고 아이를 생각하자, 사랑의 물결이 그를 덮쳤다. 그럼에도 그는 그것을 그녀에게 드러내려 하지 않았다. 부부관계가 그렇게 기분좋게 바뀌게 되면, 언덕 위의 학교에 관심을 쏟는 것을 두고 그녀가 그에게서 어떤 약속을 받아 내려 할지 누가 알겠는가.

그날 저녁 두번째로 가방을 싼 엘리는 서둘러 아내를 우든턴 메모리얼 병원으로 데려갔다. 병원에서 아내는 바로 아기를 낳는 과정에 들어간 것이 아니라, 처음에는 오렌지, 다음에는 볼링공, 그다음에는 농구공들을 골반 뒤쪽에서 짜내며 밤의 몇 시간을 보냈다. 엘리는 여남은 줄의 형광등이 아프리카의 강렬하고 눈부신 빛을 뿜어대는 대기실에서 추레프에게 보내는 편지를 썼다.

추레프 씨에게

이 상자에 담긴 옷은 모자를 쓴 분께 드리는 것입니다. 희생의 삶에서 한번 더 희생한다는 것이 뭐가 어렵겠습니까? 하지만 희생 없는 삶에서는 한 번의 희생도 불가능한 것이지요. 내가 무슨 말을 하고 있는지 아시겠습니까, 추레프 씨? 나는 개똥벌레만 봐도 겁을 집어먹을 아이들 열여덟 명의 집을 빼앗으려는 나치가 아닙니다. 하지만 추레프 씨가 이곳에서 집을 원한다면 우리가 주는 것을 받아야 합니다. 세상은 세상입니다, 추레프 씨. 추레프 씨라면 있는 건, 있는 거라고 말하겠지요. 우리가 그분에게 말하는 것은 그저 옷을 바꾸어 입으라는 것뿐입니다. 양복 두 벌과 셔츠 두 벌, 더불어 새 모자를 포함해 그분에게 필요한 다른 모든 것을 보냅니다. 그분에게 옷이 더 필요하면 나한테 말씀하세요.

우리는 우든턴의 예시바와 우호적 관계를 기대하듯, 그분이 우든턴에 나타나기를 기대합니다.

엘리는 서명을 하고 금방이라도 터질 것처럼 불룩하게 튀어나온 상자 뚜껑의 한쪽 날개 밑으로 편지를 밀어넣었다. 그런 다음 대기실 끝에 있는 전화기로 가서 테드 헬러의 번호를 돌렸다.

"여보세요."

"셜리, 엘리예요."

"엘리, 밤새 전화했어요. 집에 불은 켜져 있는데, 아무도 전화를 안 받더라고요. 도둑이 든 줄 알았어요."

"미리엄이 아이를 낳고 있어요."

"집에서요?" 셜리가 말했다. "오, 엘리, 정말 재미있는 발상이에요!"

"셜리, 테드하고 얘기 좀 할게요."

전화기가 바닥을 때리는 소리가 귀를 찢을 듯이 시끄럽게 울려퍼진 뒤, 발소리, 숨소리, 헛기침을 하는 소리가 들리더니 테드가 말했다. "아들인가, 딸인가?"

"아직이야."

"셜리한테 바람을 넣었군그래, 엘리. 셜리는 우리 다음 애를 집에서 낳을 걸세."

"잘됐군."

"그거 가족의 단결을 도모하는 좋은 방법이야, 엘리."

"이보게, 테드, 추레프와 화해를 했네."

"언제 떠난대?"

"그렇다고 떠나는 건 아니야, 테디. 해결을 한 걸세…… 그 사람들이 거기 있다는 것조차 모르고 살 수 있도록."

"기원전 1000년에 살던 사람처럼 옷을 입고 있는데 우리가 그걸 모르고 산다고? 이봐, 도대체 무슨 생각을 하는 거야?"

"다른 옷을 입을 거야."

"그래, 어떤 옷? 다른 문상복?"

"추레프가 약속했네, 테드. 다음에 시내에 나올 때는 자네나 나처럼 옷을 입고 올 거야."

"뭐! 그건 속임수야, 엘리."

엘리의 목소리가 갑자기 높아졌다. "추레프는 한다고 하면 해!"

"그러면, 엘리." 테드가 물었다. "추레프가 한다고 한 건가?"

"한다고 했어." 그 말, 그 지어낸 말 때문에 엘리는 갑자기 두통을 느꼈다.

"바꾸어 입지 않는다고 해보세, 엘리. 그냥 가정을 해보자는 거야. 혹시 그럴 수도 있다는 거지, 엘리. 이게 그저 시간 벌기 같은 걸 수도 있다는 거야."

"아니야." 엘리가 자신 있게 말했다.

전화 상대편이 잠시 조용했다. "이봐, 엘리." 테드가 마침내 입을 열었다. "옷은 바꾸어 입을 거야. 됐어? 된 거야? 하지만 그래도 그 사람들은 거기 그대로 있을 거야, 그렇지 않나? 그건 바뀌지 않잖아."

"핵심은 우리가 그 사람들이 있는지 없는지 모르고 살 수 있다는 거야."

테드가 참을성 있게 말했다. "이게 우리가 자네한테 요청한 건가, 엘리? 우리가 자네한테 믿음과 신뢰를 주면서 부탁한 게 이건가? 우리는 이 사람이 멋쟁이가 되는 데 관심이 있었던 게 아닐세, 엘리, 정말이야. 우리는 그저 이곳이 그들에게 맞는 공동체가 아니라고 생각할 뿐이야. 그리고, 엘리, 우리는 나 혼자가 아니야. 공동체의 유대인 구성원들은 나, 아티, 해리에게 문제를 해결할 방법을 찾아보는 일을 맡겼네. 그리고 우리는 자네한테 맡겼고. 그런데 지금 무슨 일이 벌어진 건가?"

엘리는 자기도 모르게 말하고 있었다. "벌어진 일은 벌어진 거야."

"엘리, 십자말풀이처럼 얘기하고 있군그래."

"집사람이 애를 낳고 있어서." 엘리가 방어적으로 변명했다.

"그건 알고 있네, 엘리. 하지만 이건 지역 지정 문제야, 그렇지 않나? 그게 우리가 찾아낸 거 아닌가? 조례를 지키지 않으려면 떠나라. 내 말은 내가 예를 들어 우리집 뒷마당에 야생 염소를 기를 수 없다는……"

"이건 그렇게 간단하지 않아, 테드. 사람들이 관련되어 있고……"

"사람들? 엘리, 우리는 몇 번이나 이 문제를 검토하고 또 검토했어. 우리는 그냥 사람들을 상대하는 게 아니야…… 이 사람들은 종교적 광신자들이야. 그게 그 사람들의 본질이야. 그렇게 입고 다니잖아. 내가 정말로 알아내고 싶은 건 저 위에서 무슨 일이 벌어지느냐 하는 거야. 나는 갈수록 신앙에 회의적이 되고 있어, 엘리. 그걸 인정하는 게 두렵지 않아. 수리수리 마하수리 하며 도대체 뭔지 모를 사기 행각을 벌이고 있는 냄새가 잔뜩 풍긴단 말이야. 해리 같은 사람들은, 알잖나, 생각하고 또 생각하고 나서도 자기가 생각하는 걸 인정하기를 두려워해. 하지만 나는 할말은 해. 이봐, 나는 주일학교란 걸 전혀 알지도 못해. 일요일에 큰아이가 성경 이야기를 배운다고 해서 스카즈데일까지 차로 데려다줄 뿐이야…… 그런데 딸아이가 뭐라 하는 줄 아나? 성경에 나오는 아브라함이 희생 제물로 바치려고 자기 아이를 죽이려 했다는 거야. 아이가 그것 때문에 악몽을 꿔, 맙소사! 그걸 종교라고 불러야 하나? 요즘 그런 사람이 있으면 감옥에 가두어버릴 걸세. 지금은 과학의 시대야, 엘리. 나는 엑스레이 기계로 사람들 발 크기를 잰다고, 참 나. 그런 게 다 엉터리라는 건 이미 다 끝난 얘기잖아. 그러니 나는 내 앞마당에서 그런 일이 벌어지는 걸 앉아서 지켜볼 생각은 없네."

"자네 앞마당에서는 아무 일도 일어나지 않아, 테디. 자네는 지금 과장하는 거야. 자기 아이를 희생 제물로 바치는 사람은 없어."

"자네 말이 맞고말고, 엘리…… 나는 우리 애를 희생 제물로 바치지 않아. 자네도 아이가 생기면 어떤 기분인지 알게 될 걸세. 모든 곳이, 삶을 직시하지 못하는 사람들에게는 은신처가 될 수 있어. 그런 요구가 있느냐 없느냐의 문제일 뿐이야. 그 사람들한테는 온갖 미신이 있네. 왜라고 생각하나? 세상을 직시하지 못하기 때문이야. 사회에서 자기 자리를 차지하지 못하기 때문이야. 이건 애들을 키울 환경이 아니야, 엘리."

"이봐, 테드, 다른 각도에서 좀 보게. 우리가 그 사람들을 개종시킬 수도 있어." 엘리는 내키지 않는 마음으로 그렇게 이야기했다.

"뭐? 그 사람들을 가톨릭교도 무리로 만들자는 건가? 이봐,

엘리…… 이보게. 이 동네에 선하고 건전한 관계가 형성된 건 여기 사람들이 현대적인 유대인과 신교도이기 때문이야. 그게 핵심이라고, 안 그런가, 엘리? 서로 속이지 말자고. 나는 해리가 아니야. 이 동네는 현재 이대로가 좋아. 인간답고. 우든턴에서는 집단 학살이 없을 걸세. 알았지? 여기에는 광신자들이, 미친 사람들이 없기 때문에……" 엘리는 움찔하며 눈을 잠깐 감았다. "……서로 존중하는 사람들만, 서로 각자 알아서 살게 해주는 사람들만 있기 때문에. 이곳을 지배하는 건 상식이야, 엘리. 나는 상식을 지지하네. 중용을."

"바로 그거야, 바로 그거, 테드. 나도 동의해. 하지만 어쩌면 상식은 그 사람이 옷을 바꿔 입게 해라, 하고 말하고 있는 건지도 몰라. 그렇다면 혹시……"

"상식이 그런 말을 한다고? 나한테는 그 사람들은 여기를 떠나 다른 데서 좋은 자리를 찾으라고 말하는데, 엘리. 뉴욕은 세상에서 가장 큰 도시야. 여기서 겨우 30마일밖에 안 떨어져 있어. 거기로 가면 되잖아."

"테드, 그 사람들한테도 기회를 줘야지. 그 사람들한테 상식을 소개해야지."

"엘리, 자네는 지금 광신자들을 상대하고 있어. 그 사람들이 상식을 보여주던가? 죽은 언어로 말을 해. 그게 말이 돼? 고난이

대단한 것인 양 평생 오이-오이-오이 하고 사는 거, 그게 상식이야? 이보게, 엘리, 이미 다 끝난 얘기야. 자네가 아는지 모르겠네만…… 〈라이프〉에서 기사를 쓰려고 예시바로 사람을 보낸다는 얘기가 있어. 사진도 싣고."

"이보게, 테디, 지금 자네 상상력이 지나치게 불타오르고 있는 거야. 나는 〈라이프〉가 관심을 갖는다고 생각하지 않네."

"하지만 나는 관심이 있어, 엘리. 그리고 우리는 자네도 그런 줄 알고 있었고."

"관심이 있지." 엘리가 말했다. "관심이 있어. 그 사람이 옷을 바꿔 입게 좀 해보세, 테드. 그리고 어떻게 되나 보자고."

"그 사람들은 중세에 살고 있어, 엘리…… 그건 어떤 미신이 있다는 거야, 어떤 규칙이 있다는 거라고."

"그냥 좀 두고 보세." 엘리가 애원했다.

"엘리, 매일……"

"하루만 더." 엘리가 말했다. "하루가 더 지났는데도 바꾸어 입지 않으면……"

"그럼?"

"그럼 내가 월요일 아침에 출근하자마자 금지 명령을 얻어내겠네. 그걸로 끝낼 거야."

"보게, 엘리…… 이건 나 혼자 결정할 수 없어. 해리한테 연락을 해보겠네……"

"자네가 대변인이잖아, 테디. 지금 미리엄이 아이를 낳고 있어 서 나는 여기서 꼼짝도 할 수 없어. 나한테 딱 하루만…… 그 사 람들한테 딱 하루만 주게."

"좋아, 엘리. 나는 공정하게 처리하고 싶네. 하지만 내일 하도 록 하지. 거기까지야. 분명히 말하지만, 내일이 심판의 날일세, 엘리."

"심판의 날의 나팔 소리가 들리는군." 엘리는 그렇게 말하고 전화를 끊었다. 그는 속으로 떨고 있었다. 테디의 목소리가 관절 의 뼈들을 뽑아낸 것 같았다. 그가 아직 전화박스에 있을 때 간 호사가 다가와 펙 부인은 틀림없이 아침이나 되어야 아이를 낳 을 것이라고 말했다. 가서 좀 쉬세요. 꼭 남편분이 아이를 낳고 있는 것 같네요. 간호사는 한쪽 눈을 찡긋하고 떠났다.

하지만 엘리는 집으로 가지 않았다. 본윗 상자를 들고 거리로 나가 차에 실었다. 별이 반짝이는 부드러운 밤이었다. 그는 우든 턴 거리를 따라 차를 몰기 시작했다. 사람들의 집 앞에 깔린 긴 잔디밭 너머로는 살굿빛의 서늘한 사각형 창들밖에 보이지 않 았다. 진입로에 놓인 스테이션왜건 지붕에 장착된 화물 캐리어 가 별빛을 받아 반짝였다. 엘리는 천천히 운전해 갔다. 위로, 아 래로, 빙 둘러서. 소리를 내는 것이라고는 부드럽게 굽은 도로를 따라 움직이는 자동차 타이어뿐이었다.

얼마나 평화로운가. 이 얼마나 믿을 수 없을 정도로 평화로운가. 아이들이 자신의 침대에서 이렇게 안전하게 잠든 적이 있었던가? 부모들—엘리는 궁금했다—이 이렇게 그득하게 배가 부른 적이 있었던가? 보일러의 물이 이렇게 따뜻한 적이 있었던가? 한 번도 없었다. 로마에서도 없었고, 그리스에서도 없었다. 성벽으로 둘러싸인 도시들도 이렇게 살기 좋았던 적은 없었다! 따라서 이곳을 이대로 유지해야 하는 것은 당연했다. 결국 이곳에는 평화와 안전이 있으니까—문명이 수백 년 동안 노력한 목표가 여기에서 이루어지고 있으니까. 격렬하게 쏟아내기는 했지만 테드 헬러가 요구하는 것도 오로지 그것, 평화와 안전이었다. 그것은 그의 부모가 브롱크스에서 요구했던 것, 조부모가 폴란드에서 요구했던 것, 또 그들의 조부모가 러시아든 오스트리아든 다른 어디에서든 그들이 피난을 나온 곳, 또는 피난을 가는 곳에서 요구했던 것이었다. 그것이 미리엄이 요구하는 것이기도 했다. 그런데 이제 그들은 그것을 가지고 있었다—마침내 세상에 가족들, 심지어 유대인 가족들을 위한 터전이 마련된 것이다. 그런 것 없이 지난 세월을 살아왔으니 어쩌면 이런 축복을 보호하기 위해 이런 공동체적 강인함—또는 무감각 상태—이 있어야 하는 것인지도 몰랐다. 어쩌면 유대인에게는 그게 늘 문제였는지도 모른다―너무 물렁하다는 것. 맞아, 살려면 배짱이 필요해…… 엘리는 그런 생각을 하며 차를 몰아 기차역을 건너, 어두컴컴한 걸프 주유소에 차를 세웠다. 그는 차에서 내려 상자를 들었다.

언덕 꼭대기에서 창 하나가 불빛에 떨리고 있었다. 저 위 저 사무실에서 추레프는 도대체 뭘 하고 있을까? 아이들을 죽이나―아마 아닐 것이다. 그렇다면 아무도 이해하지 못하는 언어를 공부하나? 오래전에 유래가 잊힌 관습들을 실행에 옮기나? 이미 너무 자주 겪은 고난을 또 겪고 있나? 테디가 옳았다―왜 그런 걸 계속하나! 고집을 부리는 쪽을 선택한다면 살아남기를 기대할 수 없다. 세상은 주고받는 것이다. 양복 한 벌을 놓고 앉아 고민만 하는 것이 무슨 의미가 있을까. 엘리는 그에게 마지막 기회를 주기로 했다.

그는 꼭대기에서 멈추었다. 주위에는 아무도 없었다. 그는 풀 속으로 한 발 한 발 들이밀며 천천히 잔디를 걸어올라갔다. 구두가 물기를 잔디 속으로 밀어넣는 바람에 생기는 슈 슈우 슈우우 소리에 귀를 기울였다. 주위를 둘러보았다. 이곳에는 아무것도 없었다. 아무것도! 쇠락해가는 낡은 집 한 채밖에―그리고 양복 한 벌.

그는 현관 앞에 올라서서 기둥 뒤로 몸을 감추었다. 누가 지켜보고 있는 느낌이 들었다. 하지만 별만 반짝이며 굽어볼 뿐이었다. 그리고 발아래 멀리 떨어진 곳에서 우든턴의 빛이 올라오고 있었다. 그는 커다란 현관문 층계에 들고 온 것을 놓았다. 상자 덮개 안으로 손을 넣어 편지가 그대로 있는지 더듬어보았다. 손에 편지가 닿자 녹색 양복 안으로 더 깊숙이 밀어넣었다. 손끝은 지난겨울에 입었던 양복의 촉감을 여전히 기억하고 있었다. 전구도 몇 개 같이 넣을걸. 그러다 다시 기둥 뒤로 돌아갔다. 이번에는 잔디에 뭔가가 있었다. 엘리로서는 두번째로 그를 보는 것이었다. 그는 우든턴을 마주보고 움직임이 눈에 띄지 않을 만큼 느리게 넓은 공간을 가로질러 나무들 쪽으로 나아가고 있었다. 오른쪽 주먹으로 가슴을 치고 있었다. 그가 가슴을 칠 때마다 어떤 소리가 높이 치솟았다. 신음이었다! 머리가 쭈뼛 서고, 심장이 멈추고, 눈물이 고일 것 같았다. 실제로 엘리에게 그 세 가지 일이 모두 일어났고, 그것만이 아니라 또다른 일도 일어났다. 어떤 느낌이 그에게로 스며들었는데, 그 깊이를 표현할 말을 찾을 수가 없었다. 이상했다. 그는 귀를 기울였다─그 신음을 듣는다고 어디가 아프지는 않았다. 하지만 궁금했다. 신음을 직접 내면 아픈 것일까? 그래서, 별만 듣는 곳에서, 신음을 한번 내보았다. 실제로 아팠다. 호박벌이 나는 듯한 소리가 목구멍 뒤쪽에서 방향을 틀어 콧구멍 밖으로 날개를 퍼덕이며 나올 때는 아프지 않왔다. 그러나 붕붕거리며 아래로 내려갈 때는 아팠다. 안에서 찌르고 또 찔렀고, 그러면서 신음은 날카로워졌다. 비명이 되었다. 점점 커져, 노래가 되었다. 흐느끼며 기둥들을 뚫고 나가 풀밭으로 뿜어져나가는 미친 노래였다. 그러자 모자를 쓰고 잔디밭에 서 있던 이상한 피조물이 두 팔을 활짝 펼쳤다. 밤 한가운데에 우두커니 선 허수아비처럼 보였다.

엘리는 달렸다. 차에 이르렀을 때 남은 고통은 풋내기의 품을 피할 때 밀친 가지가 다시 튕겨 돌아오면서 목에 생긴, 긁혀 피가 나는 생채기에서 느껴지는 것뿐이었다.

다음날 아들이 태어났다. 그러나 오후 한시가 되어서야 태어났고, 그때까지 많은 일이 일어났다.

먼저 아홉시 삼십분에 전화벨이 울렸다. 엘리는 소파에서 펄쩍 뛰어 일어났다. 어젯밤 쓰러져 잤던 자리였다. 그는 비명을 질러대는 수화기를 집어들었다. "여보세요, 네!" 하고 소리치는데 수화기에서 병원 냄새가 나는 듯했다.

"엘리, 테드일세. 엘리, 그 작자가 정말 그렇게 했더군. 방금 가게를 지나갔네. 내가 문을 열고 있는데 말이야, 엘리. 돌아보는 순간 난 정말이지 자네인 줄 알았네. 그런데 그 작자더라고. 걸음걸이는 그대로야. 하지만 옷, 엘리, 옷 말일세."

"누구?"

"풋내기. 그 작자가 보통 사람의 옷을 입고 있네. 그것도 양복을. 멋진 양복을."

양복이 다시 빠른 속도로 엘리의 의식으로 굴러들어와 다른 모든 것을 밀어냈다. "어떤 색깔 양복인데?"

"녹색. 마치 휴일이나 되는 것처럼 녹색 양복을 입고 어슬렁거리고 있다니까. 엘리…… 오늘이 유대인 휴일인가?"

"지금 어디 있는데?"

"코치하우스 로드를 따라 곧장 올라가고 있네. 그 염병할 트위드 양복을 입고 말일세. 엘리, 효과가 있었어. 자네 말이 맞았다고."

"두고 봐야지."

"이제 어떻게 되는 건데?"

"두고 보자니까."

엘리는 입고 잤던 속옷을 벗고 부엌으로 들어가 커피포트 아래쪽에 있는 스위치를 켰다. 커피가 끓기 시작하자 그는 김을 쐬면 눈 뒤쪽의 뭉친 곳이 풀릴 것 같아 커피포트 위쪽에 머리를 댔다. 아직 다 풀리지 않았는데 전화벨이 울렸다.

"엘리, 또 날세. 엘리, 그 작자가 시내 온 거리를 걸어다니고 있어. 정말이지 무슨 관광이라도 나온 것 같아. 아티가 전화를 하고,

허브도 전화를 했어. 지금은 또 셜리가 막 우리집 앞을 걸어갔다고 전화를 했네. 엘리, 지금 현관으로 나가면 보일 거야."

엘리는 창밖을 살폈다. 그러나 도로의 굽이 너머로는 보이지 않았고, 보이는 곳에는 아무도 없었다.

"엘리?" 전화 테이블 너머로 늘어뜨린 수화기에서 테드의 목소리가 들렸다. 그가 전화를 끊으려고 수화기를 내려놓는데 마지막 몇 마디가 새어나왔다―"엘리그작자봤나……?" 엘리는 어젯밤에 입었던 바지와 셔츠를 걸치고 맨발로 앞 잔디밭으로 걸어나갔다. 아니나 다를까, 엘리의 환영이 굽이를 돌아 나타났다. 머리 아래까지 푹 뒤집어쓴 갈색 모자, 어깨 뒤쪽으로 축 늘어진 녹색 양복, 버튼을 채우지 않은 버튼다운 셔츠, 앞보다 뒤가 2인치는 더 내려오게 묶은 타이, 폭포처럼 구두로 쏟아져내리는 바지 차림이었다―검은 모자를 쓴 모습을 보고 짐작했던 것보다 작은 사람이었던 것이다. 걷는 것이라고 할 수 없는 걸음, 아주 작은 보폭으로 추레하게 발을 떼어놓는 동작이 옷을 움직이고 있었다. 그는 굽이를 돌았고, 그 낯섦―그것은 그의 구레나룻에 달라붙어 있었고, 그의 움직임에서 드러나고 있었다―에도 불구하고 어디엔가 속한 것처럼 보였다. 괴짜처럼 보인다고 할 수 있을지는 모르나, 그래도 어딘가에 속해 있었다. 그는 신음을 토하지도 않았고, 두 팔을 넓게 벌려 엘리를 초대하지도 않왔다. 그러나 엘리를 보자 발을 멈추기는 했다. 발을 멈추고 모자에 손을 대려 했다. 모자 꼭대기를 더듬으려 했으나, 손이 너무 높이 올라가버렸다. 이윽고 높이를 파악하자 챙을 잡고 만지작거렸다. 손가락은 챙을 만지작거리다, 헛짚다가, 마침내 인사를 하자, 그의 얼굴을 따라 내려와 빠른 속도로 이목구비를 하나씩 만지는 것 같았다. 눈을 가볍게 두드리고, 콧날을 쓱 훑고, 수염이 난 인중을 쓸고, 마침내 옷깃을 약간 덮은 수염에 안착했다. 그 손가락들은 엘리에게, 나에게 얼굴이 있소, 적어도 얼굴은 있소, 하고 말하고 있었다. 이윽고 턱수염을 훑고 내려와 가슴에서 멈춘 그의 손은 마치 지시봉 같았다. 눈이 질문을 하자 눈을 덮은 물이 출렁였다. 얼굴은 괜찮소? 이대로 유지해도 좋겠소? 그런 표정이 그 눈에 어려 있어, 엘리가 다른 데로 고개를 돌렸을 때도 계속 그 눈이 어른거렸다. 지난주에야 핀 노란 수선화의 속이 그 눈이었다─자작나무 잎이 그 눈이었고, 코치 램프의 전구가 그 눈이었고, 잔디밭에 떨어진 새똥이 그 눈이었다. 엘리 자신의 얼굴에 박혀 있는 두 눈이 그 눈이었다. 그 두 눈은 엘리의 눈이었다. 그가 그 두 눈을 만들었다. 그는 몸을 돌려 집안으로 들어왔다. 그가 창의 가장자리, 커튼과 장식 쇠시리 사이로 내다보았을 때, 녹색 양복은 사라지고 없었다.

전화벨이 울렸다.

"엘리, 셜리예요."

"나도 봤어요, 셜리." 엘리는 전화를 끊었다.

그는 한참 동안 꼼짝도 못하고 앉아 있었다. 해가 창문들 주위를 움직였다. 뜨거운 커피 향이 집안을 채웠다. 전화벨이 울리기 시작하다 멈추었다가 다시 울렸다. 집배원이 왔고, 청소부, 빵집 배달부, 정원사, 아이스크림 상인, 여성유권자동맹 회원이 왔다. 식품의 약품법 개정을 촉구하는 이상한 복음을 전파하는 흑인 여자가 현관문을 두드리고 창문을 톡톡 때리다, 마침내 뒷문 밑으로 팸플릿을 대여섯 장 시끄럽게 밀어넣었다. 그러나 엘리는 속옷도 입지 않고 어젯밤 양복만 입은 채 앉아 있을 뿐이었다. 누가 와도 응대를 하지 않았다.

그의 상태로 볼 때 누가 뒷문으로 와서 요란하게 낸 소리가 그의 내이內耳까지 도달한 것이 오히려 이상한 일이었다. 그는 순간적으로 의자의 틈 사이로 녹아들어갔다가 물을 튀기며 솟아오른 느낌이었다. 그는 시끄러운 소리가 났던 곳으로 가보았다. 문 앞에서 기다렸다. 조용했다. 비에 젖은 작은 나뭇잎들이 흔들리는 소리뿐이었다. 이윽고 문을 열었을 때 그곳에는 아무도 없었다. 문을 열 때는 녹색, 녹색, 녹색을 볼 것만 같았다. 문간만큼 크고, 머리에는 모자를 쓰고, 아까 그 눈으로 그를 기다리고 있을 것 같았다. 그러나 밖에는 아무도 없었다. 그의 발치에 불거진 채 놓인 본윗 상자뿐이었다. 똑바로 놓인 상자는 끈이 묶여 있지 않아 위가 불룩했다.

겁쟁이! 하지 못했어! 못한 거야!

그 생각이 너무나 즐거워 그의 다리에 힘이 솟았다. 그는 밖으로 뛰쳐나가 뒤뜰을 가로질러, 물보라처럼 새로 흩뿌려진 개나리를 지나갔다. 턱수염을 기른 사람이 벌거벗고 뜰을 가로질러, 산울타리와 담장을 넘어, 자신의 은둔처로 안전하게 달아나는 모습이 곧 눈에 띌 것 같았다. 멀리 분홍색과 흰색 돌—해리엇 너드슨이 전날 새로 칠한 것이었다—이 쌓여 있는 바람에 깜빡 속았다. "달려." 그는 돌들에게 소리쳤다. "달려, 이……" 그러나 그는 다른 누구보다 먼저 자신의 실수를 파악했다. 좌우를 살피고 목을 빼보았지만 자신의 몸 크기의 남자, 피부가 희디흰, 끔찍할 정도로 흰(그의 몸은 정말 희구나 소리가 절로 나올 것이 틀림없었다!) 남자가 겁에 질려 달아나는 모습은 어디에도 보이지 않았다. 엘리는 호기심을 느끼며 천천히 문으로 되돌아갔다. 가벼운 바람에 나무들이 흔들렸다. 그는 상자의 뚜껑을 열었다. 처음에는 햇빛이 갑자기 꺼지는 듯한 충격을 받았다. 상자 안에서 일식日蝕이 일어났다. 그러나 검은색 사이에도 곧 구분이 생겨, 안감의 반들거리는 검은색, 바지의 거친 검은색, 닳아서 드러난 실의 죽은 검은색을 알아볼 수 있었다. 한가운데에는 검은

색의 산, 그러니까 모자가 있었다. 엘리는 상자를 문간 계단에서 들고 안으로 들어왔다. 평생 처음으로 검은색의 냄새를 맡았다. 약간 퀴퀴하고, 약간 시큼하고, 약간 묵은 냄새였지만, 코를 찔 만한 정도는 아니었다. 그럼에도 두 팔을 뻗어 상자를 멀리한 채 식당의 식탁에 내려놓았다.

언덕 위에 방이 스무 개나 있는데 나한테 낡은 옷을 맡기다니! 나더러 이걸 어쩌라고? 자선단체에 보낼까? 어차피 거기서 온 것이니. 엘리는 끝을 살짝 잡고 모자를 집어들어 안을 보았다. 정수리가 닿는 곳은 달걀처럼 반들거렸고, 챙은 다 닳아 실이 드러날 정도였다. 손에 든 모자는 쓰는 것 외에 달리 용도가 없었으므로 엘리는 그것을 슬쩍 머리에 얹었다. 그런 뒤 현관 옷장 문을 열고 전신 거울에 비친 자신의 모습을 보았다. 모자 그늘 때문에 눈 밑이 시커멓게 늘어진 것처럼 보였다. 어쩌면 잠을 잘 못 잤기 때문일 수도 있었다. 챙을 아래로 더 잡아당기자 그늘이 입술에 닿았다. 이제 눈 밑의 시커먼 주머니가 아래로 더 늘어져 얼굴 전체를 가렸다. 그는 거울 앞에서 셔츠 단추를 풀고, 바지 지퍼를 내린 다음, 옷을 다 벗고 자신의 모습을 살폈다. 벌거벗고 모자만 쓴 자신의 모습이 얼마나 멍청하고 한심한지. 더군다나 그런 모자를 썼으니. 그는 한숨을 쉬었지만, 낯선 사람의 낯선 모자의 끔찍한 무게에 짓눌리는 바람에 갑자기 기운이 빠진 근육과 관절에는 힘이 돌아오지 않았다.

엘리는 식당의 식탁으로 돌아가 상자의 내용물을 다 꺼냈다. 재킷, 바지, 조끼(여기에서 검음의 냄새가 훨씬 진해졌다). 그리고 그 모든 것 밑에서, 도끼로 찍고 개가 물어뜯은 것처럼 보이는 구두 사이에서 처음으로 흰색이 삐죽 고개를 내밀었다. 술 장식이 달린 작은 세라페* 또는 속옷 비슷하게 보이는 회색 옷가지가 구겨진 채 바닥에 놓여 있었다. 실들이 늘어진 가장자리는 안쪽으로 말려 있었다. 엘리가 그것을 집어들자 옷가지가 아래로 펼쳐졌다. 이게 뭘까? 추울 때 걸치는 건가? 기침감기가 심할 때 속옷 밑에 한 겹 더 입는 것? 코에 갖다대보았지만 빅스 냄새나 겨자씨 연고** 냄새는 나지 않았다. 뭔가 특별한 것, 유대인만 쓰는 물건이었다. 특별한 음식, 특별한 언어, 특별한 기도가 있으니 특별한 팬티라고 왜 없겠는가? 그 작자가 전통적인 복장으로 다시 돌아가고 싶은 유혹을 느끼는 것이 너무 두려워 특별 속옷을 포함한 모든 것을 가져와 우든턴에 묻어버리려 한 걸까? 엘리는 그렇게 추측해보았다. 실제로 이 옷상자는 그렇게밖에 이해할 수 없었기 때문이다. 풋내기는 말하고 있었다. 자, 나는 포기

---

* 남자가 어깨에 걸치는 모포.
** 각각 기침약과 고약.

하오. 유혹에 빠지는 것조차 거부하오. 우리가 항복하오. 엘리는 계속 그렇게 생각하다가 자신이 어느새 술 장식이 달린 항복의 백기를 모자 위로 뒤집어썼다는 것을 알았다. 그것이 가슴에 착 달라붙는 것이 느껴졌다. 거울에 비친 자신의 모습을 보면서 순간적으로 누가 누구를 무엇을 하도록 유혹하고 있는 것인지 알 수 없게 되고 말았다. 풋내기는 도대체 왜 자기 옷을 두고 간 것일까? 아니, 풋내기가 한 짓이 맞기는 한 건가? 아니라면 누구란 말인가? 왜? 하지만 엘리, 맙소사, 과학의 시대에 그런 일은 일어나지 않아. 심지어 염병할 돼지들도 약을 먹는 세상인데……

유혹이 누구에게서 나왔고, 그 끝이 무엇이든 간에—그 시작은 말할 것도 없고—엘리는 잠시 후 약간의 흰색 위에 검은색으로 몸을 휘감고 전신 거울 앞에 섰다. 발목 위의 우묵한 곳이 드러나지 않도록 바지는 잡아당겨 내려야 했다. 풋내기, 그 사람이 양말을 신지 않았던가? 아니면 양말을 잊은 것일까? 엘리가 바지 호주머니를 뒤질 만한 용기를 내자 수수께끼는 풀렸다. 그는 두 손을 호주머니 안으로 미끄러뜨려 보이지 않는 곳에 집어넣으면 손에 어떤 축축하고 끔찍한 일이 일어날 거라고 생각했다—그러나 마침내 용감하게 아래로 푹 쑤셔넣었을 때 양손에 잡혀 나온 건 카키색 군용 양말 한 짝씩이었다. 그는 그것을 신

으면서 그 유래를 지어냈다. 이것은 1945년 GI*의 선물이다. 풋
내기는 1938년에서 1945년 사이에 다른 모든 것과 더불어 양말
도 잃었다. 그가 양말마저 잃었다는 사실 때문이 아니라 이 양말
을 받아들이기 위해 허리를 굽혀야 했다는 사실 때문에 엘리는
울음이 터질 뻔했다. 그는 마음을 진정시키려고 뒷문으로 나가
잔디밭을 바라보았다.

　너드슨의 뒤쪽 잔디밭에서는 해리엇 너드슨이 돌에 두번째
로 분홍색을 칠하고 있었다. 엘리가 밖으로 나서는 순간 그녀가
고개를 들었다. 엘리는 얼른 다시 안으로 뛰어들어와 뒷문을 등
으로 눌러 닫았다. 커튼 사이로 내다보았을 때 눈에 보이는 것
은 분홍색 페인트가 튄 너드슨의 잔디에 흩어져 있는 페인트 통,
솔, 돌뿐이었다. 전화벨이 울렸다. 누구일까—해리엇 너드슨일
까? 엘리, 당신 문간에 유대인이 있어요. 나였습니다. 말도 안 돼
요, 엘리, 내가 내 눈으로 직접 봤다니까요. 나였다니까요, 나도 부
인을 봤습니다, 돌에 분홍색 페인트를 칠하고 계셨잖아요. 엘리, 다시
신경쇠약에 걸렸군요. 지미, 엘리가 또 신경쇠약에 걸렸어요. 엘
리, 나 지미일세, 자네가 또 약간 신경쇠약 증세를 보인다고 들
었네, 내가 해줄 수 있는 일이 없나, 응? 엘리, 나 테드야, 셜리

─────────────

* 미군 병사.

말이 자네한테 도움이 필요하다는데. 엘리, 나 아티야, 도움이 필요하다면서. 엘리, 해리일세, 도움이 필요하다면서 도움이 필요하다면서…… 전화기는 마지막으로 따르릉거리는 소리를 내고는 먹통이 되었다.

"신은 스스로 돕는 자를 돕는다." 엘리는 읊조리면서 다시 문 밖으로 나갔다. 이번에는 잔디밭 한가운데까지 걸어갔다. 나무, 풀, 새, 해가 다 보이는 곳에서, 거기 서 있는 것이 그 자신, 의상을 입은 엘리임을 드러냈다. 그러나 자연은 그에게 아무런 말을 해주지 않았다. 그래서 그는 슬그머니 자신의 소유지와 그 너머 들판을 가르는 산울타리로 가서, 그 사이를 뚫고 나아갔다. 그러다 관목 속에서 모자를 두 번이나 떨어뜨렸다. 산울타리를 통과하자 엘리는 머리에 쓴 모자를 움켜쥐고 달리기 시작했다. 실로 만든 술 장식이 심장 위에서 펄쩍펄쩍 뛰었다. 그는 잡초와 야생화를 뚫고 달려가다 도시의 외곽을 둘러싼 오래된 도로에 이르자 속도를 늦추었다. 그는 걸어서 걸프 주유소 뒤편에 다가가고 있었다. 그는 타이어가 빠진 거대한 트럭 바퀴테에 몸을 기댔다. 튜브, 녹슨 엔진, 마개가 없는 기름통 수십 개 사이에서 쉬었다. 머리가 텅 빈 상태였음에도 약삭빠르게 여행의 마지막 대목을 준비하고 있었다.

"안녕하세요, 아저씨?" 정비소 직원이었다. 기름 묻은 손을 작업복에 비비면서 통들 사이를 뒤지고 있었다.

엘리는 가슴이 철렁하여 크고 검은 코트로 목을 여몄다.

"좋은 날이네요." 직원은 그렇게 말하고 앞쪽으로 빙 둘러갔다.

"샬롬." 엘리는 작은 소리로 말하고 얼른 언덕 쪽으로 걸음을 옮겼다.

엘리가 꼭대기에 이르렀을 때는 해가 바로 머리 위에서 내리쬐고 있었다. 그는 한결 서늘한 숲을 거쳐 왔지만, 그래도 새 양복 밑으로 땀을 뻘뻘 흘리고 있었다. 모자에는 속테가 없어 천이 머리에 들러붙었다. 아이들이 놀고 있었다. 추레프가 노는 것만 가르치는지 아이들은 늘 놀고 있었다. 반바지를 입은 아이들은 아주 가는 다리를 드러내고 있어, 달리면 관절이 돌아가는 것이 눈에 다 보였다. 엘리는 아이들이 모퉁이를 돌아 사라지기를 기다렸다가 넓은 곳으로 나아갈 생각이었다. 그러나 뭔가가 그를 기다리지 못하게 했다―그의 녹색 양복이었다. 녹색 양복은 현관에 있었다. 턱수염이 난 사람의 몸을 감싸고 있었다. 그는 기둥밑동에 페인트를 칠하고 있었다. 그의 팔이 위아래로, 위아래로 오르내렸고, 기둥은 하얀 불처럼 빛을 발했다. 그를 보는 순간 엘리는 숲에서 잔디밭으로 튀어나갔다. 그의 안에 든 것들은 모두 뒤로 돌아섰지만, 그것들을 담은 몸은 돌아서지 않았다. 그가 잔디밭을 걸어갔지만, 아이들은 계속 놀았다. 엘리는 검은 모자를 슬쩍 들어올리며 중얼거렸다. "샤…… 샤." 그러나 아이들은 눈길도 주지 않았다.

마침내 페인트 냄새가 났다.

엘리는 남자가 고개를 돌려 자신을 보기를 기다렸다. 그러나 그는 페인트칠만 하고 있었다. 엘리는 갑자기 검은 모자를 눌러써 눈을 가릴 수 있다면, 가슴과 배와 다리를 가릴 수 있다면, 모든 빛을 차단할 수 있다면, 그러면 잠시 후 집의 침대에 들어가 누워 있게 될 것 같은 느낌이 들었다. 그러나 모자는 이마 밑으로는 내려오지 않았다. 그는 자신을 속일 수 없었다—그는 거기에 있었다. 그가 생각할 수 있는 누구도 그에게 그렇게 하라고 강요하지 않았다.

풋내기의 팔이 도리깨질하듯 기둥을 오르내렸다. 엘리는 크게 숨을 쉬고 헛기침을 했지만, 풋내기는 그를 편하게 해주지 않았다. 마침내 엘리는 "보세요" 하고 말하지 않을 수 없었다.

팔이 위아래로 획획 오르내렸다. 그러다 멈추었다—붓의 털 한 가닥이 기둥에 달라붙었기 때문이다. 손가락 두 개가 그곳으로 다가갔다.

"안녕하세요." 엘리가 말했다.

털이 떨어져나가자 붓질이 다시 이어졌다.

"샬롬." 엘리가 작은 소리로 말하자 남자가 고개를 돌렸다.

알아보는 데는 시간이 좀 걸렸다. 그는 엘리가 입은 것을 보았다. 엘리도 가까이서 남자가 입은 것을 보았다. 그 순간 엘리는 자신이 둘이 된 듯한 이상한 느낌에 사로잡혔다. 또는 두 가지 양복을 입은 한 사람인 듯한 느낌. 풋내기도 비슷한 혼돈을 겪는 것처럼 보였다. 그들은 오랫동안 서로를 응시했다. 엘리는 심장이 바들바들 떨렸다. 뇌가 순간적으로 혼란에 빠졌기 때문에 두 손이 다른 사람이 입고 있는 자신의 셔츠 깃의 단추를 채우려고 앞으로 나갔다. 이렇게 엉망으로 입고 다니다니! 풋내기는 갑자기 두 팔을 뻗어 얼굴을 가렸다.

"왜 그래요……" 엘리가 말했다. 남자는 페인트 통과 붓을 들고 달려가고 있었다. 엘리는 그 뒤를 쫓았다.

"때리려던 게 아니에요……" 엘리가 소리쳤다. "멈춰요……" 엘리는 남자를 따라잡아 소매를 붙들었다. 다시 풋내기의 두 손이 얼굴로 올라갔다. 이번에는 그 기운찬 움직임 때문에 하얀 페인트가 두 사람에게 튀었다.

"내가 원하는 건 그저……" 그러나 그런 옷을 입은 엘리는 사실 자신이 무엇을 원하는지 알지 못했다. "이야기 좀 하는 거예요……" 마침내 그가 말했다. "댁이 나를 보는 거라고요. 제발, 그냥 나를 보세요……"

두 손은 얼굴 앞에 그대로 있었다. 붓에서 떨어진 페인트가 엘리의 녹색 양복 소매에 묻었다.

"제발…… 제발." 엘리는 그렇게 말했지만, 어째야 좋을지 알지 못했다. "뭐라고 좀 해봐요. 영어를 해봐요." 그가 애원했다.

남자는 벽을 등지고 뒤로 물러났다. 뒤로, 뒤로. 그러다보면 마침내 어떤 팔이 뻗어나와 그를 안전한 곳으로 확 거두어줄 것처럼. 그는 얼굴을 가린 팔을 내리려 하지 않았다.

"보세요." 엘리가 자기 자신을 손가락질하며 말했다. "이건 댁의 양복이에요. 내가 잘 보관할게요."

아무런 대답이 없었다─두 손 아래에서 얼굴이 약간 떨리는 것이 느껴질 뿐이었다. 그러자 엘리는 자신이 할 수 있는 한 최대로 부드럽게 말했다.

"우린…… 우린 좀약도 넣어둘 겁니다. 단추 하나가 떨어졌더라고요"─엘리는 손가락으로 가리켰다─"그것도 달아놓을게요. 지퍼도 달아놓을게요…… 제발, 제발…… 그냥 나 좀 보세요……" 그는 그 자신에게 말하고 있었다. 하지만 어떻게 멈출 수 있을까? 그의 입에서 나오는 것은 전혀 말이 되지 않았다─그것만으로도 그의 심장은 부풀어 터질 것 같았다. 그런데도 이렇게 계속 주절거리다보면 둘 사이를 좀 편하게 해줄 말을 하게 될지도 몰랐다. "보세요……" 그는 셔츠 안으로 손을 넣어 속옷의 주름 장식을 밖으로 끄집어냈다. "나는 심지어 이 특별한 속옷도 입고 있단 말입니다…… 제발." 그가 말했다. "제발, 제발, 제발." 그는 무슨 신성한 말을 하듯 노래를 불렀다. "오, 제발……"

트위드 양복 밑에서는 아무런 움직임이 없었다—눈에 물기가 번졌는지, 눈이 반짝거렸는지, 아니면 증오를 품었는지, 그는 알 수 없었다. 점점 미칠 것 같았다. 옷까지 이렇게 바보처럼 입고 왔는데, 도대체 뭘 위해서? 이런 걸 위해서? 그는 두 손을 들어 올려 풋내기의 두 손을 휙 걷어냈다.

"자!" 그가 말했다—바로 그 첫 순간 풋내기의 얼굴에서 그의 눈에 띈 것은 양쪽 뺨에 하나씩 달려 있는 하얀 페인트 두 방울이었다.

"말해봐요……" 엘리는 그의 두 손을 잡아 양옆으로 내렸다. "……말해보세요. 내가 댁을 위해 뭘 할 수 있는지. 하라는 대로 할게요……"

풋내기는 하얀 두 눈물만 드러낸 채 뻣뻣하게 서 있었다.

"내가 할 수 있는 것은 무엇이든…… 보세요, 봐요, 내가 이미 한 것을 보라고요." 그는 검은 모자를 잡아 남자의 얼굴 앞에 흔들었다.

그러자 교환을 하듯 풋내기가 엘리에게 답을 주었다. 그는 한쪽 손을 가슴으로 올리더니, 손가락 하나를 펴며 지평선을 향해 쭉 밀어냈다. 얼마나 고통스러운 표정이던지! 마치 공중에 면도 날이 가득한 것 같았다! 엘리는 눈으로 손가락을 따라가, 손가락 마디를 넘어, 손톱을 지나, 멀리 우든턴을 보았다.

"뭘 원하세요?" 엘리가 말했다. "내가 가서 가져올게요!"

갑자기 풋내기는 죽어라 달리기 시작했다. 그러다 그는 멈추더니 몸을 빙그르 돌리고 아까 그 손가락으로 다시 허공을 푹 찔렀다. 아까와 똑같은 방향을 가리키고 있었다. 그러더니 사라졌다.

그 순간 혼자가 된 엘리는 계시를 얻었다. 그는 자신의 이해에, 그 내용에, 그 출처에 의문을 제기하지 않았다. 그는 꿈속인 듯 묘하게 들뜬 마음으로 서둘러 그곳을 떠났다.

코치하우스 로드에는 차가 두 줄로 세워져 있었다. 시장 부인이 개 사료가 가득한 식료품 카트를 밀고 스톱 N 숍에서 스테이션왜건을 향해 가고 있었다. 라이온스클럽 회장은 목에 냅킨을 두르고 비트-인-티스 레스토랑 앞에 있는 주차기에 동전을 밀어넣고 있었다. 테드 헬러는 비잔틴 모자이크로 새롭게 장식한 구두점 입구에서 반사되는 햇빛을 환하게 받고 있었다. 분홍색으로 물든 청바지 차림의 지미 너드슨 부인은 양손에 페인트 통을 하나씩 들고 헬러웨이 철물점을 나서고 있었다. 로저의 미용실은 문을 열어놓고 있었다―눈에 보이는 곳까지, 은색 탄환으로 싸인 여자들의 머리가 줄을 이루고 있었다. 이발소 위에서는 표시등이 돌아가고, 아티 버그의 막내가 빨간 말에 앉아 머리를 깎고 있었다. 아이 어머니는 웃음을 띤 얼굴로 〈룩〉지를 넘기고 있었다. 이 모두가 풋내기가 옷을 바꾸어 입었기 때문에 가능한 일이었다.

그때 크롬으로 포장한 것처럼 보이는 이 거리에 엘리 펙이 들어섰다. 그는 거리의 한쪽을 따라 걸어가는 것으로는 충분하지 않다는 것을 알았다. 그것으로는 충분하지 않았다. 그래서 그는 한쪽을 따라 열 걸음을 걷다가, 대각선으로 거리를 건너 반대편으로 넘어가 그쪽에서 열 걸음을 걷고 다시 길을 건넜다. 엘리가 코치하우스 로드를 따라 걸어가자 경적이 울리고 차들이 급정거했다. 그는 걸어가면서 콧속 높은 곳에서 신음을 자아냈다. 밖에서는 아무도 그의 신음을 듣지 못했지만, 그는 콧마루 근처 연골이 떨리는 것을 느꼈다.

그가 있는 곳 주위의 모든 것이 느려졌다. 이제 해는 바퀴살이나 휠캡 위에서 일렁이지 않았다. 모두 브레이크를 밟고 검은 옷을 입은 남자를 보고 있었기 때문에 해는 흔들림 없이 세상을 비출 수 있었다. 전에도 검은 옷을 입은 남자가 시내에 들어설 때면 사람들은 발을 멈추고 입을 떡 벌렸다. 그러다 일 분, 이 분, 또는 삼 분이 지나면 신호가 바뀌고, 아이가 울고, 흐름이 다시 이어졌다. 그러나 지금은 신호가 바뀌었는데도 아무도 움직이지 않았다.

"턱수염을 밀었네." 이발사 에릭이 말했다.

"누가요?" 린다 버그가 물었다.

"그…… 그 양복 입은 남자 말이에요. 저기 저곳에서 온 남자."

린다는 창밖을 내다보았다.

"엘리 삼촌이네." 꼬마 케빈 버그가 말하며 머리카락을 뱉어냈다.

"어머, 맙소사." 린다가 말했다. "엘리가 신경쇠약에 걸렸네요."

"신경쇠약!" 테드 헬러가 말했다. 그러나 곧바로 그렇게 말한 것은 아니었다. 그가 곧바로 한 말은 "여어엄병……"이었다.

곧 코치하우스 로드의 모든 사람이 예쁜 아내를 둔, 신경이 예민한 젊은 변호사 엘리 펙이 신경쇠약에 걸렸다는 것을 알게 되었다. 엘리 펙을 제외한 모든 사람이. 엘리는 자기가 하는 행동이 이상하다는 것은 속속들이 느끼고 있었지만 그것이 미친 짓이 아니라는 것을 알고 있었다. 그는 검은 옷을 자신의 피부를 덮은 피부처럼 느끼고 있었다—옷이 몸에 익으면서 그의 몸의 불거지고 꺾이는 곳에서 옷도 자연스럽게 늘어나고 당겨지는 것이 느껴졌다. 그리고 눈, 코치하우스 로드의 모든 눈이 느껴졌다. 그는 전조등이 날카로운 소리를 내며 그의 바로 앞까지 다가와 멈추는 것을 보았다. 입들을 보았다. 처음에는 아래턱이 서서히 앞으로 나오고, 혀가 이를 때리고, 입술이 폭발하고, 목에서 작은 천둥이 울렸다. 말이 터져나온 것이다. 엘리 펙 엘리 펙 엘리 펙 엘리 펙. 그는 천천히 걸으며, 음절마다 자신의 몸무게를 아래쪽 앞으로 옮겼다. 엘-리-펙-엘-리-펙-엘-리-펙. 그는 무겁게 발걸음을 옮겼다. 이웃들이 그의 이름의 각 음절을 말할 때마다 그것이 그의 모든 뼈를 흔드는 것이 느껴졌다. 그는 자신이 누구인지 뼛속까지 알았다―그들이 그에게 말해주고 있었다. 엘리 펙. 그는 그들이 그 이름을 천 번, 백만 번 말해주기를 바랐다. 어른들이 그가 이상하다고 수군거리고 아이들이 손가락으로 '창피해…… 창피해' 하고 표시하는* 동안 그는 그 검은 옷을 입고 영원히 걸을 생각이었다.

"이보게, 괜찮아질 거야……" 테드 헬러는 문간에서 엘리에게 손짓을 했다. "자, 자, 이보게, 괜찮아질 거야……"

엘리는 모자챙 너머로 그를 보았다. 테드는 문간에서 나오지는 않았지만, 몸을 앞으로 기울이고 손을 입 위에 갖다대고 말하고 있었다. 그의 뒤에서 손님 세 명이 내다보고 있었다. "엘리,

---

* 오른손 검지로 왼손 검지 끝을 비비는 동작.

나 테드야, 테드를 잊지 마……"

엘리는 길을 건넜다. 공교롭게도 해리엇 너드슨이 있는 곳으로 향하고 있었다. 그는 너드슨 부인이 자기 얼굴을 잘 볼 수 있도록 목을 위로 뺐다.

그녀의 이마가 눈썹으로 녹아내리는 것이 보였다. "안녕하세요, 펙 씨."

"샬롬." 엘리가 말하고 길을 건너다 라이온스클럽 회장을 보았다.

"전에도 두 번……" 누군가 말하는 소리가 들렸다. 다시 길을 건너 갓돌에 오르자 빵집 앞이었다. 배달부가 파우더를 뿌린 케이크들이 담긴 쟁반을 머리 위에서 빙글빙글 돌리며 빠르게 지나갔다. "실례합니다, 신부님." 배달부는 그렇게 말하고 트럭에 급히 올라탔다. 그러나 트럭을 움직일 수가 없었다. 엘리 펙으로 인해 차들이 모두 멈추어 있었기 때문이다.

그는 리볼리 극장, 비크먼 세탁소, 해리스 웨스팅하우스, 유니테리언 교회를 지났다. 곧 앞에 나무만 보였다. 그는 아일랜드로드에서 우회전하여, 우든턴의 구불구불한 길을 통과하기 시작했다. 빠르게 움직이던 유모차가 삐걱거리는 소리를 냈다―"저거, 저거……" 정원사들은 가위질을 멈추었다. 아이들이 보도에서 도로로 뛰어들지 망설였다. 엘리는 누구에게도 인사를 하지

않았지만 모두에게 얼굴을 들었다. 이 사람들에게 보여줄 하얀
눈물이 있으면 정말 좋겠다는 생각이 간절했다…… 그는 자신
의 잔디밭에 이르러, 자신의 집, 셔터, 새 노란 수선화를 보았을
때에야 아내를 떠올렸다. 그리고 태어났을 것이 틀림없는 자신
의 아이도. 그가 끔찍한 순간을 맞이한 것은 바로 그때 그 자리
에서였다. 그는 안으로 들어가 자신의 옷을 입고 병원의 아내에
게 갈 수 있었다. 돌이킬 수 없는 일이 아니었다. 거리를 걸은 것
도. 우든턴에서는 기억은 길지만 분노는 짧다. 무관심이 용서처
럼 작용한다. 게다가 돌아버린 걸 어쩌겠는가—어머니 자연이
한 일인데.

　엘리가 끔찍한 순간을 맞이한 것은 그가 방향을 틀어 집에서
멀어졌기 때문이었다. 그는 자신이 무엇을 할 수 있는지 잘 알았
지만, 그렇게 하지 않는 쪽을 택했다. 집안으로 들어가는 것은
중간에 그만두는 것이다. 할 일이 더 있었다…… 그래서 그는
방향을 틀어 병원을 향해 걷기 시작했다. 가는 내내 피부 밑 8분
의 1인치쯤이 부들부들 떨렸다. 어쩌면 자신이 미치는 쪽을 선택
했을지도 모른다는 생각을 했기 때문이다. 미치는 것을 선택했다
고 생각하다니! 미치는 것을 선택했다면 미친 것이 아니었다. 선
택하지 않았을 때가 미친 것이었다. 그래, 그는 정신이 돈 것이
아니었다. 그에게는 봐야 할 아이가 있었다.

"이름이요?"

"펙."

"사층입니다." 그는 작은 파란색 카드를 건네받았다.

엘리베이터에 올라타자 모두 물끄러미 바라보았다. 엘리는 자신의 검은 구두가 네 층을 올라가는 것을 지켜보았다.

"사층입니다."

그는 인사하는 시늉으로 모자에 살짝 손을 얹었지만, 그것을 벗을 수는 없다는 것을 알고 있었다.

"펙입니다." 그가 말하며 카드를 내밀었다.

"축하드립니다." 간호사가 말했다. "……할아버지신가요?"

"아버지입니다. 어느 방이죠?"

간호사는 그를 412호로 안내했다. "부인을 재미있게 해드리시려나봐요." 간호사가 말했다. 엘리는 간호사 없이 혼자 안으로 들어갔다.

"미리엄?"

"네?"

"엘리야."

그녀는 남편 쪽으로 창백한 얼굴을 돌렸다. "오, 엘리…… 오, 엘리."

엘리는 두 팔을 들어올렸다. "내가 어쩔 수 있었겠어?"

"이제 당신한테는 아들이 있어. 다들 아침 내내 전화했어."

"아들을 보러 온 거야."

"그 꼴로!" 미리엄이 작지만 날카로운 목소리로 말했다. "엘리, 그런 꼴로 돌아다닐 수는 없어."

"나한테는 아들이 있어. 아들을 보고 싶어."

"엘리, 나한테 왜 이러는 거야!" 그녀의 입술에 다시 붉은 기운이 스며들었다. "그 사람은 당신 책임이 아니야." 그녀가 설명하기 시작했다. "오, 엘리, 스위트하트, 왜 당신은 모든 일에 죄책감을 느끼는 거야? 엘리, 옷 좀 갈아입어. 나는 당신을 용서해."

"나 좀 그만 용서해줘. 나 좀 그만 이해해줘."

"하지만 나는 당신을 사랑한단 말이야."

"그건 다른 거지."

"스위티, 옷을 그렇게 입을 필요는 없어. 당신은 어떤 짓도 하지 않았어. 죄책감을 느낄 필요가 없다고. 왜냐하면…… 왜냐하면 모든 게 괜찮으니까. 엘리, 그걸 모르겠어?"

"미리엄, 이유를 대는 건 이제 됐어. 내 아들은 어디 있어?"

"아, 제발, 엘리, 지금 정신을 놓으면 안 돼. 지금 나한테는 당신이 필요하단 말이야. 당신 그것 때문에 정신을 놓으려는 거야…… 나한테 당신이 필요하기 때문에?"

"당신 나름의 이기적인 방식이기는 하지만, 미리엄, 당신은 정말 너그러워. 내 아들을 봐야겠어."

"지금 정신을 놓지 마. 두려워, 이제 아이가 나와서." 미리엄은 훌쩍이기 시작했다. "내가 아이를 사랑하는지 어떤지 모르겠어. 이렇게 아이가 나와버리니까 말이야. 거울을 봐도, 엘리, 아이는 거기 없어…… 엘리, 엘리, 당신은 꼭 자기 장례식에 가는 사람처럼 보여. 제발, 다 그냥 좀 내버려두면 안 될까? 우리도 그냥 우리끼리 가족을 이루어 살면 안 되는 거야?"

"안 돼."

엘리는 복도로 나가 간호사에게 아들을 보고 싶다고 말했다. 간호사가 그의 한쪽 옆에서, 테드 헬러가 다른 쪽 옆에서 걸어갔다.

"엘리, 도움이 필요한가? 도움이 좀 필요할 거라고 생각했는데."

"아니."

테드가 간호사에게 소곤거렸다. 이어 엘리에게도 소곤거렸다. "꼭 이렇게 하고 돌아다녀야 돼?"

"응."

테드가 그의 귀에 대고 말했다. "자네 때문에…… 아이가 겁을 먹을 거야."

"저기예요." 간호사가 말했다. 그녀는 두번째 줄의 아기 침대를 손가락으로 가리키며, 어리둥절한 표정으로 테드를 보았다. "제가 안으로 들어가나요?" 엘리가 물었다.

"아니요." 간호사가 말했다. "이리로 데려올 거예요." 그녀는 아기로 가득한 방을 둘러싼 벽을 두드렸다. "쩩." 그녀가 안에 있는 간호사에게 입 모양으로 말했다.

테드가 엘리의 팔을 톡톡 두드렸다. "나중에 후회할 일을 할 생각은 아니지…… 그렇지, 엘리? 엘리…… 내 말은 자네가 지금도 변함없이 엘리라는 걸 스스로 알고 있느냐는 거야, 알고 있지?"

벽 안쪽에서 바퀴 달린 아기 침대 하나가 이동해 오는 것이 보였다.

"이런, 젠장……" 테드가 말했다. "머릿속에 그 성경 같은 게 들어 있는 건 아니지……" 그러더니 갑자기 덧붙였다. "이봐, 여기서 기다리게." 그는 복도를 따라 달려갔다. 그의 구두굽이 복도를 빠르게 때려댔다.

엘리는 안도감을 느꼈다―그는 몸을 앞으로 기울였다. 바구니 안에 그가 보러 온 것이 담겨 있었다. 자, 여기 오긴 했는데, 나는 아이한테 무슨 말을 하려고 했던 걸까? 내가 네 아버지, '미치광이' 엘리란다? 나는 지금 친구에게서 빌린 검은 모자, 양복, 멋진 속옷 차림이란다? 어떻게 이 둥그스름한 핏덩이―그의 핏덩이―에게 최악의 사실을 털어놓을 수 있을까? 곧 에크먼이 자신을 설득해 그 자신도 이 모든 것을 다 벗어버리기를 원한다고 믿게 될 거라는 사실을. 그는 그것을 인정할 수 없었다! 인정하지 않을 것이었다!

모자챙 너머에서, 그의 시야 한쪽 구석에 테드가 보였다. 복도 끝의 문간에 서 있었다. 인턴 두 명이 거기 서서 담배를 피우며 테드의 이야기에 귀를 기울이고 있었다. 엘리는 무시했다.

아냐, 에크먼이 와서 이걸 벗기도록 내버려두지 않을 거야! 안 돼! 내가 선택하면 입는 거야. 애도 이걸 입게 할 거야! 아무렴! 때가 되면 줄여줄 거야. 냄새나는 걸 물려줄 거야, 애가 좋아하든 싫어하든!

딱딱 소리를 내는 것은 테디의 구두굽뿐이었다. 인턴들은 고무창이 달린 신발을 신었다—그래서 전혀 예상치도 못했는데 어느새 그의 옆에 와 있었다. 그들의 하얀 옷에서도 냄새가 났다. 그러나 엘리의 옷에서 나는 냄새와는 달랐다.

"엘리," 테드가 작은 소리로 말했다. "면회 시간은 끝났네."

"기분이 어떠세요, 펙 씨? 누구나 첫아이 때는 좀 당황하는데……"

엘리는 그냥 아무 관심을 두지 않았다. 그럼에도 땀이 비 오듯 쏟아져, 모자 윗부분이 머리카락을 움켜쥐는 것 같았다.

"실례합니다. 펙 씨……" 풍부한 저음의 새로운 목소리였다. "실례합니다만, 랍비님, 찾는 분이 계신데요…… 성전에서." 한 손이 그의 팔꿈치를 단단하게 잡았다. 그러자 다른 손이 다른 쪽 팔꿈치를 잡았다. 그들에게 잡힌 곳의 힘줄이 팽팽해졌다.

"괜찮아요, 랍비님. 괜찮아요 괜찮아요 괜찮아요 괜찮아요 괜찮아요 괜찮아요……" 그는 귀를 기울였다. 그것이, 그 괜찮아요라는 말이 큰 위로가 되었다. "괜찮아요 괜찮아요 다 괜찮을 거예요." 두 발이 바닥에서 약간 뜨는가 싶더니 그의 몸이 창에서, 아기 침대에서, 아기들에게서 멀어져갔다. "좋아요 살살 그렇죠 다 잘될 거예요 잘될 겁니다……"

그러나 엘리는 갑자기 꿈에서 깨어나는 사람처럼 몸을 일으키고 두 팔을 휘두르며 소리를 질렀다. "나는 아버지야!"

그러나 창은 사라졌다. 곧 그들은 그의 재킷을 벗겨냈다. 너무 쉽게 벗겨졌다. 단 한 번 잡아채는 것으로. 이윽고 바늘이 그의 피부 밑으로 슬그머니 들어왔다. 약이 그의 영혼을 진정시켰다. 그러나 검음이 이르렀던 곳까지는 내려가지 못했다.

『굿바이, 콜럼버스』는 필립 로스의 첫 작품집으로 1959년(그
가 결혼한 해이기도 하다)에 출간되었다. 1933년생이니 이십대
후반에 첫 책을 낸 셈인데, 로스는 이 책으로 전미도서상을 수상
하여 단숨에 주목받는 작가로 떠올랐다. 이 책을 내기까지 로스
의 삶을 잠깐 살펴보면, 1950년경에 뉴저지 주 뉴어크의 위퀘이
크 고등학교를 졸업한 뒤 버크넬 대학에서 영문학을 전공하고
1955년 시카고 대학에서 영문학 석사학위를 받았다. 그는 1956
년에 유대인 소설가 솔 벨로와 자신의 첫 부인이 되는 마거릿 마
틴슨을 만났으며, 이 년간 군대에 다녀오고 소설과 평론을 썼다.
이 시기에 쓴 중편 「굿바이, 콜럼버스」와 「유대인의 개종」「신앙
의 수호자」「엡스타인」「노래로 그 사람을 판단할 수는 없다」「광

신자 엘리」 등 단편 다섯 편을 묶은 것이 이 소설집이다.

지극히 간략하나마 로스의 청년기 이력을 이야기한 것은 물론 그의 소설에서 현실과 허구의 경계가 모호하다는 세평 때문이다. 실제로 이 정도의 정보만 있어도 이 책에 실린 작품들을 읽어가며 로스의 행적과 이어지는 대목을 발견하는 재미가 있을 듯하다. 동시에, 그뒤에 이어지는 작품들에서만큼 분명하게 드러나지는 않지만, 그런 식으로 자신의 삶과 소설 세계를 이어가는 방식이 그가 소설가로서 현실을 인식하고 재현하는 태도와 어떤 연관이 있다는 느낌도 받을 수 있을 듯하다. 결과만 놓고 이야기한다면, 로스는 소설로서 바닥까지 다 드러낼 수 있을 만큼 알지 못하는 것에는 아예 손을 대지 않는 느낌을 주는데, 그렇다면 그의 출발점이 그의 유년기와 청년기를 규정해온 미국 유대인 세계가 되는 것은 당연하다고도 할 수 있다.

아니나 다를까, 여기에 실린 중편을 포함한 여섯 편의 작품은 모두 하나같이 미국 유대인 문제를 다루고 있다. 로스의 부모나 조부모 세대가 이민 1세대로서 뉴어크에 정착한 뒤, 제2, 제3세대가 성장하면서 초기의 유대인 공동체를 벗어나 교외 주택지구로 거처를 옮기고, 대학에 들어가 전문직에 종사하는 등의 변화가 일어나는 상황에서 유대인 전통의 문제, 미국 주류사회로 동화, 편입되는 문제 등이 주요 관심사로 등장하는 것이다. 로스는 자식 세대에 속한 청년으로서 유대인 전통에 속한 사람들이 보기에는 불손한 방식으로(실제로 유대인 전통사회의 격렬한 반발에 부딪히기도 했다), 그와 같은 세대가 보기에는 유머러스한 방식으로 이 문제들의 안팎을 자유롭게 넘나들며 교묘하게 핵심을 드러내고 있다.

물론 유대인 문제를 다루었다고 해서 유대인들만 읽을 수 있는 작품들이었다면 오늘날의 로스는 없었을 것이다. 실제로 작품 하나하나가 자체의 밀도와 재미로 보석처럼 반짝이기에, 유대인 문제에 아무런 관심이 없는, 심지어 로스라는 작가와 그의 형성기에 아무런 관심이 없는 우연한 독자라도 눈길을 빼앗기지 않을 수 없을 것이다. 거기에 청년 작가 특유의 풋풋함과 여유 있는 유머는 어떤 독자들에게는 무엇보다 반가운 덤이 될 것이라고 믿는다.

정영목

지은이 **필립 로스**

1998년 『미국의 목가』로 퓰리처상을 수상했다. 그해 백악관에서 수여하는 국가예술훈장을 받았고, 2002년에는 미국 예술문학아카데미 최고 권위의 상인 골드 메달을 받았다. 전미도서상과 전미도서비평가협회상을 각각 두 번, 펜/포크너 상을 세 번 수상했다. 2005년에는 『미국을 노린 음모』로 미국 역사가협회상을 수상했다. 또한 펜(PEN) 상 중 가장 명망 있는 펜/나보코프 상(2006)과 펜/솔 벨로 상(2007)도 받았다.

옮긴이 **정영목**

번역가로 활동하며 현재 이화여대 통역번역대학원 교수로 재직중이다. 옮긴 책으로 『미국의 목가』 『에브리맨』 『포트노이의 불평』 『울분』 『네메시스』 『죽어가는 짐승』 『패신저』 『스텔라 마리스』 『로드』 『달려라, 토끼』 『책도둑』 등이 있다. 『로드』로 제3회 유영번역상을, 『유럽문화사』로 제53회 한국출판문화상(번역 부문)을 수상했다.

문학동네 세계문학
굿바이, 콜럼버스

1판 1쇄 2014년 8월 29일 | 1판 4쇄 2023년 12월 13일

지은이 필립 로스 | 옮긴이 정영목
책임편집 이현자 | 편집 홍유진 윤정민 | 독자모니터 전혜진
디자인 김현우 이원경 | 저작권 박지영 형소진 최은진 서연주 오서영
마케팅 정민호 서지화 한민아 이민경 안남영 왕지경 황승현 김혜원 김하연 김예진
브랜딩 함유지 함근아 고보미 박민재 김희숙 박다솔 조다현 정승민 배진성
제작 강신은 김동욱 이순호 | 제작처 한영문화사(인쇄) 경일제책사(제본)

펴낸곳 (주)문학동네 | 펴낸이 김소영
출판등록 1993년 10월 22일 제2003-000045호
주소 10881 경기도 파주시 회동길 210
전자우편 editor@munhak.com | 대표전화 031) 955-8888 | 팩스 031) 955-8855
문의전화 031) 955-1927(마케팅) 031) 955-2685(편집)
문학동네카페 http://cafe.naver.com/mhdn
인스타그램 @munhakdongne | 트위터 @munhakdongne
북클럽문학동네 http://bookclubmunhak.com

ISBN 978-89-546-2556-2 03840

www.munhak.com

미 국 현 대 문 학 의 거 장 필 립 로 스

에브리맨 **정영목** 옮김
제게 『에브리맨』은 올 최고의 소설이 될 것 같습니다. 이처럼 읽는 이를 뒤흔들 수 있
는 소설은 만나기 쉬운 게 아니니까요. _이동진(영화평론가)

울분 **정영목** 옮김
청춘의 격정으로 불탈 만큼 여전히 분노하고 동시에 그 격정이 스스로를 파멸시킬 수
있음을 이해할 만큼 충분히 현명한 작가로부터 나오는 폭발을 볼 수 있는 소설.
_워싱턴 포스트

포트노이의 불평 **정영목** 옮김
이 작품을 즐기면서 조금도 죄책감을 느끼지 말기를. 『호밀밭의 파수꾼』 이래 이런 기
쁨을 주는 미국 소설은 처음이다. _뉴욕 타임스

위대한 미국 소설 **김한영** 옮김
비극과 희극, 조롱과 풍자, 우화와 익살, 광기와 증오, 수치와 신념…… 필립 로스의
야구는 위대한 문학이다. 치명적인 허구다. 살아남은 진실이다. _서효인(시인)

죽어가는 짐승 **정영목** 옮김
시간의 흐름과 자유의 의미에 대한 맹렬하고 탄탄한, 때때로 짐승 같은 고찰.
_데일리 텔레그래프

네메시스 **정영목** 옮김
죽은 자들의 무덤에까지 가닿는, 문학과 인생에 대한 마스터클래스. _가디언

전락 **박범수** 옮김
품위 있다. 무자비하다. 직설적이고 절박하며 절제된 문장으로 그려내는 열에 달뜬 꿈
같은 이야기. 로스는 거장이다. _로스앤젤레스 타임스

새버스의 극장 **정영목** 옮김
필립 로스의 작품 가운데 가장 풍부하고 만족스럽다. 웃기고 심오하며, 글쓰기로 표현
할 수 있는 강렬함의 극치를 보여준다. _뉴욕 타임스

미국을 노린 음모 **김한영** 옮김
그의 인생에서 가장 뛰어난 작품을 썼다. 살아 있는 모든 이의 피부를 파고드는 역사
를 그보다 잘 포착해내는 작가는 없다. _가디언